KB066145

금지된 향수

고바야시 마사루의 전후문학과 조선

하라 유스케 지음　이정화 옮김

KINJIRARETA KYOUSHU
KOBAYASHI MASARU NO SENGOBUNGAKU TO CHOUSEN

Edited by Hara Yusuke

Copyright © 2019 by Shinkansha

All rights reserved.

Original Japanese edition published by Shinkansha, Publishers, Tokyo, 2019.

Korean edition © 2022 by AMOONHAKSA

This content is reproduced with permission by Shinkansha, Publishers, Tokyo, and Amoonhaksa, Seoul

금지된향수

고바야시 마사루의 전후문학과 조선

하라 유스케 지음   이정화 옮김

어문학사

일본에서 인양자(引揚者 히키아게샤)란 대체로 일본의 패전 후 식민지에서 본토로 귀환한 식민자 2세를 가리킨다. 원저자의 표현을 빌리면 "조선은 일본인에게 있어 틀림없는 '먼 외국'이며, 자신은 거기서 태어나 자랐음에도 불구하고 일개의 외부자에 지나지 않는다는 것"을 느끼지 않을 수 없는 환경에서 자라났고, 어린 시절부터 줄곧 아름다운 고향이라고 전해들었던 내지로 돌아가서는 식민지에서 살다와 일본 문화에 서투르다는 이유로 차별받던 경계인이었다.

이 책은 이러한 배경을 가진 경계인, 고바야시 마사루에 대한 연구서이다. 고바야시 마사루는 경상남도 진주농림학교의 생물교사로 재직 중이던 아버지 고바야시 도키히로의 셋째 아들로 진주에서 태어났다. 조선에서 식민자의 아들로 자라난 고바야시는 1945년에는 육군항공사관학교에 입학하여 전장에 나갈 날을 기다리다가, 일본의 패전으로 뜻을 이루지 못하고 도쿄로 돌아가 일본공산당에 입당한다. 1950년대에는 화염병 투쟁에 가담하여 투옥되었고, 그 후 문학에 뜻을 두고 글을 써내려갔다. 그가 글로 풀어낸 것은 조선과 일본, 그 사이에서 고군분투하며 식민자 2세로서 또 일제의 한 구성원으로서 느낀 자신의 죄책감과 그 고뇌의 결정체였다.

 그러나 일본 문학사 안에서 이러한 고바야시 마사루의 작품은 물론 그의 이름조차도 묻혀버린 채 오랫동안 잊혀 온 것이 사실이다. 일본 근현대 문학을 전공한 옮긴이조차 이 책을 접하기 이전에 고바야시 마사루의 이름을 보고 그 생소함에 갸우뚱하며 머릿속 기억을 한동안 더듬어야 했다. 일반 독자들 역시 '전후문학', '인양자 문학', 나아가 고바야시 마사루라는 작가에 대해 많이 들어본 기억이 없을 것이다.

 고바야시 마사루 문학에 대한 일본에서의 연구는 그가 몸담았던 신일본문학회에서의 논의를 제외하고, 박유하 교수가 2008년에 발표한 「고바야시 마사루와 조선: '교통'의 가능성에 대해」,* 라는 논문을 통해 '전후 일본에서 고바야시가 잊혀져온 것은 전후 일본의 식민지에 대한 망각 욕망이 나타난다'고 처음 언급되었다. 한국에서는 2010년대에 들어와 연구되기 시작했으며, 일본 제국의 기억과 전후기억을 되묻는 귀중한 기록이라는 관점에서 이루어져

---

* 「小林勝と朝鮮:「交通」の可能性について(〈特集〉近現代文学における〈交通〉)」 『日本文学』 57(11), 44-55쪽

오고 있다. 2011년에 이 책의 원저자인 하라 유스케 교수가 발표한 논문 「그리움을 금하는 것 - 조선식민자 2세 작가 고바야시 마사루와 조선에 대한 향수 - 」*를 시작으로 고바야시 마사루의 작품과 식민지 조선에 대한 인식론 연구가 조금씩 이루어져 현재는 각각의 작품 연구에 이르고 있다. 이러한 시점에 고바야시 마사루의 문학세계를 총제적으로 살펴보는 본 번역서의 출판에는 큰 의미가 있다.

어쩌면 독자들 가운데는 이 책을 접하고 '일본의 식민지배에 의해 괴로움이나 고난을 당한 사람들의 이야기에 귀 기울이기에도 바쁘다', '이런 생소한 영역에까지 신경 쓸 여력이 없다'는 생각이 드는 사람도 있을 것이다. 그러나 이 책의 번역을 맡으며 고바야시 마사루의 고뇌와 그 고군분투한 결과물, 그것을 어떻게 받아들일 것인가 하는 것을 마주했을 때 깨달은 것은 과거를 기억해야 하는 의무와 뼈아픈 고통의 역사에 몸부림친 대상이 비단 국경과 국적으로 구분되지 않는다는 사실이었다.

* 「그리움을 금하는 것 - 조선식민자 2세 작가 고바야시 마사루와 조선에 대한 향수 - 」『일본연구』 15권, 311-332쪽.

옮긴이의 말

물론 '그는 제국의 구성원이었고, 우리는 일제의 피해자였다'라는 주장은 틀리지 않다. 식민 지배에서 벗어나 자주 국가로서 갖은 고난을 극복해 내며 어느덧 70년을 훌쩍 넘겨 크나큰 발전을 이룩해낸 이 시점에야말로, 과거의 그림자를 분명히 응시하여 비화가 있었다는 것을 조명할 때 비로소 우리는 광복 전후의 조선, 한국 그리고 전후 일본의 발자취를 '안다'고 할 수 있을 것이다. 그리고 그러한 앎을 통해서 과거의 조선, 나아가 현재의 한국에 대한 일본의 인식을 직시하고, 새로운 관계를 구축해나가기 위한 기틀을 다질 수 있다고 믿는다.

마지막으로 이 책의 번역을 맡을 수 있도록 도움을 주신 야마나시 현립대학의 서정근 교수님, 일본문학에서도 생소한 인양자 문학이라는 장르의 본서 출판을 흔쾌히 허락해주신 어문학사의 윤석전 사장님께도 감사의 인사를 전한다.

목차

옮긴이의 말 … 4

서 장   역사 속으로 사라진 고향

1. 낙동강에 안겨서 … 14
2. 전후라는 여행의 시작 … 23
3. 마지막 사관후보생 … 34

第1장   원점으로서의 한국전쟁

1. '격렬한 전환기' … 42
2. 화염병 사건 … 53
3. '그대들은 어디로 갔는가' … 61
4. 옥중 데뷔작 - 「어느 조선인 이야기 ある朝鮮人の話」… 69

第2장   이야기되는 식민지의 기억

1. 신인 작가 시대 … 80
2. 감춰진 서정 - 「은어 鮎」… 85
3. 외부자 의식의 발아 - 「포드·1927년 フォード 一九二七年」… 95
4. 보는 자와 관찰되는 자 - 「붉은 민둥산 赤いはげ山」… 106

제3장　하옥, 탈당, 폐결핵

1. 제2의 옥중생활 … 124

2. 본의 아닌 식민지주의자

　- 「이름 없는 기수들 無名の旗手たち」… 132

3. 근대 일본사 속의 식민자 … 142

4. 낙양의 시작 … 156

제4장　죽은 자들의 잔영

1. 조선인의 '변신이야기' … 164

2. 혁명의 청춘의 종말 - 「눈 없는 머리 目なし頭」… 175

3. 수치를 갖고 돌아오다 - 「쪽발이 蹄の割れたもの」… 188

4. '노예'의 보복과 '주인'의 공포 … 197

제5장　「메이지 100년」의 빛과 그림자

1. '메이지 100년'과 '메이지 52년' … 218

2. 식민지지배와 「임진왜란 壬辰倭亂」

　- 「밤 지나고 바람 부는 밤 夜の次の風の夜」… 225

3. 100년의 정신사와 식민지주의 … 237

4. 고바야시 마사루의 선행자들 … 250

제6장　식민지 추방의 말로

1. 『이방인』과 인양자 引揚者 … 272
2. '섬뜩한 외국인'들의 목소리
   - 「만세·메이지 52년 万歳·明治五十二年」 … 278
3. 이방인들의 경연 … 287
4. 고향을 상실한 후의 피에 누아르 … 295
5. 목적지 없는 도피행 … 302

제7장　'그립다'고 해서는 안 된다

1. 최후의 자숙 … 316
2. 식민자 아들들의 어둠 - 「일본인 중학교 日本人中学校」 … 323
3. 30년 후의 충격 … 335
4. 역사의 냉혹함과 무게 … 341

종 장　향수의 저편으로

1. '열린 곳으로, 진정한 자유로' … 354
2. 낙동강은 멀고 … 368

지은이의 말 … 379
고바야시 마사루 연보 … 390
주요 참고문헌 … 396

고향을 상실한 인간.
나는 상실한 것은 두 번 다시 돌아오지 않는다는 것을 깨닫고,
비할 데 없는 적막감에 휩싸였다.
그것은 저 겨울의 메마른 미루나무가 울부짖는,
황량한 조선의 벌판에 찾아오는 낙양 그 자체였다.

고바야시 마사루 『단층지대』

역사 속으로 사라진 고향

1. 낙동강에 안겨서

대하의 품

고바야시 마사루가 마지막으로 조선의 땅을 밟은 것은 가미카제 특공대가 날아오르던 시대였다. 그때는 이미, 그를 그 땅에 낳은 식민지 제국 그 자체가 멸망하려 하고 있었다. 1944년 8월, 사이타마현의 육군예과 사관학교에서 훈련 생활을 보내던 고바야시 마사루는 한반도의 동남부에 있는 도시, 대구의 본가에 귀성했다.[*] 휴가가 끝나고, 그는 다시 배에 올랐다.

배의 갑판에 선 열여섯 살 소년의 눈에, 후에 많은 인양자들이 회상하듯 부산의 붉은 갈색의 산줄기가 비쳤을까. 그때 그는 아직 그것이 출생지와의 영원한 이별이 되리라는 것을 알지 못했다. 그것은 두 번 다시 그곳에 돌아올 일 없는 먼 여행의 시작을 의미했다. 그해 가을, 마침내 첫 특공기가 출격한다. 그는 그 뒤를 잇는 것이 자신의 운명이라고 믿고 있었다.

30년 전, 1914년 초봄의 일이었다. 열아홉 살 남자와 열네 살 여자가 결혼 후 얼마 지나지 않아, 나가노현 스와 諏訪 지방의 후지미 富士見를 떠났다. 후지미는 야쓰가타케 八ヶ岳와 미나미 알프스 南アルプス 북단의 뉴가사 入笠산에 낀 해발 약 900미터의 고원 마을이다. 야마나시현과 경계를 접하는 후지미고원에는 아라라기파 ァ

---

[*] 고바야시 마사루 「11월 7일 말」 『고바야시마사루 작품집』 1권(白川書院, 1975) 부록 참조.

ララギ派 시인들을 시작으로 다야마 가타이 田山花袋나 이부세 마스지 井伏鱒二, 호리 다쓰오 堀辰雄 등의 문인들이 흔적을 남겼을 뿐 아니라 정치가인 이누카이 쓰요시 犬養毅 등이 별장을 꾸몄다.

후지미를 뒤로한 젊은 부부는 새로운 생활을 찾아 제국 일본에 합병된 지 얼마 안 된 조선에 건너왔다. 거기서 부부는 농촌학교의 교사가 되었다. 『후지미정사 富士見町史』에 의하면 1919년 2월 22일 『남신일일신문 南信日日新聞』에 「후지미의 해외 활동자」 색인에 다음과 같은 기사가 보인다.

"조선=남28 여11, 계39인. 대만=남5 여3, 계8인. 관동주(중국요동반도)=남3 여1, 계4인. 외국=남8 여4, 계12인. 외국이라는 것은 주로 미합중국으로, 모두 성공함. 조선 활동자는 최근의 일치고는 매우 유망함."*

1927년 쇼와 2년 11월 7일, 형 둘과 누나 한명에 이어 고바야시 마사루는 한반도 남단과 가까운 경상남도의 진주에서 태어났다. 이 때의 조선에는, 조선 총 인구의 2퍼센트 정도 되는 45만 명의 일본인이 정착해있었다.**

고바야시 마사루는 경상북도 안동에서 유소년기를 보냈다. 그때의 안동인구는 대략 15만 명으로, 일본인은 2천 명 정도였다고

---

*   나가노현 스와군 후지미초 편 『후지미정사』 하권(후지미마을 교육위원회, 2005) 289쪽

** 『가지무라 히데키 저작집』 1권(明石書店, 1992) 225쪽 참조.

1. 낙동강에 안겨서

한다.* 아마도 소학교 고학년일 때, 같은 경상북도의 중심도시인 대구로 옮겨 1944년에 '내지'의 육군예과 사관학교에 진학할 때까지 거기서 보냈을 것이다.

'낙동강의 발원인 깊은 산 속의 마을'(1:8. 이하, 『고바야시 마사루 작품집 小林勝作品集』 전5권, 白川書院, 1975 - 1976에서 인용한 것에 대해서는 권수·항목수를 이렇게 약기한다)이라는 표현에서, 고바야시 마사루의 소설에 빈번하게 나오는 안동은 그가 고향이라 부를 수 있는 지상에서 유일한 곳이었다. 어느 소설 속에서 고바야시 마사루는 주인공의 수기 형태로 안동을 이렇게 회상하였다.

> 내가 살았던 작은 마을은, 잔잔히 넘실거리며 흐르는 조선의 낙동강에 폭 안겨있는 아이 같았다. 강변에 가까운 곳은 평평한 논이고 이윽고 점차 높직한 언덕이 있어, 그 언덕이 몇 개씩 몇 개씩 겹쳐져 높은 산맥으로 이어져갔다.
>
> 『단층지대』(2:119)

어린 고바야시 마사루 또한 그 '작은 마을'과 같이 낙동강의 품에 안기다시피 해서 자라났다. 그가 전후에 소설 속에 그린 조선의 무대는 거의 대부분이 안동이나 대구로 생각되는 마을, 혹은 그 근교이다. 이 두 마을 모두 낙동강 부근이었다.

낙동강, 고바야시 마사루의 기억 속에 숨 쉬는 조선의 중심에는

---

* 안동대학교 안동문화연구소 엮음 『안동근현대사』 1권(도서출판 성심, 2010) 171-173쪽 참조.

언제나 이 강이 흐르고 있었다. 한반도 동부를 등줄기처럼 크게 횡단하는 태백산맥의 끝에서 나와 상류의 안동분지, 중류의 대구분지 등을 적시고 남쪽으로 흘러가 부산의 삼각지대에서 바다로 흘
러들어가는 조선 굴지의 큰 강이다. 안동과 대구가 있는 경상도는
한반도 동남부에 위치하고, 고도 경주를 시작으로 예로부터 문화
가 번성한 지역이지만 주요 부분은 낙동강 유역에 해당한다. 낙동
강은 경상도에서 대대로 생활을 영위해 온 민중에게 그야말로 생
명을 키워내는 고향의 강이었다.

  그 사람들 중에 전설적인 시인이면서 독립운동가였던 이육사가
있다. 이육사는 1904년에 안동에서 태어나 고바야시 마사루가 태
어난 1927년에 조선은행 대구지점 폭파사건에 연루되어 대구 형
무소에 수감되었다. 그 후 북경에서 옥사하게 되는 이육사는 고향
안동에 흐르는 강을 회상하며 "봄날 새벽에 유수를 섞어서 찡찡
소리를 내며 흐르는 소리가 청렬한 품품 좋고 여름 큰물이 내릴 때
왕양汪洋한 기상도 그럴 듯하다"*고 글을 남겼다.

  어린 고바야시 마사루도 이러한 낙동강의 웅대한 모습에 익숙했다.

나는 쇼와 2년昭和2年에 교사의 아들로 조선 남부에서 태어났다. 나는 그 산과
들 속에서 자랐다. 나에게 낙동강은 무한한 매력과 아름다움을 겸비한 존재
였고, 나는 이루 말할 수 없이 그 강이 좋았다.**

*   『이육사 시집』(안우식 역, 고단샤, 1999) 136쪽

  **   고바야시 마사루 「일본문학에 나타난 조선의 용모(2)」『코리아 평론』 6권 3

1. 낙동강에 안겨서

고바야시 마사루는 낙동강 부근을 뛰놀며 자라는 동안에, 자연스럽게 산과 강에 애착을 가지게 되었다. 하지만 1945년 8월, 일본이 전쟁에서 패배함에 따라 조선은 돌연 외국으로 변한다. 식민지는 소멸하고, 산과 강만이 남았다. 식민지는 인간의 손으로 만들어진 취약한 구축물이었으나, 그의 소중한 고향이었을 산과 강은 그렇지 않았다. 고바야시 마사루의 고향은 가짜 식민지와 진짜 산, 강으로 갈라졌다. 그의 전후는 거기서부터 시작되었다.

말기 전중파

이 책의 주인공은 이러한 태생의 소설가 고바야시 마사루이다. 그런데 왜 지금, 고바야시 마사루인가 - 이 책을 저술하는 데 있어 특이한 전후 일본인 작가의 역사적 의의에 대해 대강의 부분을 설명해 둘 필요가 있다.

고바야시 마사루는 오래 살지 못했다. 1971년에 마흔세 살의 나이로 병사했다. 그는 20대 중반부터 작가생활을 시작했으나, 일본의 전후문학사에 큰 자취를 남기지는 못했다. 고전적인 문학사 관점에서 보면 몇 번인가 아쿠타가와상 芥川龍之介賞 후보에 올랐던 것 정도로 기억되는 작가에 지나지 않았다. 사후에 그 작품들은 일반 독자의 눈에 띌 기회조차 없는 상태가 오래도록 지속되었다.* 한

호(코리아평론사, 1964) 47쪽

* 고바야시 마사루의 소설이 수록된 책으로, 일반 서점이나 도서관에서 비교적 입수하기 쉬운 것으로는 『전후단편소설재발견7 고향과 타향의 환영』(講談社文芸文庫, 2001)이나 『전쟁과 문학』 전20권(集英社, 2011-2013) 가운

마디로 잊혀진 작가였다.

고바야시 마사루는 1950년대 초부터 일본공산당의 당원작가로
서 문학 활동을 시작했다. 그런 점에서 보면 전후 30~40년에 걸쳐
'정치의 계절'에 나타났다가 사라진 무수한 '시대의 총아' 중 한 사
람이었다. 고바야시 마사루도 편집에 참여한 적이 있는『신일본문
학』의 마지막 편집장을 지낸 가마다 사토시 鎌田慧 는 그의 문학을
'전쟁과 전후혁명, 이 둘의 격동의 시대를 가장 성실하게 살았던
천진한 인간의 기록'이라고 정리한다.*

고바야시 마사루는 특공요원으로서 전장의 입구에 섰고, 50년
대에는 혁명운동에 온몸을 던졌다. 그런데 '전쟁과 전후혁명'보다
더 그의 전후의 삶과 문학을 강하게 뒤흔든 것이 있었다. 그것은
그의 출생지이자 제국 일본이 식민지로 만들었고, 해방 후에 남북
으로 분단된 조선이었다.

전후에 태어난 국민이 일본 인구의 과반수에 달한 것은 1976년의
일이었다. 따라서 고바야시 마사루가 살았던 전후 사반세기는, 전
쟁의 시대를 실제로 살았던 사람들이 사회의 과반을 점하고 있었
다. 그런 의미에서 전후란, 전쟁에서 제각기 상처 입은 인간이 그
것을 어떻게든 치유하고 극복하고자 한 시대이기도 했다. 그것에
문학자나 연구자로서의 삶을 통째로 바친 사람도 적지 않았다. 그
전쟁이란, 도대체 무엇이었는가 - 전후의 지적탐구자들에게 종종

데 제1권, 제15권, 제17권이 있다.

* 가마타 사토시 『상냥함의 공화국』(花伝社, 2006) 217쪽

1. 낙동강에 안겨서

이 질문이 가장 큰 테마가 되었다.

고바야시 마사루와 같은 쇼와 2년에 태어난 유명작가로 시로야마 사부로(城山三郎, 『대의의 끝 大義の末』)와 요시무라 아키라(吉村昭, 『전함 무사시 戰艦武蔵』)가 있다. 시로야마가 '말기에서도 가장 말기'인 '말기 전중파'라고 자칭한 이 두 사람 또한, 소설 집필을 통해서 그 전쟁의 시대를 이해하는 데 생애를 바쳤다.* 그들 말기 전중파는 성인이 되어 실제 전장으로 향했던 메이지·다이쇼 생 '출정병사 出征兵士'세대와, 어린 시절에 일본의 패전을 맞이한 '소국민 少国民'세대(혹은 노사카 아키유키 野坂昭如 가 말한 '잔해파 燒け跡派')의 바로 골짜기 세대에 해당한다. 일상화된 전쟁의 광기 속에서 군국소년으로 자라나서, 가까운 장래에 죽음을 맞이하는 것을 당연한 운명으로 배우고 전쟁에 보내지려는 찰나에 갑자기 종전과 조우한, 어떤 의미로 가장 어중간한 세대가 되었다.**

물론 말기 전중파 뿐만 아니라 전쟁을 평생의 테마로 한 전후 문학자는 셀 수 없을 정도다. 시베리아 억류를 체험한 시인 이시하라 요시로(石原吉郎, 『망향과 바다』)도 그중 한 사람이다. 8년에 걸친 소련에서의 수용소 생활에 의해 그는 정신적으로 크게 상처 입었고, 귀국 후에도 그 후유증은 치유되지 않았다. 시베리아에서 생환한 수십만의 병사들 중 한 사람이었던 이시하라는, 귀국 후 그 체험을

---

* 시로야마 사부로 「쇼와 2생의 전우에게」『기뻐서, 그리고…』(文春文庫, 2010) 296쪽 참조.

** 모리 시로 『작가와 전쟁』(新潮社, 2009) 참조.

보기 드문 문학과 사상의 언어로 승화시켰다. 얄궂게도 그것은, 그가 많은 시베리아 억류경험자들처럼 죽을 때까지 그 트라우마로 계속 괴로워했다는 증좌이기도 했다. 이시하라처럼 전쟁체험과 전후의 삶이 거의 일체화 되어버린 일본인 문학자들은 적지 않다.

식민지 지배와 전후문학

그렇다면 그 전쟁의 이른바 모태가 된, 반세기에 달하는 이민족 식민지 지배의 역사는 전후 일본에서 어떠한 문학과 사상을 낳았을까 - 이렇게 다시 묻는 순간, 나열할 수 있는 이름이 한꺼번에 줄어드는 것은 아닐까. 식민지 제국 일본 역사의 저류에는 항상 '아시아란 무엇인가'하는 물음이 가로놓여 있었다. 이 물음에 대답하고자 한 전후 일본인이라면, 내셔널리즘과의 관련 속에서 중국을 깊이 고찰한 다케우치 요시미 竹内好 나 하시카와 분조 橋川文三 의 이름이 떠오를 것이다.

한편 조선에 대해서는 식민지 지배의 역사를 전후 이른 시기부터 첨예하게 문제화한 가지무라 히데키 梶村秀樹 나 미야다 세쓰코 宮田節子 등의 뛰어난 역사학자가 있었지만, 그들의 이름은 다케우치처럼 사회적으로 널리 알려지지는 못했다. 이것은 전후 일본 사회가 현실적인 과제로서 조선 혹은 식민지 문제를 생각해오지 못했다는 것을 간접적으로 가리키는 것처럼 보인다.*

---

* 이타가키 류타 「한일회담 반대운동과 식민지지배 책임론」 『사상』 1029호(岩波書店, 2010) 참조.

그러한 와중에, 소수이기는 했지만, 조선 문제에 생애를 바친 전후 일본인이 다양한 분야에서 활약하고 있었다.* 고바야시 마사루는 그중 한 명이며, 문학의 영역에서 그와 비견할 만한 업적을 남긴 사람은 거의 없다. 여기에 본서가 고바야시 마사루에 주목하는 근본적인 이유가 있다. 앞에서 이시하라 요시로를 '전쟁 체험과 전후의 삶이 거의 일체화 되어버린 일본인 문학자'라고 했으나, 고바야시 마사루야말로 '식민지 체험과 전후의 삶이 거의 일체화 되어버린 일본인 문학자'였다.

고바야시 마사루는 조선 문제로 고뇌했다. 톡 까놓고 결론부터 말하자면, 고뇌하고 고뇌한 끝에 답이라고 할 수 있는 어느 것 하나 찾지 못한 채 눈을 감았다. 고바야시 마사루의 특징을 한마디로 표현하자면 조선 때문에 고뇌하고 고뇌한 전후 일본인 작가, 라는 표현이 어울린다.

그의 문학은 조선에 대한 고뇌로 가득 차 있다. 작품 하나하나가 조선에 대한 고뇌 그 자체로 이루어져 있다고 해도 과언이 아니다. 그러므로 고바야시 마사루의 문학은 그가 거기에 새겨 넣은 출구 없는 고뇌 그 자체를 통해서 독자에게 이렇게 묻고 있다 - 당신은, 조선 때문에 고뇌한 적이 있는가. 그렇지 않다면 당신은 너무나도 안이하게 조선을 혐오하고 모멸하고 무시함으로써, 혹은 민족성이나 후진성, 미개한 문화, 야만적인 반일, 결국엔 정신병이나 유

---

* 다테노 아키라 편저 『한국·조선과 마주한 36인의 일본인』(明石書店, 2002) 동 『36인의 일본인 한국·조선에로의 눈빛』(明石書店, 2005) 참조.

전자 등 만병통치약 같은 공허한 말로 모든 문제를 조선인들 탓으

로 돌려 너무나 경솔하게 사고 정지의 안전지대로 도망친 채 자신
의 중요한 문제에서 눈을 돌리고 있지 않은가, 하고.

그런데 고바야시 마사루는 어째서 그렇게 조선 때문에 고뇌한
것일까. 재일조선인을 지원하기 위함인가, 한반도의 사람들과 사
이좋게 지내기 위함인가. 물론 그랬을 수도 있다. 하지만 결국 그
의 고뇌는 누군가를 위한 것이 아니라 자기 자신을 위한 것이었다.
그에게는 조선의 나라와 인간을 위한 무언가를 함에 앞서 한 사람
의 식민자 2세로서 그리고 한 사람의 일본인으로서 스스로의 힘으
로 반드시 극복해야만 하는 역사가 있었다.

2. 전후라는 여행의 시작

이국체험의 시대

19세기 말 이후, 일본에서도 인간의 이동이 비약적으로 광역화
되고 복잡해져갔다. 근대는 증기선이나 철도에 의한 단시간의 장
거리 이동이라는 미증유의 경험을 많은 사람들에게 가져다주었
다. 필연적으로 그것은 언어나 문화가 크게 다른 사람들의 교류나
충돌의 시대, 또한 고향의 상실과 망향의 시대가 되었다.

사람들은 많은 경우에 고향 마을을 떠나 도시로 향했고, 때로는
바다나 국경을 넘어갔다. 메이지기의 나쓰메 소세키나 모리 오가
이, 나가이 가후 등의 문학은, 당시로는 극히 드물었던 서양행에
의해 단련되었다. 1930년대 이후의 총력전체제 시기에는 역사상

가장 많은 일본인이 '해외', 그 중에서도 아시아 각지로 확산해나
갔다. 1945년 일본의 패전 당시 700만 명에 가까운 내지인이 해외
의 광대한 지역으로 흩어져 일하거나 싸웠으며, 이것은 당시 내지
인 총인구의 10%에 달하는 막대한 숫자였다. 현재도 일본 영토 밖
에 장기체류하는 일본인은 150만 명에 못 미친다는 점을 생각해
보면, 제2차 세계대전에서 극에 달한 총력전체제 시기는 일본인에
게 전에 없던 이국체험의 시대였다고 해도 좋을지 모른다.*

전전 戰前·전중 戰中의 이러한 성격에 입각해보면, 그것에 이어
지는 전후는 이국체험을 상기하고 정리하는 시대였다는 측면이
보인다. 실제로 일본 전후문학의 적지 않은 부분이 전전·전중의
이국체험을 되돌아보는 것에서부터 시작해나갔다.

다케다 다이준(武田泰淳, 「너의 어머니를! 汝の母を!」)이나 홋타 요시
에(堀田善衛, 『시간 時間』) 등, 중국에서 일본의 패전을 전후한 시기를
보낸 작가들이 많다. 오오카 쇼헤이(大岡昇平, 『들불 野火』 등)의 작품
을 시작으로 전직 병사들 전쟁문학에는 해외를 무대로 하고 있다
는 점에서 원폭이나 총후 생활을 다룬 내지의 전쟁문학과는 다른
성질을 가진다. 반대로, 식민지 지배의 결과로 일본인이 아닌 자도
일본어로 작품을 쓰는 경우도 이미 전전 戰前부터 있었으나, 전후
에는 주로 재일조선인이 일본어문학의 중요한 역군이 되었다. 제
국 일본의 대외전쟁과 식민지 지배가 낳은 이러한 월경자들의 전

---

* 외무성 영사국 정책과 「해외체류동포수 조사통계—헤이세이 30년 요약판」
(http://www.mofa.go.jp/mofaj/files/000368753.pdf) 13쪽 참조.

후문학은 어떤 면에서 고향과 이향 사이에 놓인 고독한 인간들의 기록이었다.

이러한 시좌에서 전후문학을 바라볼 때, 일본인의 식민지 체험을 주제로 하는 문학(식민자 문학이라고도 부를 수 있다)은, 전 일본인 병사나 재일조선인의 문학 등에 비해 존재가 훨씬 희미하다는 것을 알 수 있다.*

제2차 세계대전 말기에 해외에 거주하고 있었던 내지인은 민간인이 약 360만 명, 군인·군 관계자가 350만 명 정도였던 것으로 파악된다.** 양쪽을 다 합해서 '인양자'라고 총칭하는 경우도 있어, 생활 실태에 있어서 실제로 양쪽은(전쟁과 식민지 지배가 일체화한 이상 당연한 것이지만) 종종 하나가 되었다. 하지만 본서에서 사용하는 '인양자'라는 말은 식민지에 재주하고 있었던 민간인(식민자)이라는 의미에 중점을 두고 싶다. 한편 재일조선인의 전후 초기 인구는 60만 명 정도로 파악되는데, 각각 300만 명을 넘는 복원병 復員兵과 인양자들보다 훨씬 적다. 이렇게 해서 일제의 전쟁과 식민지 지배가 낳은 대표적인 월경자 越境者로 일본인 인양자, 일본인 병사, 재일조선인을 나열할 때 전후 문학사에서 존재감이 압도적인 불균형 임이 분명하다. 이것은 단순히 각 집단의 문학적인 역량 차이에 지나지 않는다고 하여 지나갈 문제는 아니라고 생각된다.

---

* 박유하 『인양문학론 서설』(人文書院, 2016) 참조.

** 이시다 아쓰시 「전쟁과 인구구조―고도 경제성장의 기반으로서의 아시아·태평양전쟁」 오기노 마사히로 『전후 사회의 변동과 기억』(新曜社, 2013) 36-37쪽 참조.

인양자를 둘러싼 기억

일반적으로 '인양자'라고 할 때 먼저 떠오르는 것은 후지와라 데이 藤原てぃ의 회상기 『흐르는 별은 살아있다 流れる星は生きている』에서 대표되는 가혹한 인양 체험일 것이다. 기아나 역병, 소련병이나 현지 주민에 의한 (성)폭력 등의 위험에 노출되어 만주나 조선 북부에서 내지를 향하는 가련한 모자와 노인의 무리들과 같은 인양의 이미지는 소설이나 수기, 영화, 가요 등을 통해 전후 일본에서 왕성하게 재생산되어 '일전의 전쟁'을 둘러싼 국민적 이미지의 중요한 일부분을 구성해 왔다. 하지만 본래 그들은 인양자이기 전에, 일제가 타민족으로부터 빼앗은 토지에 들어간 정착민 入植者들이었다. 인양에 앞선 제국주의 전쟁이나 식민지 지배의 역사성을 충분하게 다룬 것이 많지 않다.*

또 당연한 일이지만 인양자들에게는 인양 전과 마찬가지로, 그 후에도 긴 인생이 남아있었다. 인양 그 자체에 비해 여기에 대해서도 충분히 알려졌다고 할 수 없다. 최근의 예로, 일본계 미국인 작가 요코 가와시마 왓킨스 Yoko Kawashima Watkins의 두 편의 자전적 소설이 일본에서 번역 출판되었다. 조선 북부에서부터의 인양을 테마로 한 『대나무 숲 저 멀리서 - 일본인 소녀 요코의 전쟁체험기』와 그 속편에 해당하는 패전 직후 일본에서의 생활을 그린 『속 續·대나무 숲 저 멀리서 - 오빠, 언니와 요코의 전후이야기』가 그것이다. 그런데 전자는 의지할 곳 없는 일본인 인양자에 대한 조선인의 폭

---

* 나리타 류이치 「'인양'에 관한 서막」 『사상』 955호(岩波書店, 2003) 참조.

력이 그려졌다는 점을 둘러싸고 큰 반향을 불러왔고 그에 비해 후자는 거의 화제가 되지 못했다. 연약한 여자아이에 대한 조선인의 야비한 폭력을 서술한 몇 줄이 포함되어 있다는 이유로 전자만이 조명받는 것은 작자도 의도한 바가 아닐 것이다. 이 소설은 근현대사에 있어서 피해자의 입장이나 도덕적 올바름을 둘러싸고 신경을 곤두세우는 '희생자 의식 내셔널리즘'에 알맞은 재료가 되었다.*

전쟁문학을 읽거나, 전쟁을 테마로 한 영화나 텔레비전 방송이 계속 방영됨으로써 전쟁의 기억은 변용을 거듭하며 이어져갔다. 집합적 기억은 유통되는 텍스트나 영상과 연동된다. 열대 밀림이나 남양의 고도 孤島에서 벌레에 뜯기며 길바닥에서 죽어갔던 병사들이나, 중국 대지를 「메뚜기 蝗」(다무라 다이지로 田村泰次郎)처럼 유린하며 침략하는 군대의 이야기를 지금은 거의 볼 수 없지만, 도덕성과 비극적 이미지에 물들여진 특공대원의 이야기는 열광적으로 소비된다(물론 철로 된 관짝 같은 밀폐공간에 갇혀, 어두운 해저를 기는 처참한 '인간어뢰'가 아니라 화려하게 넓은 하늘을 나는 항공기에 의한 특공이다). 230만 명으로 추정되는 일본군 전몰자 중에 특공으로 인한 사망자 수가 5천 명에 못 미치므로 그 실상이 어떠한 것이었든 간에, 항공 특공에 의한 죽음이 지극히 예외적이었다는 것은 분명하다. '일본군 전몰자의 과반수가 전투 행동에 의한 죽음, 이른바 명예 전사가 아닌 아사 餓死였다'는 유력한 설도 있다(후지와라 아키라 藤原

---

* 임지현 「글로벌 기억공간과 희생자의식—홀로코스트, 식민지주의 제노사이드, 스탈리니즘·테러의 기억은 어떻게 만나는가」 하시모토 신 외 편 『분쟁화되는 과거』(岩波書店, 2018) 참조.

2. 전후라는 여행의 시작

彰, 『아사한 영령들 餓死した英霊たち』). 후세의 사람들이 전몰자들에게 '감사와 애도의 뜻'을 표할 때 머릿속에 그려지는 것은 구체적으로 어떠한 죽음일까, 하는 것에서부터 다시 생각할 필요가 있을 것이다.

집합적 기억에는 역사를 어떻게 해석할 것인가 하는 것 이전에, 역사의 어떤 부분을 기억하고 싶고 어떤 부분을 떠올리고 싶지 않은가 하는 집합적 염원이 여실히 반영된다. 어떤 기억의 망각은, 그것이 중요하게 여겨지지 않았다 혹은 잊어버리고 싶었다는 것을 함의한다. 따라서 식민자 문학의 희미한 존재감은 전후 일본인이 식민지 지배의 당사자였다는, 스스로에게 중요한 내력의 일부를 충분히 재고하지 못해왔다는 사실 혹은 그 사실을 잊고 싶어 했다는 것을 시사한다.

조국 상실의 의식

이른바 이민족 식민지배의 현장에 있었던 인양자들의 목소리는, 이렇게 국민적으로 식민지 망각의 흐름을 탄 전후 일본 사회에서 그 격류에 항거하는 일종의 잡음과 같은 것이었다. 그중에서도 10대에서 20살 전후의 나이에 일본의 패전을 맞은 (대부분 이른바 쇼와 한자리수 세대에 해당하는) 인양자들이 주로 1970년을 전후하는 한 때, 왕성하게 식민지에 대한 작품을 써서 세상에 내보냈다. 정통적인 문학사를 살펴보면 다롄 大連 태생의 기요오카 다카유키 淸岡 卓行의 「아카시아의 다롄 アカシャの大連」이나, 마찬가지로 다롄에서 유소년기를 보낸 미키 다쿠 三木卓의 「검은머리방울새 鶸」 등의 아

쿠타가와 수상작이 그 대표적인 예라고나 할까.[*]

그런데 그들 식민자 2세의 전후문학에는 어떤 특징이 공통적으로 나타난다. 식민자 문학연구를 주도한 오자키 호쓰키(尾崎秀樹, 1928 - 1999 '조르게사건'으로 형을 받고 죽은 오자키 호쓰미의 이복동생)는 이 세대의 일원이지만, 식민지 대만에서 나고 자랐다. 그는 식민자 2세들에게 식민지 체제의 붕괴와 인양에 의해서 근원적인 '조국 상실의 의식'이 불어 넣어졌음을 강조한다.^{**} 여기서 말하는 조국 상실이란, 단순히 조국이 패전하여 점령되는 것이 아니라 조국이나 고향 등의 안정적인 관념 그 자체가 파탄되는 사태를 의미했다.

고토 메이세이 後藤明生 는 조선 북부에서 맞이한 일본의 패전에 대해 "자신이 태어난 고향이라는 것이, 한순간에 '외국'으로 변화"하는 동시에 어딘가로 소멸한, 너무나 기묘한 순간이었다고 회고했다. "분명 내가 태어난 고향인 영흥 永興 은 패전과 동시에 '외국'으로 급변했지만, 그러나 그 산과 강은 딱히 소멸한 것이 아니었기 때문이다. 소멸한 것은 그곳이 일본이었다는 허구일 뿐이다. 즉 나는 태어난 고향을 잃어버리는 체험과 맞바꾸어 국가라고 하는 것의 허구를 알게 되었던 것이다."^{***}

제국의 아이들은 자국의 일부라고 믿고 있었던 식민지가 '외국'

*　박유하 「방치된 식민지 제국 후 체험」 이요타니 도시오 외 편 『'귀향'의 이야기/'이동'의 이야기』(平凡社, 2014) 70-77쪽 참조.

**　오자키 호쓰키 『구식민지 문학 연구』(勁草書房, 1971) 324-325쪽 참조.

***　『고토 메이세이 컬렉션』 5권(国書刊行会, 2017) 149-150쪽

으로 급변하는 순간을 맞닥뜨리면서, 일본에서 거의 반영구적으
로 고정적이며 분명한 것으로 보였던 국가라는 것이, 사실은 그때
그때 어른의 사정에 따라 자유자재로 신축되는 인공적인 '허구'라
는 것을 느낄 수 있었다. 일반적으로 국가가 지리·역사·문화적인
경계에 따른 자연발생적인 것으로 여겨지는 섬나라 일본에 있어
서, 그것은 상당히 특수한 정신적 체험이었다고 할 수 있다.

　패전으로 인해 조국이 점령되었어도, 내지에 있는 일본 아이들
에게 점령군은 국토에 일시적으로 진주 進駐하는 외부인에 지나지
않았다. 하지만 외지에 있는 일본 아이들의 경우 이민족의 손에 되
돌아간 산과 강에서, 이미 그들 자신이 진짜 외부인이 되었다. 자
신의 고향은 식민지라고 하는 '허구' 위에 성립된 것이었다. 그렇
다면 그 '허구' 위에 태어난 나는 도대체 누구인가 - 식민자 2세들
의 전후문학은 이처럼 자신의 설 자리를 흔들리게 하는 질문을 새
끼를 꼬듯 이어가게 되었다.

아시아의 망령들

　"일본의 전후문학은, '돌아오는 것'에서부터 시작되었다"라고,
가와무라 미나토 川村湊는 말한다. "물론 해외의 전장이나 식민지,
혹은 점령지에서 인양되어 온 것만이 '돌아오는 것'은 아니었다.
징병된 군대로부터, 동원된 군수공장으로부터, 전쟁을 피해서 간
시골의 공동기숙사에서, 어른·아이·남녀 할 것 없이 자신이 살던

마을, 살던 곳, 살던 집에 각기 '돌아'오려고 했던 것이다."* 다만
그것만이 전후문학의 시작은 아니었다.

아베 고보 安部公房 는 태어난 지 얼마 안 되어 이주해서 17년간을 보낸 봉천 奉天 에 대해 '그 살풍경한 만주 안에서도 특히 살풍경한 마을'이었다고 하면서, 이렇게 술회하였다.

> 그렇지만 그 살풍경함으로 오히려 더 마음이 끌렸다면, 그것은 역시 고향이기 때문일까. 분명 고향에 준하는 마을이기는 하다. 하지만 고향이라고 단언할 수 없는 것은 왜일까. 나의 아버지는 개인적으로 평화로운 시민이었다. 그러나 일본인 전체는 무장한 침략 이주민이었다. 아마도 그 때문에 우리들은 봉천을 고향이라고 부를 자격을 갖지 못하는 것이다.
>
> 그렇다고 해서 달리 고향이라고 부를 장소도 없다. 봉천에 있을 때는 일본의 꿈을 꾸고, 일본에 돌아와서는 봉천의 꿈을 꾼다. 나는 가끔 나 자신이 고향 주변을 헤매다 끝끝내 안으로 들어갈 수 없는 아시아의 망령이 된 듯한 기분이 된다.**

소멸한 식민지와 식민지를 잊은 전후 일본 사이에 발생한 기묘한 공백지대에 끼여서, 인양자 아베 고보는 '아시아의 망령'이 되었다. 1948년에 간행된 그의 전후 첫 번째 작품인 소설 『길이 끝난

---

*   가와무라 미나토 『전후문학을 묻다』(岩波新書, 1995) 1-2쪽

**   『아베 고보 전집』 4권(新潮社, 1997) 484쪽. 사카 겐타 『아베 고보와 「일본」』 (和泉書院, 2016) 84쪽을 참조함.

2. 전후라는 여행의 시작

표식으로 終りし道の標べに 』는 정말 인상적인 한 문장으로 시작된다. "여행은 발걸음이 끝난 곳에서부터 시작해야만 한다."*

식민지 제국의 아이들에게 인양의 끝은 또 다른 긴 여행의 시작을 의미했다. 그것은 뒤에 남겨놓고 온 환상의 '고향'으로 돌아가려고 하는 망향의 여행이자, 전후 일본이라는 '이향'에 정착하기 위한 개척 생활 혹은 그것을 계속해서 거부하기 위한 도망 생활이기도 했다. 그 가운데 쓰였던 그들의 전후문학(이것을 이 책에서는 식민지 체험 뒤에 쓰였다는 의미에서 포스트콜로니얼 문학이라고 부르고 싶다)은 이 세상에 존재하지 않는 귀환지를 향해 끝없이 계속 헤매는, 아시아의 망령들의 끝나지 않는 인양 기록과 같았다.

열두 살 때 조선의 평양에서 일본의 패전을 맞이하고, 거기서 어머니를 잃은 후 결사의 각오로 38선을 넘어서 일본에 인양된 경험이 있는 이쓰키 히로유키 五木寛之 도 그러한 아시아의 망령 중 한 사람이 되었다. 그는 전후에 스스로를 '데라시네(뿌리 없는 풀)'로 부르며, 전후 일본에서의 생활을 서커스 여행에 비유했다.** 이쓰키는 그 여행의 시작의 순간, 즉 한반도를 떠나는 순간을 "조금도 기쁘지 않았다"라고 회고한다.

설령 어떠한 처지라 해도 반도의 산과 강은 내가 자란 토지였다. 나는 멀어져가는 붉은 흙산을 계속 바라보았다. 그것은 아무리 그곳에 멈춰서고 싶어도

* 아베 고보 『〈진선미사 판〉 길 끝난 곳의 이정표에』(講談社文芸文庫, 1995) 9쪽

** 『이쓰키 히로유키 에세이 전집』 3권(講談社, 1979) 198쪽

서 장 역사 속으로 사라진 고향

우리들 식민자가 사는 것이 거절된 땅이며 우리는 추방된 죄인으로서 떠나 가는 것이었다.*

　오랫동안 정든 식민지에서 거절당하여, 수십만의 주검을 뒤에 남겨두고 내지에 도착한 저 인양자들은 그 후에 어떻게 살았고, 각자의 식민지 체험을 어떻게 받아들였던 것일까. 전장에서 사선을 빠져나온 병사들이나 공습의 화염에서 도망쳐온 도시주민들처럼, 인양자들에게도 그 후의 긴 인생이 있었다. 더욱이 식민지에서의 생활과 인양 뒤에 인생을 본격적으로 시작하게 된 제국의 아이들이 있었다. 전후에 그들이 모든 것을 잊고 아무 말도 하지 않은 것은 아니었다. 그들은 식민지 지배의 역사를 잊으려고 하는 새로운 시대의 공기 속에서 스스로 식민지의 기억을 때로는 주저하듯이, 때로는 막힘없이 이야기했다.
　하지만 어떤 면에서는 기억을 이야기하는 것 그 자체 이상으로 중요한 것이 있다. 그것은 식민지를 아는 제국의 아이들이 전후 일본에서 어떻게 성장하였고, 무엇을 생각하고, 어떻게 살아갔는가 하는 문제이다. 그들은 자신들의 시작점이 제국 일본의 이민족 식민지배 역사에 있었다는 사실을 어떻게 전후 일본의 현실과 미래에 연결하고자 했을까. 그리고 그것은 지금 어떠한 의미를 가지는 것일까. 이 책에서는 일제의 조선 식민지배 역사와 마주하는 것에 표현자로서의 삶을 통째로 바친 보기 드문 전후 일본인 소설가 고

* 　이쓰키 히로유키 『심야의 자화상』(文春文庫, 1975) 40쪽

2. 전후라는 여행의 시작

바야시 마사루에 주목하여 그것에 대해 고찰해보고자 한다.

이것으로서 서두를 마친다. 본론에서는 고바야시 마사루의 전후 발자취를 따라가지만, 서장을 끝냄에 있어 그가 일본의 패전을 맞았을 때의 일을 이야기해두려고 한다.

1945년 여름, 열일곱의 고바야시 마사루는 특공대원을 목표로 하는 육군항공사관학교의 생도로 도쿄 교외에 있었다. 잡목림이나 감자밭이 펼쳐지는 완만한 전원지대 속에서 적의 습격에 대비하여 고사기관총을 겨누고 마른하늘을 노려보고 있었다.

3. 마지막 사관후보생

육군항공군 사관학교에서의 패전

1944년 3월 6일, 사이타마 현 아사카 朝霞 마을에 있는 육군예과 사관학교의 교정은 전날까지 눈이 쌓여 눈부시게 빛나고 있었다. 조선에서 온 고바야시 마사루는 이날, 결과적으로 제국 육군사관학교(본과) 마지막 기수가 되는 제 60기생 중 한 사람으로 입교식에 임했다. 「결전비상조치요강에 입각한 학도동원 실시요강」이 각의결정된 전날의 일이었다. 이 3월에 임팔 작전이 강행되어 일제는 파멸로 향하는 발걸음을 더욱 재촉하게 된다. 전월 하순에는 고바야시 마사루의 9살 위인 큰형이 동부 뉴기니아에서 사망한 상황이었다.

1년간의 예과 생활을 거쳐 다음 해 45년 3월 27일, 고바야시 마사루는 본과에 해당하는 사이타마현 도요오카 豊岡 마을의 육군항공사관학교(통칭 '항사')에 진학했다. 그러나 제국은 이미 빈사 상태에 있었다. 생도들은 제대로 된 군사훈련을 받지 못한 채 농작업이나 토목공사 등에 내몰리며 시간을 보냈다.

같은 60기로 조선인 아버지를 둔 작가 이이오 겐시 飯尾憲士 는 당시의 상황을 이렇게 회고한다. "이미 전쟁말기로, 우리들은 중대 사옥을 해체하여 가까운 산림에 옮겨 세우거나, 그 산림에서 방공호를 파는 일만 하고 있었다. 항공학 교육도 없이 고추잠자리라고 불리던 95식 일자형 중간 연습기는 커녕 글라이더조차 한 번도 타지 못했다. 용감무쌍한 특공의 대전과 大戰果 를 그대로 믿고, 자신도 빨리 적함에 돌진해야 한다고 굳게 맹세한 상태였다."* 도쿄의 밤하늘이 지상의 화염으로 붉게 물드는 것을 망연하게 바라볼 수밖에 없던 적도 있었다. 소모적인 노동 등에 의해 초췌해져 가는 가운데, 생도들은 8월 15일을 맞이하게 된다.

날짜가 15일로 바뀐 깊은 밤, 항복을 부끄럽게 여기는 일부 장교들이 궁성을 점령하고 쿠데타를 꾀하는 사건이 일어난다(궁성사건 宮城事件). 이때 군의 동원을 거부한 근위 사단장 모리 다케시 森赳 중장을 참살한 것은 항사에서 구대장이었던 우에하라 주타로 上原重太郎 대위였다. 미명에 항사로 돌아왔을 때, 우에하라는 피로 젖은 처참한 모습 그대로 생도들에게 궐기를 촉구했다고 한다.**

15일 오전의 항사는 미군기의 내습이 뚝 그치고, 섬뜩한 침묵이

---

*   이이오 겐시 『가이몬다케』(集英社文庫, 1989) 7쪽

**   도이 다이스케 『말기 전중파의 풍토기』(本の泉社, 2008) 15-16쪽 참조.

3. 마지막 사관후보생

일대를 압도하고 있었다고 한다. 정오에 전원이 정복차림으로 정렬한 대강당에서 생도들은 옥음방송(1945년 8월 15일, 당시 일본의 천왕 쇼와 덴노가 무조건 항복을 알리는 '종전조서 終戰詔書'를 낭독한 녹음본을 재생한 라디오 방송을 말한다)을 듣는다. 그 가운데 제7중대 제2구대 소속의 고바야시 마사루도 있었다.

방송이 끝난 후 강당은 금세 광란의 도가니로 변했다. 방송을 듣고 발끈한 어느 구대장이 맹렬하게 강단에 뛰어 올라가 군도로 라디오의 코드를 잘라버렸다. 생도들이 아연실색해서 숨죽이는 가운데 보라색 불꽃이 탁탁 튀었다. 그 후 교장과 관계자들에게 다가와 철저히 항전할 것을 주장하는 젊은 구대장들과 그것을 말리는 상급장교들이 격한 언쟁을 시작했다.

"'지금부터 도쿄를 향해 출발. 군장하고 숙사 앞에 집합!' 그 목소리에 사슬이라도 풀린 듯이 모두 앞다투어 대강당을 뛰쳐나갔다."[*]

생도들은 탄약고나 병기고에 몰려들어 군도 등을 잡아들고 무장했다. 학교관계자들을 연금하고, 교문에는 중기관총을 설치하여 학교를 점거해버렸다. 60기생 중 한명이었던 역사학자 오에 시노부 大江志乃夫에 의하면, 생도들은 "즉시 행동을 개시하고, 다음날 16일 정오까지 중기관총 20정, 경기관총 30정, 수류탄 20개, 탄약 3만 발로 무장한 부대를 만들어냈으니 그 전력은 2·26사건 반란

---

[*] 오카모토 다카오 「항공 1차 통신의 분석발표에서 8월 15일까지」 『육군사관학교 제60기 생도사』(六十期生会, 1978) 379쪽

부대에 필적할 정도였다."*

하지만 광기의 열은 오래가지 않아 식었고, 무장은 싱겁게 해제되었다. 그 사이에 탈주자가 속출했으나, 그중에는 지치부 秩父 산속으로 도망가 게릴라가 되려고 한 자들도 있었다. 게다가 미수에 그쳤지만 60기생의 일원이었던 일곱 명의 조선인 중 한 사람을, 조선에 귀국시키기 전에 입을 막으려는 목적으로 살해하려고 한 계획이 수명의 일본인 생도들 사이에서 제기되는 일까지 벌어졌다고 한다.** 19일 미명, '궁성사건'에 연루된 우에하라 주타로가 학교 교내의 항공신사에서 할복자살을 했다. 이윽고 교내 분위기는 진정되었고, 이번에는 극도의 패닉상태가 찾아왔다.

분열되는 '고향'

패전 전후의 그 시기에, 고바야시 마사루는 무엇을 생각하고 있었을까. 그가 꼼꼼하게 적어 상관의 검열을 받은 반성록은 8월 13일로 끝나있다. 대부분의 사관후보생이 그랬듯, 그 역시 천황을 위해, 국가를 위해 싸우다 죽으려고 했다. 그렇다면 그때 그의 가슴속에 고향을 위해 싸우다 죽자는 상념이 스쳤을까. 만약 그랬다면 그 마음에 떠오른 것은 어떠한 풍경이었을까 - 하지만 그때의 심경에 대해 그는 아무런 말도 하지 않았다.

---

*   오에 시노부 『쇼와의 역사』 3권(小学館, 1982) 25쪽

**   오카다 아키라 「오오야마 후보생의 목숨을 구걸하다」 『육군사관학교 제60기 생도사』 전게서, 384쪽 참조.

3. 마지막 사관후보생

이에 대해서 식민자 3세였던 시인 무라마쓰 다케시 村松武司가 입영했을 때의 일을 회상한 바 있다. 1944년, 태어나고 나란 경성에서 소집된 무라마쓰는 출정전의 환송회에서 입영자 대표로 인사를 하게 되어 이런 연설을 했다고 한다.

"우리들은 싸우러 떠납니다. 무엇을 위해 가는가. 누구는 조국을 위해서라고 합니다. 저는 그 의미를 잘 몰랐지만 지금에서야 겨우 알 것 같습니다. 어렸을 때부터 뛰놀던 수호신이 지키는 숲, 윤기 흐르는 나무, 풀내음, 이것들, 나의 어릴 적부터 지금까지 추억으로 연결되는 것들을 지킨다는 그 의미를 압니다. 그러니까 목숨을 걸 수 있습니다. … "

연설은 감동을 불러일으켰고 청중의 눈물을 자아냈다고 한다. 조선인이 없는 자리에서의 일이었다. 하지만 전후에 그것은 부끄러운 기억이 되어 무라마쓰의 마음 한켠에 머물게 되었다.

'경성'에서 자란 나에게, 수호신이 지키는 숲으로 연결되는 추억이 어디에 있다는 걸까. 나는 아직 본 적도 없는 일본의 농촌을 그렸던 것에 지나지 않았다. 내가 자란 조선의 풍경, 먼 산줄기, 민둥산, 다듬이질, 물이 불어난 강, 마른 강, 포플러나무, 봉분, 지켜야 하는 것으로서 어째서 이 조선을 그려낼 수 없었던 것일까.

나는 일본을 모른다. 조선밖에 모른다. 그럼에도 불구하고, 이때 조선을 버렸었던 것이다.*

*　　무라마쓰 다케시 『바다의 타령』(皓星社, 1994) 279쪽

서 장   역사 속으로 사라진 고향

무라마쓰의 고향은 출생지인 조선과 조국 일본 사이에서 민둥산이나 마른강, 포플러나무와 같은 눈앞에 실존하는 풍경과, 제대로 본 적도 없는 일본의 농촌이라는 관념 사이에서 비틀려 분열되어 있었다. 그리고 이미 '조선을 버렸었다'고 후회하는 식민자 3세가 떠안은 모순은 깊었다. 그렇다면 일본의 '수호신이 지키는 숲'을 위해서가 아니라, 조선의 '민둥산'을 지키기 위해서 싸운다고 해야 좋았을까. 그러나 그것은 어디까지나 조선이 아닌 일본을 위한 전쟁이었다. 일본의 조선지배를 더욱 강고하게 하고 조선인을 한층 더 일본인화하는 전쟁이며, 아무리 싸워도 조선 민족이 독립할 수 없는 그러한 전쟁이었다.

1945년 8월 25일, 가랑비가 내리는 가운데 항사의 생도들은 무기를 반납하고, 각기 막연한 전후를 향해 내딛기 시작했다. 고바야시 마사루는 무사시노 철도에 올라 도쿄로 향했다. 어느 자전적 소설 속에서 그는 주인공의 입을 빌려 그대로 드러난 철골이 죽 늘어선 도심부의 폐허 위에 내렸을 때의 심경을 이렇게 말하고 있다. "이 황량한 풍경속으로 들어가고자 하는 나는 누구인가. 나는 학생도 아니고, 노동자도 아니고, 갈아야 할 논밭도 없었고, 경작법도 몰랐다."(「붉은 벽 저편에 赤い壁の彼方」 1:304)

사관후보생의 휘장을 빼고, 그 누구도 아니게 된 열일곱 살의 고바야시 마사루는 도쿄에서 지내는 누나 집에 의탁했다. 전쟁은 끝났고, 식민지 조선은 역사 속으로 사라졌다. 그렇게 해서 그는 고향이라고 부를 수 있는 곳을 영원히 잃어버렸다.

3. 마지막 사관후보생

내가 이번 행동대에 참여한 것은 당의 방침이어서 만은 아니다.
6.25전쟁에 실력寶力으로 반대하는 것에 찬성했기 때문만이 아니다.
나에게는, 나 자신만이 가지고 있는 조선이 있다.
그 조선을 위해서 나는 싸울 것을 결심한 것이었다.

고바야시 마사루 『단층지대』

제 1 장

원점으로서의 한국전쟁

1. '격렬한 전환기'

한국전쟁의 발발

1950년 6월 25일, 조선민주주의 인민공화국 DPRK의 김일성이 무력통일 노선에 발을 들여 넣어 한국전쟁이 시작되었다. 대한민국의 수도 서울은 불과 3일 만에 함락되고, 조선인민군은 그대로 한꺼번에 남진하여 들어왔다. 부산 주변까지 밀려와 영토가 합쳐질 것으로 생각되었으나, 9월 15일에 인천 상륙작전을 감행한 국제연합군(유엔사령부 - 실질적으로 미군)의 역습을 받아 인민군은 퇴로가 끊겨 대혼란에 빠진다. 서울을 탈환하여 반대로 북부로 올라간 연합군은 10월 20일에 평양을 점령하고, 중국과의 국경부근까지 진격했다. 이번에는 판세가 뒤바뀌어 북한이 멸망의 벼랑 끝에 내몰린다. 그런데 25일, 중화인민공화국이 전격적으로 참전함으로써 전황이 크게 변한다. 12월 24일, 맹공격하던 중국군이 북위 38도선을 넘어 51년 초두에 서울을 점령한 것도 잠시, 3월 14일 연합군이 다시 탈환하였다. 그 후 전선戰線은 38도선 부근에서 교착상태에 빠진다. 긴 소모전을 끝내고 전쟁이 시작된 지 3년이 지난 1953년 7월 27일이 되어, 겨우 휴전협정이 체결되었다.

한국전쟁은 일반적으로 한국에서는 인민공화국의 침략행위를 강조하는 의미로 6.25 전쟁이라고 하며, 인민공화국에서는 일제 日帝의 자리를 대신한 미제 米帝를 구축하는 민족독립전쟁이라는 의미로 조선해방전쟁으로 각각 불려왔다. 한편 국가주의나 정치적 이데올로기 각축과는 관계가 없던 민중에게 있어 그것은 이

웃 사람이 갑자기 살인귀로 변하는 악몽과도 같은 인간 사냥이며, 극대화한 공권력에 의한 집단학살의 아수라장이나 다름없었다.*

남쪽은 낙동강, 북쪽은 중국과 조선의 국경인 압록강까지, 한반도의 거의 전역이 전쟁터가 되어 처참한 살육이나 시가전, 참호전, 그리고 초토화 폭격이 각지에서 벌어졌다. 당시 한반도의 총 인구 3천만 명 중에 사망자 수는 3백만, 혹은 4백만 명이라고도 한다. 각지의 촌락에서, 적군에게 편의를 봐준 일가에서 빨갱이를 냈다는 이유로 무차별 학살이 일어나는 일도 있었다.

미군에 제공권 制空權 을 장악당하여 일방적으로 폭격에 노출된 북한이 입은 손해는 몹시 컸다. 제2차 세계대전 중에 미군이 태평양 전쟁지역 전체에서 사용한 총량보다 더 많은 폭탄이 그 좁은 영토에 집중적으로 투하되어, 임시수도 평양을 필두로 거의 모든 도시가 흔적도 없이 타버렸다. 미군의 입장에서 본다면, 한국전쟁에서의 소이탄 燒夷彈 폭격은 분명히 태평양전쟁 중의 일본 본토 공습의 연장이었다. 더글러스 맥아더는 한국전쟁 초기에 '소각과 파괴를 위한 초토화정책'을 내세워 도시의 크고 작음을 막론하고 북한 전역을 '사막화' 한다고 선언했다.** 사망이나 난민화에 의해 건국 후 얼마 지나지 않은 실제 북한 총인구의 4분의 1을 잃었다고 추정

* 김동춘 『한국전쟁의 사회사』(김미혜 외 역, 平凡社, 2008/원저 『전쟁과 사회』) 참조.

** 김태우 『폭격』(창비, 2013) 267-290쪽 참조.

1. '격렬한 전환기'

되고 있다.* 어느 연구에 의하면 한국전쟁은 1871년부터 1965년까지 세계에서 일어난 주요 전쟁 중에서 두 번의 세계대전에 이어 세 번째로 치열한 전쟁으로 평가된다고 한다. 비전투원(민간인)의 사망자수가 전투원의 그것보다 훨씬 많은 것도 큰 특징이었다.**

한국전쟁은 일제의 해체 과정에서 일어났다는 의미에서 제2차 세계대전의 연장선상에 있는 동시에, 동서냉전의 본격적인 시작을 알렸다는 의미에서 전후 세계체제의 기점이 되기도 하는 현대 세계사상 지극히 무거운 의미를 가지는 전쟁이다. 그것이 아직 종결에 이르지 않았다고 하는 것은, 제2차 세계대전에서 극점에 달한 총력전 체제와 그것에 뒤따르는 냉전체제라는 20세기 두 가지 세계적인 전시체제가 한반도를 중심으로 동아시아에서 여전히 지속되고 있다는 점을 나타낸다. 그러한 점에서 한반도, 그리고 일본을 포함한 동아시아에는 진정한 의미에서의 '전후'는 아직 도래하지 않았다. 한국전쟁은 말하자면 동아시아의 '전중'과 '전후'의 가운데에 위치하는 전쟁인 것이다(오코노기 마사오 小此木政夫 『조선분단의 기원 朝鮮分斷の起源』).

한국전쟁은 고바야시 마사루의 전후 삶에 있어서도 결정적인 의미를 가지게 되었다. 그에게 한국전쟁이란 무엇이었는가. 본장에서는 소설가 고바야시 마사루 탄생의 순간에 다가가 보기로 한다.

---

*   와다 하루키 『한국전쟁전사』(岩波書店, 2002) 462, 479-481쪽 참조.

**   김태우 「한국전쟁과 폭격의 트라우마」 박태균 외 『쟁점 한국사 : 현대편』(창비, 2017) 90쪽

그 전에, 한국전쟁에 이르기까지의 고바야시 마사루의 발자취를 간단히 더듬어 가보고자 한다.

일본이 패전하며 고바야시 마사루가 떠난 육군항공사관학교는, 점령군에 접수되어 존슨기지로 개명되었다. 이 기지는 한국전쟁시에 미군에 의한 한반도 폭격의 주요 거점이 되었다. 기지가 일본측에 전면반환된 것은 1978년의 일로, 현재는 항공자위대 이루마 入間 기지로 사용되고 있다.

1945년 10월, 전년 2월에 뉴기니아에서 사망한 큰형에 이어 2살 위의 작은형이 결핵때문에 부대와 함께 귀국하지 못하고, 중국 화북지방에서 병사했다. 말기전중파는 이렇게 근소한 연령차이가 아주 큰 의미를 가진 세대였다. 특공요원으로서 교육을 받으며 죽을 기회를 놓친 모양이 된 삼남 마사루는, 도쿄에서 새로운 시대 속으로 들어간다.

끝없이 이어지는 황량한 폐허는 이때 그의 심상풍경 그 자체였다. 어느 자전적 소설 속에서 그는 "믿을 만한 것은 모두 파괴되고, 불타고, 철골은 굽어져 흉측하게 녹슬어 있었고, 나무들은 검게 눌은 무참한 막대기로 변했고, 재가 쌓인 흙에서는 사상이라 부를만한 것이 싹터올 기색도 보이지 않았다"고 회상하였다.*

전후에는 공산주의자임을 밝히고 산 고바야시 마사루였지만, 일본의 패전 후 곧바로 '전향'한 것은 아니었다. "복원 復員 한 이듬

---

*   고바야시 마사루 「당·1961」 『문예』 1권 7호(河出書房新社, 1962) 19쪽

해 봄에 총선거가 있었고, 우연한 기회에 나도 시가 요시오志賀義
雄씨의 연설을 듣고, 마음 깊은 곳에서부터 분개하여 그날 밤 좀처
럼 잠들지 못했던 것을 기억한다."라고 밝혔듯이 전쟁 중에 주입
된 군국주의 사상은 바로 사라지지 않았다.*

극적인 사상적 변화는 고등학교 재학 중에 일어났던 듯하다. 유
족에 의하면, 고바야시 마사루가 공산주의에 눈뜬 것은 2년간 그
와 기숙사에서 함께 먹고 자고 했던 친구이며 후에 국제정치학자
가 되는 사이토 다카시齋藤孝의 영향에 의한 것이었다. 그 사이토
가 당시의 일을 이렇게 회상하였다.

"고바야시는 웅변가였다. 고바야시만이 혼자서 기를 쓰고 기염
을 토했고, 누구나 그 기개에 휩쓸리고 말았다. 좌중을 지배하는
것은 항상 고바야시였다. 그리고 기분이 고조되었을 때 고바야시
는 아리랑이라든지 도라지 같은 조선민요로 분위기를 바꾸었다.
기숙사 내에서는 기숙사생이 청소나 세탁을 할 때, 자주 아리랑이
나 도라지의 멜로디를 흥얼거리게 되었다."**

1948년 일본공산당에 입당. 공산주의와의 만남은 어두운 허무
감에 빠져있던 고바야시 마사루에게 하나의 광명이 되었던 것 같
다. 패전 후의 사상적 혼미함 가운데 있었던 많은 젊은이들이 다
다른 전형적인 코스였다고 할 수 있다. 이 시기의 고바야시 마사
루의 모습을 후배 기숙사생이었던 시마 시게오島成郎가 이렇게

* 고바야시 마사루 「10년」『신일본문학』 10권 11호(新日本文学会, 1955) 261쪽
** 사이토 다카시 「고바야시 마사루와 조선」『계간삼천리』 39호(三千里社, 1984) 14쪽

회고하였다.

"빈궁했던 탓에 학생 생활을 거의 아르바이트로 보냈던 그, 고바야시 마사루 씨는 이미 작가에 뜻이 있어 항상 문학에 대해 뜨겁게 열변을 토했지만 열성적인 공산당원이었다. 하지만 당시 비록 당일지라도 신랄하게 비판하기를 서슴지 않고, 그 이상으로 생기있는 감성과 밝고 친절한 인간성을 발산하는 인품에 나는 매료되었다. 겉으로 보이는 말의 격렬함과는 반대로 메마른 감성밖에 느낄 수 없었던 많은 당원들에게 질려있던 나에게는, 공산당의 상像이 단번에 현실화된 것이었다."**

이 때의 고바야시 마사루는 발족한 지 얼마 안 된 신일본문학회에 벌써 발을 들여놓고 있었다. 고라쿠엔後楽園의 폐허에 마련된 사무소에 출입하며 심부름꾼 같은 일을 했던 것으로 보인다. 당시의 일을 아는 구리하라 유키오栗原幸夫는 이렇게 회상한다.

"겨울에는 난방 같은 것은 물론 스토브도 당연히 없어서, 모두 오버코트를 입고 목도리를 두른 채 일을 했지요. 고바야시 군은 그런 복원군인이었으므로 군대의 카키색 외투를 입고 돌아다녔습니다. 그것이 상당히 선명하게 눈에 남아있습니다."**

1949년, 학제개편에 따라 와세다대학 문학부 노문과에 전입학한다. 이때의 고바야시 마사루가 쓴 시 속에 이런 구절이 있다.

*   시마 시게오 『분트 사사』(批評社, 1999) 25쪽

**   구리하라 유키오 「강도관 시대의 일, 등」 가마타 사토시 편집대표 『『신일본문학』의 60년』(七つ森書館, 2005) 532쪽

1. '격렬한 전환기'

가을은 지나가려고 하고 있다.

하지만 가을은 아직 다 가지는 않았다.

겨울이 오려고 하고 있다.

하지만 겨울은 아직 오지는 않았다.

우리들은

이렇게 격렬한 전환기를 좋아하는 것이다.

「와세다의 은행나무에 바치는 노래 早稲田の銀杏の木に捧げる歌」(3:9-10)

시대는 바야흐로 '격렬한 전환기'였다. 고바야시 마사루가 대학
생활을 보냈던 1950년 전후는 학생운동이 일찍이 전후 최대급의
고양기를 맞이하고 있었다. 1949년 1월 중의원의원 총선거에서는
일본공산당이 35개 의석 획득으로 약진을 이루어냈다. 한편 동아
시아를 둘러보더라도, 같은 해에 중화인민공화국 성립의 거대한
충격이 전파되어 혁명에 대한 기대와 열기가 가득 차있었다. 고바
야시 마사루가 대학에 진학한 1949년은 일본에서도 '9월 혁명설'
이 그럴듯하게 나돌 정도였다.

그런데 50년 정초에 일본공산당은 코민포름에 의한 평화혁명
노선 비판을 받아들여, 그 후 수년간 이어지는 미주迷走를 시작하
게 된다. 지도부 분열의 영향은 고바야시 마사루와 그 주변 말단
당원학생들에게도 파급되어 그들은 꼼짝없이 분파투쟁에 휘말려
들어갔다. 또 1949년 여름부터 시작된 '레드 퍼지'의 물결은 학생
운동 중심부 중의 하나였던 와세다대학에도 이르러 관제의 '적색

분자 숙청'에 대한 필사의 반대운동이 펼쳐졌다.*

약 3천명의 학생이 참가한 1950년 10월 17일의 항의활동에서는, 143명의 학생이 검거되어(그 중 86명이 정퇴학 처분), '오후 9시 30분경 도버스에 나누어 태워져 일단 도쓰카 戸塚서에 보내진 후, 각 서에 분산유치되었다.'** 고바야시 마사루도 이 중 한 명이 되어 정학처분 후 제적되었다.***

이렇게 해서 결과적으로 그는 소학교 이외의 정규과정을 한 번도 마무리하지 못하고 학생생활을 끝내게 되었다. 대구중학교는 4년으로 조기수료하고, 육군항공사관학교는 재학 중에 패전으로 해체되어 버렸다. 전후 구제 旧制 고등학교에 입학했지만 학제 개혁으로 와세다대학에 편입학하게 되었고, 더욱이 그곳에서 추방된 것이다. 이렇게 토막난 고바야시 마사루의 학력에는 말기전중파 세대가 경험한 복잡한 역사적 단층의 흔적이 새겨져 있다.

대학에서 쫓겨난 고바야시 마사루는 그 후 일본공산당의 군사방침에 따라 행동하게 되었으며 한국전쟁의 발발부터 휴전까지의 3년간은, 고바야시 개인의 인생에 이러한 격렬한 전환기가 겹쳐있었다.

---

* 안도 진베에 『전후 일본공산당 사기』(現代の理論社, 1976) 132-148쪽 참조.

** 고바야시 가즈히코 「증언·1950년10월17일」 『와세다 1950년』(早稲田, 1950·記録の会, 1999) 150쪽

*** 다케이 데루오 『계층으로서의 학생운동』(スペース伽耶, 2005) 47쪽 참조.

1. '격렬한 전환기'

파괴되는 '고향'

에코타 江古田 진료소에서 일하기 시작한 고바야시 마사루는 1950년 창간된 『인민문학 人民文学』의 편집부원이 되었다. 이 때 인민문학을 거점으로 삼아 작가 활동을 모색해나갔다. 이 인민문학에는 노마 히로시 野間宏나 아베 고보 등 일본인 당원 작가 외에도 허남기 許南麒, 김달수 金達寿, 오임준 呉林俊, 박원준 朴元俊 등 후에 고바야시 마사루에게 영향을 주는 재일조선인들이 관련되어 있었다.*

김달수는 한국전쟁이 일어난 직후 「분노와 슬픔과 怒りと悲しみと」라는 제목으로 통분에 가득 찬 단문을 발표했다. '지금 나는 깊은 슬픔과 분노의 구렁에 빠져있다. 하기야 슬픔이나 분노 같은 것이 우리 것이기는 했지만', 모든 재일조선인의 심정을 대변하는 듯한 소절로 시작되는 이 단문에서 김달수는 다음과 같이 절절히 이야기한다.

매일 일본 신문이나 라디오는 보도하고 있다. B29편대 평양을 맹폭, 다대한 전과. 함흥도 원산도. 그리고 경성도, 개성도. 그리고 그 거리 하나하나가, 피부 속살이 찢기는 것 같은 아픔과 함께 나의 눈앞에 또렷하게 떠오른다. 평양방송도 이야기한다. ㅡ를 폭격하고 시민에게 다수의 사상자를 내었다. 다수의 사상자를, 이라고.**

* 도바 고지, 미치바 지카노부 「증언과 자료 문학잡지 『인민문학』의 시대ㅡ전 발행책임자·시바사키 고사부로 인터뷰」『와코대학 현대인간학부 기요』 3호 (和光大学現代人間学部, 2010) 223쪽 참조.

** 김달수 「분노와 슬픔과」『부인민주신문』(1950년 7월 15일)

김달수는 머리 위에서 한반도로 향하는 미군기의 폭음을 들으면서 신음하는 듯한 심정으로 해방 후 재일조선인 문학의 하나의 기점이 된 소설 『현해탄』(1954)을 써 내려갔다고 한다.* 이렇게 해서 식민지 해방 후의 재일조선인 문학은 한국전쟁의 깊은 슬픔과 분노의 구렁에서 고통에 가득 찬 새벽을 맞이하고 있었다.

그런데 바로 그때, 식민지 해방 후의 재일조선인 문학과 어떤 면에서 표리를 이룬다고 할 수 있는 또 하나의 포스트콜로니얼 문학이 첫울음을 터트렸다는 것을 지금은 거의 아무도 모른다. 그것이 바로 구 조선 식민자 2세였던 고바야시 마사루의 문학이다.

한국전쟁 당시의 자신의 심경을 고바야시 마사루는 다음과 같이 돌아보았다. 그는 반전反戰의 의지를 단순히 정치 사상적으로 혹은 인도적 항의로 표명한 것이 아니었다.

> 나는 내 몸속에 퍼져 있는 저 조선의 산들이나 강, 인가人家가 철저하게 파괴되어 가는 정황을 현실적으로 이 눈으로 보는 것처럼 생생히 느꼈다.
> 내가 조선을 고향이라 부르는 것에, 조선인은 불쾌함을 느낄지도 모른다. 그것은 당연하다. 네가 말하는 조선은 식민지 조선이고, 그것은 진실된 조선이 아니다, 너는 거기에 있었을 뿐 진짜 조선은 하나도 몰랐던 것이다. 진짜 조선은 일본인들 앞에 그 모습을 닫고 있었던 것이다, 우쭐해져서 고향이라고 부르지 마라, 네가 그리워하는 산도 강도 논밭들도 조선인의 것이며 단 한 번도 일본인의 것이었던 적이 없다—라는 것을 나는 그말대로라고 생각했고, 때문

* 이소가이 지로 『〈재일〉문학론』(新幹社, 2004) 22쪽 참조.

에 고향처럼 느끼는 것에 떳떳하지 못한 감정을 갖게 된 것이다.

하지만 한국전쟁이 일어나 미군이 네이팜탄으로 조선을 철저하게 파괴하고, 그 기지가 일본에 있다는 사태가 일어났을 때, 나는 그때만큼 한 사람의 일본인으로서 고통에 갇힌 적이 없었다. 그 고통은 그 어떤 속죄를 하기도 전에 전쟁에 손을 빌려준 일본인의, 너무한 처사에 대한 것이었으나 동시에 나 개인에 대해서는 고향을 파괴·소멸 당하는 듯한 고통이기도 했다.*

고바야시 마사루는 파괴되어 가는 '저 조선의 산들과 강, 인가 人家'가 자신의 머릿속이나 가슴 속이 아니라 '몸 안에 펼쳐져 있는' 이라고 표현했다. 이렇게 육체적인 감각은 조선의 '거리 하나하나가 피부 속살이 찢기는 것 같은 아픔과 함께 나의 눈앞에 또렷하게 떠오른다'고 표현했던 김달수의 감각과 공통점을 가진다. 이렇게 하여 '고향을 파괴·소멸당하는 듯한 고통'을 안고, 그리고 그 고통과 함께 화염병을 껴안고 고바야시 마사루는 반전투쟁으로 내몰려갔다.

* 고바야시 마사루 「몸 깊은 곳의 이미지」 『신일본문학』 14권 6호(新日本文学会, 1959) 81쪽

'바다는 부산으로도 이어져 있었다'

1949년의 일이었다. 다마강 多摩川 하류 유역에 위치하는 도쿄도 오타구 大田区 의 공장가에 한 청년이 들어갔다. 필명 에지마 히로시 江島寛, 본명은 호시노 히데키 星野秀樹 로 주위 사람들에게 기억되는 이 젊은 시인은 고바야시 마사루와 같이 조선에서 태어난 식민자 2세였다.*

점령기 후반의 이 시대에, 공장 노동자들 사이에서 '서클 시 운동'이 왕성한 활동을 보이고 있었다. 그 대중적인 문예운동의 주동자 중 한 사람이었던 에지마 히로시는 한국 전쟁 휴전 후인 1953년 9월, 「돌제의 노래 突堤のうた」라는 시를 썼다. 시는 다음과 같이 시작된다.

바다는
강과 도랑을 지나
공장가로 이어져 있었다
녹과 기름과
누더기, 빨래판,
그러한 것으로 흙색이 되어

---

*　　에지마 히로시에 관해서는 미치바 지카노부 『시모마루코 문화집단과 그 시대』(みすず書房, 2016)를 전면적으로 참조했다.

물방개 냄새가 났다.

바다는 부산으로도 이어져 있었다.

파괴된 전차나 산포가

크레인으로 높이 들어 올려져

부두에서부터

공장가에 보내졌다.

부두는 일본으로 이어져 있었다.

일본의

짓밟혀버렸던 모든 토지로 이어져 있었다.*

자신이 살던 도쿄 연안의 공장가와 한반도가 바다를 끼고 연결되어 있어 같은 역사·정치적 맥락 속에 존재하고 있다, 라는 분명한 실감이 읊어졌다. 이러한 지리감각은 에지마가 식민지 조선에서 전반생을 보냈기 때문에 더욱 명확한 것이 되었음에 틀림없다.

고바야시 마사루는 같은 식민자 2세로서, 또 한국전쟁기에 반전운동에 관계한 공산당원으로서 일본열도와 한반도가 연결되어 있다는 감각을 에지마와 공유하고 있었다. 이 시가 발표되고 겨우 1년 후인 1954년 "한반도는 결코 멀지 않다"라고 노래했던 에지마가 애석하게 요절했을 때, 고바야시 마사루는 장례식에 참석했다.

---

* 미치바 지카노부 『시모마루코 문화집단과 그 시대』 상동, 319-320쪽 재인용.

1952년 4월 28일, 샌프란시스코 강화조약이 발효되어 일본은 오키나와를 빼고 형식상 정치적 독립을 회복했다. 그 직후 5월 1일 황거 앞의 광장에서, 고바야시 마사루도 참여한 전투적 데모대와 경관대 사이에서 1만명 규모의 충돌이 일어나 최종적으로 2명의 사망자가 나왔다(「피의 메이데이 사건」). 그리고 6월에 오사카에서는 24일부터 25일에 걸쳐 격렬한 반전운동이 펼쳐졌다(「스이타 吹田·히라카타 枚方 사건」). 한국전쟁발발 2주년에 해당하는 25일 밤, 도쿄 신주쿠에서도 한국전쟁과 파괴활동 방지법에 반대하는 대규모의 항의 운동이 일어났다. 이날 밤, 고바야시 마사루의 '격렬한 전환기'는 정점에 달했다.

중국과 소련 양국을 갈라놓은 스탈린의 압도적인 영향아래 있었던 일본공산당은 1951년 10월의 제5회 전국협의회에서 무장투쟁 방침을 정식으로 채택했다. 이후 주로 다음 해 초에서 여름에 걸쳐 중핵자위대 등으로 불렸던 당원들에 의한 조직적인 폭력행위가 각지에서 빈번하게 발생했다.*

고바야시 마사루가 관여했던 신주쿠의 '화염병 사건'은 일련의 무장투쟁의 막바지에 일어났다. 이날 밤 화염병을 감춰 든 젊은 공산당원들이 격분한 군집 사이로 잠입했다. 1952년 6월 25일 - 고바야시 마사루의 후반생을 결정한 운명적인 밤이 되었다. 그는 24세였다.

---

*   시모토마이 노부오 『일본냉전사』(岩波書店, 2011) 250-252쪽 참조.

밤 10시 전, 2,500명 정도의 데모대가 기세를 드높이며 신주쿠역 근처에 모여들어, 경계를 하고 있던 약 천명의 경관대와 충돌했다. 50개 이상의 화염병이 난무하고 신주쿠역 동쪽 출입구의 파출소가 불타오르는 사태가 벌어졌다.* 고바야시 마사루는 자전적 장편소설 『단층지대』에서 자신의 분신인 주인공 기타하라 北原가 화염병을 던지는 순간을 다음과 같이 묘사하였다.

그때 아우성이 들리고, 광장 안 사람들의 모습이 크게 흔들렸다.

"파병법을…"

목소리가 돌연 아우성 속에 묻혀버렸다. 충돌이 일어난 것이었다. 광장 안에 있던 사람들은 일제히 도망치기 시작했다. 경관대가 있는 부근이 탁 하고 밝아졌다. 몇십개의 화염병이 던져진 것이었다.

경관대 앞은 문자 그대로 불바다가 되었다. 석유가 흘러 한 면이 불타오르고 있다. 그것을 뚫고 경관대가 전진하려고 했다. 아직 데모의 반 수 가까이가 광장 안에 있다. 조선인 남녀 중학생의 모습이 보였다.

"지금이다"

기타하라는 소리쳤다. 오카의 허리를 눌렀다. 네 명은 인파 속에서 뛰쳐나가 다가오는 경관대를 향해 일제히 병을 던졌다. 팍 하고 불길이 솟아 경관대가 정지했다. 『단층지대』(2:102)

* 『아사히신문』(1952년 6월 26일) 참조.

제1장 원점으로서의 한국전쟁

화염병을 던진 순간 고바야시 마사루는 두 번 다시 돌이킬 수 없는 길에 발을 들여놓았던 것이다. 그는 현장에서 단독으로 철수하던 도중 미행하고 있던 복수의 사복경관에게 붙잡혔다. 사실 그는 3일 후에 '산촌 공작대'의 일원으로서 조선이나 중국의 빨치산처럼 산에 들어가는 것이 내정되어 있었지만, 이 계획은 그가 체포됨으로써 좌절되었다. 대원 선발은 제물을 고르는 것 같았다고 한다.*

다음 날 『아사히 신문』에는 「수제단총 소지자 체포」라는 소제목의 기사가 보인다. '25일 오후 10시 40분경, 신주쿠구 가부키초 873앞에서 경관대에 화염병 3발을 던진 일본인 노동자 같은 스물두세살 되는 남자를 요도바시서 淀橋署 경찰이 체포했으나 '수제권총'을 갖고 있었다. 그 실탄 두 발의 탄피는 구 일본 육군보병총의 탄피를 개조한 것으로, 탄환은 놋쇠 막대로 만든 것이었다'** 검거된 고바야시 마사루가 요도바시서로 연행된 것, 이미 그가 대학에서 추방되었다는 것, 연령대, 그리고 소설 『단층지대』의 내용으로 보아 이 기사의 '수제단총 소지자'는 고바야시 마사루임에 틀

* 이하는 와세다대학의 '군사조직' 리더였던 유이 지카이(由井誓)의 증언이다. 「지구내의 각대(各隊)에서 한 사람씩, 5명으로 편성하고 6월 중에 출발하게 되었다. 지구와 세포지부에서 코미사르 K를 지목해 전했다. 지명된 본인은 물론이지만, 보내는 측에서도 제물을 선택하는 것과 같다. 나로서는 '그럼 K, 부탁한다'라고 말할 수는 없기 때문에 '그래, 나도 같이 가야지' 하게 되었다. 와세다에서 2명 나왔으므로 도쿄대에서는 다음번으로 미뤄져서 도요시마(豊島), 나카노 그리고 신주쿠에서는 고바야시 마사루로 정해졌다. 고바야시는 반년 전까지 같은 세포에 있었고, 분명 패전까지는 항공사관학교에 있었다. K도 예과병학교에 가 있었기 때문에 '둘 다 제국군인이 되지는 못했지만, 이제 드디어 진짜 군인이 될 수 있군'하고 놀리기도 했다.」(『고이 지카이 유고·회상』(由井誓追悼集刊行会, 1987) 67-68쪽)

** 『아사히신문』(1952년 6월 26일)

2. 화염병 사건

립없다. 『일본경제신문』이 검거자 일람을 게재하였으나, 요도바시서 관내의 11명 가운데 고바야시 마사루의 이름은 없다. 일람 말미에 '그 외 3명'이라고 되어 있는데 이 중 한 명으로 생각된다.* 그는 유치장에서 경찰이 얼굴 사진과 몇 안 되는 물증에 의지하여 그의 나가노현 본가를 억지로 찾아낼 때까지, 전혀 입을 열지 않았다고 한다.

다치하라 마사아키 立原正秋 의 '여생'

그런데 고바야시 마사루가 바삐 돌아다녔던 시끄러운 전후 일본 사회를 차가운 눈으로 바라보고, 거기서 조용히 등을 돌린 동세대 청년도 있었다. 다치하라 마사아키는 조선인 양친을 두고 일본인보다 '일본인' 같은 삶의 방식을 선택했던 작가이다. 그런 의미에서 해방 후 재일조선인 문학의 주류가 제국시절 일본에서 조선인의 민족성을 추구한 김사량의 계보로 이어지는 데 비해, 다치하라 마사아키의 전후는 말하자면 그 뒷면의 역사이며, 전쟁 중에는 익찬적인 문장을 다수 썼고 전후에는 일본 국적을 취득해 노구치 가쿠추 野口赫宙 가 된 장혁주 張赫宙 의 계보로 이어진다고나 할까.**

"전쟁 말기, 나는 초연의 냄새가 나는 높은 하늘을 올려다보며 일본이 멸망하고 조선이 멸망하는 것을 간절히 바랐다. 그것 외에 믿을 것이 없었다. 나의 전후는 거기서부터 시작된다"고 다치하라

---

* 『일본경제신문』(1952년 6월 26일)

** 요모타 이누히코 『일본의 마라노(marrano) 문학』(人文書院, 2007) 59~91쪽 참조.

제1장 원점으로서의 한국전쟁

는 회고한다. '여생을 살아 왔다'라는 듯한 전후 자신의 발자취가 '퇴영적'이라고 비난받더라도, 그는 개의치 않는다.

"더욱이 민주주의에는 어떤 흥미도 없었다. 특공대원이 공산당원이 되는 시대였고, 그런 세계를 믿을 수 있을 리도 없었다. 일본인들이 민주주의에 동일화하여 일체감을 얻으려고 했었을 때, 나는 로쿠온지 鹿苑寺와 지쇼지 慈照寺를 떠올리고 덴표 天平시대의 불상에 대해 생각했다. 그들은 무엇 하나 바뀌지 않았다."*

그렇게 단정하는 다치하라에게 있어 일본의 전후란 군국주의자가 하룻밤 사이에 민주주의자로 바뀌는 기만의 시대 이상의 아무 것도 아니었다. 식민자의 자식, 그리고 특공요원의 육군사관후보생에서 일전하여 화염병을 던지는 공산당원으로 - 전후 고바야시 마사루의 삶은 다치하라 마사아키의 입장에서 본다면 한낱 변절에 지나지 않았을 것이다.

민족을 버리고 전후라는 '여생'을 살아간 다치하라 마사아키의 본명은 김윤규 金胤奎이다. 그가 태어난 것은 고바야시 마사루가 경상남도 진주에서 태어나기 일 년 전, 1926년이었다. 장소는 고바야시 마사루가 유소년기를 보낸 경상북도 안동이었다.

* 『다치하라 마사아키 전집』 24권(角川書店, 1984) 206쪽

2. 화염병 사건

「밤이여, 어서 오라 夜よ はよ来い」

고바야시 마사루가 체포된 신주쿠역 앞의 화염병 사건에 앞선 1951년 8월, 샌프란시스코 강화조약 조인이 다가왔을 무렵 21세의 김시종 金時鐘 이 「밤이여 어서 오라」라는 시를 발표했다. 그는 신주쿠 화염병 사건의 전날, 오사카 스이타에서 경관대와 충돌한 데모대에 참가하게 된다.

밤이여 어서 오라

낮만을 믿었던 자에게

무장의 밤을

알려주는 거야

끝 모를 어둠의 깊이

해바라기여, 해바라기여

태양의 추종을 그만해라!*

한국 전쟁에 앞서 남북으로 분단국가가 수립되기 직전인 1948년 봄, 김시종의 고향인 제주도에서는 미국의 지원을 받은 남조선의 공권력에 의해 수만의 민중이 대학살된 '4.3사건'이 일어났다. 살육을 피해 일본으로 밀항한 김시종에게, 일본의 전후란 전쟁이 끝난 후 비로소 시작되는 밝은 시대였는가 아니면 '밤기운'이나 '깊은 어둠'을 잊은 경박한 '해바라기'가 '태양'을 '추종'할 뿐인 공허

---

* 　　김시종 「밤이여 어서 오라」 『〈재일〉문학전집』 5권(勉誠出版, 2006) 85쪽

한 시대였는가.

밤이여 어서 오라, 밤이여 어서 오라 - 화염병과 수제 단총을 품고 번뜩이는 눈으로 신주쿠의 혼잡한 거리를 걷는 고바야시 마사루의 가슴 속에 소용돌이친 감정도, 바로 김시종의 이 시와 같은 것이었을 것이다. 그러나 맨주먹이나 다름없는 무장의 밤은 덧없게 끝나고, 고바야시 마사루는 식민지주의가 생생하게 꿈틀거리는 전후 일본의 현실과 마주하는 구류생활을 시작했다.

3. '그대들은 어디로 갔는가'

전투와 시

김달수와 함께 해방 후 재일조선인 문학의 여명기를 짊어진 시인 허남기가, 한국전쟁기에 한편의 일본어 시를 써냈다. 조국분단의 대 동란 속에서 조선의 유명무명의 시인들이 쓴 시를 허남기 자신이 모아 번역하여 엮은 『조선은 지금 전투의 한복판에 있다 朝鮮はいま戦いのさ中にある』라는 시집의 맺음말에 들어간 것이다. 그 시는 다음과 같은 구절로 시작되고, 또 그것을 반복하면서 마무리된다.

조선은 지금

전투의 한복판에 있다.

조선은 지금

시 詩의 한복판에 있다.

시와 전투란

이미 조선에 있어서는

구별할 수 없고,

전투와 시란

이미 조선에 있어서는

둘이 아니다.*

　일본공산당의 '무장투쟁'은 많은 체포자나 추방자, 더군다나 사상자를 낳은 중대한 정치적 사건이었다. 그런데, 겨우 수년 동안에 대국에 위협받은 과격분자의 폭주라는 것으로 끝나고, 책임의 소재는 불분명한 채 공식 당사(黨史)에서 말소되었다. 그리고 조직 말단에서 폭력에 직접 손을 댄 당원들의 목소리는 억압되어갔다. 또 무장투쟁으로 여러 번 최전선에 서게 되었던 많은 조선인 당원들은 투옥이나 국외 퇴거라는 쓰라림을 맛보았고, 고립된 그들의 민족주의운동은 한순간에 피폐해져갔다.** 조선을 위해서 몸을 던져 싸웠던 고바야시 마사루에게 있어 얄궂은 결과가 아닐 수 없었다.

　그 자신은, 당시 스스로의 행동이 잘못되었다고 인정하면서 "나는 가만히 있을 수 없었던 것이다. 나의 그 행동을 관철시킨 것은 단 하나였다. 한국전쟁에 반대한다, 단지 그것뿐이었다"라고 변명

*　허남기 「1950년 조선시 보고」 허남기 편역 『조선은 지금 전투의 한가운데에 있다』(三一書房, 1952) 114쪽

**　문경수 『재일조선인 문제의 기원』(クレイン, 2007) 144쪽 참조.

하고 있다.* 한편, 나카노 시게하루 中野重治가 단편소설에서 주인공의 입을 빌려 흘린 다음의 소박한 감상도 흘려들을 수는 없다.

"다만 나는 일본인 순사가 있는 파출소에 화염병을 던지는 일은 난센스라고 생각했다. 그렇기에 더 이상 생각하지는 않았다. 애처롭게도 생각되고, 경박한 불장난 같다고도 생각했다."**

다만, 한국전쟁을 저지하고자 맨주먹이나 다름없는 반전투쟁에 투신한 이름 없는 일본·조선 젊은이들의 진지한 열정을 역사적 의미인 '극좌모험주의'라는 한 마디로 무시해도 될 것이 아니다. 고바야시 마사루에게, 투쟁과 시는 조선에서 불가분이라고 노래한 허남기의 시가 마음 깊이 와닿았을 것이다. 거기에는 해협의 건너편에 지금 바로 펼쳐지고 있는 조선의 전쟁이, 수년 전에 끝났다고 생각했던 일본의 전쟁과 확실히 연결되어 있다는 감각이 있었다.

전쟁에 비판적이었던 사람, 협력하지 않았던 사람은 많았다. 그것은 전쟁이 생활과 자유를 파괴했기 때문이다. 하지만 일본인의 생활과 자유에 직접 관계가 없는 것처럼 보였던 조선 민족에 대한 압박을 자신의 문제로 삼았던 사람은 의외로 적었다고 생각한다. 그것은 의식의 밖에 있었던 만큼, 또 의식하지 않고도 넘겨올 수 있었던 만큼, 정신을 침식하는 것의 큰 위험성을 깨달았던 사람은 더더욱 적었다.***

* 고바야시 마사루 「몸 깊은 곳의 이미지」 전게서, 81쪽

** 『나카노 시게하루 전집』 3권(筑摩書房, 1977) 319쪽

*** 이시모다 다다시 『역사와 민족의 발견』(平凡社ライブラリー, 2003) 331쪽

3. '그대들은 어디로 갔는가'

이것은 이시모다 다다시 石母田正의 평론 「견고한 얼음을 깨는
것 堅氷をわるもの」(1948)에 있는 문장이다. 전쟁과 달리 이민족 식민
지지배에 대해 '일본인의 생활과 자유에 직접 관계없는 일들'이라
고 밖에 인식하지 않았던 일본인의 정신구조를, 이시모다는 이렇
게 비판했다. 한창 식민지지배를 할 때조차 그랬으니 일본이 지배
권을 상실한 뒤 조선의 운명 따위, 일본인과는 더더욱 관계가 없다
고 여겨진 것은 당연한 결과라고 말할 수밖에 없다.

이에 비해 한국전쟁 때의 고바야시 마사루의 행동에서는 식민
지지배의 후유증과 남북분단에 몸부림치는 조선민족의 괴로움을
조금이라도 '자신의 문제'로 받아들이려 필사적이었던 한 일본인
청년의 모습이 떠오른다. 식민지 해방 후의 조선 민족을 덮친 무참
한 현실과 싸우는 가운데 고바야시 마사루는 조선에서 태어나고
자랐으면서도 자신이 얼마나 '조선민족에 대한 압박'을 의식하지
않고 넘겨왔는가를, 그리고 그것이 얼마나 스스로의 정신을 깊이
좀먹고 있는지를 깨달았던 것이다.

유치장에서의 충격

2개월 간 경시청의 유치장에 있었던 고바야시 마사루는 9월에
고스게 小菅의 도쿄구치소로 이송되었다(스가모에 있던 도쿄구치소가
GHQ에 접수됨에 따라, 구치소의 기능은 잠정적으로 고스게 형무소로 옮겨졌다).
거기서 그는 갱지를 끈으로 겨우 엮어 변변치 못한 수첩을 손에 넣
는다. 경시청 유치장에서는 종이와 펜의 소지가 금지되었던 탓에,
그는 기록을 글로 남기고 싶다는 욕구에 시달리고 있었다. 그렇게

해서 도쿄구치소에서 겨우 손에 넣은 그 수첩은 창작 메모 외에 경 시청의 유치장에서 보고 들었거나 생각한 것을 가득 써나갔다.

본인의 회상에 의하면, 그 수첩을 보면 "곳곳에 조선과 조선인이 얼굴을 내밀고 있었다"고 한다. 그 회상 속에서 고바야시 마사루는 '나를 떠밀어 움직여 소설을 계속 쓰게 한 힘'의 일례로, 고스게에 이송된 직후에 썼다는 한 편의 시를 소개하고 있다. 아마도 이것이 경시청의 유치장에 있었을 때 가장 쓰고 싶었던 것이리라.

"그대들은 어디로 갔는가. 경시청 구치소에서, 풍부한 바리톤으로 첫 소절을 부르고, 사자갈기를 닮은 장발을 흩날리며 웃음짓던 그대는. 조선의 동지여, 나는 그대의 이름을 모른다"

이러한 호소로 시작하는 시로, 고바야시 마사루는 '그대들'에게 절절하게 말을 건넨다.

"5년째에 출옥해서도 여전히, 조선인이라는 단지 그 이유로 수갑을 풀지 못하고, 번번이 간수와 부딪혔던." "리 원문 リ・ショウ・ケイ."

"3년의 형을 마치고, 그 눈동자에는 아직 소년의 자취가 출렁이고 있었지만, 조선인이라는 그 이유만으로 죽음이 확실히 기다리고 있는 그대의 조국에 끌려간 소 ソウ・ザイ・イン …"

그대들, 용맹스러우면서도 아름다운 눈을 가진 조선의 동지들. 담장 밖에서도 안에서도 그대들에게 무엇도 해줄 수가 없었던 우리 일본의 공산주의자들. 지금 나에게, 그대들의 한결같은 못다한 목소리가 울린다. 마지막까지 싸우자 동무. 마지막까지 힘내자, 동지, 하고.

「그대들은 어디로 갔는가 君たちはどこへいったか」(4:254)

3. '그대들은 어디로 갔는가'

　　도쿄구치소의 독방에서, "이것을 쓰고 있었던 나를 재촉했던 것은 떨리는 듯한 분노입니다"라고 고바야시 마사루는 회상했다.(4:255) 경시청의 유치장에서 '조선의 동지'들이 한국에 강제 송환되어가는 것을 목격했을 때, 그의 마음은 심하게 동요했고 사납게 날뛰었다. 그것은 그들에게 전장에 처형되러 가는 것과 같았기 때문이다.

　　이 시에 나오는 '소 ソゥ·ザィ·ィン'는 자전적 장편소설 『단층지대』에도 등장한다. 화염병을 던져서 붙잡혀 경시청 유치장에 갇혔던 주인공 기타하라는 거기서 아직 천진한 얼굴을 한 '종재은(宗在殷, ソゥ·ザィ·ィン)'과 만난다. 이 조선의 청년은 공무집행방해죄로 3년간 형무소에 수감되어 있었는데, 형기를 마치고 출옥하자마자 이번에는 출입국관리청의 직원에게 수갑이 채워져 한국으로 강제 송환되어버린다. 그렇게 하여 나가사키현의 오무라 大村 조선인 수용소로 보내지기 전에 잠시 경시청 유치장에 수감된 것이었다. 기타하라를 '동무'라고 부르는 종재은은 "바깥 사람들에게 내 일을 전해주세요. 내 상황을 전해주세요"라고 말하고 노래를 읊어 들려주었다.*

　　'3년의 감옥생활에서 나와도 나를 기다리는, 새로운 수갑의 반짝임'
　　기타하라는 목소리를 내어 반복했다. 종이도 없고 연필도 없다. 그러나 나는 이것을 잊지 않을 것이다, 라고 그는 생각했다. 필시 일생동안 잊을 수 없을 것이다. 일본에서 태어나고 일본에서 자란 조선인이, 죽음이 기다리고 있는

---

*　　마루가와 데쓰시 『냉전문화론』(双風舍, 2005) 146-153쪽 참조.

고국에 돌아가려는 찰나에 불렀던 노래를. 그리고 일본인은 잠자코 하나의 작은 죽음을 지켜보려 하고 있는 것이다. 조선에서 태어나 조선에서 자란 일본인인 기타하라가, 그 마지막 증인인 동시에 그 또한 그 양손을 허무하게 늘어뜨린 채 배웅하려는 것이다. 나는 일평생 이 노래를 잊지 않을 것이다, 기타하라는 그렇게 생각했다. (2:115)

일본에서 태어나고 일본에서 자란 조선인과 조선에서 태어나고 조선에서 자란 일본인이 걷는 길이, 전후 일본의 유치장에서 한순간 교차했다. 조선에서 동란이 이어지는 가운데, 일본에서는 누구에게도 그 존재를 인정받지 못한 채 지워져가는 재일조선인의 '바깥 사람들에게 내 상황을 전해주세요'라는 절실한 바람은 그 후 고바야시 마사루의 포스트콜로니얼 문학을 움직이는 가장 강력한 힘이 되었다. 그들의 아픔을 바깥 사람들에게 전해야만 한다, 라는 불타오르는 듯한 절박감과 사명감 속에서 고바야시 마사루는 소설가가 되려 하고 있었다.

그는 옥중에서 만났던 조선인 청년들에 대한 전후일본국가의 냉혹한 처사를 가까이서 지켜봄으로써 시대와 역사에 대한 새로운 인식을 쌓아갔다. 그때 그의 눈에 전후 일본은 한 번 절멸했다가 바싹 말라버린 후, 다시 조선에 달려들어 그 생혈을 빨아 잠깐 사이에 검붉게 부풀어 오른 거머리처럼 비춰졌다.

"내 나라의 추악함에 대해, 차근차근 강해지는 권력과 군사력, 그리고 조선인에 대한 감각이 조금도 변하지 않았던 것, 앞으로도 변하지 않을 것이라는 것과, 그 사정들에 어두웠던 스스로의 나태

3. '그대들은 어디로 갔는가'

에 대해서, 죽음으로 건네어지는 조선인들에게 어떠한 손길도 내밀 수 없는 스스로의 무력함까지, 연대를 부르짖으면서 진정한 연대의 내용을 가르는 노력이 없었던 퇴폐에 대해서 나는 분노에 사로잡혔던 것이었습니다"라고 고바야시 마사루는 회상했다.

> 그때부터 나의 문학이 시작되었다고 말할 수 있습니다. 그때 내 안에 있었고 또 내 나라가 짊어졌던 '과거'는 지나가서 완료된 '과거'이기를 그만두고, 현재 안에서 살아가며 미래로 이어져갈 살아있는 하나의 총체의 부분이 되어서 나 자신에게 다가오기 시작한 것입니다. (4:256)

고바야시 마사루는 한국전쟁 아래의 재일조선인의 괴로움을 바라봄으로써, 일본이 식민지 제국이었던 과거가 전후일본의 현재 그리고 미래 그 자체와 하나라는 것을 알았다. 이렇게 그의 문학은 그가 특공대원이 되려고 했었던 태평양전쟁 이후가 아니라, 한국전쟁의 한복판에서 새로 태어났다. 그의 문학은 그 탄생의 순간부터 전후문학 그 이상으로 '식민지 소멸 후의 시대로 넘어갔던 식민지 문제를 테마로 하는 문학'이라는 의미에서 포스트콜로니얼 문학의 성질을 띠고 있었다.

고바야시 마사루는 한국전쟁 반전투쟁과 그 패배를 겪고 나서야 스스로를 조선에 태어나게 한 식민지지배의 역사가 실질적으로 전혀 끝나지 않았다는 중대한 사실을 알게 된다. 그것은 즉, 그 개인에게 있어서는 조선민족 위에 특권적 지배자의 일원으로서 군림하고 있었던 식민자 2세라는 것이 아직 끝나지 않았다는 것을 의미했다. 그 사실에 대한 어찌할 수 없는 분노와 죄책감 속에서 그는 처음으로 소설을 쓰는 펜을 손에 들었던 것이다.

4. 옥중 데뷔작 - 「어느 조선인 이야기 ある朝鮮人の話」

'국민'과 '외국인'

후년의 고바야시 마사루가 회상하는 그의 문학의 원점이란, 상징적인 의미나 나중에 덧붙인 해석이 아니라 문자 그대로의 개시점을 가리킨다. 소설가 고바야시 마사루가 탄생한 것은 한국전쟁이 이어지던 1952년 가을, 그 조잡한 수첩을 손에 넣은 도쿄구치소에서였다.

같은 해 6월 25일의 깊은 밤, 사람들의 훈김이 충만한 경시청의 유치장에 수감된 고바야시 마사루는 거기서 한국으로 추방되어가는 조선인들과 만나 목소리를 낮추고 이야기했다. 그렇게 현실을 향한 분노와 창작에의 굶주림을 2개월간 쌓아둔 뒤, 고스게 도쿄구치소로 이송되었다. 거기서 간신히 종이와 펜을 손에 넣자마자 "경시청 움막 속에서 쌓이고 쌓인 분노가 뿜어져 나와 지금 소설을 쓰고 있다는 의식은 없었다"라는 정신 상태로 몇 편의 소설을 단숨에 썼다고 한다.* 그중에서 처음으로 활자화된 것이 『인민문학』 1952년 12월호에 게재된 「어느 조선인 이야기」라는 단편소설이다.

이 소설의 배경을 먼저 간단히 정리해 두고자한다. 미군점령하

---

*　고바야시 마사루 「나의 창작상의 괴로움」 『문학평론』 7호(理論社, 1954) 30쪽

의 국가개혁 과정에서도 일본 정부는 '외국인', 그중에서도 조선
인의 배제를 게을리하지 않았다. 신헌법을 제정함에 있어서도 배
외주의적인 혈통주의와 국민주의는 철저히 이행되었다. GHQ
가 제시한 초안 제13조 '모든 자연인 All natural persons 은 법 앞에 평등
하다. 인종, 신념, 성별, 사회적 신분, 카스트 또는 출신국 National or-
igin 에 의해 정치적 관계, 경제적 관계 또는 사회적 관계에 있어서
차별받도록 하거나 용인해서는 안 된다'에서 '자연인'이라는 말은
'국민'으로 바뀌었고 '외국인은 법의 평등한 보호를 받는다'라고
규정한 제16조는 삭제되었다.*

게다가 1947년 5월 2일 즉 일본국 헌법시행 전날, 외국인등록령
이 공포되어 조선인 또는 대만인에게, 거부하면 강제퇴거의 대상
이 되는 등록 의무가 부과되었다. 이에 따라 정부는 구 식민지출신
자가 강화조약이 체결될 때까지 일본 국적을 보유하는 것을 인정
하면서도 그들을 '당분간 외국인으로 간주한다'라는 정상이 아닌
법적 환경에 두었다.

외국인등록령은 대일본제국헌법하에서 공포되었던 마지막 칙
령이 되었다. 공포된 것이 신헌법 시행의 전날이었다는 것은, 기
본적 인권의 존중을 기초로 삼은 신헌법의 보호하에서 구 식민지
출신자를 어떻게 해서든지 쫓아내고 싶다는 정부의 의지를 보여
주고 있다. 이러한 조치는 식민지 조선이 제국신민의 권리·의무를

---

* 고세키 쇼이치 『일본국헌법의 탄생 증보개정판』(岩波現代文庫, 2017) 203-
204쪽 참조.

정한 일본제국헌법이 시행되지 않는 '이법지역異法地域'이었다는 것의 연장선상에 있다고 할 수 있다. 외국인등록령은 일본인이 구 식민지출신자와 같은 '황국신민'으로부터, 그들과 다른 '일본국민'으로 축소되어 둔갑하기 위해 급조된 보루의 역할을 한 셈이 된다. 신헌법이 내세우게 된 국민주권이나 평화주의, 기본적 인권존중의 정신은 거기서부터 구 식민지출신자를 배제하는 외국인등록령과 말하자면 한 세트가 되었던 것으로 보인다.*

1952년 4월 28일 샌프란시스코 강화조약의 발효로 재일조선인은 일본국적을 박탈당하고, 이에 앞서 공포되었던 출입국관리령(1951년 10월 4일)의 대상이 되었다. 식민지제국 붕괴 후의 혼란 속에서 일본 국내에 머무르기를 선택한 조선인이나, 해방 후 한반도의 위난으로 인해 떠밀리듯이 일본에 밀입국하는 조선인을 통제하는 것이 이러한 관리체제의 사실상의 목적이었다.

문경수文京洙는 재일조선인의 처우를 둘러싸고 일본정부가 취한 이러한 자세가 "패전의 충격에서 벗어난 일본인의 일반적인 국민의식에도 의거하고 있었다"고 지적한다.

"분명히 폐허 속의 민주화(점령계획)는 개인의 자유나 민주주의라는 근대적 가치를 이식하는 데 도움이 되고, 일본인의 의식을 크게 변화시켰는지도 모른다. 그러나 일본인의 아시아관이나 조선인관은 연합국군점령기(일본점령기)에는 거의 정정되지 않은 채로 잠재화되어, 말하자면 불순물이 없는 순수한 일본인으로 이루어

---

* 엔도 마사타카 『호적과 무호적』(人文書院, 2017) 241-255쪽 참조.

4. 옥중 데뷔작−「어느 조선인 이야기 ある朝鮮人の話」

진 국민으로 소생하는 것이 이 시기의 수많은 일본인의 의식을 사로잡고 있었다. 일 민족 일 국가라는 감각은 대동아공영권의 꿈이 어긋난 경험을 하던 이 시기야말로 극도에 달했던 것이다."*

고바야시 마사루가 옥중에서 쓴 소설 「어느 조선인 이야기」의 배경에는 당시 재일조선인이 놓인 이러한 냉엄한 법적 환경과, 식민지 상실에 의해 어떤 의미로는 한층 강화된 구종주국의 배타적인 국민의식이 있었다.

"너희들 문제지, 안 그래?"

이야기의 주인공은 원래 탄광노동자이면서 공산주의자인 김(원문 가타카나 표기 キン·コウ·ネン) 이라는 조선인 남성이다. 형기를 다하고 형무소에서 출소하는 날을 맞이할 예정이었던 그의 앞에 외국인 출입국관리청**에서 나온 두 직원이 나타난다. 김은 그들이 자신의 손에 채운 수갑의 의미를 바로 깨달았다.

> 경시청의 유치장에 던져넣는다. 그리고 관리청에서, 일본에서의 퇴거를 명받는다. 며칠이 지나면 또 이렇게 호위되어 오무라까지 보내진다.
>
> 그리고―조선이다!
>
> 조선이다! 하고 생각하자 김의 가슴이 갑자기 시뻘건 쇠에라도 눌린 것처럼

---

*   문경수 『재일조선인 문제의 기원』 전게서, 32-33쪽

**   이 기관에 대해서는 아카시 준이치 『입국관리정책』(ナカニシヤ出版, 2010) 64-69쪽 참조.

바싹 오그라들었다. 그것은 입으로 소리내어서는 도저히 표현할 수 없는 그리운 조국이었다. 그리고 낙동강 상류의 시골마을, 경상북도 안동읍 옥동이 그의 고향이었다. 그러나 그 고향으로 돌아갈 수 있는 것은 아니었다.*

공산주의자인 김 앞에, 고향 안동이 있는 남조선이 반공 정부에게 실효 지배되고 있다는 현실이 가로막고 있었다. 그는 외국인 출입국관리청으로 끌려가기 전에 거치되었던 경시청의 유치장에서 동포들이 차례로 한국에 강제송환되는 실태를 마주하게 된다. 실제로 1950년에 설치되었던 나가사키현 오무라 조선인 수용소에서 52년 3월까지, 약 3천명의 불법입국자와, 약 5백명의 전과자가 한국으로 추방되었다고 한다.** 한국으로 추방되면 목숨은 없는 것이나 다름없다고 생각한 김은 오무라 수용소로 호송되는 중에 도주할 것을 결의한다.

다음날 김은 외국인 출입국관리청에 연행된다. 거기서 그를 기다리고 있던 것은 노골적으로 모멸의 표정을 띠는 일본인 심사관이었다. 여러 번의 모욕을 참은 김에게, 허무하게도 국외 퇴거 명이 떨어진다. 열차에 태워져 규슈로 향하는 김이었으나, 그날 밤 경비의 허점을 틈타 도주를 강행하고 열차에서 어둠 속으로 몸을 던진다.

---

* 고바야시 마사루 「어느 조선인 이야기」 『인민문학』 3권 12호(文学の友社, 1952) 90-91쪽

** 요시토메 미치키 『오무라 조선인 수용소』(二月社, 1977) 47쪽 참조.

4. 옥중 데뷔작—「어느 조선인 이야기 ある朝鮮人の話」

마지막에 독자는 김이 그대로 행방불명이 되어 잘 도망갔을 것으로 마무리되기를 기대하겠지만, 고바야시 마사루가 선택한 결말은 한국전쟁 아래의 재일조선인이 처한 현실을 보여주는 무참한 것이었다. 다음 날 경찰의 수사 결과, 열차에서 뛰어내렸을 때 허리뼈가 골절되어 선로 옆의 도랑 속에서 진흙투성이가 되어 신음하는 김이 발견된다. 고바야시 마사루의 울적한 감정이 스며 나온듯 "이 이야기에 나는 더 이상 아무런 말도 덧붙이고 싶지 않다"라고 마지막에 화자가 딱 한번 얼굴을 내민다. 결국 김은 한국으로 송환되었다고, 한마디만 덧붙여진 채 소설은 끝난다. 고바야시 마사루가 이 작품에서 분노를 담아 강조한 것은 열차에 동승해서 오무라 수용소까지 김을 연행하는 경비관이 "뭐, 조선에 보내지고 나서는 너희들 문제지, 안 그래?"라고 말한 대사로 집약되어 있듯, 구종주국에는 구식민지의 나라와 사람들의 운명 따위 상관없다는 역사의식의 이기성이었다.

고바야시 마사루는 이후 자신의 문학적 출발의 순간에 대해 이렇게 회상한다. "나는 소설비슷한 것을 고스게 구치소 안에서 쓰고 있었다. 나는 내 안에 있는 조선의 이미지를 조금씩 꺼내어 분석해가려고 했다."* 그의 안에 있는 '조선의 이미지'는 먼저 「어느 조선인 이야기」의 김 キン・コウ・ネン이라는 형태를 취해 거칠게 결실을 맺었다.

이 소설에는 한반도를 불태우는 미군의 병점기지가 되어 조선

---

* 고바야시 마사루 「몸 깊은 곳의 이미지」 전게서, 81쪽

인들을 기계적으로 배제하는 일본당국에 대한 분노와 함께, 고난 속에서도 진지하게 살아가는 조선인에 대한 뜨거운 공감이 담겨 있다. 그렇게 해서 시대의 파도에 농락된 한 조선인의 애처로운 모습만이 꾸밈없이 조형되었다. 마지막에 갑자기 등장한 화자가 작자 고바야시 마사루 자신이라고 한다면 그럼 그 고바야시 마사루는 김의 앞에서 어떤 사람인가, 라는 것은 이 작품에서는 아직 확실히 밝혀지지 않았다. 이 이후에 고바야시 마사루의 문학활동은 '일본인이란 조선인 앞에 어떠한 존재인가'하는 질문을 자기 자신, 그리고 전후 일본인에게 가차 없이 들이미는 과정이 되어간다.

'친구'에서 '타자'로

나리타 류이치 成田龍一는 일제의 '식민지 책임'을 생각하는 시좌에서 고바야시 마사루 등 식민자 2세의 포스트콜로니얼 문학에 착목한다. 식민지 소멸 후에도 구 종주국 사람들을 옭아맨 구 식민지 사람들에 대한 차별의식, 그것과 표리를 이루는 도착된 피해자의식, 때로는 선의나 동정에 깃든 가부장주의적인 보호자의식 … 이러한 감정이 섞여 복잡하게 누적된 '제국의식'을 어떻게 극복해야만 하는가 - 나리타는 식민지 출생의 일본인들이 몸을 찢어내듯이 내놓은 말이, 전쟁 책임에 비해 거론될 기회가 훨씬 적었던 식민지 책임을 생각하는 데 참고가 된다고 지적한다. 게다가 무라마쓰 다케시, 모리사키 가즈에 森崎和江, 고바야시 마사루 등의 이름을 들어 그들의 특질을 이렇게 정리하였다.

"식민지주의에 대해 제기된 비판은 대상이 되는 상대를 친구로서가 아니라 그들이 타자였던 것을 새로이 확인하는 행위였다. 친구에서 타자로. 여기에 야나기 무네요시 柳宗悅에서 무라마쓰·모리사키·고바야시의 이야기로, 전전 戰前에서부터 전후 戰後의 경험이 보인다."*

이것을 토대로 고바야시 마사루의 「어느 조선인 이야기」를 읽으면 거기에는 나리타가 말하는 친구에서 타자로의 도약은 아직 보이지 않으며, 친구로서의 조선인 상과 타자로서의 조선인 상이 분리되지 않은 채 김 キン·コウ·ネン이라는 동지 안에 혼재되어 있는 것을 알 수 있다.

이 작품에는 재일조선인을 기계적으로 파멸로 내모는 일본인 관리들의 거만하고 무관심한 태도에 대한 분노가 넘쳐흐르고 있으나, 고바야시 마사루의 마음에 불타오른 분노의 화살은 이미 전후 일본인의 의식으로 향해 있었다. 그러나 사카이 나오키 酒井直樹가 "놀랍게도 패전부터 10년 정도 사이에, 일본에는 일본인만이 있고 그때까지 일본인이었던 사람들이 대량으로 일본인이 아니게 되었다는 사실이 급속히 잊혀져갔다. 1950년대의 일본 사회는 극단적인 국민적 폐쇄성의 공상에 취해 있는 것처럼 보인다"라고 지적하듯이, 내향적으로 닫혀가는 전후 일본인의 국민의식의 거대한 벽이 고바야시 마사루의 앞을 가로막고 있었다.**

정치적으로도 험난한 현실이 기다리고 있었다. 그가 「어느 조선

---

*　　나리타 류이치 「'제국책임'이라는 것」『세계』 800호(岩波書店, 2010) 167쪽

**　　사카이 나오키 『희망과 헌법』(以文社, 2008) 167쪽

인 이야기」를 옥중에서 탈고한 1952년 10월에는 중의원 의원총선
거가 실시되었으나, 일련의 무장투쟁으로 신용이 실추되었던 일
본공산당은 의석을 모두 잃었다. 조선을 위해 싸우고 싶다는 고바
야시 마사루의 격정은 길을 벗어났고, 그 과격한 행동은 일본국민
으로부터 버림받게 되었던 것이다.* 누구도 써내려가지 않는 조
선인들의 마음을 담아내고, 창조의 에너지로 바꾸어 옥중에서 소
설가가 된 고바야시 마사루는 1953년 1월, 그렇게 냉엄한 현실이
겹겹이 쌓인 세계로 내디뎌 나아갔다.

　1955년 일본공산당 제6회 전국협의회(6전협)에서 '50년 문제'
는 일단 마무리되었고, 고바야시 마사루의 운명을 바꾼 '화염병 투
쟁'의 의의는 '극좌모험주의'로 일축되었다. 당의 무장투쟁은 그
행동부대가 되었던 많은 청년들을 파멸로 내몰았다. 그리고 그 무
수한 파멸 속에서 조선과 함께 다시 살아가고자 결의한 고바야시
마사루라는 특이한 소설가가 태어난 것이다.

＊　다케우치 요우 『혁신환상의 전후사』(中央公論新社, 2011) 101-110쪽 참조.

마을은 강변에서부터 시작되어 언덕 위쪽으로 사라져 있었다.
오래된 마을로, 곳곳마다 소유자가 불분명한 까치밥나무 덤불이
있었다. 나는 소금을 종이에 싼 것을 어머니에게 받아
그 까치밥나무 덤불로 갖고 갔다. 그리고 풀 위에 뒹구르며
신 까치밥나무 열매에 소금을 찍어 아그작 아그작 씹는 것이었다.
몇 백 년 지났는지 모를 은행나무가 우뚝 솟아있어,
가을이 되면 똑 똑 하고 잘 익은 열매를 지면에 떨어뜨렸다.
여기 저기 작은 강이 흐르고 있었고, 거기에는 포플러나무나
갯버들 빽빽이 자라고 있었다.
그리고 조선인 아이들이 붕어를 쫓고 있었다.

고바야시 마사루 『단층지대』

제 2 장

이야기되는 식민지의 기억

1. 신인 작가 시대

보석 후의 새로운 생활

1953년 1월, 고바야시 마사루는 반년간의 미결수 생활을 끝내고 도쿄구치소에서 보석되었다. 출옥 후 조금 지나서 또 회의에 소집되었으나 출석자는 많지 않아 토론은 쓸쓸하고 저조했다고 한다.

"그 때 한 은행원이 있어서 다른 얘기 도중에 지폐의 수송 이야기를 했는데, 지구 地区 위원이 '어디 한 번 무력으로 몽땅 털어올까'라고 말해 두세 명이 웃는 것을 보고 내 가슴 안에서 무언가가 얼어붙어 심하게 아팠다" 무장투쟁의 열광은 이미 식어있었다.*

7월 27일, 3년에 걸쳐 조선 국토를 현저하게 황폐화시킨 한국전쟁이 겨우 휴전상태에 이르렀다. 이로써 고바야시 마사루의 격렬한 전환기는 끝이 났다.

9월에는 전년도에 체포 전에 만났던 여성과 결혼(56년에는 여자아이가 탄생)하였고, 1954년에 제1심에서 1년의 실형판결을 받지만 항소한다. 이 해에 아베 고보나 마나베 구레오 真鍋呉夫 등이 결성한 문학운동조직 '현재의 회 現在の会'에 참여하여, 다음 해 옥중체험을 정리한 르포르타주를 간행했다.**

그는 화염병을 던진 현장에서 그렇게 멀지 않은 신주쿠역의 동

---

* 　고바야시 마사루 「사건과 책임의 소재」 『근대문학』 14권 3호(近代文学社, 1959) 48쪽

** 　고바야시 마사루 『일본의 증언 5 형무소』(柏林書房, 1955) 참조.

쪽 지구에 있는 양복 전문점의 2층을 빌려 가난하지만 발랄한 신
혼생활을 시작했다. 『인민문학』의 후속지 『문학의 벗 文学の友』이
나, 노마 히로시가 편집장이었던 『생활과 문학 生活と文学』에서 하
세가와 시로 長谷川四郎, 스기와라 가쓰미 菅原克己 와 함께 편집부원
을 하게 되면서 소설 집필에 본격적으로 뛰어든다.*

1956년과 1957년에는 주목할 만한 단편소설을 집중적으로 발표
하는데, 이러한 성과는 첫 소설집 『포드·1927년 フォード 一九二七年』
(1957)으로 엮어졌다. 58년에는 젊은 공산당원들의 화염병 투쟁과
그에 이어지는 옥중생활 및 재판을 그린 자전적 장편소설 『단층지
대 断層地帯』를 발표했다. 제목은 당시 공·사적으로 가까운 관계에
있었던 노마 히로시의 『진공지대 真空地帯』를 의식한 것일까.**

바로 가까이서 본 만큼 하세가와 시로가 회상하는 이 시기의 고
바야시 마사루의 모습은 실로 생생하다.

"짙은 남색 정장, 넥타이 없이(와이셔츠는 언제나 멀끔하고 새하얗다),
등산모. 분명 마포로 만든 신발을 신었던 것으로 기억한다. 야위어
갸름한 얼굴에, 거무스름하고 조금 뾰족한 코, 무척이나 기운이 넘

---

* 도바 고지, 미치바 지카노부 「증언과 자료 문학잡지 『인민문학』의 시대—전
발행책임자·시바사키 고사부로 인터뷰」 『와코대학 현대인간학부 기요』 3호
(和光大学現代人間学部, 2010) 223쪽 참조.

** 고바야시 마사루는 1959년에 유죄판결을 받아 징역 생활에 들어가게 되었
으나, 옥중에서 노마로부터의 서한을 받았을 때 신인 작가 시절을 이렇게 회
상했다. "노마 씨의 편지는 기뻤다. 노마 씨와는 「문학의 벗」부터 「생활과 문
학」 두 잡지에 걸쳐 함께 일했다. 4년 정도 함께 했을까. 잡지는 팔리지 않고,
정치적으로도 꽤 힘겨운 시기였기 때문에 생각나는 것이 정말 많다." (『옥중
기억』(至誠堂, 1960) 141-143쪽)

1. 신인 작가 시대

치고, 고바야시 마사루는 우리 중에서 가장 나이가 적었다."

하세가와를 향해 "시로씨, 당신 참 대단해. 나도 써야지. 쓸게 엄청 많이 있어"라고 말했다고 한다. 잘 웃고 사람을 잘 웃기고, 노래를 부르는 것을 좋아해 러시아 민요 트로이카나 기소부시(木曾節 일본 기소 지방에서 부르는 백중날 봉오도리 盆踊り 노래) 등을 아주 잘 불렀다.

"아마 고바야시 마사루에게는 불만이 가득한 남자 같은 구석도 있었던 것처럼 생각된다. … 많이 취하면 특히 더 그랬다. 노래를 부르는 고바야시 마사루는 유쾌한 청년이었다. 살짝 기분 좋게 호전적이 된 고바야시 마사루는 이쪽을 자극하고, 그리고는 생각하게 만들었다. 그 이상이 되면 고함을 지르고 무슨 말을 하는지 알수 없는 구석이 있었다."(「고바야시 마사루」 1:348, 354)

하세가와와 함께 고바야시 마사루의 곁에 있었던 스기와라 가쓰미는 이렇게 회상한다. "이러한 시대 - 쇼와 30년부터 32년까지, 신일본문학회 사무국 시대는 고바야시 마사루의 생애에서 가장 기운 넘치고 즐거웠던 때가 아니었을까. 빌렸던 방은 하나조노신사 花園神社 근처의 옥탑방으로, 히사코久子 부인이 매일 부업으로 재봉틀을 밟을 정도로 가난했으나…, 젊고 응석꾸러기였던 고바야시 마사루는 얼마 안 되는 돈을 손에 쥐면 으레 가던 술집에서 술을 되로 마시며, 매우 큰 목소리로 문학 얘기에 기염을 토하고 있었다."(「기억나는 대로 思い出すままに」 3:347) 참고로 고바야시 마사루는 당시 일본에서는 아직 그다지 일반적이 아니었던 김치나 조선

식으로 구운 고기 등을 즐겨 먹었다고 한다.*

1956년에는 두 편의 작품이 아쿠타가와상 후보가 되었다.(「포드·1927년」과 「군용러시아어 교과서 軍用露語教程」. 이어서 60년에 「가교 架橋」가 후보가 되지만, 어느 것도 수상에는 이르지 못했다.)

'민주주의 문학이 낳은 드문 재능있는 신인' 히라노 겐 平野謙, '유수의 신인' 기타하라 다케오 北原武夫와 같은 평가가 있듯이, 약 20년의 작가생활에서 신인작가였던 50년대 후반이 적어도 문예저널리즘으로부터의 평가라는 측면에서는 가장 알찼다고 할 수 있다.** 이 시기에 속속 등장한 신세대 작가 중 한 사람으로서 호의적으로 받아들여져, 비교적 순조로운 출범이었다고 보아도 좋을 것이다. 이렇게 화염병 투쟁 이후 1956년('더 이상 전후가 아니다 もはや戦後ではない'라는 표현이 경제백서에 나타난 해)부터 고바야시 마사루는 스스로의 식민지 체험에 의거한 포스트콜로니얼 소설을 발표하기 시작한다. 그러나 동아시아 냉전체제와 대미종속구조의 고정화와 함께, 일본사회의 식민지 망각은 이미 꽤 진행되어 있었다. 미치바지카노부 道場親信에 의하면 한국전쟁 휴전 후에, "그때까지 저항시의 세계(관)을 지탱하고 있던 계속된 점령과 전쟁으로 얼룩진 동아시아의 상호 연관적인 유대가 급속히 불투명하게 되었고, 일본 사회는 '고도경제 성장기'와 함께 외부에 대한 관심을 잃어가는 시

---

* 가와사키 아키히코 『나의 와세다 시절』(右文書院, 2005) 268-269쪽 참조.

** 『히라노 겐 전집』 10권(新潮社, 1975) 171쪽, 『기타하라 다케오 문학전집』 5권(講談社, 1975) 31-35쪽 참조.

1. 신인 작가 시대

대의 문턱에 들어서고 있었다."* 조선 그리고 아시아로 열린 일본
인의 모습를 모색하기 위해 걸음을 뗀 고바야시 마사루였으나, 얄
궂게도 전후 일본사회는 이미 그것과는 반대 방향으로 움직이기
시작하고 있었다.

　같은 해 1956년의 일이다. 고바야시 마사루와 같은 해에 태어
나 면식은 없었지만 같은 대구의 일본인 마을에서 지낸 적도 있는
모리사키 가즈에는, 한반도의 건너편인 후쿠오카현에서 고바야시
마사루처럼 식민지의 기억을 자기 언어로 자아내려 하고 있었다.
그 해 봄, 모리사키는 시인 마루야마 유타카丸山豊에게 '가즈에씨
는 원죄의식이 강하네요. 그것은 식민지 체험에서 온 건가요?'라
는 얘기를 듣고 자기도 모르게 할 말을 잃었다고 한다. '그즈음, 식
민지 체험의 의미에 대해서 알아차리는 사람을 나는 만난 적이 없
었다. 그 이후로도 꽤 오랫동안.'**

　식민지에서 인양되어 온 제국의 아이들은 식민지 망각의 드넓
은 바다 속에서 살포되듯이, 국내 각지에 퍼져 그곳에서 성장해 나
갔다. 그렇게 해서 마음속에 살아 숨 쉬는 식민지 기억과의 뒤척이
는 싸움을, 각각의 전후의 삶 속에서 시작하려 하고 있었다.

*　　미치바 지카노부『시모마루코 문화집단과 그 시대』(みすず書房, 2016) 339쪽

**　　『모리사키 가즈에 컬렉션』 1권(藤原書店, 2008) 254-255쪽

'있는 그대로의' 조선

이 시기의 고바야시 마사루의 식민지 소설에「은어」(1956)라는 작품이 있다. 조선의 농촌에서 생활하는 작은 일본인 남자아이와 근처 조선인 농부의 교류를 그린 짧은 이야기이다.

후술하겠지만 고바야시 마사루의 포스트콜로니얼 문학의 테마는 식민지 조선에서 태어나 자란 일본인인 자기가 원초적인 향수를 극복한 시점에, 해방 후에 분단된 조선과 어떻게 새로운 관계를 다지는가 하는 물음에 수렴되어갔다. 그러나 식민지 향수를 품는 것에 대한 위화감이나 떳떳하지 못함은, 적어도 한국전쟁 때에는 이미 그의 마음을 무겁게 짓누르고 있었다. 조선의 사람들이나 문화, 풍경 등을 일찍이 보았던 대로 그리는 것은, 그의 안에 소박한 노스탤지어와 전후적인 식민지 금기의식의 상극을 불러일으켜 그것만으로 강한 심리적 부하를 초래했다고 생각된다.

그러한 가운데「은어」는 고바야시 마사루가 남긴 모든 식민지 소설 중에서 조선의 풍토와 인간을 향한 그리움을 온화하게 노래한 거의 유일하다고 해도 좋을 작품이라는 점이 눈길을 끈다. 즉 거기에는 예외적으로 식민지적 상황이 그려지지 않았다는 것인데, 그만큼 전후에는 조선을 향한 향수를 있는 그대로 표현하는 것을 엄격하게 자제했던 고바야시 마사루의 유소년기의 실제 체험에서 온 소박한 감각이 이 작품에서는 생생하게 나타나고 있다고 볼 수 있을 것이다.

그런데 「은어」와 같은 시기에 쓰인 단편소설 「일본인 중학교 日
本人中学校」(1957)에서는 식민자 2세의 마음이 조선에서 점차 식어
멀어져가고, 외래의 지배자로서의 자기인식을 내면화해 가는 과
정이 서술되어 있다. 먼저 이에 대해 간단히 소개해 두겠다.

주인공인 고로 五郎의 아버지는 조선의 풍물이나 민중을 마음속
으로 경멸하고 있었다. 그러나 고로에게는 좋지도 나쁘지도 않고,
태어나 자란 그 땅이 그의 모든 세계였다.

"그는 근처 조선인 아이들과 다를 바 없는 햇볕에 그을린 얼굴을
하고, 은행을 무척이나 좋아하고, 앵두의 작은 열매로 입술을 보랏
빛으로 물들이고, 암컷 잠자리로 수컷을 잡고, 우렁이나 미꾸라지
를 논의 진흙 속에서 잡아올리며 지냈다. 어린 고로에게 자연은 있
는 그대로의 모습으로 유연하게 넘실거리고 있었다. '불결하고 창
피할 정도로 쓸모가 없다'라는 아버지의 말과는 아무런 관계없이
그것은 엄연히 자리 잡고 있었던 것이다."(「일본인 중학교」 1:106)

그런데 조선의 대지와의 교감 속에서 온화하게 살아가고 있던
고로에게, 내지의 그림책이나 잡지가 주어지자 상황이 조금씩 바
뀌어 간다. 그는 책에 나오는 내지의 자연에 무척 놀란다. 그것은
조선의 풍경과는 전혀 다른 초록이 가득한 세계였다. 내지인의 시
선을 갖게 된 고로는, 이윽고 조선을 외지로 보게 된다.

"지금까지 고로에게는 눈길이 닿는 곳까지가 그의 세계이며 그
다음은 보이지 않았고, 세계 또한 없었다. 그러나 모든 것은 조금
씩 달라졌고, 눈길이 닿는 곳을 넘어 저 멀리 뿌옇게 흐린 산맥 건
너편에 - 아버지의 말에 의하면 '내지'가 있고, 그의 아름다운 고

향이 있을 터였다."(1:106)

그 아름다운 고향은 말하자면 "아버지의 고향 풍경과는 전혀 다른 것이, 고로의 마음속에 자신의 고향으로서 자라 나갔다."(1:107) 이렇게 식민자 2세의 마음 속에 어디에도 존재하지 않는 관념상의 '아름다운 고향'이 형성되어감과 동시에, 자신이 본래 있어야 할 곳에 있지 않은 것이 아닌가 하는 불우함이 생긴다. 더욱이 원래는 우열이나 미추 美醜의 가치판단이 개입할 여지가 없었던 조선의 자연이나 인간에 대해 고로는 아버지와 같이 혐오감이나 모멸감 같은 것까지 품게 된다. 성장 과정에서의 이러한 식민자 2세의 심리적 흐름은 고바야시 마사루 자신이 실제로 어느 정도 까지는 경험한 것으로 생각된다.

한편 「은어」는 고바야시 마사루가 쓴 식민지 소설 중에서는 조선의 자연이 '있는 그대로의 모습으로, 엄연히 자리 잡고 있었던' 유년기의 일본인 아이를 주인공으로 한 유일한 작품이다. 사실 기본적으로 고바야시 마사루의 식민지 소설의 일본인 주인공은, 자신과 조선과의 단절을 어느 정도 인식하게 된 소학교 고학년의 소년이나 중학생, 그도 아니면 어른이다. 주인공인 일본인 소년은 이미 자신이 조선인과는 이질적이고, 아마도 적대적(이며 우월적)인 존재라는 자의식을 가지고 있다. 이와 대조적으로 「은어」의 주인공에게는 그러한 단절의 감각은 아직 보이지 않으나, 이 설정 자체가 고바야시 마사루의 식민지 소설 중에서는 예외적이다.

2. 감춰진 서정 ― 「은어 鮎」

친절한 농부

「은어」의 주인공인 시로 史郎 는 부모님과 함께 조선의 농촌에서 생활하고 있는 어린 남자아이다. 집 근처에는 마음씨 착한 농부 이 씨가 살고 있었다. 고바야시 마사루는 아마도 네, 다섯 살쯤 되었을 시로의 눈을 통해 조선의 자연 속에서 열심히 살아가는 이 씨의 모습을 깊은 공감과 함께 생생히 그려낸다.

여름날 가뭄 때문에 작물은 완전히 시들어 버린다. 논에 파낸 우물에서 이 씨는 묵묵히 물을 길어내, 금이 간 잿빛 흙 위에 흘려보낸다. 그런데 우물의 물이 조금씩 줄어들어 변색되고, 마침내는 말라버린다. 다음과 같은 감상적 표현은 특히 후기 작품군에서는 전혀 볼 수 없게 된다.

"시로가 다가가자 이랑 옆의 포플러나무 그늘에 더이상 할 일이 없어진 이 씨가 넋을 놓고 앉아있었다. 하늘에서 물이 떨어지지도 않고 또 땅속에서도 도망가 버렸기에, 이 씨의 가느다랗고 다정한 눈에서 눈물이 떨어졌다. 그것은 볕에 그을린 갈색 뺨을 타고 흘러내렸으나 도중에 어디론가 사라져버렸다. 아마 피부 안쪽으로 스며들어 그의 마음속으로 흘러 들어갔으리라."(1:231 - 232)

형제가 없는 시로에게 이 씨는 유일한 놀이 상대이기도 했다. 일본인 남자아이와 놀아주는 조선의 어른은 고바야시 마사루가 쓴 다른 식민지 소설에도 빈번하게 등장하지만, 이것은 본인의 실제 체험을 어느 정도 반영한 것이 아닐까 생각된다. 다음 인용문과 같은 방식으로 어떻게 놀아 주었는지가 구체적으로 열거되는데, 고바야시 마사루의 유소년기의 기억에는 자신과 놀아주었던 친절한 조선인 연장자의 모습이 아물거리고 있다.

"이 씨는 이제 서른 다섯 살임에도, 시로에게 포플러의 가느다란 줄기로 피리를 만들어주었다. 시로는 긴 피리는 짐승이 낮게 으르렁대는 듯이 울리고, 짧은 피리는 작은 새가 아침햇살 빛 속에서 노래하듯이 높게 울린다는 것을 배웠다. 이 씨는 보리밭에서 종다리 둥지를 찾아주었다. 먹이를 입에 물고 내려올 때 엄마 종다리는 둥지에서 멀리 떨어져 내려앉고, 둥지에서 날아갈 때는 똑바로 수직을 그리며 치닫는다는 걸 배웠다. 그리고 이 씨는 큰 바위 그늘에서 뱀의 알을 찾아주었다. 뱀알은 메추리알 정도의 크기에 말랑말랑했다. 그리고 간장으로 끓이면 젤리처럼 투명해지고 단단해져 무척 맛있다는 것을 시로는 알게 되었다. 이 씨가 아니면 누가 시로에게 뱀 알의 맛을 알려주었을까. 대개 작은 강이나 들판, 산에 있는 동물이나 식물이라면 이 씨는 뭐든지 알고 있다고 시로는 생각했다."(1:232)

이렇게 현지의 풍토를 잘 아는 그리운 조선인 어른을 그리는 방식은 만년으로 갈수록 점점 변용되어갔지만, 그것은 고바야시 마사루 문학의 전개를 나타내는 중요한 지표가 된다. 이것을 되짚어보는 것은 다음 장 이후의 과제로 한다.

이 씨가 가뭄으로 충격을 받은 사이에 그의 오두막에서 가축이 잇달아 모습을 감춘다. 그러던 어느 여름날, 유난히 깜깜한 밤이 찾아온다. 대망의 비가 드디어 내리기 시작해서 그로부터 일주일 정도 억수같이 쏟아진다. 다리가 떠내려가고, 전기가 끊기고, 간신히 비가 그친 뒤에 결국 홍수가 일어난다.

2. 감춰진 서정-「은어 鮎」

마을을 통째로 삼켜버릴 것 같은 압도적인 규모의 홍수는, 고바야시 마사루에게 있어 한층 더 인상 깊었던 것 같다. 하천의 범람, 흙탕물에 잠기는 촌락과 떠내려가는 재물들, 높은 지대로 피난하는 조선인들의 행렬 등 홍수의 모습이 세세하게 그려진 소설은 많다. 실제로 그가 소년기를 보낸 안동은 식민지기에도 때때로 대홍수가 일어났다.*

장편소설 『단층지대』에서는 주인공이 어렸을 때, 조선의 시골 마을에서 본 홍수를 이렇게 자조적으로 말하고 있다.

"조선인은 여기저기 도망쳐 다닌다구. 일본인의 집은 물이 잠기는 곳에는 없어. 제일 안전한 곳에 빨간 슬레이트 지붕을 올려서 살고 있어. 그러니까 일본인에게 홍수는 기다려지는 일이야. 엄청나게 스릴있고 흥분되지. 어떤 영화보다도 더 재밌어. 아주 장대하다구. 나야 언제든 안전하니까.", "매년 여름이 되면, 두근두근하면서 기다리곤 했다. 홍수가 나면 이제 잘 수가 없어. 집이 높은 곳에 있어도 알지. 콸콸콸 하고 땅이 울리지. 아침이 되면 눈 앞에 펼쳐진 마을의 절반은 없어져서 번쩍번쩍 빛나는 탁한 호수만 끝없이 펼쳐져 있는거야.", "홍수가 나지 않은 해는, 마치 정월이나 축제가 없는 것처럼 재미가 없었지. 이런 얘기, 정말 우쭐하군"(2:27)

식민지 조선을 그린 고바야시 마사루의 펜이 특히 또렷해지는 부분은 자연의 풍경과 민중의 식사 묘사이다. 정치나 경제, 역사 등 큰

---

* 김원길 책임편집 『사진으로 보는 20세기 안동의 모습』(안동시, 한국예총 안동지부, 2000) 146-148쪽 참조.

일들보다도 시각이나 미각 등 일상적인 신체감각에 의해 직접적으로 마음을 울리는 것이, 아이의 마음속에 보다 깊게 남아있었기 때문일 것이다. 조선의 풍토 묘사에는 적송 赤松이 몸을 뒤튼 벌거숭이 산, 우뚝 솟아있는 붉은 흙의 암벽, 강한 햇볕에 번쩍이는 큰 강, 무리를 이루어 자라는 포플러나무 등을 바라보는 소년의 소박한 경이로움이 담겨있다. 또 조선인이 밤이 들어간 밥이나 김치, 고추장, 떡, 개고기 등을 맛있게 먹는 모습의 묘사에는 조선의 음식을 입에 올리는 것을 부모에게 금지당한 일본인 아이가 군침을 삼키며 부럽게 곁눈질하는 모습이 보이는 것 같은 구체성과 재미가 있다.

홍수로 외딴 섬처럼 된 시로의 집과 이 씨의 집 주변은 끝없이 펼쳐진 납빛으로 빛나는 흙탕물에 잠겨버리고 이 씨의 논도 완전히 수몰되었다. 주먹밥을 전해주려는 아버지에게 달라붙어 시로가 이 씨 집을 찾아갔을 때, 홍수를 기뻐하는 이 씨는 흙마루에 앉아 나무줄기로 그물을 짜고 있었다. 이 씨가 그것을 논두렁의 작은 강에 걸자 금세 붕어나 미꾸라지, 잉어가 잡히는 것이었다. 노동의 기쁨을 몸으로 표현하는 이 씨와, 약동감에 가득찬 조선의 자연을 그리는 고바야시 마사루의 필치에는 조선에 대한 깊은 애착과 향수의 감정이 배어나온다고 해도 좋을 것이다. 다음은 소설의 결말 부분인데, 이러한 서정적인 묘사는 후기에는 완전히 모습을 감추게 된다.

2. 감춰진 서정―「은어 鮎」

이 씨가 바구니를 들어 올리자, 바구니는 안쪽부터 축축히 젖은 기운찬 소리를 내며 어렴풋이 흔들렸다. 그러고 나서 이 씨는 시로의 아버지 쪽으로 등을 구부리며 곤란한 듯 웃음을 띠며, 머뭇거렸다.

"저, 이것 먹지 않습니다… 저, 이걸 팔아야…."

"그래요, 그래요, 그렇게 해요. 참 고생많네요…"라고 시로의 아버지는 말했다. 그러나 이 씨는 물에 젖어 윤기나는 조릿대 잎 세 장을 시로의 양손 위에 펼치고, 그 위에 희미하게 흰 배를 실룩거리고 있는 은어 세 마리를 올려놓았다.

"이건 시로짱, 이건 아저씨, 이건 아주머니, 드세요."

이 씨는 시로의 아버지 쪽을 손으로 밀면서 말했다. 시로는 다리가 꼬일 것 같았다. 가만히 은어를 바라보면서 걸었다. 그것은 젖어 있었다. 그 눈은 은어의 몸 안의 작은 호수처럼 푸르고 맑았다. 그때 갑자기 구름이 걷히고 일주일 만에 하늘에서 금빛 광채가 내려왔다. 그것은 시로의 손 위 조릿대 잎과 은어의 몸위에서 반짝반짝하고 빛났다. (1:234 - 235)

이 씨가 내미는 우정의 증표인 은어의 생명감을, 시로는 촉감이나 시각을 총동원해서 생생히 느낀다. 이 씨와 시로의 아버지의 대화에서 암시되기는 하지만, 식민지의 냉엄한 현실은 확실하게는 가시화되지 않으며 이 씨와 시로의 교류는 시종 따뜻한 색채로 물들어있다. 또한 고바야시 마사루의 식민지 소설에서 주인공 소년의 아버지는 경찰관계자나 교사로 등장하는 것이 일반적이며 식민지체제의 말단을 담당하는 역할이 반드시 명시되는데, 이 소설에서는 시로의 아버지의 직업이 명시되지 않는다. 이 씨도 아주 소박하고 마음씨 좋은 농부라는 것 이상으로는 그려지지 않는다. 이

것이 '있는 그대로의 모습으로, 엄연히 자리 잡고 있었던' 자연 속
에서 살아가는 어린 일본인 남자아이의 눈에 비친 조선이었다.

향수와 죄책감의 대립

조선에 대한 전후의 죄책감과, 소설 「은어」에 반영된 원초적이
고 육체적인 애착 - 이 두 가지 감정은 고바야시 마사루 안에서 늘
격하게 대립했던 것으로 보인다. 그 정치운동에 있어서 그랬듯이,
조선에 대해 부채가 있다는 의식은 문학 활동에 있어서도 그를 움
직이는 강력한 에너지가 되었다. 그렇지만 사회·정치·역사적 인
간으로서의(이른바 전후 일본을 살아가는 어른으로서의) 죄책감은 오히려
다분히 의지적 意志的 이었으며, 그런 의미에서 작위적인 것이었다.

식민지에 대한 죄책감의 깊이를 논하자면, '자신의 출생이(살아
가는 방식이 아니라 태어났다는 사실이) 그 자체로 죄라는 어두운 생각은
입 밖으로 낼 수 있는 것이 아니다'라고 밝힌 모리사키 가즈에 등
도 꼽을 수 있다.* 경상도의 문화와 자연의 품에서 너그럽게 자라
난 모리사키는, 한반도를 '내 원죄의 땅'이라고까지 불렀다.** 그러
나 모리사키의 문장은 그 토지의 풍토와 사람들에 대한 소박한 애
정이 전후의 부채의식과 함께 풍부히 반영되어 있으며, 서정성이
극한까지 깎여나간 고바야시 마사루의 후기 작품군과 반대로 독자

---

*   모리사키 가즈에 『고향환상』(大和書房, 1977) 204쪽

**   모리사키 가즈에 「수평선의 저편에」 이쿠타 쇼고 외 편 『'장소'의 시학』(藤原
書店, 2008) 18쪽

2. 감춰진 서정 - 「은어 鮎」

를 당혹시킬 만큼의 괴로움은 보이지 않는다. 그러므로 부채의식의 강도 그 자체보다, 오히려 식민지를 둘러싼 기억의 표현방식에 고바야시 마사루의 독자성이 한층 선명하게 나타나고 있다고 볼 수 있다. 「은어」에 가득 차 있는 것은 조선에 대한 원초적인 애정을 노래하는 생생한 서정성이다. 그러한 점에서 이 작품은 고바야시 마사루가 쓴 식민지 소설 중에서 가장 아름답다고 할 수 있다.

고바야시 마사루와 같이 한국전쟁 반대 운동에 참여한 경험이 있는 고사명 高史明 은 "고바야시 마사루의 안에서는 항상 조선의 산과 강, 그 땅에 살아가는 사람들이 계속 살아가고 있었다"고 보았다. 고사명은 고바야시 마사루의 사후, 조선에 대한 그의 애정과 죄책감의 대립을 이렇게 포착하고 있다. "그는 그 사람들과 산과 강을 그리워한다. 내가 아는 한 고바야시 마사루만큼 마음 깊이 조선을 사랑한 작가는 두 세사람 뿐이다. 그 그리움은 그리움이라는 것을 넘어 넘실대는 사랑으로 발전했다고 할 수 있다. 그렇기 때문에 그 사랑이 어디서 왔는지를 알았을 때 그의 전신은 전율하고 스스로를 단죄하며, 그 단죄의 실현 속에 자기실현을 가늠하려고 했던 것이다. 고바야시 마사루의 조선에 대한 애정은 그렇게 깊었다."*

고사명이 말하듯 분명 고바야시 마사루의 마음 속에는 '넘실대는 사랑'과 같은 조선에 대한 넘쳐나는 향수가 요동치고 있었던 것으로 보인다. 그러나 그는 문학자로서 그것을 마음껏 표현하는 것을 금욕적이라고 할 만큼 엄격히 억제하는 방향으로 나아갔다.

* 고사명 「고바야시 마사루를 생각하다」 『계간삼천리』 5호(三千里社, 1978) 73쪽

'풍토의 고향'과 '언어의 고향'

식민지에서 생활하는 일본인 아이들은 대다수가 도시부의 일본인 마을에 살면서도, 역시 생활의 이모저모에서 자신이 외부자라는 것을 인식할 기회가 있었다. 그리고 그것을 가장 명백하게 체감하는 것 중 하나가 바로 언어였다.

단일언어주의인 일본인 마을에 있더라도 그들이 이해하지 못하는 외국어를 말하는 사람들이 일상풍경 속에서 왕성히 오가고 있었고, 하인과 같은 형태로 그러한 사람들과 한 지붕 아래에 있는 것도 드물지 않았다. 물론 일본인 마을의 바깥으로 조금 나가면, 거기는 실질적으로 외국이나 다름없었다. 이러한 환경에서 제국의 아이들의 '고향'이 두 개로 분열되는 것은 반 필연적이었다. 다롄 출생의 기요오카 다카유키는 이렇게 회상한다.

'풍토의 고향'은 다롄이라는 식민지, 즉 본래는 타국일 터였던 공간이며 '언어의 고향'은 일본어라는 모국어, 즉 먼 바다 건너의 조국에 옛날 옛적에 뿌리를 내린 이래로 오랫동안 배양된 정신적인 공간이었다.

그 두 가지가 어색하게 맞물리는 토대 위에 고향이 있었던 만큼, 그것은 필연적으로 불안정하고 여린 것이었다.[*]

> [*]　기요오카 다카유키 『바다의 눈동자』(文藝春秋, 1971) 65쪽. 기무라 가즈아키 「유아사 가쓰에와 나카지마 아쓰시와」 기무라 가즈아키 외 편 『한류백년의 일본어문학』(人文書院, 2009) 121-123쪽 참조.

고바야시 마사루의 식민지 소설에서도 '풍토의 고향'과 '언어의 고향'의 단절은 중요한 테마 중 하나이다. 여기서부터 고바야시 마사루의 초기 대표작 「포드·1927년」(1956)을 보고자 한다. 이 1인칭 소설에서 자신은 장소에 어울리지 않는 존재라는 식민자 2세의 잠재의식이 드러나는데, 그때 결정적인 계기가 되는 것은 태어난 고향에서 자신이 언어적으로 고립되어있다는 사실의 자각이다.

'특별한 외부자'

일본의 패전 후 얼마 지나지 않은 중국의 어느 황량한 언덕에서 이야기는 시작된다. 인적이 없는 민가의 흙마루에, 부대에서 이탈해 홀로 남겨진 폐병 환자인 일본육군 이등병과 그의 곁에서 수발을 들기 위해 남은 선배 위생병이 하릴없어 누워있다. 꼼짝없이 죽음을 기다리게 된 이등병이 선배에게 자신이 소년기를 보낸 '낙동강 발원지의 깊은 산속 마을'의 기억을 차근차근 이야기하는 형식으로 이야기는 전개된다.

아이들이 도토리 산이라고 부르는 산골짜기 언덕 위에 푸른 눈을 한 터키인 가족이 사는 아주 훌륭한 서양식 집이 있었다. 포목상을 하는 터키인(일본인들이 제멋대로 터키인이라고 생각하는 것으로 나오지만, 그것은 자못 뜻밖의 인상을 주고 소설 전체에 일종의 이상함을 낳는 효과를 가져온다)은 사실 기독교 선교사였다고 마을의 일본인들은 수군거렸다. 매주 일요일이 되면 깨끗한 옷차림을 한 조선인들이 도토리 산에 오르는 탓에, 직접 방문해서 확인해보려고 하는 일본인은 없었다. "조선인 따위와 친분을 갖는 터키인이 있는 곳에 가는 것은,

일부러 조선인과 대등한 관계가 되려는 것이라는 생각이 있었기 때문이다."(방점은 원문에 따름, 1:15)

주인공의 집 안방에는 경부보 警部補인 아버지의 자랑이었던 벨기에제 엽총이 있었다. 총알은 빼놓았지만, 부모님은 아들에게는 그것을 만지는 것을 엄히 금하고 있었다. 부모님이 계시지 않을 때는 조선인 하녀 순기 スンギ-가 감시한다. 어느 날 소년은 순기의 눈을 피해 엽총을 손에 넣은 뒤 얼굴이 창백해진 그녀에게 총 쏘는 시늉을 했다.

> 기쁨을 감추지 못한 나는 웃음소리를 내며 위협하듯이 방아쇠를 당겨 보였다. 그리고 소리쳤다. "무섭지 않아? 순기야, 무섭지?"
> 순기의 얼굴에는 힘없는 웃음이 비쳤다. 그녀는 고개를 살짝 옆으로 가로저었다.
> (1:18)

순기는 총이 아니라, 소년이 그것을 만지게 하면 해고되는 것을 두려워했던 것이다. 이후 소년은 조선인 아이들을 태우고 드라이브하던 터키인의 포드가 고장 나서 문밖에 선 채로 꼼짝 못하고 있는 것을 보고, 수리에 고심하는 터키인과 말을 나눈다. "다들 타고 있는데, 너도 타지 않겠니?"라고 함께 드라이브할 것을 권유받지만, 조선인들과 동석할 수 없어 소년은 열리려고 했던 마음을 닫아 버린다. "정말 아쉽구나"하며 터키인은 산 위의 서양식 집으로 소년을 초대한 후 떠난다.

여름방학이 되어 소년은 누나와 함께 도토리 산을 오르게 된다.

그는 군인 흉내를 내며 공기총을 메고 있었다. 서양식 집 앞에 도착하고 보니 안에서는 많은 조선인들의 즐거운 기색이 새어나오고 있다. "말로 표현할 수 없이 주눅이 들었다."(1:21)

그런데, 정원 모래에 금발 푸른 눈의 귀여운 여자아이가 앉아있는 것이 보인다. 소년을 보자마자 그녀와 함께 놀고 있던 세 명의 조선인 아이들의 얼굴에서 웃음기가 가셨다. 그들은 반사적으로 일어나 어색하게 모래에서 나오고 그 자리에 멈춰 선다. 소년은 반대로 우월감에 젖어 모래에 발을 들여놓지만, 터키인의 딸에게 일본어가 통하지 않는 것을 알고 주춤거린다.

"네 이름은 뭐야?" 나는 두 번 정도 물었으나 의미가 통하지 않아서 완전히 풀이 죽고 말았다. 그러자 그 때 옆에서 가만히 서 있던 한 아이가 서투른 일본어로 말을 했다.

"젠, 이라고 합니다(이것은 잘못 들은 것일지도 모른다)."

"너한테 물어본 거 아니야!" 라고 나는 화를 냈다. 조선인 아이가 고개를 떨궜다. 그런데 이번에는 그녀가 뭔가 말을 했지만, 우리는 전혀 알아듣지 못했다. 그 때 갑자기 날카로운 의문이 일었다.

"그럼, 이 아이와 조선인 아이는 무슨 말로 얘기를 나누는 거지?" (1:22)

누나가 서툰 영어로 이야기를 걸어봤지만, 역시 도움이 되지 않는다. 난처해진 소년이 부족한 조선말 지식을 총동원해서 '너희 집에 자동차 있어?'라고 물었다. 그러자 여자아이는 웃으며 조선어로 '자동차, 있어!'라고 대답했다. 여자아이의 조선말은 조선 아이

들의 긴장을 풀었고, 그들은 밝은 표정으로 다가온다. 한편 잘 모
르는 조선어로 대화를 시작해버린 소년은 기묘한 궁지로 몰려서
괴로운 나머지 엉뚱한 말을 해버린다. - '너희 집에(라고, 나는 다음 단
어를 발음하는 것에 조금 주저했다) 기차는 있어?'(1:23)

활기를 띤 조선 아이들이, 소년에게 도움의 손길을 내밀듯이 여
자아이와 활발하게 무언가를 말하기 시작한다. 그러자 그녀는 '기
차, 있어!'하고 조선말로 외치고, 집 안으로 뛰어 들어갔다. 돌아온
여자아이의 양손 위에 나무로 만든 기차가 올려져 있는 것을 본 순
간, 소년은 어느 단순명쾌한 사실을 마음속 깊이 통감한다.

> 그때 나는 산 밑에 작은 마을 안에서라야 조선인을 바보 취급하며 살지만, 이
> 산속에서는 나나 누나가, 자동차나 기차라는 단어 두 개 말고는 하릴없이 먼
> 외국에 와 버린 듯한 기분이 든 것이다. 그리고 그 외국의 주인공은 세 명의
> 조선 아이들이며, 금발의 터키인 소녀였다···.   (1:23 - 24)

일본인들이 일본인 마을 안에서 아무리 조선의 소유자인 척을
하고 위세를 뽐내며 센 척을 해도, 산으로 조금만 들어가면 거기는
언어조차 제대로 통하지 않는 '먼 외국'이었다. 이렇게 일본인 소
년은 고향인 줄 알았던 땅에서 자신이 언어적으로 어린아이 같은
무능함에 갇혀있다는 것을 깨닫는다. 조선은 일본인에게 있어 틀
림없는 먼 외국이며, 자신은 거기서 태어나 자랐음에도 불구하고
일개의 외부자에 지나지 않는다는 것, 그리고 그것을 느끼고 있었
으면서도 모르는 척하며 그 땅의 주인인 양 굴었다는 것을 강한 치

욕감과 함께 깨닫는다. 같은 외부인인 일본인 소년과 터키인 소녀
지만 현지의 언어를 말하고 현지의 아이들과 노는, 소녀의 정상한
태도가 소년을 포함해 일본인 식민자의 비정상성과 우스꽝스러움
을 두드러지게 한다.

그런데 그때 강아지가 한 마리 나타난다. 터키인 소녀와 조선인
아이들의 환성이 소년의 소외감과 어색함을 한층 부채질했고, 그
것은 점차 짜증으로 바뀐다. 조선 아이들에게는 꼬리를 흔들고, 자
신에게는 이빨을 드러내는 강아지에게 화가 난 소년은 주머니에
서 총알을 꺼내 공기총에 장전한다. 총구를 강아지에게 향하고 엉
덩이를 노려 방아쇠를 당긴 그 순간, 터키인 소녀가 우연히 끼어들
어 다리에 탄환이 명중하고 말았다. 날카로운 울음소리를 듣고 패
닉에 빠진 소년은 누나와 함께 그 자리에서 쏜살같이 도망친다.

내 눈앞에는 소녀의 하얀 발뒤꿈치에 약간 박혀있는 납덩어리가 아른아른했
다. 어째서인지 소리 지르는 아이들의 바삐 움직이는 입이, 집안에서 뛰어나
온 터키인의 공포로 부릅뜬 큰 눈과 겹쳤고, 우리를 둘러싼 조선인 어른들이
보였다. 그 누구도 나에게 아무 말도 하지 않았고 화내며 고함도 치지도 않아
서, 사건의 장본인이면서 완전 외부인처럼 취급되었을 때의 그 말 못할 허탈
감이 내 온몸을 사로잡았다. '왜 그럴까?' 하는 의문이 말로 떠오른 것은 아니
었다. 그러나 나는 자신이 뭔가 특별한 외부자라는 것을 막연하게 계속 느끼
고 있었던 것이다.   (1:25)

포드가 산 중턱에서 일본인 오누이를 쫓아온다. 뒷좌석에는 소

녀를 안은 조선인들이 앉아있었다. 큰 부상은 아니라며 소년을 겁 주지 않으려는 듯 익살맞은 태도로 운전석에 앉은 터키인이 손짓 을 하며 '자, 너 오늘은 타지 않겠니? 강 쪽에 가보자'라고 권유한 다. 죄악감과 수치를 견딜 수 없어 어떻게 하면 좋을지 모르는 소 년은 누나의 치마에 얼굴을 파묻고 그 자리에서 오열한다.(1:26)

일본인 소년은 터키인과 그의 딸, 그리고 조선인들에게 '죄송합 니다'라고 한마디 사과하는 것이 도저히 되지 않는다. 피식민자에 대해서는 어떠한 일이 있더라도 우위에 서 있어야만 한다는 식민 자의 강박관념 때문인가, 아니면 피식민자들로부터 '특별한 외부 자'로서 서먹서먹하게 모기장 바깥에 놓인 것에 대한 소외감 때문 인가. 어느 쪽이든 민족 간의 주종관계를 만들어 냄으로써 피식민 자를 지배할 것이었던 식민자는 아이러니하게도 이윽고 그 주종 관계 그 자체에 속박되어 사고와 행동을 지배당하고 만다. 식민지 주의적인 주종관계의 환상에 놀아나는 지배자는, 고바야시 마사 루가 이 작품을 통해서 그려냈듯이 그 무능함이 폭로되었을 때 실 로 뒤죽박죽에 우스꽝스러운 모습을 드러내게 된다.

그 이후 소년의 가족은 그 마을에서 조선의 다른 도시로 이사 간다. 거기서 성장하고, 군대에 들어가게 된 주인공은 입영 전에 예전에 살았던 산속 시골 마을을 다시 방문하기로 한다. 상징적이 게도 그는 어째서인지 과거 순기를 위협하며 놀았던 그 엽총을 메 고 그 마을에 들어간다. 기억했던 것보다 훨씬 추레하고, 좁고, 텅 빈 마을도, 놀랄 만큼 늙어버린 순기와의 재회도 큰 감흥을 불러일 으키지는 못했다.

3. 외부자 의식의 발아─「포드·1927년 フォード 一九二七年」

한편 터키인 가족은 전쟁열이 높아져가는 가운데 일본인들의
배외주의의 표적이 된다. 조선인과도 사이좋게 교류하던 터키인
은 스파이라는 혐의를 받고 박해받아 어느 날 포드를 타고 마을
에 남아있던 얼마 안 되는 생생한 공기와 함께 마을을 떠나버린
다.(1:31)

'타자와의 어긋난 만남의 역사'

이노우에 겐 井上健은 고바야시 마사루 연구의 하나의 시발점을
이루는 하세가와 시로의 작품평으로 "아마도 고바야시 마사루가
글로 남긴 것들 중에 가장 우아한 유머가 넘친다고 생각되는 것이
「포드·1927년」이 아닐까 … 굳이 말하자면 인도에서 어린 시절을
보낸 영국의 작가가 인도에서의 추억을 말하는 것과 일맥상통하
다"(「고바야시 마사루」 1:355) 라는 부분을 인용한 뒤 그 독해를 이렇게
비판한다. "이 작품에서 고바야시 마사루는 '고향'인 조선에 대한
향수에, 하세가와가 말하는 그 정도로 솔직하게 마냥 젖어 있는 것
은 아니다. 그렇다고 '고향'에서 보낸 어린 나날에 보고 들은 차별
과 부조리에 가득 찬 체험으로 소박한 고발의 시선을 향하고 있는
것도 아니다."*

유머러스한 면과 심각한 면이 기묘하게 혼재된 「포드·1927년」
은 식민지 조선에 대한 고바야시 마사루의 양의적인 감정을 반영

* 이노우에 겐 「타향의 환영과 표현의 혁신—쇼와작가의 조선과 만주」『일본연
구』 50호(한국외국어대학교 일본연구소, 2011) 88-89쪽

하고 있는 것으로 보인다. 우시장이나 도토리 줍기, 터키인의 낡은 포드 등이 경쾌한 필치로 그려져 있는가 하면, 조선인 하녀에 대한 일본인 소년의 악의 없는 잔인성, 조선인 아이들에 대한 비뚤어진 우월의식 그리고 주위에 망양하게 펼쳐진 '외국'에 대한 막연한 주눅듦도 극명하게 기술된다. 주인공인 이등병에게 있어 조선은 죽음을 눈앞에 두고 어른거리는 그리운 고향이었다. 그러나 동시에 그곳은 스스로를 '특별한 외부자'로서 거부하는 이향 異鄕이었다.

또 경부보인 아버지의 애장품이었던 엽총과 터키인 소녀의 다리를 잘못 맞혀버린 장난감 공기총은 식민자 2세가 점차 몸에 익혀가는 식민지주의 폭력의 은유로서 상당히 효과적으로 사용되었다. 처음에는 조선인 하녀를 위협하고 놀릴 뿐이었던 탄이 장전되지 않은 엽총이, 터키인 소녀를 실제로 상처 입히는 공기총으로 바뀐다. 더욱이 성장하여 군대에 들어가게 된 주인공은 필요도 없는데 일부러 아버지의 엽총을 둘러메고 마을을 다시 방문하는 것이다. 순기는 예전에 하녀로 주인공의 집에 드나들었음에도 불구하고 그의 얼굴을 알아보지 못하고, 바로 그 엽총을 보고 겨우 기억해낸다. 피식민자에게 있어 식민자란 결국 무엇인가를 암시하는 재회 장면이다. 이렇게 식민자 2세의 내면에서 구조적으로 자라나는 식민지 사람들에 대한 폭력성이 총의 표상을 통해서 교묘하게 그려지고 있다. 작품 전체에 감도는 종잡을 수 없는 느낌은 나고 자란 식민지를 애정과 폭력이 뒤얽힌 형태로밖에 끌어안을 수 없는 식민자 2세라는 존재의 미묘함에서 오는 것처럼 보인다.

3. 외부자 의식의 발아─「포드·1927년 フォード 一九二七年」

일본인 식민자 2세와 재일조선인 2세의 '이동경험'에 착목한 논
고 속에서, 히라타 유미 平田由美는 다음과 같이 서술하고 있다. 이
것은 「포드·1927년」에서 고바야시 마사루가 그려내려고 했던 것,
나아가서는 그의 포스트콜로니얼 문학 전체의 문제의식과도 통한
다고 생각된다.

'나'라는 주체는 '내가 아닌 타자'와의 다양한 관계로 만들어지고 있다. 그런데
식민지주의의 역사는 주체일 수 있는 타자와의 어긋난 만남의 역사이며, 식
민자란 그 만남에 계속 실패하는 자라는 뜻이다. 식민지에 있어서의 일본인
의 '격리적인 집단 주거는 피식민자의 주민과의 거주지 구분'에 의한 공간의
분할이나, 지배언어와 피지배언어라는 언어의 분할과 단일 언어주의적인 언
어상황은 타자와의 만남을 곤란하게 하는 것이었으며, 황민화 정책은 만나
야 할 타자 그 자체를 말살하려고 하는 시도였다.*

"식민지주의의 역사는 주체일 수 있는 타자와의 어긋난 만남의
역사이며, 식민자는 그 만남에 계속 실패하는 자라는 뜻이다."라
는 이 지적은 고바야시 마사루의 포스트콜로니얼 문학을 읽는 데
큰 도움이 된다. 그의 초기 대표작으로 여겨지는 「포드·1927년」에
서 주인공인 식민자 2세가 여러 식민지 사람들(조선인 하녀나 동세대
의 조선인 아이들, 터키인 소녀, 그녀의 울음소리를 듣고 달려온 조선인 어른들, 그

* 히라타 유미 「"타자"의 장소 ─ 「반쪽바리」라는 이동경위」 이요타니 도시오
외 편 『'귀향'의 이야기/'이동'의 이야기』(平凡社, 2014) 52-53쪽

리고 소년에게 몇 번이나 우호의 손을 내밀어 온 터키인)과 종종 하나의 공간을 공유하여 눈을 맞추고, 때로는 많은 말을 나누기까지 했으면서 여전히 결정적으로 어긋나고 있다는 것에는 주목하지 않을 수 없다. 고바야시 마사루가 그리려고 했던 것은 식민지 조선에서의 일본인과 조선인의 만남, 혹은 전후 일본에서의 양자의 재회는 아니었다. 오히려 그가 그토록 고집스럽게 계속 그려낸 것은 양자의 만남의 어긋남이었다. 이 차이가 극히 크다는 것을 여기서 강조해두고자 한다.

히라타의 지적대로, 식민지주의자는 '주체일 수 있는 타자'와 만날 일이 없다. 그것은 그들에게 반드시 그럴 생각이 없었기 때문은 아니다. 두려움이나 적대심, 모멸 의식 등에 의해서, 혹은 종종 객관적인 '수치'나 '통계'에 의해 기호화되거나 비인간화된 존재로밖에 인식할 수 없다면 주체일 수 있는 타자와 만날 계기는 애초에 없다. 그러나 비록 식민지주의자가 아니었다고 해도, 식민지주의적인 상황 아래에 있는 사람은 역시 주체일 수 있는 타자와 만나는 일은 없다.

지배자가 피지배자와 만나지 않는 것, 피지배자의 민족성이나 인간성의 심오함을 상상하거나 이해하려고 하지 않는 것은 식민지 지배의 결과라기보다는, 오히려 그 존립조건이었다. 피지배자의 인간성의 상상력은 지배의 정당화에 방해되기 때문이다. 그 때문에 제국은 피지배자를 교화하거나 응징해서 주체일 수 있는 타자를 눈앞에서 없애버리려고 기를 썼다. 피지배자의 민족적 존엄을 깎아내리고, 그 문화를 미개하고 후진적인 것으로 얕보았다. 그렇게 해서 그들 스스로를 열등하다고 느끼고, 제국에 대한 이질성을 싫어하도록 만들었다. 식민지 체제는 피지배자에 대한 지배자의 혐오와 모멸만이 아니라, 피지배자 스스로의 자기혐오까지도 양분으로 하는 탐욕스러운 괴물이었다.

고바야시 마사루의 주인공들 중에 조선인을 아무렇지 않게 업신여기고, 지배자의 지위에 안주하는 뻔한 식민지주의자는 없다. 오히려 그들은 나름 성실하게, 때때로는(고바야시 마사루 자신이 그랬듯이) 스스로의 생활을 희생해서까지 조선을 위해 무엇인가를 하며, 조선인과 공생하려 힘쓴다. 그런데도 그들은 조선인과 여전히 어긋난다. 고바야시 마사루가 지향한 것은 개별적으로 식민지주의자를 단죄하는 것이 아닌, 일본인이 조선인과 만나는 것을 방해하는 식민지주의적인 상황의 구조를 해명하고 타개하려던 것으로 생각된다.

「포드·1927년」 이후, 고바야시 마사루는 '타자와의 어긋난 만남'이 역사적으로 무엇을 의미하는가를 밝히고자 과제에 힘을 쏟게 된다. 그것은 「은어」에서도 나타나듯 일본인과 조선인의 따뜻한 만남이나 교류, 화해, 연대와 같은 타자와의 만남을 그리는 길과 결별하는 것을 의미했다.

4. 보는 자와 관찰되는 자 - 「붉은 민둥산 赤いはげ山」

이중의 맹목적 상태

아베 고보는 만주에서 지냈던 시기를 회상하여 식민자의 피식민자 인식의 특징에 대해서 이렇게 서술하고 있다.

지배민족의 특징은, 말하자면 지금 일본에 있는 미국인인데 그 토지의 인간을 인간으로서보다도 식물이나 풍경처럼 보는 것이다. 즉 토지의 인간은 풍물의 일부이다. 어지간히 오래 세월을 보내도 이 사정은 좀처럼 변하지 않는다. 이것은 상대를 잃어버릴 뿐 아니라, 동시에 자신까지 잃어버리는 것이다. 그 점을 전혀 알아차리려고 하지 않기 때문에 성가시다. 절대 식민지를 고향이라고는 할 수 없다.*

많은 인양자의 회상기를 보아도 알 수 있듯이, 식민자에게 있어 피식민자는 걸핏하면 '풍경의 일부'로 오인할 만한 먼 존재였다. 그것은 그대로 양자의 물리적, 문화적, 심리적 정치 경제적인 거리의 발로였으나, 아베 고보는 거기에 그들이 피식민자의 앞에서 오만한 지배자로 군림했는지 겸허한 이웃으로서 서 있었는지 혹은 그 토지의 풍토나 문화를 애호했는지 혐오했는지와 같은 개별적인 문제 이전의 전체적이고 구조적인 문제가 있었다고 보았다. 그는 "그 토지의 인간을 인간으로서보다도 식물이나 풍경처럼 본다"라고 표현했다. 이것은 물론 일부러 그렇게 보는 것이 아니라 자연스럽게 그렇게 보인다는 것이다. 그런데 인간이 식물이나 풍경처럼 보인다는 것은 도대체 어떠한 것일까.

여기서 참고가 되는 것은 소설 『1984』 등으로 알려진 영국의 작가 조지 오웰 George Orwell 이 반년정도 모로코에 머무른 경험을 토대로 쓴 「마라케시 Marrakech」(1939)라는 에세이다. 식민지 관료의 아들

---

* 『아베 고보 전집』 4권(新潮社, 1997) 87쪽

로 인도에서 태어난 오웰은 젊었을 때 버마(미얀마)에서 경찰관으로 일했으나, 전반생 동안 경험한 식민지 체험은 그에게 결정적인 영향을 주었다.

"열대의 풍경 속에서는 무엇이든 눈에 머물기는 해도, 인간만은 눈에 들어오지 않는다. 말라비틀어진 땅이나 선인장, 야자수나 먼 산은 보이지만, 좁은 땅을 괭이로 일구는 농부의 모습은 언제나 놓쳐버린다."* - 오웰은 식민지에서 생활하는 자신들 '백인'이 저도 모르는 사이에 몸에 익히는 사물을 보는 방식의 특징에 대해서 실로 솔직하게 말하고 있으나, 그 내용은 아베 고보의 생각과 분명히 통한다. 물론 이것은 열대에 한한 이야기는 아닐 것이다. 오웰에 의하면 식민지 마을에서는 "자신이 인간들 속을 걷고 있다는 사실이 언제나 믿기 어렵게 된다"지만, 중요한 것은 "실제로는 모든 식민지 제국이 이 사실에 기초를 두고 있다"고 하는 점이다. 애초에 식민지 체제라는 것은 지배자들이 피지배자들을 자신과 같은 인간으로서 인식하지 않는 것이 전제로 되어 있다는 말이다.

피식민자의 수가 너무나도 많고 또 그들이 너무나 허망하게 죽어가는 탓에 식민자는 그들이 '정말로 나와 같은 육체인 것인가. 하다못해 이름 정도는 있는가. 아니면 꿀벌이나 산호충과 다름없이 개성 없는 일종의 획일적인 갈색 생물에 지나지 않는 것인가' 하는 착각에 빠져버린다 - 오웰에 의하면 원래부터 그러한 구조로

---

*   조지 오웰 「마라케시」 『오웰 평론집』 1권(이노우에 마야코 외역, 平凡社ライ
ブラリー, 2009) 39쪽

되어있는 것이 식민지 체제이다.* 그렇다고 한다면 그 체제에 푹

되어있는 것이 식민지 체제이다.* 그렇다고 한다면 그 체제에 푹

되어있는 것이 식민지 체제이다.* 그렇다고 한다면 그 체제에 푹 젖어있는 식민자가, 피식민자를 '꿀벌이나 산호충과 별다를 바 없고, 일종의 획일적인 … 것' 이상의 개성(고유한 이름이나 가족, 친구, 꿈, 신념, 욕망, 기쁨, 슬픔, 분노 등)을 가진 어떤 인간적인 존재로 인식할 수 있다고 기대하는 것은 그러한 식민지 체제의 기본구조를 도외시한 순진한 환상에 지나지 않는다는 것이 된다.

오웰은 마라케시 체류 중에 일어난 어느 작은 사건을 통해 이러한 식민자의 뒤틀린 인식이 바로 자기 자신조차 모르는 사이에 몸에 배어버렸다는 사실을 실감했다고 한다. 매일 오후가 되면 마르고 작은 체구의 노파들이 허리를 구부려 거대한 장작더미를 짊어지고 그의 집 앞을 지나간다. 그녀들은 가족이나 사회로부터 짐 운반용 당나귀와 같은 취급을 받고 있었으며, 아마 자신들도 그것을 당연하게 생각하고 있었을 것이다.

> 그러나 이 사람들의 이상한 점은, 이쪽의 눈에 띠지 않는다는 것이다. 몇 주 동안이나 항상 매일 거의 정해진 시간에 장작을 짊어진 노파들이 줄지어 비틀비틀 집 앞을 지나간다. 내 눈에 그것이 비친 것은 분명한데, 내가 정말로 그녀들을 보았다고 하면 거짓말이 된다. 장작이 지나가고 있다 – 나에게는 그렇게 보였던 것이다.**

*   조지 오웰 「마라케시」 상동, 35쪽

**   조지 오웰 「마라케시」 상동, 42쪽

4. 보는 자와 관찰되는 자 – 「붉은 민둥산 赤いはげ山」

어느 날 오웰은 장작더미에 깔려 찌부러질 듯 걷는 한 노파를 불러 세우고, 푼돈을 쥐어주었다. 그러자 노파는 흡사 비명과 같은 소리를 지르며 감사를 표했다. 그러나 오웰은 그녀가 큰 소리를 낸 것은 감사 이상의 놀라움 때문이었다고 느꼈다.

"생각건대, 그 노파로서는 자신에게 일부러 주의를 기울인 것이 마치 내가 자연의 법칙을 깬 것에 가까운 일을 저지른 것처럼 보였을 것이다."*

문제는 이 '자연의 법칙'이다. 장작을 짊어진 노파의 모습이 보이지 않는 것은 자연스러운 일이다(덧붙여 말하자면, 자신이 장작을 짊어지지 않은 것도). 자연스럽기 때문에 새삼스럽게 무언가를 보려고 할 필요도 없다. 그보다 반대로, 거기에서 무언가를 보려고 하는 것은 부자연스러운 것이다. 그렇기는 커녕 불온한 일이기까지 하다. '장작이 지나가고 있다' 그뿐이며, 그 이상도 이하도 아니지만 이렇게 하여 식민지 체제의 자연의 법칙으로 빈틈없이 지켜진 식민자는 같은 인간일 터인 피식민자가 자신의 눈에는 꿀벌이나 산호충, 아니면 기껏해야 당나귀와 같은 것에 지나지 않는다, 라는 무서운 인간경시의 상태를 부자연스럽다고 느끼지 못한다.

식민지주의의 감성은 포학하고 악의에 가득 찬 교만함이라기보다, 때때로 이러한 '자연스러운' 느낌에 기초하고 있다. 그렇기 때문에 그것은 무지나 무의식, 무관심뿐만 아니라 자연스러운 동정이나 연민, 선의에조차 깃들 수 있는 것이다. 인간은 부자연스러운

* 조지 오웰 「마라케시」 상동, 42쪽

것은 바로 눈치를 채지만, 자연스러운 것을 의심하는 일은 좀처럼 없다. 그러므로 풍물의 일부처럼 보이는 것이 자연스러운 것이라고 한다면, 식민자가 피식민자를 자신과 같은 인간으로서 인식하는 것은 본인이 상상하는 것보다도 훨씬 어렵다.

"이것은 상대를 잃어버릴 뿐 아니라, 동시에 자신까지 잃어버리는 것이다. 그 점을 전혀 알아차리려고 하지 않기 때문에 성가시다"라고 아베 고보는 반성을 했지만, 중요한 것은 피식민자가 보이지 않는 상황은 '지배민족'으로서의 자기 자신도 보이지 않는 상태와 쌍을 이루고 있다고 지적한 점이다. 즉 피식민자를 바로 자기 자신이 지배하고 있는 현실이 보이지 않는다는 것이다.

식민자는 어째서 스스로를 잃어버리고 있는가. 그것은 자신을 보고 있는 피식민자를 잃어버렸기 때문이다, 라고 고바야시 마사루는 아베 고보나 조지 오웰이 실감적으로 지적했던 것처럼, 식민자의 이중적인 맹목상태를 극복하기 위해 '피식민자에게 보이는 식민자'라는 테마를 문제화하려고 했던 것이다.

배경 後景 에서 전경 前景 으로

「포드·1927년」에서는 여러 장면을 통해 현지 주민이 등장하고 있으나, 주인공 식민자 2세에게 그들은 아베 고보가 말하는 바로 그 사물의 일부이다. 조선인들이 자신의 생각을 말하거나 식민자 2세에게 적극적으로 접근하는 일은 없으며, 또 식민자 2세의 의식이 그들의 마음을 상상하는 데까지 나아가는 일도 없다. 교류, 대립, 마찰 … 어떠한 만남인가를 떠나서, 애초에 접촉 자체가 없다. 이른바 뺑

뚫린 구멍 그 자체가 그려져 있는 것이다. 죽음을 앞둔 주인공은 조선의 고향을 그리워하지만 그 고향에는 '꿀벌이나 산호충과 별다를 바 없이 개성 없는, 일종의 획일적인' 조선인밖에 없었던 것이다. 성장한 주인공이 다시 만난 순기도 생활에 찌든 얼굴을 보여줄 뿐 그 내면에 대해서는 아무말도 하지 않는다. 말하지 않는 조선인들은 이름도 얼굴도 없이 그저 그런 주변적 존재일 뿐 무언가를 생각하거나 느낄 일이 없다는 듯 어렴풋한 배경으로 빠져 있다.

이에 비해 「포드·1927년」에 이어서 발표된 소설 「붉은 민둥산」(1957)에 등장하는 조선인은 주인공인 일본인이 있는 전경으로 튀쳐나온다. 고바야시 마사루는 이 작품에서 처음으로 일본인을 바라보는 조선인과, 그 눈길에 관통당하는 일본인이라는 구도를 제시했다. 이것은 이후 그가 반복해서 그리게 되는 구도라 할 수 있다. 그런 의미에서 「붉은 민둥산」은 고바야시 마사루의 개성이 진가를 발휘하는 후기 작품군으로의 도약판이라고도 할 수 있는 위치에 있다.

이소가이 지로磯貝治良는 고바야시 마사루의 후기 작품에서 보이는 전기 작품과의 현저한 차이로 "작자의 시점이 조선인의 위치에 놓여 '1인칭적'으로 서술되는 요소가 많아진 점"을 들어, 이것은 "보여지는 존재인 일본인으로서의 작자가, 보는 쪽의 위치로 들어가 자기를 비추려고 한 것을 의미한다"라고 분석했다.*

* 이소가이 지로 「조사(照射)하는 자, 당하는 자—고바야시 마사루의 후기 작품」 「계간삼천리」 30호(三千里社, 1982) 178쪽

후기 작품군을 무겁게 특징짓는, 일본인을 보는 쪽으로서의 조선인 이미지가 「붉은 민둥산」의 부 주인공인 김용덕 金容德을 통해 처음으로 명확하게 제기된다. 이하의 작품 분석에서는 조선인 소년의 시점과 그에 노출되는 일본인 소년의 자의식과의 대항에 초점을 맞추려 한다.

피식민자의 눈길

소설 「붉은 민둥산」은 경상북도의 깊은 산속 시골 마을에서 같은 도의 도시로 이사 온 소학생 류타 龍太가 일본인 중학교를 거쳐 육군항공사관학교의 생도로서 일본의 패전을 맞이할 때까지, 수년간의 사건들이 띄엄띄엄 서술되는 형식을 취한다.

6학년 가을, 류타는 도내에서 선발된 아이들과 함께 '내지'여행에 참가한다. 조선의 민둥산에 익숙해졌던 류타는 기차의 창밖으로 펼쳐진 풍성한 숲에 감동을 받는다. 그러나 태어나서 처음으로 직접 본 내지의 풍경이 그의 마음에 불러일으킨 감정은 조금 복잡했다.

"류타는 스스로도 설명할 수 없었지만, 그의 진정한 고향으로 돌아왔다고 느끼지는 못했다. 오히려 그는 이향으로 여행 왔다는 느낌에 휩싸였던 것이다."(1:238)

기차에서 식사 중에 류타는 통로 반대편에서 자신의 일거수일투족을 가만히 쳐다보고 있는 한 조선인 소년을 발견한다. 그 소년의 '무례한 시선'은 류타가 눈을 피하거나 웃음을 지어도 변하지 않아서 그는 당황한다. 주인공인 일본인을 당황시키고, 짜증나게 하는 이러한 조선인의 시선은 이후 고바야시 마사루의 소설 속에서 반복되어 그려진다. 일본인을 바라보는 조선인은 성별도 직업도 연령도 제각각에, 때로는 아이였으며 젊은 하녀였으며, 농림학교의 학생이나 심부름꾼이었으며, 공산주의자였으며, 지금은 활동을 그만둔 빨치산이었으며, 육체노동자였으며, 신경증 환자였다. 물론 성격도 제각각에 수다스러운 사람이나 과묵한 사람도 있고, 따지기 좋아하는 사람이나 감정적인 사람도 있다. 그러한 차이를 넘어서 그들은 하나같이 일본인인 주인공을 가만히 쳐다본다. 후기 작품군에서는 조선인이 우연한 순간에 슬쩍 엿보이는 차가운 반감과 분노의 시선이, 이윽고 조선 민족 전체의 원성을 머금은 포위망처럼 증식하고 비대해져서 일본인 주인공을 몰아붙이게 된다.

내지를 여행 중이던 어느 날 밤, 여관의 매점에서 산 류타의 주머니칼이 도둑맞는다. 다른 학생들이 다 나가고 없는 방의 한쪽 구석에서 김용덕이 짐 정리를 하고 있는 것을 본 류타는 그가 자신과 같은 때에 똑같은 주머니칼을 샀던 것을 떠올린다. 하지만 동시에 류타는 김용덕이 점원에게 물건을 받다가 놓쳐서 칼이 칼집에서 벗겨져 지면에 부딪혔고, 칼날의 이가 조금 빠졌던 것을 기억해냈다. 그 김용덕의 짐 위에 주머니칼이 있다.

입씨름 끝에 "만약 흠집이 있고 내 것임에 분명하다면 나는 네 뺨을 한대 치겠어"라고 말하는 김용덕에게, 흥분한 류타는 건성으로 대답하고 김용덕의 주머니칼을 손에 쥔다. 김용덕이 말한 대로 칼에는 역시 흠집이 있었다. 김용덕은 실망해서 되돌아가려고 하는 류타의 팔을 잡아 강렬한 따귀를 날린다.

류타는 우뚝 서서 눈물이 고인 눈으로 김용덕을 노려보았다. 그때 그는 훤히 드러난 김용덕의 갈색 눈동자 한가운데를, 섬뜩할 정도로 차가운 하얀 빛이 가로지르는 것을 보았다.

(1:244)

이 장면이야말로 고바야시 마사루의 후기 주요 작품에서 이야기의 클라이막스에 배치된 드라마의 원형이라고 할 수 있다. 조선인의 눈동자 속에 깃든 '섬뜩할 정도로 차가운 하얀 빛'은 고바야시 마사루의 소설 속 일본인 주인공들이 공통적으로 갖는 트라우마가 된다. 여기에는 옥중 데뷔작 「어느 조선인 이야기」에 제시된 조선인 '동지'에 대한 애절한 공감도, 아름다운 장편 掌篇「은어」에서 일본인 아이가 조선의 농부에게 건네받은 신선한 우정도 전혀 끼어들 여지가 없다.

이렇게 해서 씁쓸한 기억을 동반한 여행이 끝나 조선으로 돌아온 류타였으나, 얼마 안 가서 일본인 중학교 입학시험장에서 생각지도 못하게 김용덕과 재회하게 된다. 류타는 일부러 김용덕에게 '너는 경북중학교 시험을 본다고 하지 않았니?'라고 묻고, 그가 조선인이라는 것을 주위에 알려 고식적인 복수를 한다.* 결국 두 사람은 같은 중학교에 다니게 되는데 류타는 의식적으로 김용덕을 피하고 교내에서 보더라도 무시하려고 했다.

---

* 당시 대구에는 대구중학교와 경북중학교가 있었는데, 일본인은 전자, 조선인은 후자에 다니는 것이 원칙이었다. 고바야시 마사루가 다녔을 때의 대구중학교는 약 600명의 학생 가운데 15명 정도가 조선인이었다. 이에 비해 경북중학교는 약 600명의 학생 전원이 조선인이었다.(후루가와 아키라 『대구의 중학교』(ふるかわ海自事務所, 2007) 128-129쪽)

4. 보는 자와 관찰되는 자 — 「붉은 민둥산 赤いはげ山」

"그러나 그러한 때에도 류타는 옆 얼굴쪽에서 차갑고 까칠하게 노려보는 시선을 느끼고, 볼 근육 안쪽이 바들바들 떨리는 듯한 느낌이 들었다."(1:248)

어느 날 하교 길에 류타는 김용덕과 마주친다. 못본 척 하고 지나가려고 했으나 의외로 김용덕이 말을 걸어 왔다. 경계하는 류타에게 더더욱 예상치 못하게 집으로 놀러 오라고 한다. 시험공부가 신경쓰이는 류타였으나 그런 자신을 상대가 넌지시 도발한다고 느끼고 그 제의를 받아들인다.

김용덕의 뒤를 따라 큰 길에서 골목으로 들어가자 한방약이나 조선의 옷, 일용잡화 등을 파는 가게가 북적이고 독특한 냄새가 풍기는 어둑한 뒷길이 뻗어 있다. '갑자기 미지의 나라에 들어온 느낌'이 드는 '남산마을 南山町'은 한때 도시의 중심지였다.

"가게 안에서 남녀가 이 마을에 익숙하지 않은 일본인 중학생인 류타를 지긋이 노려보는 듯한 기분이 든다. 류타는 힐끗 김용덕을 보았다. 김용덕은 부리나케 걸어간다. 김용덕이라는 무뚝뚝한 소년을 한 번 되돌아보는 듯한 기분이었다."(1:251)

참고로 다른 식민지 소설에도 같은 남산마을을 일본인 소년이 쭈뼛쭈뼛 걷는 장면이 있으나, 거기서도 그는 조선인의 시선을 강하게 의식한다.

"내가 한집, 한집 앞을 지나쳐 가면 사람의 모습은 움직이지 않고, 돌멩이만 있는 지면에 자욱한 약초 냄새 속에서 눈알만 오른쪽에서 왼쪽으로 번뜩하고 움직이는 것이었다. 어느 집앞을 지나쳐 가도 그랬다. 나에게는 그 눈알 하나하나가 강한 잔상이 되어 망막에 남았고, 이윽고 엄청나게 긴 눈의 그 까만 눈동자가 희번덕거리며 남산마을 입구에서부터 계속 내 몸을 쫓아 움직여 온 것처럼 생각되었다."(「소 牛」1:208)

조선인들의 시선을 느끼면서 류타는 김용덕을 따라 조선인 마을 안쪽으로 헤치고 들어간다. 집에 도착해 조선풍의 응접실로 안내되어 진정되지 않는 마음으로 김용덕이 옷을 갈아입기를 기다리는 동안에도, 류타에게 조선인의 시선이 쏟아진다. 김용덕의 누나인 듯한 젊은 여자가 "복도 모퉁이에서부터 얼굴만 내밀고 이쪽을 보고 있었다. 가볍게 연지를 입술에 바른 눈썹이 짙고 눈이 날카로운 그 여자는 더러운 것, 혹은 무서운 것이라도 보듯이 몰래 류타를 보고 있다."(1:251) 김용덕이 하얀 조선옷으로 갈아입고 나오자 그 훌륭한 차림새에 류타는 저도 모르게 감탄한다. 그렇게 해서 조선인 거리 속에서 김용덕과 한때를 보내고, 보통 때라면 볼일이 없는 그의 모습을 엿본 류타는 그 내면과 생활에 그때까지는 상상도 못했던 깊이를 느끼게 되었다.

그 후 이야기는 1945년 8월 15일로 옮겨간다. 류타는 육군항공사관학교에 진학했는데, "조선이 독립했을 때 장교가 되기 위해서 간다"고 큰소리친 김용덕도 같은 길을 가고 있었다. 우등생 타입이었던 류타와 빈정대는 타입인 김용덕은 거기서도 사사건건 부딪친다. 그날 오전, 류타와 김용덕은 호 안에서 고사기관총을 겨누고 있었다.

"흠." 하고 김용덕이 웃었다. "대장놈区助이 말한 아라키 마타에몬荒木又右衛

鬥인가. 살을 베고 뼈를 부러트리고, 꺾어 목숨을 끊는다는. 대장놈은 분명 고
리짝 야담 講談이나 옛날 노래 浪花節를 좋아하나 보군."

"구대장님 区隊長殿을 그런 식으로 부르는 건 관둬." 라고 류타가 힘주어 말했
다. 김용덕은 눈을 부릅떴다. 충혈된 흰자위가 커졌다. 아, 이 눈이다, 라고 류
타는 생각했다. 제기랄, 이 눈이 견딜수 없는 것이다.

(1:259)

그 뒤에 생도들은 대강당에서 심한 잡음이 섞인 '옥음방송'을 듣
는다. 주위에 심상치 않은 노기가 자욱이 낀 가운데 갑자기 한 청년
장교가 강단에 뛰어올라가는가 하더니 군도로 라디오 전선을 끊고
절규하며 철저항전을 외쳤다. 금세 성난 고함소리와 비명이 난무하
고 생도들은 큰 혼란에 빠진다. 그러한 와중에 김용덕은 새파랗게
질린 얼굴로 떨며 눈을 부릅뜨고 그 자리에 꼼짝없이 서 있었다.

해산 후에 망연자실한 류타는 학교 내의 소나무 숲을 정처 없이
떠돌며 걷다가, 일본의 패전이라는 사태가 조선에 있는 자신의 가
족에게 어떤 의미인가 하는 데에 생각이 미친다. 그 때 류타의 귀
에, 얼빠진 것처럼 하늘을 바라보는 김용덕이 눈물을 흘리며 크게
웃는 소리가 들렸다. 그 모습을 본 류타는 느닷없이 한여름의 민둥
산이나 빛나는 낙동강, 그리고 '만세 사건 때의 조선인 학살 이야
기를 겁이 난 얼굴로 이야기해 준 어머니의 얼굴'을 떠올린다. 지
금의 김용덕과 같은 기분의 조선인이 무수히 많을 '거기도 … 지금
이러한 정적이 찾아왔을까'하고 류타가 자문하고 전율을 느끼는
부분에서 이야기는 끝난다.(1:266 - 268)

운명적으로 나란히 달리며 부딪히는 류타와 김용덕은, 고바야
시 마사루의 후기 문학에서 일본과 조선 쌍방의 주인공의 원상 原
像이다. 「붉은 민둥산」으로써 고바야시 마사루는 독자적인 스타
일이 굳어져 후기 작품군으로 향하는 문에 손을 대었다. 그러나
1959년 7월, 대법원에서 52년 신주쿠 화염병 사건의 공무집행 방
해죄가 확정되고 징역 1년의 실형 판결이 내려졌다.

고바야시 마사루와 같은 해에 태어나 전일본학생자치회총연
합 全学連의 초대위원장을 지낸 다케이 데루오 武井昭夫에 의하면 그
들은 '패전을 희망에 가득 찬 해방감으로서가 아니라, 무거운 좌
절감으로서 들인', '전쟁 한 가운데서 나고 자라 살았기 때문에 어
느 정도는 전쟁에 자기를 걸어야 했던' 세대의 청년들이었다.* 일
본과 중국의 전면전이 시작된 것은 그들이 10살 무렵이었으며, 그
이후 그들의 청춘기는 항상 전쟁의 열기 속에 있었다. 전쟁의 대의
에 허망하게 버려진 다음에는, 전후 혁명의 꿈에 그 청춘의 에너지
를 쏟은 자들도 많았다. 고바야시 마사루도 그 중 한명이었으나 그
청춘의 뒤에는 좌절과 환멸, 그리고 형벌이 남겨진 것이었다.

와세다 대학에서 레드퍼지 반대 운동을 지도한 경험이 있고, 당
시의 고바야시 마사루를 아는 요시다 요시키요 吉田嘉清가 고바야
시 마사루가 하옥된 당시의 일을 다음과 같이 회상하고 있다.

"고바야시 마사루도 그렇고, 화염병 투쟁에 가려고 하는 사람들

---

*   『다케이 데루오 비평집』1권(未来社, 1975) 347쪽

을 우리는 마지막까지 말렸죠. 화염병 투쟁 등으로 신주쿠에 가면 말이죠, 데모를 하고. 그건 정말 용감하다고 해야 할지. 이쪽이 틀린 건가, 말리는 쪽이 잘못된 건가 싶을 정도로 용감했어요. 하지만 마사루가 하옥되었지요. 고바야시 마사루는 고심해서 대학에 들어갔거든요, 이와나미인지 뭔지 홀에서 창고지기를 하고 있었는데. 그가 하옥된다고 해서 응원해주려고 도쓰가 戸塚 소학교에서 사람들을 모았지요. 그랬더니 마사루를 격려하기는커녕 모두 규탄하는 거예요. '너는 소대장이 아니냐. 우리들에게 명령하지 않았냐'라는 거지요. … 누구 한사람 격려하지 않는 … 모두가 피해자였죠."*

하옥 직전의 상황을 고바야시 마사루는 옥중 노트에 이렇게 기록했다. "선배 지인에게 인사장을 마구 써대다가, 결국 맞닥뜨리게 된 생활에 대한 마지막 각오를 했다. 인사하러 온 친구들과 매일 이별의 잔을 나누었기 때문에 위의 상태가 좋지 않았다. 화를 잘 내게 되어 뭐라고 고함치고 싶었지만, 소란을 피우는 것은 그만두었다. 당의 중앙위원회에 인사장을 쓰기 시작했지만, 도중에 화가 치밀어 올라 그만두었다. 그러나 나는 당원으로서 나 자신을 제대로 다스리고 돌아오기로 결심했다. 바로 나 자신이 화염병 투쟁을 일으켰다, 마지막까지 내가 제대로 걸을 수 밖에 없다고 생각했다."**

한편 김시종은 1952년 6월의 신주쿠 '화염병 사건'과 거의 같은

* 「요시다 요시키요 씨 인터뷰」 『리츠메이칸 언어문화연구』 20권 3호(立命館大学国際言語文化研究所, 2009) 238쪽

** 고바야시 마사루 『옥중 기록』(至誠堂, 1960) 84쪽

타이밍에 같은 정치적 맥락에서 일어난 오사카에서의 '스이타 사건'을 회상하고 당시의 심경을 토로했다. 그에게 그 기억은 죽음을 의미하는 한국에의 강제송환에 대한 공포나, 반대로 체포되지 않은 것에 대한 기묘한 꺼림칙함 등이 뒤섞인 복잡한 감정을 불러일으키는 것이었다. 김시종은 한국전쟁 휴전 후의 험난한 정치적 고립 속에서 마음의 버팀목으로 삼았다는 크로포트킨의 일기 중 한 구절을 인용하여 "스이타 사건이라는 것은 지극히 순진하다고 할 만큼 청춘을 걸었던 사건의 가장 으뜸가는 발로였습니다"라고 회고한다.[*]

조선인 김시종에게는 갈등으로 가득 찬 기억 속에 있는 한국전쟁 반대 투쟁의 나날을 그래도 여전히 지순한 것으로 되돌아볼 여지가 있었다. 한편 고바야시 마사루는 일본인이며 더욱이 식민자 2세였다. 고바야시 마사루로서는, 김시종이 자신의 생각을 대신한 "좋지 아니한가, 거기에는 나의 지극히 순수한 세월이 있었으니까"라는 크로포트킨의 낙천적인 말은 결코 스스로의 입으로 말할 수 없는 것이었으리라.

1959년 7월 17일, 고바야시 마사루는 도쿄고등검찰청에 출두하여 그날 스가모 도쿄구치소에 수감되었다. 서른 한 살의 일이었다.

* 김시종 「스이타 사건·우리 청춘의 때」 『우리 삶과 시』(岩波書店, 2004) 139-140쪽

4. 보는 자와 관찰되는 자―「붉은 민둥산 赤いはげ山」

아마 아주 오래전부터 농민봉기 등의 중심지였고,
일본의 식민지가 되고부터는 그 지방 독립운동의
중심지였을 것이라고 나는 생각한다.
작은 마을이기에 죄수의 모습은 싫어도 눈에 들어왔다.
빨간 옷이나 파란 옷을 입은 남자들이 한겨울, 태백산에서
불어내려오는 눈발 속에서, 허리에서 허리까지 쇠사슬로
연결되어 예외 없이 정수리가 찢어진 낡은 밀짚모자를 쓰고
제방 위를 줄줄이 걸어간다. 몇 명인가 방한 외투를 입은 간수가
기병총 騎兵銃을 어깨에 메고 앞서거니 뒤서거니 하며 걷는 것이다.
나는 날리는 눈 속에서 들려오는 그 쇠사슬 소리에 겁을 먹었다.
그 죄인들의 새파랗게 질린 꾀죄죄한 얼굴과 쇠사슬 소리는 견딜
수 없을 때까지 나의 가슴을 옥죄었고 공포에 빠트리는 것이었다…

고바야시 마사루 『단층지대』

하옥, 탈당, 폐결핵

1. 제2의 옥중생활

식민지의 기억

고바야시 마사루가 옥에 갇힌 것은, 1959년 7월 17일부터 다음 해 1월 8일까지의 반년간이었다(한국전쟁 때의 미결기간이 빠졌기 때문에, 실제 형기는 약 반절로 단축되었다). 8월 초두에 스가모 巢鴨 에서 나카노 中野 형무소로 이송되어 거기서 여름을 보낸 뒤, 10월 중순부터는 우쓰노미야 宇都宮 형무소에서 남은 형기를 보냈다.

화염병 투쟁에 대한 마음의 정리가 되지 않아 괴로워하던 한편, 역시 조선이 자꾸 생각난 나날이었던 듯 하다. 예를 들어 나카노 형무소에서의 징역생활이 세세히 기록된 소설『강제초대여행 強制招待旅行』(1962)을 보면, 다음과 같은 어조로 여기저기 조선에 관한 기술이 나온다.

작자의 분신인 주인공 이부키 伊吹 는 복역 중인 어느 날 한국전쟁 반대 데모에서 체포되어 유치장에 수감된 날 밤의 일을 떠올린다. 이부키가 감방에 넣어졌을 때 이미 심야 한 시를 넘었으나, '어린아이 같은 눈에 눈물이 그렁그렁 고인' 열 세, 네 살의 소년이 새로 끌려 들어왔다.

"이름을 말해." 라고 경관이 말하고 이젠 넌더리가 났다는 투로 기지개를 켰다.

"김·용·덕 キム·ヨン·ドク"

"어?"

"김·용·덕"이라고 소년은 말하고, 훌쩍거렸다. "울지마."라고 5번방에서 조선인 청년이 조선말로 격려하는 듯이 말했다. "어른 동무가 많이 있어, 울지 마."

"닥쳐, 조선인." 이라고 뻐드렁니가 말했다. "오늘 밤 그렇게 날뛰어놓고, 아직도 부족해?"

"조선 이름이라면 몰라." 라고 경관이 말했다. "일본어로 말해, 일본어로."

"기무·요·토쿠 ㅋㅅㅋヨ··ㅏ 입니다." (3:98)

이 소년은 너무나도 가녀려서 일본인 소년을 노려보는 「붉은 민둥산」의 김용덕의 모습은 없지만, 일부러 같은 이름을 사용한 것은 어떤 이미지의 공통성이 있기 때문이었을 것이다.

또 같은 날 밤에 이런 일도 있었다. 이부키는 유치장의 탁한 공기 속에서 잠든 남자들 가운데 눈을 뜨고 이부키를 주시하고 있는 청년의 기색을 알아차린다. 두 사람은 경관의 눈을 피해 몰래 말을 나눈다. 그 방에는 다수의 조선인이 투옥되어 있었는데 그 청년도 조선인이었다.

이부키는 청년이 "당신은 일본인입니까?" 라고 조선말로 이야기한 것을 알았다. "저는 일본인이지만 조선말을 조금 압니다." 라고 이부키도 조선어로 얘기했다. 순간 남자의 얼굴에 놀란 기색이 비쳤다. 나는 조선에서 자랐다, 라는 말이 나올 뻔했지만 이부키는 참았다. 이런 민족의식에 불타고 있는 조선 청년에게 그 말을 하면 어떤 반응을 불러일으킬지, 이부키는 알고 있었다. 식민지 조선에 있었던 일본인… 두 사람 사이에는 싸늘하게 차가운 막이 내릴 것이다. 이부키의 마음이 아픔과 함께 삐걱거렸다. (3:95)

1. 제2의 옥중생활

이러한 아픔은 당에서의 활동을 시작으로, 재일조선인들과 어울리는 가운데 실제로 고바야시 마사루의 가슴을 몇 번이나 삐걱거리게 하였을 것이다. 더욱이『강제초대여행』에는 「붉은 민둥산」의 김용덕과 이미지가 공유된 조선인이 또 한 사람 간접적으로 등장한다. 그것은 다카아토 高跡라고 하는 좀 별난 일본이름을 가진 조선인이었다. 형무소의 운동장에서 이부키는 그의 한 기 아래에 해당하는 육군사관학교의 제 61기생(예과 재적중에 패전으로 해산)이었던 일본인과 알게 된다. 이부키는 중학교를 4년으로 조기 수료하고 육군예과 사관학교에 진학했지만, 중학교 시절의 동급생 다카아토는 그보다 1년 늦게 같은 길을 택했다. 다카아토의 이야기를 하자 남자는 놀라며 그는 자신과 같은 구대 區隊에 있었다고 대답한다. 이부키는 흐뭇하게 그를 떠올리지만, 남자의 입에서 나온 것은 "진짜 싫은 녀석이었어, 진저리 날 정도로 불쾌한 놈이었어"라는 의외의 말이었다.

이부키가 다녔던 식민지의 일본인 중학교에는 극히 소수의 조선인 학생이 있었다. 그들에게는 우수한 성적과 부유하고 친일적인 가정이라는 공통점이 있었는데, 다카아토도 그중 하나였다. "뱀같은 눈초리로 우리를 대했어"라며 육사시절의 다카아토를 회상하는 남자 앞에, 쾌활했던 중학교 시절의 다카아토를 잘 알고 있는 이부키는 당황한다. 다카아토는 일본의 패전 후 제일 먼저 제대하여 조선으로 돌아갔다고 한다. 중학교 시절과 육사 시절의 인물상에 극단적인 어긋남은 있지만, 다카아토에 대해 이부키는 일종의 경의를 느끼게 된다. 자신의 기억과는 전혀 다른 다카아토의

제3장 하옥, 탈당, 폐결핵

모습을 전해들은 이부키는 "다카아토는 어떤 사람이었을까, 또 지금 살아있다고 한다면 어떤 사람일 것인가"라고 자문하는 것이었다.(3:141 - 144)

고바야시 마사루가 제2의 옥중생활 중에 쓴 수기는 출옥 후 얼마 지나지 않아 『감방 안에서의 기억 檻の中の記憶』(1960)이라는 제목으로 출판되었다. 그 안에 식민지 조선의 기억 중 하나를 써내려간, 소소하지만 인상 깊은 메모가 보인다. '머릿속에 떠오른 열 명의 죄수와 늙은 간수의 기억'이라는 서두로 시작되는 대구중학교 시절의 에피소드이다.*

이 메모는 결과적으로 독립된 소설이 되지는 못했지만, 소설 『강제초대여행』 속에서 주인공 이부키가 의뢰받아 쓴 단편소설이라는 형식으로 활용되었다. 그 짧은 소설의 주인공 사부로 三郎 는 이부키의 분신으로, 즉 중학생이었던 고바야시 마사루의 분신이라는 것이 된다.

옥중수기에 고바야시 마사루는 이렇게 썼다.

"나는 중학생이었다. 조선의 대구라는 곳에 있었다. 미카사초 三笠町에 형무소가 있었고 그 뒷편에 빈 공터가 있었는데 그 구석의 건물은 순사교습소였다. 공터는 여름이 되면 한쪽 면의 잡초가 열을 내뿜으며 초록색으로 빛났다. 겨울이 되면 얼어붙고 바람이 거세졌다. 공터 변두리에 2미터 이상이나 되는 탱자나무 담장이 있어 탁구공 같은 샛노란 열매가 무수히 달렸다. 그리고 그 탱자나무

---

* 고바야시 마사루 『옥중 기록』(至誠堂, 1960) 31쪽

1. 제2의 옥중생활

가 우리 집 담장이었다."[*] - 이 기술에 의하면 대구의 고바야시 마
사루의 집은 대구형무소 뒷편 공터와 접하고 있던것이 된다(참고로
미카사초는 모리사키 가즈에가 나고 자란 곳이기도 하다)[**].

　어느 날 교정에 활공기 격납고를 만들기 위해 조선인 징역수들
이 일본인 중학교로 왔다. 하나같이 감정이 사라진 얼굴을 한 그
들은 묵묵히 일하고 휴식시간에도 각각 땅에 주저앉아 입을 열려
고 하지 않았다. 그들을 데리고 온 것은 한 나이 든 조선인 간수였
는데, 지시나 감시도 제대로 하지 않고 나무에 기대어 앉아 멍하니
있을 뿐이었고 죄수들을 남기고 아무렇지도 않게 그 장소를 떠나
는 일도 있었다. 그러던 어느 날 점심에 잠시 모습이 안보였던 늙
은 간수가 돌아왔을 때 죄수들 사이에 흥분의 술렁임이 일었다. 늙
은 간수가 죄수들에게 생선을 주려고 조선인 행상인들을 데려온
것이었다.

　생선이 다 익자 죄수들은 빙 둘러앉아 입맛을 다시고, 땀을 흘리
면서 요리를 걸신들린 것처럼 먹기 시작했다. 늙은 간수도 그 무리
에 끼어 앉아 죄수들과 똑같이 아무 말 없이 생선을 먹고 있었다.
… 옥중 수기에서의 회상은 거기서 끝나지만, 소설 『강제초대여
행』 속 짧은 소설의 마지막에는 다음과 같은 문장이 덧붙여져 있
다 - "사부로는 홀린 듯이 그 광경을 바라보고 있었다. 그는 자신

---

[*]　　고바야시 마사루 『옥중 기록』 상동, 32쪽

[**]　　모리사키 가즈에도 붉은 벽돌 형무소나 주홍빛 죄수복에 통모를 쓴 조선인
　　　들이 줄줄이 묶여 외부의 노동업무로 끌려가는 광경의 기록을 남겼다. (『경
　　　주는 어머니가 부르는 소리』(洋泉社, 2006) 80-81쪽 참조.)

제3장　하옥, 탈당, 폐결핵

이 뭔가에 감동하고 있다는 것을 깨달았다. 사부로는 무엇에 감동했는가, 한참 후에도 그것을 당사자인 사부로조차 알지 못했다. 사부로는 그런 소년이었다."(3:134 - 135)

　그 때 사부로 - 고바야시 마사루는 무엇에 홀렸고 감동했는가. 구체적으로는 아무것도 쓰이지 않았지만 그 광경을 지켜보는 일본인 소년의 시선에서, 조선인 죄수들과 간수 사이에 서로 통하는 동포의식과 일종의 침범하기 어려운 인간의 존엄과 같은 것에 대한 경외심이 배어 나오는 듯 보인다. 식민지지배하에 있는 조선인들의 입장을 뛰어넘은 동포의식에 대한 조용한 놀라움이, 실제로 그 자신도 죄수가 된 고바야시 마사루의 기억 밑바닥에서부터 두둥실 떠올랐으리라.

고뇌의 60년대로

　이러한 식민지의 기억으로 시간을 보내는 동시에 당의 방침에 따라 화염병을 던져 투옥되고, 그 당에 버림받았으며 긴 재판이 이어졌던 자신의 20대를 돌아보며 괴로워하는 나날이었다. "나는 일본의 운명을 한 몸에 짊어지려고 하는 마음에 가슴이 짓눌리면서까지, 주어진 지령으로부터 몸을 피하는 일 없이 오히려 스스로 나서서 그 운명 속으로 자신을 던졌다. 나의 모든 청춘을 걸었다고 해도 좋을 것이다. 그것은 분명 나의 하나의 길을 열도록 만들었다. 동시에 그것은 쓰디쓴 것을 내포하고 있었다."*

　　*　　고바야시 마사루 『옥중 기록』 상동, 22쪽

1. 제2의 옥중생활

"지금 형무소에 있는 일본 공산당원들은 거의 예외 없이 극좌모험주의를 실행한 남자들이었다. 이것을 평생 잊지 않을 것이다."*

"나는 나 자신을 비웃을 수 없다. 화염병과 극좌모험주의, 그것은 한국전쟁의 한복판에 있었고 모든 것으로부터 공격당하고 비웃음 받았다. 6전협(일본공산당 제6회 전국협의회)에서 분명히 그 잘못이 당에 의해 명문화 明文化되었다. 다만 그 책임 소재는 명확하지 않은 채. 나는 그 모든 것을 견디며 재판에 7년을 보내고, 회부된 것이다. 그것은 잘못되었다고 입만 떠들어 해결될 일이 아니다."**

또 작가로서 앞으로 어떻게 살아가야 하는지 반복해서 자문했다.

"일을 하면서 가만히 생각에 빠진다. 일찍이 나는 남들만큼 문단의 화제에 가슴이 뛰었고, 여러 상을 받고 싶었다. 지금은 모든 것이 허무하다. 나는 무릇 비문학적인 지금의 생활 속에서, 나중에 돌아보아도 부끄럽지 않을 일을 내 방식대로 하나씩 해나가는 수밖에 없다고 느끼고 있다. 나의 문학은 결국 그러한 것이다."***

"나는 곧 나갈 것이고, 쓸 것이다. 계속 써나갈 것이다. 그리고 하옥되기까지의 내 소설과 어느 정도 다른 부분이 나올 것이다. 달콤함, 그것은 이 생활 그 자체로 조롱받고 망해버렸다. 나는 인간 정신 속에서 싸워 타도시키지 않으면 안 되는 상스러운 것, 비루한 것, 자각하지 못하는 위선, 인종멸시, 그러한 것들을 때려 부수기

* 고바야시 마사루 『옥중 기록』 상동, 24-25쪽
** 고바야시 마사루 『옥중 기록』 상동, 110쪽
*** 고바야시 마사루 『옥중 기록』 상동, 69쪽

제3장 하옥, 탈당, 폐결핵

위해 싸울 것이다."*

12월 8일에는 열네살 때 대구중학교에서 맞이한 태평양전쟁의 시작의 날을 회상하였다. "그날, 학교는 흥분상태에 빠져들어 수업은 한 시간도 진행되지 못했다. … 그날부터 나는 완전히 전쟁열의 포로가 되었다. 지금 이 안에서 그 소년 시절을 떠올리면, 그날부터의 모든 일이 실로 선명하게 숨 막힐 듯 떠오른다."**

그 이틀 전에 아내에게 보낸 편지에는 이렇게 썼다. "형무소의 생활 - 징역생활은 길고 짧음에 관계없이 몸의 껍질을 벗겨내는 듯한 기분이며, 아마 이것은 말해도 모를 겁니다. 그러나 저는 이 안에서 자신감을 하나 얻은 것 같습니다. 저는 유행작가가 될 만한 재목은 아니지만, 항상 삶과 사회의 현실에 밀접한 작가는 될 수 있을 것 같습니다."***

이런 작은 자부심을 갖고 1960년 1월 8일, 우쓰노미야 형무소에서 출옥했다. 어쨌든 그 '격렬한 전환기'의 죄를 청산한 고바야시 마사루의 고뇌와 좌절감에 가득 찬 60년대가 막을 열었다.

고바야시 마사루가 귀환한 도쿄는 시끄러웠다. 1월 16일 기시 노부스케 岸信介 수상을 거느린 미일신안보조약조인 전권단이 반대파의 무력행동을 무릅쓰고 하네다 羽田 공항에서 워싱턴으로 날아갔다. 안보조약을 둘러싸고 대규모의 반대운동이 전개된 1960년

---

* 　　고바야시 마사루 『옥중 기록』 상동, 70쪽

** 　　고바야시 마사루 『옥중 기록』 상동, 126쪽

*** 　　고바야시 마사루 『옥중 기록』 상동, 123쪽

1. 제2의 옥중생활

이었지만 그해 말에 이케다 하야토 池田勇人 내각이 「국민소득 배증
계획 国民所得倍増計画」을 발표한다. 그렇게 하여 전후 일본은 공전의
경제적 번영을 향해 쉬지 않고 달려가게 된다.

이듬해 61년 7월, 일본공산당 제8회대회가 열려 「2단계 혁명
론」에 기초한 강령이 체결되었다. 이에 대해 일부의 당원문학자가
비판성명을 냈지만, 고바야시 마사루는 노마 히로시나 아베 고보,
오니시 교진 大西巨人 등과 함께 이에 서명했다.* 대회를 전후해 고
바야시 마사루를 포함한 신일본문학회 소속의 일부 당원문학자들
에 의해 "'반당'적인 내용을 가진" 의견서가 공표되었다.** 그 결과
고바야시 마사루는 당으로부터 제명처분을 받았다.***

2. 본의 아닌 식민지주의자
-「이름 없는 기수들 無名の旗手たち」

식민자란 무엇인가

1961년, 고바야시 마사루는 「일본문학과 조선」이라는 짧은 문
학론을 발표했다. '일본문학은 조선을 어떤 식으로 다루어왔는가'
라는 테마로 집필을 의뢰받았다고 한다. 거기서부터 펜을 잡은 셈
인데, 쓸 수 없었다. 왜냐하면 고바야시 마사루가 보기에 애당초

---

*　나카시마 다쿠마 『현대일본정치사』 3권(吉川弘文館, 2012) 45-46쪽 참조.

**　구보타 세이 『문학운동 속에서』(光和堂, 1978) 465-466쪽 참조.

***　『다케이 데루오 비평집』 2권(未来社, 1975) 297-319쪽 참조.

일본 문학은 패전까지 조선에 대해 "구체적인 사항의 본질에 있어서 어떤 식으로든 아무것도 제대로, 전혀 다루지조차도 않았기" 때문이었다. 그는 전후에도 그런 경향은 바뀌지 않았다고 보고 "일본문학 전체로서 일본인 전체로서 뭔가 터무니없는 정신 결핍, 무책임함이 있는 것처럼 생각된다"고 지적했다.* 결과적으로 '일본문학 전체', '일본인 전체'의 이 '터무니없는 정신 결핍, 무책임함'과 마주하는 것이 전후 일본문학 사상에 있어 고바야시 마사루의 역할이 되었다.

"일본문학 안에서 조선을 파악하고, 그것을 풀어가는 것은 이제부터다. 그리고 그것은 실로 선명하게 오늘날 일본 민족에게 조명을 비추는 일이 될 것이다."** - 고바야시 마사루는 이 소론을 이렇게 마무리 짓고, 자신이 앞으로 임할 일의 방향성을 제시했다.

출옥 후에 발표된 소설 가운데 특히 주목할 만한 것으로 「이름 없는 기수들」(1962)이라는 식민지 소설이 있다. 「포드·1927년」이나 「붉은 민둥산」에서는 주인공이 일본인 소년이었지만, 「이름 없는 기수들」의 주인공은 조선의 시골마을에서 생활하는 농림학교의 교사이다. 제목은 민간 정착민(入植者, 일본 본토에서 조선으로 건너와 정착한 재조일본인 이주 정착민을 가리키는 말이다)이 식민지 체제의 역군이었다는 고바야시 마사루의 기본적인 견해를 나타내고 있다.

---

*   고바야시 마사루 「일본문학과 조선」 『아시아·아프리카통신』 3호(アジア·アフリカ作家会議日本協議会, 1961) 6쪽

**   고바야시 마사루 「일본문학과 조선」 상동, 7쪽

2. 본의 아닌 식민지주의자 ― 「이름 없는 기수들 無名の旗手たち 」

소설의 테마는 생활을 위해 식민지로 이주해 온 평범한 일본인이 스스로의 의지에 반해 식민지지배에서 일종의 첨병의 역할을 담당하게 되고 마는 과정과 그 심리이다. 그 과정 속에서 조선인의 저항운동 탄압에 가담하는 것은 선량하고 야심이 없으며 보통 때에 접하는 조선인들과의 관계도 그런대로 양호하고, 명백한 차별주의자나 제국주의자도 아닌 온건한 일본인이다.

식민지에는 저 멀리 내지에서 건너왔지만 생각처럼 출세도 못하고 결국 지방의 시골마을에서 교사나 임원 자리에 안주하여 마침내는 지루한 일상에 매몰되어 향상심도 잃고, 거기서 얻은 무난한 생활에 그런대로 만족한 일본인이 많이 있었다. 화자인 주인공 혼도 미치오本堂道雄의 주변에는 조선의 풍토나 사람들을 노골적으로 얕잡아보고, 혐오하는 무리도 적지 않았는데, 그로 말할 것 같으면 마을이나 주민 그중에서도 농림학교의 제자들인 조선인 학생들에 대해 나름의 애정을 품고 있었다.

혼도의 일상풍경 속에는 야채 행상인이나 지게꾼 등 다양한 조선인 민중의 모습이 있었다. 내지의 농촌 출신이었던 혼도는 일종의 공감을 갖고 열심히 일하는 그들을 바라본다.

"포플러나무 숲을 빠져나가면 삐걱 삐걱하고, 나무가 삐걱이는 소리가 들려온다. 우리 집으로 야채를 팔러 오는 낯익은 얼굴의 농부가 밭에 파놓은 우물에서 물을 길어 올려 밭으로 흘려보내는 것이다. 그의 밭은 홍수 때는 제일 먼저 물에 잠기지만, 가물 때는 어느 곳보다도 빨리 말라버렸다. 그는 물을 긷는 손을 쉬지 않고 야아, 하며 무뚝뚝하게 나에게 말했다. 온 몸이 땀에 흠뻑 젖어있었다."(4:93) 부지런한 농부가 말라붙은 논밭에 우물물을 흘려보내는 광경은 아까 본 「은어」에서도 묘사되었다. 그러나 「은어」의 이 씨가 가뭄에 눈물을 뚝뚝 흘리고, 홍수에 기쁨을 나타내는 생생한 표정을 가진 인물임과 달리 여기서의 농부의 얼굴은 항상 변함없이 감정을 겉으로 드러내지 않는다.

여기서 또 한 사람, 식민지의 일본인에게 비교적 가까운 존재였던 조선인이 등장한다. 하녀이다. 어느 날 그 과묵한 농부가 드물게 혼도에게 말을 걸어와서는 열네 살이 되는 딸 옥희 玉姬를 하녀로 고용해 주지 않겠냐는 것이다. 농부가 "일 시킬 곳이 아무데도 없어서 말이야"라고 중얼거리는 것을 들었을 때 혼도는 "문득 이 평화롭고 따분한 마을의 한 꺼풀 벗겨낸 아래 속마음을 들은 것 같은 생각이 들었다."(4:95)

결국 혼도는 옥희를 고용하기로 한다. 소학교의 학생이었던 두 아들은 옥희에게 일본어를 가르치거나 하며 친하게 지냈다. 그러나 혼도는 이윽고 자신과는 달리 특권계급으로 태어난 아들들에게 어딘지 위험한 느낌을 받기 시작한다. "마을의 일본인 아이들의 대부분은 조선에서 태어났다. 그들은 자신의 부모나 선조가 일하는 사람이었다는 것을 모르고 자랐다. 무리도 아니었다. 몸을 움직여서 해야만 하는 일은 모두, 임금이 아무리 싸더라도 현금이 필요한 조선인들에 의해 이루어졌던 것이다." 육체노동자를 업신여기는 아들들의 사고방식은 옥희가 어머니의 일을 대신함으로써 더욱 구체적인 근거를 얻는다. "명실공히 식민자 2세가 탄생한 것이었다. 장래에 이 아이들은 어떤 인간으로 자라날 것인가, 나로서

는 종잡을 수 없는 심정이었다."(4:95 - 96)

　식민자 2세, 식민지 체제가 경찰이나 군대의 힘으로써 인위적으로 만들어져 유지되고 있다는 것에 대한 감도가 1세보다도 훨씬 무뎌진 정치적 조건 아래 있었다. 고바야시 마사루 자신도 당시의 통념대로, 적어도 표층의식으로서는 조선을 외국이라기보다는 일본의 한 지방으로 인식하고 있었던 것 같다. 다른 소설 속에서 그는 이에 대해 이렇게 설명하고 있다. "이 식민지 출신의 이른바 2세들에게 있어서 조선의 독립 따위란 이 세상에 절대로 일어날 수 없는, 가공의 이야기에 지나지 않는다. 그것이 식민지로 넘어온 군인들, 관사들, 경관들, 은행가들, 상인들, 고리대금업자들, 교사들, 승려들, 철도원들 1세와는 근본적으로 다른 점이었다. 1세들은 조선이 식민지화된 지 겨우 30여 년이 지났을 뿐이라는 사실을 직접 체험한 독립운동 때의 생생한 일들과 함께 알고 있었다. 그러나 2세들에게 조선은 그들이 태어났을 때부터 일본이었으며 여기서 30년이라는 세월에는 아무런 현실성도 없다. 그들은 일본에서 태어나 있었다. 그러므로 그것은 일본 내지와 함께 영원했다."(「첨성 瞻星」5:286)

　어느 날 집안에서 작은 사건이 일어난다. 혼도가 집으로 돌아오니 반짇고리에 있던 은화가 없어졌다며, 아내가 흐느끼는 옥희를 추궁하고 있었다. 아내에게 사정을 들은 혼도가 옥희에게 "다음에 또 한번 이러면 그만두게 할 거야"라고 이야기하여 사건은 마무리되었지만, 얼마 지나지 않아서 그 은화는 아들들이 훔쳤다는 것이 발각된다. 옥희는 해고될까 무서워 일부러 변명을 하지 않은 것이었다. 혼도는 크게 노하여 두 아들의 뺨을 때린다. 그러나 조선인 탓으로 되리라 생각했던 아들들의 사고방식이 바로 자신을 비롯한 어른들을 본받았다는 것을 자각하지 않을 수 없는 혼도는 뭐라말할 수 없는 무거운 생각에 잠긴다.

그러한 일이 있은 후 예전 농림학교의 심부름꾼이었던 최崔라는 청년이 혼도의 집을 조용히 찾아온다. 혼도는 일본 이름을 대고, 완전히 세련된 차림새가 된 최를 보고 놀란다. 가난 때문에 소학교밖에 나오지 못한 최는 홀홀단신으로 내지에 건너가 고생 끝에 비행기의 테스트 파일럿이 되어 고향 사람들을 놀래켰다. 그러나 혼도는 최가 써서 보내온 편지의 내용에서 그의 미묘한 부담감을 느끼고 있었다. "그는 소위 출세를 하면 할수록 조선인을 외면하고 멀리하는 것이다. 그러나 아무리 외면하고 개명을 해도, 자기스스로를 외면할 수는 없는 일이다."(4:103 - 104)

식민지 마을로 귀향한 최를 기다리고 있던 것은 내지에서 성공한 그를 보고 한층 더 거부감을 드러내는 일본인들과, 태도를 바꾸어 아양 떨며 들러붙는 조선인들이었다. 그런 고향에 대한 혐오감을 숨기지 않는 최에 대해, 혼도는 "거기 있는 것은 분명 최가 아니었다. 기시다 시즈오岸田静雄라는 기묘한 남자였다"라고 동정하면서도 안타까움을 느낀다.

혼도는 조선인도 일본인도 아니게 된 그 '기묘한 남자'를 보며 최가 야심을 품고 마을을 나섰을 때의 일을 회상한다. 출발 전날, 여행길에 나서기 전 소소한 의식이었는지 최는 평소 귀여워했던 혼도의 아들들을 밖으로 불러냈다. 작은 산 위에 있는 신사나 마을

2. 본의 아닌 식민지주의자—「이름 없는 기수들 無名の旗手たち」

목욕탕에 데려가고, 마지막에 작은 중화 요리집에서 중국 만두를 사주었다. 이렇게 일본인 아이들을 귀여워하는 조선인 청년의 모습에는 「은어」의 이 씨 등과 공통되는 이미지가 투영되어있다.

지금은 기시다 시즈오가 된 최에 대치되는 것이 혼도의 제자인 하차효 何次孝이다. 민족주의적인 기질을 가지는 이 학생은 영리했지만 일본의 이에家 제도를 칭찬하는 교장을 '어른처럼 복잡한 웃음'을 띠며 비꼬는 등, 뜻하지 않게 혼도를 경계시키는 부분이 있었다.

"지금까지 공부를 잘하는 장난꾸러기라고 생각했던 하차효의 얼굴이, 어쩐지 섬뜩해 보이는 다른 사람의 얼굴로 보이는 것 같았다."(4:107 - 108)

소시지 제조법과 '식민지 노예교육'

어느 날 밤, 농림학교에서 긴급 직원회의가 열린다. 조선인 교사들이 부재한 가운데 도내에서 최근에 일어난 사건으로 일본인 학생이 조선인 학생들에게 뭇매질을 당한 사건이나, 근처 동네의 학교에서 식민지지배에 반대하는 삐라가 발견된 사건 등이 보고되었다. 혼도가 살고 있는 곳은 항일의병투쟁으로 역사적으로도 유명한 마을이었는데, 그렇지 않아도 그는 홍수나 가뭄이 일어날 때마다 자기 일본인이 수적으로는 그 마을에서 마이너리티라는 것에 불안을 느끼지 않을 수 없었다.

다음 날 혼도는 여느 때와 다름없이 돼지우리나 농원에서 쾌활하게 작업하는 조선인 학생들의 모습을 관찰하면서, 자신이 가르치는 것은 소시지 제조법일 뿐이며 '식민지 노예교육' 같은 것이 아니라고 스스로를 타이른다. 거기에 하차효가 나타나 자신이 농림학교에 들어온 것은 빈곤에 허덕이는 농민들의 생활을 조금이나마 나아지게 하고 싶어서였다고, 평소 때처럼 말하기 시작한다. 전날의 회의가 머리에 남아있는 혼도에게는 민중의 궁핍한 상태를 말하는 하차효의 태연한 이야기에도 속셈이 있는 것처럼 보여 견딜 수 없다. "그렇게 생각하는 사람이 많은가?"라고 속을 떠보는 혼도에게 하차효는 대답한다. "그야 많지요. 당연하잖아요. 지금까지의 농림기술로는 백성은 자살하는 것이나 다름없다고 하면서, 여러 가지 새로운 것을 가르쳐주신 것은 선생님이니까요." - 그 대답을 들은 혼도는 무심코 당황하여 "어쩐지 정체는 알 수 없지만, 공범자 취급을 당한 느낌이 들었다."(4:118)

그러던 어느 날, 군청에서 일하는 일본인이 혼도를 찾아온다. 조선인 부하로 혼도의 제자였던 홍 洪이라는 자가 농림학교의 학생들 사이에서 뭔가 수상한 움직임이 있는듯하다고 밀고해왔다는 것이었다. 어느 학생도 다 예뻐하고 누구도 위험한 상황에 처하게 하고 싶지 않은 혼도는 다음날 용건을 만들어 군청으로 향하고, 홍에게 사정을 듣는다. 그러자 홍은 자세한 내막은 모른다고 거절하면서도 하차효를 포함한 세 명의 학생의 이름을 댄다. 얼어붙은 혼도였지만, 한편으로 만일 그 사실이 드러나 자신이 이 일을 미리 알고 있었는데도 잠자코 있었던 것이 되면 일이 복잡해질지도 모른다고 걱정한다. 그래서 무슨 일을 꾸미고 있을지도 모르는 학생들을 간접적으로 견제할 방책을 생각해내고, 교장에게 '학생들이 홍수가 끝나고 논의 피해 상황을 조사하는 연구회에 열심을 쏟은 나머지 경찰에게 터무니없는 의심을 받는 일이 없으면 좋겠는 데…'라는 말을 얼버무리며 자신의 염려를 전한다. 그러나 조례 때 교장의 훈시에서는 학생들을 나무라는 듯한 이야기는 전혀 나오지 않았다.

그런데 어느 날 갑자기 하차효를 포함한 10명의 학생과, 농림학교를 우등으로 졸업하고 군청에서 일하고 있는 김金이라는 남자가 경찰에 체포된다. 임시 직원회의에서 교장이 혼도의 시사에 불안을 느껴 경찰에 신고한 결과, 학생들의 연구회는 역시 독립운동이었다는 것이 발각되었다고 보고한다. 깜짝 놀란 혼도는 얼마 전에 하차효 등 몇 명의 학생들을 개인적인 도보여행에 데려가서 밤에는 야외에서 모닥불을 피우기도 하며 좋은 시간을 보냈던 것을 떠올린다. 자신을 진심으로 신뢰하는 듯 보였던 하차효를 비롯한 학생들이 뒤에서 교사의 입장까지 위험에 처하게 하는 독립운동에 관계되어 있었다는 것에, 혼도는 강한 충격을 받는다.

독립운동의 확증은 결국 나오지 않았지만 사건이 크게 보도되었던 탓에 그 지방의 일본인들은 농림학교에서의 음모를 믿어버리게 된다. 체포되었던 학생들은 풀려나기 시작했으나, 이미 퇴학처분을 받았다. 꺼림칙함이나 이기심이 가슴속에서 복잡하게 소용돌이치는 혼도는 어쩔 수 없었던 일이라고 결론 내리려고 한다. "둔한 아픔이 끊임없이 나의 마음속에 따라다니고 있었다. 나는 권력도 재산도 없는 일개 평교원에 지나지 않는다. 그러나 이 일본인 평교사가 가장 말단에서 조선인과 접촉하고 있으며 그 무엇도 위험하지 않도록, 누구나가 상처받지 않도록 약간의 행동에 나섰

을 때 본의 아니게 많은 사람이 다치는 꼴이 되었다. 그리고 그것

이외에 어떻게 할 도리가 없었던 것이다. …"(4:131)

　얼마 후에 돌연 마을에 군대가 찾아온다. 도청에서의 통보로, 전
주민이 군대훈련의 참관에 동원된다. 혼도도 동료 교사나 조선인
학생들과 함께 안개비가 내리는 제방 위에 늘어서서 강변에서 병
대가 달리고, 기관총을 발사하고 강 건너편 산의 표면에 포탄을 쏘
는 모습을 바라본다.

> "이런 것이, 언제나 마을에 있어준다면, 우리들도 정말 안심할텐데 말이야"라
> 고 동료 한 사람이 나에게 말했다. 으응, 이라고 나는 대충 대답했는데, 옆에
> 늘어서 있던 학생들의 얼굴이 차가운 안개비로 경련을 일으킨 것 같은 표정
> 으로 우리를 향했다가 이윽고 무표정으로 외면하는 것을 본 순간 나는 소름
> 이 끼쳤다.
>
> (4:132)

　여기서는 식민자와 피식민자 사이에 흐르는 균열의 심연이 선
명하게 그려져 있다. 혼도는 자신이 흘러들어온 식민지 시골 마을
의 주민에게 그 나름의 공감과 동정의 시선을 보내고, 조선인 학생
들의 미래를 위해서 그 나름대로 성실하게 일했다. 그러나, 그 혼
도도 식민지 체제의 군사력을 보게 된 조선인 학생들의 차가운 시
선으로부터 벗어날 수는 없었다. 그날 밤 이미 학교를 추방당했던
하차효가 혼도의 집을 찾아온다. 들어오도록 권했지만 그는 딱딱
한 표정으로 거절한다.

2. 본의 아닌 식민지주의자—「이름 없는 기수들 無名の旗手たち」

그 때, 창백한 하차효의 뺨에 조용한 웃음이 번지는 것이었다. 그의 눈은 반짝 반짝 빛나고 있었다. 다른 사람이 거기에 서 있는 것 같았다. (4:133)

"할 얘기 따위, 전혀 없어요. 그렇습니다, 저와 선생님 사이에는 할 얘기가 없어요"라고 하차효가 조용히 이별을 고한다. 마을 쪽에서부터 들려오는 군인들의 야단법석과 혼도를 둘러싼 으스스한 정적이 섬뜩한 대조를 이루면서 이야기는 끝난다.

군사훈련 때의 학생들이나 마지막 장면의 하차효나, 평소라면 아무렇지도 않던 조선인이 문득 다른 얼굴을 드러내면서 주인공인 일본인이 섬뜩함을 느끼는 장면이 이야기의 절정에 배치되어 있다. 이렇게 고바야시 마사루는 개인의 자질이나 언동과는 무관하게, 식민자는 구조적으로 식민지 체제의 역군이 아닐 수 없다는 견해를 나타냈다.

3. 근대 일본사 속의 식민자

'상냥한 일본인'이라는 신화

식민지기 재조일본인의 역사를 비판적으로 다시 파악하기 위해 쓰인 다카사키 소지 高崎宗司 의 『식민지 조선의 일본인』은 다음과 같은 권두언으로 시작된다. "일본에 의한 조선침략은, 군인들에 의해서 이루어진 것만은 아니었다. 오히려 이름 없는 사람들인 '풀뿌리 침략자', '풀뿌리 식민지지배'에 의해 지탱되고 있었던 것이다. 그런 의미에서 정치가나 군인들에 의해서 부추김을 받았다고는 하지만, 일본의 서민이 다수 조선으로 넘어간 것은 일본 식민지 지배의 견고함의 근거가 되었다."* 고바야시 마사루의 「이름 없는 기수들」과 통하는 이러한 견해에 근거해서 쓰인 이 책에 관해 '풀뿌리 침략'의 당사자로 지목된 정작 '이름 없는 사람들' 일부로부터 격한 분노나 이의가 표명되었다.**

식민지에서 생활하고 있었던 일본인은 모조리 식민지주의자였는가 - 고바야시 마사루가 제기한 이 물음은 식민지 제국 일본의 역사를 어떻게 보는가 하는 근본적인 문제에 관련된 것이기도 하다. 그런 의미에서 일본 군대의 보호를 받고 또 군대를 후방지원하고, 때로는 군대의 선도자와 같은 역할도 했던 한편 '태평양전쟁'에서 가혹한 체험을 강요당한 사람들을 포함한 민간 정착민(인양자)의 역사를 어떻게 평가할 것인가는, 극히 무겁고 어려운 문제이다. 어찌 되었든 그들을 일반적인 일본인과 떼어놓고 악의 침략자 취급을 하여 외부로부터 규탄하는 것만큼 안이하고 천박한 일도 없을 것이다. 고바야시 마사루의 「이름 없는 기수들」은 그러한 관념적이고 도식적인 이미지에 담기지 않는 식민자 상을 주의깊게 조형하고 있다.

그런데 극히 소수이기는 하지만, 일본인 식민자이면서 식민지 체제에 숨통을 틔우려는 모순 속에 있었던 자도 있었다. 예를 들면

* 　다카사키 소지 『식민지 조선의 일본인』(岩波書店, 2002) i 쪽
** 　쓰자키 사토루 『헤이세이의 대학살』(彩流社, 2006), 미쓰키 노조미 『마음 속 국경선』(文芸社, 2009) 참조.

3. 근대 일본사 속의 식민자

고바야시 마사루의 아버지처럼 식민지 조선에서 교사가 된 조코 요네타로 上甲米太郎 는 기독교인으로 사회주의자였으나 조선어를 습득해 조선인의 집에 하숙하고, 조선 농민들의 빈궁에 다가가고 자 노력했다. 그 결과 그는 2년에 걸쳐 투옥되고, 교단으로부터 추방되었다.

조코의 삶을 높이 평가하는 이준식은 재조일본인의 회상기에서 누차 공통되는 특징으로서 주인공이 '조선인에 차별감을 가지지 않는 상냥한 일본인'이었다는 것을 강조하는 점을 든다. "결국 일제는 틀렸을지도 모르지만, 일본인 한사람 한사람은 제국주의와는 무관계한 존재이며, 나아가서는 조선인과 조선문화를 흠모한 인간이었다는 생각이 깔려있다"고 분석한 이준식은, "그러나 '상냥한 일본인'의 이야기는 신화에 지나지 않는다"라고 단언한다.*

물론 이것은 '상냥한 일본인'이나 '조선인과 조선 문화를 좋아한 인간'이 전혀 없었다는 뜻이 아니다. 사실 그러한 일본인은 많이 있었다. 재조일본인의 회상기는 일본인과 조선인이 사이좋게 지내는 모습을 그린 것도 적지 않으며, 일상 차원에서 그것들이 모조리 거짓이다라고는 할 수 없을 것이다.

분명 식민자의 대부분은 피도 눈물도 없는 악귀와 같은 지배자 상과는 딴판이다. 극히 평범한 직장인이나 가정을 가진 사람이었을지도 모른다. 제국의 위세를 등에 업고 매일 같이 조선인을 모욕

* 이준식 「재조일본인 교사 가미코 요네타로의 반제국주의 교육노동운동」 조코 마치코 외 『식민지·조선의 아이들과 살았던 교사 조코 요네타로』(大月書店, 2010) 51쪽

제3장 하옥, 탈당, 폐결핵

하고 그들에게 부정을 저지르거나 폭력까지 휘두르는 사람도 많

았겠지만 다른 한편으로 조선인과 사이좋게 지내는 상냥한 혼도

와 같은 사람도 적지 않았을 것이다. 그러나 그 혼도는 예를 들면

조선인 하녀나 그 아버지인 농부, 혹은 농림학교의 학생들이나 심

부름꾼들 앞에서 도대체 어떠한 존재였는가, 그저 이웃, 그저 교사

였는가 - 소설 「이름 없는 기수들」에서는 조선인이 우연한 순간에

슬쩍 보이는 무언의 반감이나 항의의 표정 등 부감적俯瞰的인 역사

서술에서는 누락되는 세부를, 실체감과 상상력을 단서로 주의 깊

게 바라봄으로써 그 점에 대해 추궁하고 있다. 물론 혼도의 아들들

에게 도둑 누명을 써도 항변조차 하지 못하고 울 수밖에 없었던 옥

희는 픽션에 지나지 않는다. 그러나 사실 그녀처럼 일본인에게 생

사여탈권이 쥐여있었던 조선인은 무수하게 존재했다. 정치적으로

보면, 호적으로써 내지인과 엄연히 분리되면서도 동시에 일본 국

권을 이탈할 자유를 박탈당한 점만 하더라도 모든 조선인이 그러

한 경우에 놓여 있었다.

  식민자 2세의 회상기를 보면, 인양선에서 내려와서 내지에 일

본인 노동자나 농부가 많아서 놀랐다는 솔직한 기술이 자주 보인

다. 즉 내지와는 달리 식민지에서는 제국의 아이들이 일본인 육체

노동자를 눈으로 볼 기회는 거의 없었던 것이다.* 일제가 더 길게

---

*　예를 들면 고바야시 마사루보다 한 살 아래 남성의 다음과 같은 회상이다. 「만
주에서 태어나고 자란 내 상식으로는, 밭일과 같은 육체노동은 중국인이 하는
일이고, 일본인이 손대는 일이 아니라고 처음부터 생각하고 있었다. 특별히
그렇게 배운 것은 아니지만 그러한 환경에서 태어나 자란 내게는, 농부의 산
꼭대기까지 이어진 계단식 밭은 경이로움, 문화 충격의 첫걸음이 되었다.」(히

3. 근대 일본사 속의 식민자

연명했다면 '내선일체 內鮮一体'나 '오족협화 五族協和'가 지향하는 아름다운 평등은 완성되어 있었을 것이라는 전망은 지배자 측의 지나친 환상일 뿐이다. 압도적이고 근본적인 불균형이 유지되어 강화되었던 것을, 지배자가 극히 주관적일 수밖에 없는 스스로의 상냥함에 의해 혹은 홍사익 육군중위나, 박춘금 중의원 의원과 같은 예외를 끌고 와서 상쇄하려고 해서는 안 된다. 고바야시 마사루는, 때린 적은 있을지도 모르지만 맛있는 밥을 먹게 해 주었고 좋은 옷을 입게도 해 주었다는 식의 가부장주의를 한껏 드러내는 변명은 맞은 사람의 아픔 앞에서 통용되지 않는다고 생각했다.

세계대전 말기에 칙선귀족원의원 勅選貴族院委員 을 지낸 윤치호 尹致昊 는 일기에 이렇게 적고 있다. "조림사업 造林事業, 도로부설, 학교와 병원 건설 등 우리가 조선인에게 얼마만큼의 은혜를 주었는지 보십시오! 이것은 일본인 통치자가 관광객을 상대로 자주 입에 올리는 말이다. 그러나 이 물질적 개선은 근본적으로 누구를 위한 것인가", "물질적 발전의 측면에서 볼 때, 일본이 최근 15년 동안에 달성한 것이 조선인이 1500년 들여 해온 것보다 많다는 것을 부정할 수 있는 사람은 없다 … 그들은 분명 조선을, 일본인을 위한 아름다운 생활의 장으로 만들어냈다"* - 지배자가 자화자찬하는 식민지의 근대화나 문명화란 피지배자의 입장에서 보면 요컨

구치 와타루 「귀국, 문화충격의 놀라움」 평화기념사업특별기금 편 『평화의 주춧돌—해외 인양자가 전하는 노고』(平和祈念事業特別基金, 2010) 102쪽)

* 　　김 기 『제국일본의 문턱』(岩波書店, 2010) 252, 255쪽 재인용.

대 그곳을 억지로 일본인을 위한 아름다운 생활의 장으로 바꾸었다는 말에 지나지 않는다.

아무리 선의에 가득 찬 부분이 있고, 아무리 훌륭한 물질적 발전이 있었다고 해도, 가장 근본적인 이 부분을 호도해서는 안 된다. 눈물겨운 봉사 정신으로 그 나라에 가서 연고도 없는 외국인들을 위해 거의 있지도 않은 재산을 다 털고, 막대한 노력을 기울여 나무를 심고 댐을 만들 수 있을 정도로 느긋한 시대가 아니었으며 그런 자선단체 같은 나라는 동서고금을 막론하고 이 세상에 존재한 적이 없다. 그런데 식민지지배자는 무슨 영문인지 자국만큼은 예외라고 생각하고 싶어한다. 다른 것은 몰라도, 자국민에게는 무지와 미망迷妄의 어둠 속에서 신음하는 몽매한 백성들에게 문명의 복음을 일깨워줄 신성한 책무가 부과되어 있다는 과대망상에 사로잡힌다.

그러면 그때 어떻게 했으면 좋았을까 - 한편 이러한 역사적 반문도, 무시할 수는 없다. "식민지화하지 않으면 식민지화 되었을 것이 아닌가"라는 근대일본의 역사 전체에 관한 큰 물음에서부터, '재조일본인'의 경우라면 "그 때, 조코 요네타로처럼 조선인에게 다가가서 모두 감옥에 들어갔어야 됐던 것인가", "외지에서 활로를 찾는 희망을 포기하고, 빈궁한 내지의 농촌에서 가족 모두가 굶어 죽었어야 좋았다는 것인가" 같은 개별적인 물음까지, 무거운 역사적 물음은 제각기 존재한다. 역사에는 이러한 어려운 질문이 복잡하게 얽혀 산적해 있으며, 명쾌한 해답 따위는 애초에 찾아낼 길이 없다.

3. 근대 일본사 속의 식민자

고바야시 마사루의 포스트콜로니얼 문학은 일본인이 조선인이나 중국인에게 앞으로도 영원히 조아려야 한다는 식의 간단하고 교안주의적으로 결론내릴 단순한 것은 전혀 아니다. 그러한 것이 답이라고 생각했다면 거기서 그의 사고는 금세 정지되고, 그토록 고민하지도 않았을 것이다. 획일적으로 악랄한 '일제 침략자'의 악행이나 '양심적'인 일본인의 사죄 행각기라도 썼더라면 좋았을 것이다. 관념적인 참회록이었다면, 그의 작품이 지금까지 이어지는 생명력을 갖지는 못했으리라 생각한다. 고바야시 마사루 문학의 가능성은 속 시원한 답이나 명쾌한 지침 등이 아니라, 오히려 그 미적지근함이나 당혹감, 머뭇거림에 있는 것으로 그 부분을 깊이 읽어나가야 한다.

'일본인 스스로의 문제'

「이름 없는 기수들」과 같은 시기에 쓰인 것으로 출옥 후 첫 번째 작품이면서 한국전쟁의 '화염병 투쟁'을 테마로 한 「가교 架橋」(1960)라는 소설이 있다. 이 포스트콜로니얼 소설이 제시한 것은 '제국과 식민지의 불행한 과거를 가지는 두 민족이, 냉전과 신식민지주의라는 새로운 공동투쟁의 국면에 있어서 도대체 어떤 표정으로 마주하면 좋은가'라는 현실적인 과제였다.*

주인공 아사오 朝雄 는 식민지 조선 최북부의 마을에서 자랐고,

---

* 장세진 「트랜스내셔널리즘, (불)가능 그리고 재일조선인이라는 예외상태 : 재일조선인의 한국전쟁 관련 텍스트를 중심으로」「동방학지」 157집(연세대학교 국학연구원, 2012) 57쪽

관헌이었던 아버지가 일본의 패전 직후에 소련군에게 처형당한 과거를 가진 열아홉 살의 공장노동자이다. 전후의 새로운 사조 속에서 공산주의에 관심을 기울이게 된 그는 식민지지배의 역사를 청산하고 싶다고 염원하게 된다. 그러나 아버지를 잃은 원한도 있어서 공산주의나 조선에 대한 개운치 못한 감정에 결말을 짓지 못하고 있었다. 소설에서는 그러한 아사오와, 그가 한때 운명을 함께하게 된 베일에 싸인 조선인 청년과의 딱딱한 '공동투쟁'의 양상이 그려진다.

앞서 고바야시 마사루는 일본인과 조선인의 만남이 아니라 어긋남을 그렸다고 서술해두었다. 이 소설 「가교」는 그 전형이다. 아사오는 처음 순간부터 조선인과 마주할 기회를 놓치게 된다. 당의 회의에서 일본명을 대는 청년을 보고 그가 조선인이라는 것을 눈치챈 아사오는 인간적인 친밀의 연을 맺고자 순진하게 "저, 조선에 있었거든요"라고 말을 건다. 그런데 예상외로 냉대를 받고 아사오는 동요한다.

두 번째에 두 사람이 얼굴을 마주한 것은 미군 수리공장에서 화염병을 던지는 날이었으나, 한국전쟁을 둘러싼 인식의 차이 등으로 두 사람의 관계는 계속 삐걱거리는 상태였다. 작전 결행 직전, 안개비가 내리는 가운데 두 사람은 작은 목소리로 말을 나눈다. 조선인 청년에게 낮에는 한반도에서 폭발하는 포탄의 부품을 만들고, 밤에는 그것을 발사하는 전차에 화염병을 던진다는 행동의 모순을 지적당한 아사오는 그렇지 않아도 많은 일본인이 갈등하고 있다고 반론한다. 이에 대해서 조선인 청년은 이렇게 말하고 그를

3. 근대 일본사 속의 식민자

내친다 - "처지는 모르지 않는다. 그러나 그것은 어디까지나 일본인 스스로의 문제야", "일본인의 모순이란 어제오늘의 일이 아니야. 훨씬 옛날부터 근본적으로 생각하지 않으면 안 되지. 일본인 스스로의 문제로서 말이야."(4:78)

'일본인 스스로의 문제' - 이 말을 듣고 피가 거꾸로 솟은 아사오는 오로지 행동만을 요구하고, 화염병을 쥐고 둑을 사납게 뛰어 올라갔다. 그러나 당황한 그의 실수로 인해 작전은 허무하게 실패하자 두 사람은 겨우 그 자리에서 도망친다.

결국 두 사람의 마음속에 확실한 다리가 놓이는 일은 없었다. 그럼에도 이별 전의 마지막 대화에서는 각자의 생각이 어느 정도 솔직하게 교환된다. 조선인 청년은 '조선인을 경멸하고, 이 전쟁에서도 부지런히 미군의 탄환을 만들거나, 전차를 수리하거나 하는 보통 일본인 쪽이 오히려 마음 편하고, 우리나라를 지지해 주는 당원들이나, 특히 너처럼 조선에 있었던 남자는 뭔가 아주 불편하며, 석연찮은 감정이 마음속 깊은 곳에서 어른거린다'라고 말한다. 이에 대해 "아버지가 특고(특별 고등경찰)와 같은 일을 하고 있었다고 생각하면, 어쩌면 총살도 어쩔 수 없었을지도 모른다고 생각한다"라고 말하는 아사오는 "그러나 마음속 깊은 곳에서 나의 피는 납득하지 못하고 괴로워하고 있어. 소련병에 대해서도, 저 조선인에 대해서도 말이야"라고 털어놓는다.

식민지에서 관헌의 아들로 태어나 지배와 저항의 폭력의 뒤얽힘에 계속 괴로워해온 심정을 밝힌 아사오에게, 조선인 청년은 단지 두 가지만을 고한다. "(육친이 살해당한 것 같은) 그러한 슬픔에 몇 천만의 사람이 울고 있다는 것도 생각해주기 바란다", "우리 조선인들은 조선인으로서의 길을 찾아내겠지. 일본인인 너는 일본의 역사와 단절되어, 길을 찾을 수는 없을 것이다"라고 하며 마지막에 조선인 청년은 자신의 아버지도 일본인에게 살해당했다고 털어놓고, 비오는 거리로 사라져간다.(4:85 - 86)

'서로의 마음속에서 풀리지 않은 증오나 괴로움이 같은 사상을 가졌더라도 만약 사라지지 않는다면…'이라는 아사오의 중얼거림에는 전쟁과 식민지지배가 낳은 민족 간의 응어리가 포스트콜로니얼 시대의 일본인과 조선인이 공유해야만 하는 무거운 과제가 되었다는 사실이 나타나 있다. 조선인 청년이 아사오에게 반복해서 던지는 '일본인 스스로의 문제'라는 말은 고바야시 마사루 자신이 조선문제를 생각하는 가운데 마음에 새겨두었던 것이리라. 그리고 실제로 그 말은 그의 문학 활동에서 계속적인 규범으로 강하게 작용했다.

'이상한 이중구조'

식민자(인양자)는 어떤 면에서 근대 일본의 역사가 내포한 모순의 집약적 존재였다. 고바야시 마사루의 아버지는 「이름 없는 기수들」의 혼도 미치오의 원형이었으나, 나가노현 長野県의 산촌 출신이다. 어떤 꿈이나 야심이 있었을지도 모른다(보통은 차남 이하가 외지에서 활로를 구하는 경우가 많았으나, 그는 장남이었다). 그러나 식민자의 대부분은 내지의 가난한 변방이나 산간부 출신자였다.

나가노현은 일본의 패전직후에 비참한 체험을 강요당하는 만

몽 滿蒙 개척이민을 전국에서 가장 많이 배출한 현이다. 1929년의 세계공황은 나가노현에서 번창했던 양잠업을 궤멸 상태로 몰아넣었는데, 그중에서도 경작지 면적이 적은 산간부의 농촌은 심하게 황폐해졌다. 그런 가운데 국책화된 만주 농업 이민 정책에 많은 곤궁한 사람들이 희망을 걸었고, 3만 명 넘는 나가노현민이 만주로 건너갔다.* 1914년에 조선으로 건너온 고바야시 마사루의 양친의 경우 만주이민과는 직접적인 관련은 없지만, 내지에서부터 끄집어내져 식민지로 건너오는 경우가 꽤 많았다.

토지의 넓이나 인구 등이 똑같지는 않았기 때문에 단순하게 비교할 수 없지만 '태평양전쟁'의 모든 과정에서 가장 많은 일본 민간인이 죽임을 당한 장소는 대공습에 타격을 입은 일본의 수도 도쿄도, 장렬한 지상전이 펼쳐졌던 오키나와도, 원자폭탄이 투하된 히로시마나 나가사키도 아닌 만주였다.**

이 사실이 후세의 사람들에게 보여주는 것은, 그 전쟁을 일본 식민지지배의 역사와 떼어놓고 생각하는 것은 절대 불가능하며 해서는 안 된다, 라는 점이다.

그러나 '그 전쟁'을 둘러싼 전후 일본의 국민적 기억은 주로 대미 對米 전쟁 말기의, 그것도 '본토' 공습을 중심으로 하는 내지의 기억에 자주 한정되어 왔다. 이것은 중일전쟁, 그리고 세계대전 종결 직후에 오키나와나 만주 등과 같은 식민지 제국의 주변 지역

---

* 나가노현립역사관 편『나가노현의 만주이민』(長野県立歴史館, 2012) 4-5쪽 참조.

** 이와미 다카오『패전』(原書房, 2013) 80쪽 참조.

에서 펼쳐진 대규모의 지상전이나, 민간인 학살이 경시되어 온 것을 시사한다. 역사적으로 보면, 식민지 해방 후의 대만이나 조선에서 일어난 여러 민중학살도, 이러한 식민지기·전시기로부터 이어지는 정치적인 흐름 위에 있다.* 구 식민지가 탈식민지화의 과정에서 입은 고난은 미국과 소련을 중심으로 하는 전후 세계정치뿐만 아니라, 그에 앞선 제국 일본에 의한 식민지지배 역사가 가져온 참화이기도 했다. 전후 일본의 국민적 기억으로서 남은 '태평양전쟁'의 역사적 기초가 된 것은 대만이나 조선, 만주 등의 식민지지배와 중일전쟁이었으며 1941년 이후의 미일전쟁은 오히려 그러한 일련의 아시아 침략이 가져온 최종적인 파국이었던 면이 있다는 점을 잊어서는 안 될 것이다.

고바야시 마사루의 부친은 식민지 조선에서 농림학교 교사가 되었다. 식민지의 일본인 교사라고 하면, 통치기구의 중추는 아닐지 모르지만 그래도 현지 주민이 머리를 조아리는 분명한 특권계급이다. 당시의 교사는 경관이나 군인과 같이 대검 帶劍 을 차고 무위를 드러내어 식민지 마을에 군림하고 있었던 것이다.**

그런데 이쓰키 히로유키의 부친도 후쿠오카 현에서 식민지 조선에 건너와 교사가 되었다. 이쓰키는 식민지에서 일본인이 놓였던 상황을 이렇게 회상한다.

---

* 예를 들면 1948년에 일어난 '제주4.3사건'은 일제의 식민지지배와 정치적으로 깊은 관련이 있는 사건이다.(문경수 『제주도4.3사건』(岩波現代文庫, 2018) 참조.)

** 조경달 『식민지 조선과 일본』(岩波新書, 2013) 8쪽 참조.

3. 근대 일본사 속의 식민자

　　"우리들은 말하자면 압제자의 일족으로서 한반도로 건너왔으나 그 중에서도 일본 본토에서의 계급 대립의 스테레오 타입은 그대로 존재했다. 거기에는 가난하다는 이유에서 외지로 비어져 나와, 이번에는 그 땅에서 타민족에 대한 지배계급의 입장에 서는 이상한 이중구조가 있었다."* - 이러한 '이상한 이중구조'는 제국 일본이 놓였던 당시의 세계사적 상황의 축소처럼 보인다. 근면, 엄격하고 야심에 가득 찬, 아주 권위주의적이었다고 하는 이쓰키 히로유키 부친의 이미지는 이 '이상한 이중구조'를 그대로 가시화하기라도 한 듯이 극단적인 이중성을 띤다.

　　나의 아버지는 규슈 농가의 자제로 태어나, 가슴에 계급 상승의 야심을 품고 사범학교 장학생으로서 제국관리의 가장 말단으로 일하게 되었다. 그리고 나의 기억에 남아있는 아버지의 이미지는, 매일 밤 검정시험을 위해 밤이 새도록 램프 등 밑에서 수험공부에 핏발이 선 눈을 빛내던 중년의 남자이다. 그리고 또 한가지, 깊은 밤 학교의 봉안전 奉安殿 앞에 밤에도 훤히 보이는 하얀 벚꽃이 만개한 아래에서 나무줄기에 매단 조선인 학생을 구호와 함께 죽도竹刀로 흠씬 두들겨 패던 아버지의 모습이 있다. 기숙사의 통금시간을 어긴 학생이 "아이고!"하고 몸을 뒤틀 때마다 흰 벚꽃의 꽃잎이 쏟아지듯 흩어지는 것이었다.**

*　　이쓰키 히로유키 『심야의 자화상』(文春文庫, 1975) 38쪽
**　　이쓰키 히로유키 『심야의 자화상』 상동, 39쪽

제3장　하옥, 탈당, 폐결핵

이쓰키가 마치 그림책처럼 재구성한 당시 아버지의 두 이미지는, 약간 진부하게 인격화된 제국 일본 그 자체로도 보인다. 이 문장에 나타난 이미지 군을 제국 일본 역사의 은유로 읽어볼 수 있을 것이다. 계급 상승의 야심에 불타는 이쓰키의 부친이 빠져나간 '규슈의 농가'를 아시아로, 그가 기어 올라가려고 했던 '제국관리'의 질서를 당시 구미중심의 제국주의적인 국제질서로, 그것을 위해 맹렬히 몰두한 '수험공부'를 국민이 하나가 되어 이루고자 한 부국강병으로 연결된다. 식민지 학교의 봉안전 앞에서 천황의 대리인이 되는 이쓰키의 부친은, 일본을 상징하는 만개한 '벚꽃'에 묶어놓은 '조선인 학생'을, 제국의 군사력을 상징하는 '죽도'로 징계한다. 시간의 관리통제가 인간을 근대화하고 국민화하기 위한 국가의 가장 중요한 사업 중 하나였다는 것을 생각하면, 그가 피식민자를 징벌하는 근거로 한 '기숙사 통금시간'은 일본이 조선에 강제적으로 부여해 자민족의 우월성과 조선 민족의 열등성의 지표로 한 근대성의 비유가 될 것이다. 그리고 일본인의 자국 근대사를 둘러싼 이미지에서는, 핏발 선 눈을 빛내고, 부국강병에 몰두한 기억은 강렬하게 남은 것에 비해, 심야의 학교에서 식민지를 '문명화'라는 이름 아래 피식민자를 구호와 함께 흠씬 두들겨 패고 있었다라는 기억은 쏙 빠져있는 것이다.

이쓰키에 의하면 그의 부친은 식민지에서 '소천황'처럼 행동하는 것을, 권력에 대한 도취 이전에 일종의 신성한 의무처럼 생각하고 있었다고 한다. 그는 위엄을 나타내기 위해 수염을 기르고 육체단련에 힘쓰며, 밤에는 황도철학을 열심히 배웠다. 그러나 식민지

3. 근대 일본사 속의 식민자

에서 그렇게 늠름했던 그 사나이는 일본의 패전과 함께 갑자기 본
래로 돌아가 새로운 정복자가 된 소련병 앞에서 치욕을 맛보고, 고
향 마을 후쿠오카 현으로 돌아간 후에는 그러한 제국적 남성주의
와는 관련없는 무기력한 여생을 보냈다 … 라는 것이, 식민자 2세
가 본 1세의 이야기이다.

참고로 고바야시 마사루의 부친은 조선에서 나가노현으로 돌아
온 후 전후 첫(1947) 선거에서 후지미촌 富士見村의 촌의회의원이 되
거나, 1948년 창립된 후지미촌 농업협동조합의 초대 조합장을 지
내는 등 적어도 전후 초기는 향리에서 적극적으로 활동한 듯하다.*

4. 낙양의 시작

폐절제수술

1964년 10월, 도쿄 올림픽이 개최되었다. 국제사회에서 전후
일본의 부활을 각인시켰을 뿐 아니라, 비'백인'국가에서 사상 처
음으로 개최되었다는 점도 있어 일본국민의 자존심을 환희로 들
썩이게 한 역사적인 올림픽이었다. 그러나 나라 전체가 밝게 열광
하고 있었던 바로 그 때, 고바야시 마사루는 자신이 폐결핵에 걸렸
다는 사실을 알게 된다. 그야말로 청천벽력으로, 진단을 받았을 때
는 잠시 망연자실한 상태에 빠졌었다고 한다.

*   나가노현 스와군 후지미정 편『후지미정사』하권(富士見町教育委員会,
2005) 443, 463쪽 참조.

바로 입원치료를 받고 다음해 65년 1월에 퇴원했으나 한일기본 조약이 성립된 이 해는 자택 요양으로 저물어갔다. 『고바야시 마사루 작품집』 제5권의 연보에 의하면, 이 해에 고바야시 마사루는 일본공산당을 떠나있었다. "제명처분은 되지 않고, 또 탈당신고서도 절대로 내지 않겠다는 태도를 마지막까지 견지했다고 한다(히사코 부인, 스가와라 가쓰미에 의함)."(5:404)

66년 2월, 도쿄도 기요세清瀬에 있는 결핵 연구소의 부속요양소에 입원하여 폐절제 수술을 두 번 받고 우측 폐의 대부분과 늑골 4대를 잃었다. 이 수술은 심한 육체의 통증뿐 아니라 40세를 눈앞에 두고 몸이 쇠함을 느끼고 있던 고바야시 마사루에게 정신적인 혼미함까지 야기했다. 9월에 퇴원했으나, 이 해는 소설을 한 편도 발표하지 않았다.

투병 체험은 고바야시 마사루의 작풍에 큰 변화를 불러일으켰다. 본서에서는 투병 생활 때문에 중단했던 문학 활동이 재개된 1967년 이후를 고바야시 마사루 문학의 후기라고 부르지만, 후기와 폐결핵 증세 발현 이전의 시기를 나누는 큰 차이로서 정신병을 앓은 사람의 언어가 그 작품세계 전반에 흐르게 되었다는 것을 들 수 있다. 실제로 신경증 환자가 등장하여 격렬한 어조로 심정을 토로하는 외면적인 부분뿐만 아니라, 소설의 서술 그 자체에 감정적인 독백조의 요설체가 보이게 된다. 또 등장인물의 말이나 내면의 묘사뿐만 아니라 조선의 정경묘사에도 현저한 변화가 나타난다. 「은어」나 「포드·1927년」에 보이는 스케치풍의 가벼움은 자취를 감추고, 코를 찌르는 악취나 가차없이 내리쬐는 태양, 넘쳐흐르는

땀과 끈적하게 떨어지는 침, 너저분하고 먼지 쌓인 길이나 축축하
게 젖은 어두컴컴한 방 등, 보다 직접적으로 신체감각에 호소하는
듯한 농밀함이 전면에 나타난다. 전체적으로 일종의 환상성이 더
해진 듯 보인다.

사라지지 않는 과거

고바야시 마사루는 나중에 자신의 입원생활을 기록한『생명의 대
류 - 삶과 죽음의 문학적 고찰』(1969)을 간행했다. 여기서는 이 책에
서 그의 후기문학과 밀접하게 관련된 부분을 소개해두고자 한다.

이 투병기는 '과거라는 것은 현재의 시간 속에서 예전 그대로의
모습으로 존재하지 않는다고 해서, 사라져 없어지고 매몰되어버
렸다고 말할 수 있는 것일까'라는 문제 제기로부터 시작된다.

"예를 들면 이렇게 말해 볼 수는 없을까. 어떤 종류의 과거는 완
전히 없어져서 더 이상 두 번 다시 인간의 역사나 생활사 속에 떠
오르는 일은 없다고 하더라도, 또 다른 어떤 과거는 아직 그것에
내재된 사람의 생명이 끊어지지 않은 채 단지 인간의 역사나 사람
들의 심층의식 속에 침잠되어 있다가 어느 날 갑자기 어떤 자극을
받아 현재의 흐름 속에 부활하여 그 사람의 생명이 완전히 다하지
않는 한 그 생을 마감할 수 없다, 라고(5:23)."

고바야시 마사루가 이렇게 생각하게 된 계기가 된 사건이 있다.
요양소 생활을 하고 있던 어느 날, 바깥을 산책하고 있던 그는 숲
속 깊은 곳에서 오래된 목조건축물들을 발견한다. 무심하게 안으
로 들어가서 어느 방에 들어갔더니, 크기가 제각각인 병이 진열되

어있는 선반이 늘어서 있다. 연월일, 성명, 연령, 병명이 기록된 라벨이 붙은 그 막대한 양의 병들의 내용물은 포르말린에 담근 인간의 장기였다.

그 이상한 광경에 압도된 고바야시 마사루는 과거 결핵환자의 무수한 장기가 현재도 여전히 인간과 결핵균의 싸움의 역사의 일부를 차지하며, 조용히 그 역사를 증명하고 있다고 느낀다. 그리고 그 감각은 한 개인의 인생에 있어서 과거와 현재의 관계도 그와 마찬가지다, 라는 감각을 동반했다.

"끝난 듯 보이고, 본인도 또 그렇게 믿고 있더라도 그것은 가짜 모습에 지나지 않으며 어느 순간 별안간에 새로운 양상으로 나타나는 그러한 '과거'가 인간의 인생에는 존재한다(5:28)."

그러한 감각을 떠안은 채 두 번의 폐 절제 수술을 받았다. 수술 후에는 견디기 힘든 통증과 함께 막연한 불안이나 무념, 후회, 허무함 등에 차례로 사로잡혔다. "눈에 보이지 않는 도끼에 의해 나의 생애가 두 개로 단절되었다고 한다면, 지금까지의 나는 도대체 누구였는가, 또 앞으로 이런 몸과 쇠한 머리를 가누고 누구일 수 있는가 하는 의혹이 요즘 나를 집요하게 괴롭힌다.", "인생이란 지극히 다채로운 것으로 보이면서도, 사실은 영혼의 중심까지 꽁꽁 얼어버릴 정도로 창연한 것 아닐까…."(5:136 - 138)

과거와 역사를 둘러싼 물음은, 투병 생활 그 자체로 답을 얻고 완결되지 않았다. 그 대신 1967년에 재개되어 문자 그대로 목숨을 깎아내듯 해서 쓰인 만년의 작품군 가운데 머지않아 하나의 뚜렷한 형태를 갖추어가게 된다.

멸망해 사라지지 않고, 잊혀져 매몰된 것처럼 보이지만 실제는 역사의 어둠 속에 침잠되어 있을 뿐 현재에 되살아나 그 생명을 끝까지 다할 기회를 가만히 기다리고 있는 과거란 무엇인가 - 그렇게 묻는 고바야시 마사루 자신은 그 누구이기보다 먼저 조선 식민자 2세였다.

육군항공사관학교에서의 훈련생활, 대학에서의 레드퍼지 반대투쟁, 한국전쟁(6.25전쟁) 때의 화염병 투쟁, 그리고 두 번의 옥중생활…20년 이상에 걸쳐 '운동'의 산과 들을 내달려온 고바야시 마사루의 육체는 한쪽 폐를 잃고, 어느 새 계단도 제대로 오르지 못할 정도로 쇠약해져 있었다. 그러한 몸을 질질 끌 듯이 해서 그는 최후의 문학적 고투에 몸을 던져왔다.

이 시기의 고바야시 마사루에게 있어, 어느새 식민지 조선은 「포드·1927년」의 주인공처럼 씁쓸한 후한과 함께 떠올리는 장소가 아니었다. 남겨진 한쪽 폐로 거친 숨을 쉬고, 끊임없이 담배를 피우고 술을 부어 마시면서 고바야시 마사루는 자신의 내면에서 생명이 끝까지 다하기를 바라면서 가만히 몸을 숨기고 있는 과거 - 식민지 조선을 다시 쓰기 시작했다. 복귀 후인 1967년부터 1971년 봄에 죽기 전까지 쓰인 마지막 여덟 편의 소설 가운데, 투병 생활을 쓴 첫 해의 두 편을 제외한 여섯 편은 모두 조선을 주제로 하는 것이었다.

고바야시 마사루는 1959년 7월부터의 징역생활 옥중노트에 하세가와 시로가 번역한 프랑스의 어느 레지스탕스 시인의 시를 옮겨 적었다. 그 시는 다음과 같이 시작되어 끝난다.

제3장 하옥, 탈당, 폐결핵

그것은 진짜가 아니다

죽은 자는 질서와 소음으로 가득한

광막한 제국과 같다는 것은

(…)

눈속임 말을 해서는 안 된다

죽은 자 만큼이나 죽은 것은 없다

– 그러나 죽은 자들이 잠보다도

완강한 정숙을 지상에

만들어내고 있는 것은 진짜다[*]

만년의 고바야시 마사루는 마치 식민지의 죽은 자들의 망령에 홀려 그들이 만들어내는 가슴 얼어붙는 정숙에 귀를 귀울이는 듯했다. 그렇게 그는 제국기에서 전후에 걸쳐 조선과 운명적으로 얽힌 자신의 정열과 트라우마를 내동댕이치는 듯 격하게, 전후 일본 사회에 무거운 질문을 던지는 포스트콜로니얼 소설을 잇달아 써내려갔다.

[*]   길빅 「추억」 『시집 평화의 맛』(하세가와 시로 역, 国文社, 1957) 45-47쪽

조칙 봉헌일이나 보병연대의 위령제나, 그럴 때에는
마을의 중등학교가 전부 모여 기념식을 합니다.
우리 옆은 조선인 중학교예요.
제식 때, 조선에서는 황국신민의 선서라는 것을 큰소리로 읽어요.
하나, 우리들은 황국신민이다. 충성을 바쳐 군국에 보답한다…
같은 5개조를 하거든요. 이걸 수업 시작 때 소리 내 읽게 하는
교사까지 있어서, 무슨 말 만하면 바로 충성을 바쳐…라고 하니까
'츄 - 세이(충성)'이라는 별명이 붙었어요.
…

몇 천명의 사람이 일제히 고함치잖아요.
잘 주의하지 않으면 모르지만, 잘 들어보면 이렇게 말하는거예요.
우리들은 한국신민이다. 충성을 바쳐 한국에 보답하고…

고바야시 마사루 『단층지대』

제 4 장

죽은 자들의 잔영

1. 조선인의 '변신이야기'

'이종분리'와 '동화의 원리'

1960년대, 장년기에 도달해 드디어 약동하기 시작한 식민자 2세 작가의 한사람으로, 모리사키 가즈에가 있다. 시 뿐만 아니라 평론이나 논픽션의 분야에서도 명성이 높아 『제3의 성 第三の性』이나 『가라유키상 からゆきさん』(옮긴이 - 문자적 의미는 '해외로 돈벌이 나간 사람'이라는 뜻이나 해외에서 원정 성매매를 하던 여성을 의미한다) 등으로 알려졌지만, 조선을 테마로 한 논고에서도 긴장감 높고 밀도 짙은 역작을 차례로 발표하며 그야말로 맹렬한 기세로 활동을 보이게 된다.

1968년에 발표된 「두 개의 말·두 개의 마음 二つのことば·二つのこころ」이라는 에세이도 조선 문제를 다룬 뛰어난 논고이다. 이 에세이에서 모리사키는 일본 대중의 일상적 사유양식을 비판하고, 그것은 '이종분리 異種分離 후의 무관심을 속죄라고 느끼고', '동화 同化의 원리 이외의 대응을 모른다'고 지적했다. 이종에 대한 무관심의 토대를 이루는 동화의 원리를 뒤흔들기 위해서라도, '일본은 눈앞에 나타난 것을 어떻게 대해야 할지 모르는 두려움에 노출될 필요가 있다'* - 아마 자신의 조선체험을 바탕으로 하는 모리사키의 이 주장은 바로 같은 시기에 쓰였던 고바야시 마사루의 후기 작품군의 메세지와 통한다. 고바야시 마사루가 목표로 한 것은 이종을 분리한 다음 속죄라는 이름의 무관심으로 도망치는 것도, 이종을

---

* 　　모리사키 가즈에 『고향환상』(大和書房, 1977) 220쪽

폭력적으로 동화시키는 것도 아닌 이종과 공존하는 길이었다. 그러나 그것은 말처럼 간단하지 않다. 그것을 실현하기 위해서는 먼저 '눈앞에 나타난 것을 어떻게 대해야 할지 모르는 두려움'을 견뎌내는 강인한 의지와 지성이 필요하기 때문이다.

고바야시 마사루의 후기 문학을 읽어내는데 있어 열쇠가 되는 말은 섬뜩함, 으스스함, 소름끼침과 같이 조선인의 표정이나 말과 행동 내지는 그런 것들에 접할 때 일본인의 심리 묘사에 사용되는 형용사가 아닐까 한다. 「붉은 민둥산」이나 「이름 없는 기수들」 등에서 보았듯이 그때까지의 작품에도 조선인이 우연한 순간에 내비치는 적의에 가득찬 눈빛에 일본인이 얼어붙는 장면이 있으나, 후기에는 그러한 장면이 거의 한결같이 이야기의 중심에 배치된다.

어째서 고바야시 마사루는 마지막 수년간 조선인의 섬뜩함이나 으스스함, 그리고 그 앞에 노출된 일본인의 공포심이나 반감을 집요하게 써냈던 것일까. 일본인과 조선인이 다시 만날 것을 꿈꾸었으면서, 어째서 일본인에게 친숙함이 끓어오를 듯한 조선인 상을 일부러 그리려고 하지 않았을까. 어째서 「어느 조선인 이야기」의 김이나, 「은어」의 이 씨와 같은 긍정적인 인물은 완전히 모습을 지워버렸을까. 어째서 일본인과 조선인이 눈물 속에서 화해와 우정의 포옹을 나누는 아름다운 정경은 거들떠보지도 않았던 것일까….

또 모리사키 가즈에는 전후 일본에서 일찍이 식민지체험을 언어로 표현하기 시작한 때를 이렇게 회상하였다. "내가 글을 쓰기 시작한 것은 쇼와 30년대에 들어서지만, 원체험인 조선(예전 식민지 조선)에, 직접 접촉한 것은 30대 중반이 지나서였다. 그리고 그것은 원체험 그 자체를 건드리기보다도, 필터를 씌운 사진처럼, 패전을 계기로 내 마음이 되돌아본 식민지 조선이었다."*

이렇게 모리사키는 식민지 조선을 회고하는 자신의 시선이 불가역적인 전후의 색안경으로부터 자유롭지 않다는 것을 자각하고 있었다. 식민지의 기억은 종종 미화되고, 왜소화되고, 혹은 극단화되어 정형화된다. 모리사키 뿐만 아니라 이전 제국의 아이들은 제각기의 패전체험과 전후의 각 체험을 일종의 '필터'로 삼아 자신의 식민지 기억을 재구성하고, 전후의 현실에 활용하려고 했다.

애초에 어떤 기억도 시간의 퇴적에 의한 변질을 모면하지 못한다. 역사와 마찬가지로 모든 기억은 의도적이던 아니던 간에 대폭 편집된 기억이다. 전쟁이나 학살, 강제이주와 같은 충격적인 사건을 겪은 후에는 더욱이. 게다가 일본의 전후와 점령군에 의한 강제적인 국가개혁이 불러온 사회구조의 격변은 그 속에서 살아가는 각자에게 개개인의 기억을 뒤흔드는 격진이 되었을 것이다.

또 '필터'가 항상 무의식적이고, 자연발생적이지만은 않다. 소설 창작에 있어서의 고바야시 마사루의 식민지 회상 방식이 의지

* 　모리사키 가즈에 『경주는 어머니가 부르는 소리』(洋泉社, 2006) 240쪽

적인 것이 아니었더라면 그는 행복한 소년기의 기억도 많이 썼을 것이다. 그러나 만년의 그는 결코 그렇게 하지 않았다. 충분히 있을 수 있었던 「은어」의 길과 결별한 셈인데, 이 선택에는 아마 여러 가지 갈등이 있었으리라 생각된다.

조선의 '어머니 オモニ'나 '언니 ォェヤ'에게 길러져 그녀들을 그리워한 모리사키도, 식민지의 기억을 말하는 어려움에 줄곧 괴로워했다. 인간은 어린 시절을 이야기하지 않고서는 자기 자신을 완전히 이야기할 수 없을 것이다. 모리사키에게 있어 조선인 유모는 자기 인생의 시작을 말하는 데 결코 빼놓을 수 없는 소중한 존재였다. "그러고 보니 언젠가 재일조선인과 이야기했을 때, 무심코 눈물이 흘러 모욕을 당한 적이 있다. '그렇게 인정에 호소할 단순한 차원의 문제가 아닙니다'라는 말을 들었다. 정말로 조선인 앞에서 눈물 같은 것은 보이지 말아야 한다. 나는 조선에 대해서 사실을 (내 신체의 일부가 된 것을) 표현할 자유가 없다. 나는 그것을 억지로 참아왔다. 억누름으로써 더욱더 언니 ォェヤ를 억눌러 참고 있다…."*

식민지의 기억을 억누르는 감각은 히노 게이조 日野啓三의 자전 소설 속에서도 보인다. "그것은 전부 끝난 일이다, 없어졌다, 지나간 것이다, 이제 원래대로 절대 돌아갈 수 없다…라고 소리내 말하고 그 기억 하나하나를 작은 새의 목을 졸라 죽이는 듯한 심정으로 마음 속에서 죽인다."**

---

*   모리사키 가즈에 『고향환상』 전게서, 204-205쪽

**   히노 게이조 『태풍의 눈동자』(講談社文芸文庫, 2009) 164쪽

1. 조선인의 '변신이야기'

식민지의 기억을 어떻게 표현할 것인가는 전적으로 작가들의 개성과 의지, 그리고 전략에 달려있고 그 방식은 다양하다. 예를 들면 고토 메이세이는 식민지의 기억을 고바야시 마사루나 모리사키 가즈에와는 또 다른 형태의 문학작품으로 만들어냈다. '인양자 문학'을 재검토하는 것의 중요성을 제기한 박유하에 의하면 고토는 "달콤한 기억과 표현을 극히 억제한 고바야시 마사루와 달리, 반복해서 여러 기억을 되돌아보고 남겼으며 '말하기'의 가능성과 권리를 주장했다." 고토의 포스트콜로니얼 문학은 고바야시 마사루와는 크게 다른 길을 보여주지만, "그것은 제국·식민지의 기억을 봉인하고 망각하려고 하는 일본과 조선의 '정주자'의 억압에 대항하는 것이기도 했다."*

고토 메이세이의 식민지소설에는 당시 소년이었던 자신이 간파하고 느꼈던 것을 최대한 그대로의 모습으로 정성껏 재현하고자 하는 의지 아래, 특유의 경미한 요설체로 식민지 조선에서의 일상생활을 이야기하는 것이 특징이다. 한편 고바야시 마사루는 자신의 책임에 있어서, 기억을 '말하는 것의 가능성과 권리'를 원리주의적으로 포기하는 길을 택했다. 이에, 왜 그가 그 길을 선택했고 그 선택에는 어떤 의미가 있었는가 분명히 밝히고자 한다.

---

* 박유하 「방치된 식민지·제국 후 체험」 이요타니 도시오 외 편 『「귀향」의 이야기/'이동'의 이야기』(平凡社, 2014) 90쪽

결과적으로 약 20년이라는 기간의 고바야시 마사루의 작가 활
동 전체를 둘러보면 풍작의 시기는 두 번 있었다. 한 번은 1950년
대 후반으로, 실질적인 데뷔기에 해당한다. 이 시기의 주요 성과
는 소설집『포드·1927년』과 장편소설『단층지대』로 결실을 맺었
다. 이것들을 보고도 알 수 있듯이 이미 이 시기 고바야시 마사루
의 문제의식의 중심에는 조선이 있었다. 그러나 그것뿐만은 아니
며 육군사관학교나 일본공산당에서의 활동을 다룬 것도 많고, 중
국이나 태평양을 무대로 한 전쟁문학도 있다. 이에 비해 또 한 번
의 충실기는 투병 생활에서 복귀한 1967년 이후의 수년간이다.
이 시기의 성과는 2권의 소설집『쪽발이 チョッパリ』와『조선·메이
지 52년 朝鮮·明治五十二年』으로 정리되었다. 제목이 나타내듯이 두
소설집의 주제는 모두 조선이며, 만년 그의 테마는 조선으로 수렴
되었다.

이 제2의 충실기에 고바야시 마사루는 일본의 전후 문학사에
기록될 만한 소설을 몇 편이나 탄생시켰지만, 실생활의 면에서는
파탄의 늪에 빠져있었다. 신체적인 고통뿐 아니라 경제적인 빈궁
이나 사상상·문학상의 막다른 길들도 분명 영향을 주었다고 생각
되는데, 음울한 조선에의 생각이나 일본에의 불만을 날것 그대로
토해내면서 부딪치듯 하는 거친 문체가 도처에서 보이게 된다. 이
소가이 지로에 의하면 후기작품군에서는, 전기에 몇몇 남아있었
던 서정성이나 목가성이 철저히 깎여나가서 "(일본과 조선의) 관계에
대한 응시가 극도로 심각해져서, 자기척결은 살을 에는 듯한 자태

1. 조선인의 '변신이야기'

로 바뀌었다."*

　그러한 격렬함 때문인지 세부묘사나 구성의 면에서 균형을 잃고 감정이 넘쳐흐르며, 적어도 기교적이라고 할 수는 없는 작품도 있다. 그러나 이 제2의 충실기에 고바야시 마사루 문학의 독자성이 확립된 것은 틀림없다. 그가 전후문학의 시대가 양산한 온갖 작가의 껍질을 깨부수고, 식민지 제국 일본의 역사가 낳은 가장 큰 난제로서 조선 문제와 가장 과감하게 분투한 일본인 문학자의 필두라고 불러야 할 존재로 진정한 의미에서 변모를 이루어낸 것은 이 시기였다.

　그런데 1968년 발표된 어느 단문 속에서 고바야시 마사루는 유소년기의 작은 추억을 더듬었는데 뜻밖에도 그것이 그의 후기 문학의 요점을 꿰뚫는 에피소드라 생각되어 소개해 두고자 한다. 아마 가족끼리 조선에서 나가노현 후지미에 있는 본가에 귀성했을 때의 일이라고 생각되는데, 어린 고바야시 마사루는 증조모가 드문드문 들려주는 옛날이야기를 즐겨 들었다고 한다. 그렇게 "자기 남편인 인간을 연모하면서도 아름다운 여자에서 암컷 여우로 돌아가 슬픔에 빠져 쉴새없이 달려 산으로 돌아가는 여우 이야기"와 같은 '변신이야기'가 그의 문학적 감성에 첫 숨을 불어넣었다고 한다.

---

*　이소가이 지로 「조사(照射)하는 자, 당하는 자—고바야시 마사루의 후기 작품」 『계간삼천리』 30호(三千里社, 1982) 173쪽

극단적으로 말하면 나는, 내가 쓰려고 하는 이 세상의 대상은 어떤 작고 시시한 것이라도, 모든 변신이야기의 엄연한 주인공이라고 생각하고 있다. 이것이 내가 문장을 쓰는 방식의 토대에 있다. 조금 딱딱하게 말하자면 나는 A는 절대불변인 A가 아니라 동시에 B이며, A란 사실 A 그자체를 성립시키고 있는 각 요소의 기껏해야 하나의 관계에 지나지 않는다고 생각한다. 나에게 있어 문장을 쓴다는 것은, 즉 A는 A이며 동시에 돌연 변형·변모하여 B로 되는 모습을 끄집어내는 것이 된다.*

이 에세이에서 조선이 언급되어있지는 않지만, 고바야시 마사루의 문학에 있어 돌연 변형·변모하는 다른 모습을 나타내는 '변신이야기'의 주인공은 조선인 외에는 달리 없다. 전기의 단계에서 변신이야기는 어디까지나 조선인을 그리는 다양한 방법론 중 하나였으며 그밖에도 여러 방식으로 조선인상의 조형이 시도되었다. 「어느 조선인 이야기」의 김이나, 「은어」의 농부 이 씨는 변신이야기의 계보로 이어지는 인물은 아니지만, 실제로 고바야시 마사루는 그런 조선인상을 추구해 나갈 수도 있었을 것이다. 그러나 그는 그렇게 하지 않고, 그대로 변신이야기만으로 단일화하여 조선인을 조형해가게 된다. 조선인의 변신이야기를 쓰는 것에 정열을 쏟아 부었던 것이야말로 고바야시 마사루의 가장 큰 특징이며, 그밖에 그러한 명확한 개성을 가진 전후 일본인 문학자는 없다.

이에 관해서 가마타 사토시 鎌田慧 는 고바야시 마사루의 특이성

* 고바야시 마사루 「파장을 바꾸다」 『국어교육』 10권 2호(三省堂, 1968) 26쪽

1. 조선인의 '변신이야기'

에 대해 이렇게 지적한다. 전후 일본 문학사 가운데 고바야시 마사루를 정확하게 평가하는데 있어 상당히 중요하다. "전후문학은, 전쟁에 대해서는 나름대로의 풍부한 작품군을 가질 수 있었으나 고바야시 마사루처럼 피식민지 인민의 적의를 그리는 일은 없었다.", "전쟁에 대해 쓰인 작품은 결코 적지 않다. 전쟁으로 내몰린 병사나 공습과 소개疎開의 비참한 기록은 나름대로 있지만, 고바야시 마사루처럼 식민자가 피식민자의 눈을 의식한 작품은 그리 많지 않다."* - '피식민지 인민의 적의'와 정면으로 마주함으로써 그 마음에 다가가려고 한 것, 그리고 '피식민자의 눈'을 통해 식민자(일본인)의 모습을 다시 포착하려고 한 것, 이 점이 다른 전후작가들과 다른 존재로 만든 고바야시 마사루의 문학사적 특징이다.

　가마타의 이 부감俯瞰적인 지적에 입각할 때, 그렇다면 그것이 구체적으로 어떠한 것을 의미하는지 또 다른 선행연구를 실마리로 하여 이 윤곽을 그려내 보고자 한다. 만년의 고바야시 마사루는 「이름 없는 기수들」에도 있었듯이 일본인 앞에서 얌전했던 조선인이 어떤 순간에 돌변하여 일본인에게 반감이나 적의나 조소를 드러내는 장면을 그리는 것에 강한 집념을 가지고 임했다. 이것이 나타내는 의미에 대해서 이소가이 지로는 다음과 같이 분석한다. 이것은 고바야시 마사루의 후기 문학의 핵심을 꿰뚫는 지적이면서, 앞으로 본서의 서술은 이 지적을 항상 염두에 두고 읽어나가야 한다.

* 가네다 사토시 『상냥함의 공화국』(花伝社, 2006) 219, 222쪽

제4장　죽은 자들의 잔영

첫째는 식민지하에 있었고 민족을 빼앗겼던 조선인이 그것을 도로 되찾아 조선인으로 돌아가는 것이 일본인을 거부하는 것과 동시였으며, 같은 의미였다고 하는 것입니다. 두 번째는 조선인과 일본인 사이에 가로놓인 심연이 거부하기와 거부당하기라는 대극의 관계로 이루어질 수밖에 없었던 사실을 밝혀내고 있다는 것입니다. 그리고 세 번째로는 거부당함으로써 일본인의 모습이 조사 照射된다는 것이라고 생각합니다. … 고바야시 마사루의 문학이 조선체험과 계속해서 집요하게 얽힌 것은 조선인에 의해 거부되는 형태로 보여지는 존재로서의 일본인 – 그 일본인이란 어떤 것인가를 생각하는 것이었다고 생각합니다.*

고바야시 마사루가 응시한 것은 제국의 식민지 지배에 의해 식민자와 피식민자 사이에 생겨난 거대한 '심연'이었다. 어째서 조선인과 일본인 사이에는 '거부하기와 거부당하기라는 대극의 관계'가 여전히 가로놓여있는 것인가. '조선인에게 거부되는 형태로 비춰지는 일본인의 존재'란 무엇인가 – 조선인의 존재, 그리고 일본인을 향한 그 시선을 의식하는 사람 따위는 거의 없는 전후 일본사회에서, 고바야시 마사루는 진지하게 계속 그것을 생각했다.

다음으로 미리 앞지르는 형태가 되지만, 소설 「눈 없는 머리」 속에 조선인 '변신이야기'에 관한 상징적인 장면이 있어 그것을 소개해 두려고 한다. 고바야시 마사루의 분신인 주인공 사와키 스스

---

*   이소가이 지로 「조선체험의 빛과 그림자—고바야시 마사루 문학을 둘러싸고」 『신일본문학』 36권 10호(新日本文学会, 1981) 61쪽

1. 조선인의 '변신이야기'

무 沢木 畊 가 대구에서의 소년시절을 이렇게 회상하는 구절이 있다.

"사와키 스스무는 박헌영이 가혹한 일본 헌병과 일본 경찰의 추궁을 거들떠보지도 않고 제2차 세계대전이 끝날 때까지 오랫동안 대구에서 벽돌 공장을 운영하며 살고 있었다는 이야기를 전후가 되어서야 듣고 대단히 놀란 적이 있다. 보병 제 80연대의 소재지 대구에서, 사와키는 벽돌 공장의 옆길을 걸어 4년간 중학교에 다니고 있었던 것이다."(4:209)

박헌영은 조선의 독립운동사에서 거물 중 한 사람이다. 현재 한국에 있는 충청남도 예산에서 태어나 조선공산당의 지도부로서 무수한 고난을 만나면서도, 해방될 때까지 국내에서 끈질기게 독립운동을 관철했다. 해방 후에는 조선민주주의 인민공화국의 부수상 겸 외상을 지냈으나, 한국전쟁이 휴전된 후에 숙청되었다. 인용문의 '대구'는 고바야시 마사루의 사실오인으로, 박헌영이 잠복해 있던 곳은 전라남도의 광주였다. 벽돌공장을 경영하고 있었던 것은 아니며, 일개 노동자 행세를 했던 것이 실상이었던 듯하다.*
박헌영은 거기서 몰래 독립운동을 이어갔고 그대로 조선의 해방을 맞이했다. 전쟁 후에 이야기가 고바야시 마사루에게 잘못 전해졌는지, 여기서 문제로 삼고자 하는 것은 다음 문장이다.

---

* 고준석 『박헌영과 조선혁명』(社会評論社, 1991) 53-54쪽 참조.

제4장 죽은 자들의 잔영

사와키의 눈에 남아있는 높고 한가로운 굴뚝이, 그때 갑자기 섬뜩한 상像으로 바뀌었다. 사와키가 있었던 대구는 넓디넓은 도로와 군복으로 넘쳐흘렀던 번화한 마을이었지만, 그 속에 또 하나의 대구가 눈을 빛내며 숨 죽이고 숨어있었다는 실감이 두려운 확신으로 사와키를 감쌌다.

(4:209)

실제로 박헌영은 대구에 없었지만 언뜻 보기에 평온한 통학로의 풍경 속에 독립운동가가 숨어있었다는 것을 전쟁 후에야 듣고, 사와키는 소름이 끼친다. 식민지에서 자신의 생활공간에 녹아들어있었던 '한가로운 굴뚝'이 돌연 '섬뜩한 상'으로 바뀌고, 아무것도 모른 채 그 앞을 한가롭게 걷고 있었던 그때까지의 자신의 위태로운 순진함에 얼어붙는다 - 고바야시 마사루가 끄집어내려고 했던 것은 식민자, 그리고 전후 일본인의 일상 속에 '눈을 빛내며 숨 죽이고' 있는 또 다른 조선이었다.

2. 혁명의 청춘의 종말 -「눈 없는 머리 目なし頭」

이경인의 분사 憤死

소설 「눈 없는 머리」(1967)는, 전후 일본에 인양되어온 식민자 2세가 떠안은 트라우마적인 식민지 기억의 회상을 테마로 한 작품이다. 주인공은 폐절제 수술 후 좋지 않은 몸과 투약의 부작용으로 우울증에 빠져 들어가는 사와키 스스무라는 중년 남성인데, 후기 작품군에 등장하는 일본인 가운데에서도 작자 자신에 가장 가까운 인물이었다고 생각된다.

사와키는 폐결핵에 걸려 오랜 요양소 생활 끝에 겨우 퇴소하지만, 항결핵제를 계속 섭취한 탓인지 느닷없이 덮쳐오는 정체 모를 불안감이나 사고의 혼란에 시달리고 있었다. 육체적으로도 폐의 절반 가까이를 절제한 탓에, 뛰기는커녕 계단을 오르는 것만으로도 큰 부담이 된다. 대학시절의 레드 퍼지 반대운동, 한국전쟁 때의 화염병 투쟁, 그리고 감옥에서의 추위와의 싸움 - 긴 투쟁의 나날은 끝나고, 피폐해지고 쇠약해진 두뇌와 육체만이 남겨진 것을 사와키는 초연하게 실감한다.

의사로부터 더 이상 달리지 못한다는 선고를 받고 충격을 받은 사와키는 요양소의 부지 내에 있는 어느 숲속으로 정처없이 헤쳐 들어가서 조용히 늘어선 목조 건물을 우연히 발견한다. 그것은 결핵환자의 장기 표본을 놔둔 무인 보관동이었다. 어쩐지 흥미에 이끌려 사와키는 한 건물에 발을 들인다. 우연히 들어간 방의 진열장에는 '쇼와 13년'이라는 라벨이 붙은 병이 쭉 늘어서 있었다. 쇼와 42년을 살아가는 사와키는 쇼와 13년에서 시간이 멈춘 채로 있는 대량의 장기를 보고 끌려 들어가듯 당시의 기억에 빠진다.

사와키는 식민지 조선의 시골 마을에 사는 농림학교 교사의 아들이었다. 쇼와 13년 겨울, 아이들에게도 전쟁의 기색이 느껴졌을 무렵, 소학생이었던 그로서는 이해하기 어려운 사건이 일어난다. 독립운동에 가담했다는 혐의로 농림학교의 심부름꾼 이경인 李景仁을 시작으로 몇 명의 학생들과 군청에 근무하는 졸업생이 줄줄이 체포되었던 것이다.

제4장 죽은 자들의 잔영

이경인은 사와키의 동급생인 두식의 형이었다. 일본인을 보면
고등학생에게도 맞설 정도로 지기 싫어하는 성향이 강한 두식에게 사와키도 몇 번이나 물건을 빼앗기거나 맞곤 했다.

그런 두식을 싫어하는 사와키였으나 놀이상대가 되어주는 이경인은 흠모하고 있었다. "매미를 잡아 주었다. 장수잠자리를 잡아 주었다. 썰매를 만들어주었다. 부엉이의 큰 둥지를 짚으로 엮어주었다. 포플러나무 피리를 만들어주었다. 찐빵을 시장에서 몰래 사주었다. 올무로 종다리를 잡아 주었다. 물고기 낚는 방법을 알려주었다. 시장에서 건포도가 들어간 조선 떡을 먹게 해주었다. 아버지 어머니도 알려주지 않았던 것, 모르는 것, 금지한 것 그것을 가르쳐준 것은 심부름꾼 이경인이다."(4:167 - 168)

이처럼 소년 사와키와 놀아주는 이경인은 「은어」에서 시로가 잘 따랐던 농부 이 씨는, 「이름 없는 기수들」에서 혼도 미치오의 아들들을 귀여워 해 주던 최의 이미지를 이어받고 있다. 「은어」의 이 씨는 시로에게 포플러나무 가지로 피리를 만들어 주거나 보리밭에서 종다리 둥지를 찾아주곤 했다. 「이름 없는 기수들」의 최는 이경인과 같은 농림학교의 심부름꾼이었으나, 혼도의 아들들에게 찐빵을 먹여주었다.

체포된 이경인은 고문을 받고 석방되기는 했으나, 자리보전하는 상태가 된다. 그 해 한여름, 소년 사와키는 어머니에게 계란을 전해주라는 심부름을 받고 이상한 냄새가 자욱한 기분 나쁜 조선 가옥의 안쪽에 앓아 누운 이경인의 병문안을 간다. 겁내는 소년의 앞에 여위어 홀쭉하고 처참한 몰골이 된 이경인이 거의 기듯이 해

서 모습을 드러낸다. 겉모습이 무섭게 변해버린 이경인은 내면까지 딴사람이 된 것처럼 적의를 드러내어 소년을 차갑게 거부하는 것이었다. 이렇게 일본인 소년의 일상적인 생활공간과 그를 둘러싼 정치적·역사적 세계와의 사이에 깊이 뻗어가는 식민지의 균열이 이경인의 변모를 통해 소년 앞에 노출된다.

이경인은 계란을 두고 서둘러 떠나가려고 하는 소년을 불러세워 "더 이상 받아먹을 생각은 없어"라고 그것을 거절한다. 모친의 염려를 아는 소년과의 입씨름 끝에 그는 일본인이라고는 해도 어린 아이인 사와키에 대해서, 어떤 선을 넘는다.

"엄마가 걱정하고 있어."

그러자 그 남자는 눈의 흰자위를 드러내며, 사와키를 노려보고 냉소를 띄웠다.

"니들이 무슨 소리야."

이 때, 사와키의 작은 가슴에 불현듯 증오가 끓어올랐다. 이두식이, 그리고 이 남자가, 참을 수 없을 정도로 밉다. 그가, 어린 그가, 무얼 했던가.

(4:171)

'어린 그가, 무얼 했던가' - 이것은 전후 일본에 사는 고바야시 마사루가, 자신에게 차가운 시선을 향하는 재일조선인 앞에서 목을 뚫고 나오려고 할 때마다 꾹 참아온 말이기도 했음에 틀림없다. 이경인이 던져오는 '니들(너희들)'이라는 말의 의미가, 소년에게는 이해가 되지 않는다. 개인의 차원에서, 소년은 이경인을 잘 따랐었고, 모친은 선의에서 계란을 주려고 했다. 일본인이라거나, 조선인

제4장 죽은 자들의 잔영

이라거나 하기 이전에 책망받아야 할 것은 오히려 일본인이라는
사실만으로 사와키에게 행패를 부리는 두식일 터였고, 자신이나
어머니가 그 형 이경인에게 모욕당할 이유는 없다 - 그것이 소년
의 솔직한 느낌이었다.

"가지고 갈 수 없어"라고 소년이 고집을 부리자, 이경인이 막대
기처럼 되어 버린 손으로 신문지를 펼쳐 계란을 한여름 햇볕에 쬐
었다. 이것을 보고 어머니의 친절함을 우롱당한 듯 느낀 소년의 반
감이 임계점에 달한다.

> 부모님으로부터 조선인을 향해 결코 말해서는 안 된다고 배운 금기를 깬다.
> 가슴 속에서 그는 힘껏 소리친다, '조선인! 조선! 빌어먹을 놈들! 폐병쟁이! 공
> 산주의! 독립운동! 독립운동의 배신자! 은혜도 모르는놈! 죽어버려, 조선인!'
> 사와키의 가슴 속에서 그 말은 내뱉어졌다. 그러나 그 목소리를, 그 말을, 그
> 남자는 똑똑히 들었음에 틀림없었다.
> 그 남자는 이를 드러냈다. "돌아가!" 라고 있는힘을 다해 소리쳤다. 겨우 말하
> 면서 가느다란 손을 뻗었다. 계란을 하나 쥐었다. 그 손을 천천히 위로 쳐든
> 다. 그가 본 것은 거기까지다.
> (4:172)

소년은 분노와 공포에 차서 그 자리를 박차고 나갔다. 우연히 맞
닥뜨린 두식을 정신없이 들이받고, 등 뒤에서 그 욕하는 소리를 들
으면서 조선인 마을을 달린다. 울면서 큰길로 나가는 데에서 그 기
억은 끊기고, 장기가 든 병에 둘러싸인 사와키는 정신을 차린다.

쇼와 42년의 일본에 사는 그에게, "아무리 인간들이 제멋대로

2. 혁명의 청춘의 종말－「눈 없는 머리 目なし頭」

망각하고 제맘대로 부정하고 무시하더라도 '과거'는 묵묵히 자신을 유지하고 있다는 점, 하나의 '과거'는 반드시 하나의 '현재'의 형태를 가지며 아직 형태가 없는 '미래'까지도 확실히 가지고 있다"라는 실감이 무겁게 다가온다.(4:173)

그렇게 '쇼와 13년'이라는 라벨이 붙은 병을 차례로 둘러보고 있었을 때, 문득 사와키의 뇌리에 거기에 있을 리가 없는 문자가 번뜩인다.

'쇼와 13년 이경인 18세' - 그 해 가을, 이경인은 쇠약사로 쓸쓸히 묻혔다. 그러나 그 망령은 쇼와 42년이 되어서도 사와키에게서 멀어지지 않았던 것이다. "이경인의 죽음, 그것은 이미 사람들에 의해 잊혀졌다고 하더라도, 그의 죽음에서 앞으로 영원토록 쇼와 13년의 일본을 떼어낼 수 없다. 이경인은 그러한 죽은 자이다. 이경인의 죽음에서 떼어낼 수 없는 일본이란, 단순히 식민지 법제상의 문제가 아니다. 이경인의 쇼와 13년의 일본이란 그의 짧은 생명이 살아있던 그 마을이며, 마을의 경찰이며, 마을의 재판소이며, 식산殖産은행이며, 형무소이며, 일본인 상점이며, 공장이며, 그리고 군청이며 농림학교이며, 사와키의 아버지이며, 사와키의 어머니이며 사와키 스스무인 것이다."(4:175)

사와키의 기억 속에 있는 조선은 포플러나무 피리를 불며 놀고 찐빵을 잔뜩 베어 문 그리운 고향임과 동시에 자신들을 저주하고 죽은 피식민자들의 원령이 배회하는 금단의 땅이기도 했다. 사이좋게 놀아주었던 이경인에 대한 사모의 정, 그런 그의 인생을 짓밟은 '쇼와 13년 일본'의 일부를 구성하는 사람으로서의 가책, 그리고 소년이나 모친의 소박한 선의를 거부하는 그에 대한 불신감 …
고바야시 마사루의 식민지 조선에 대한 복잡한 감정이 이경인이
라는 인물에 결정화되어 있는 듯하다. 마음 따뜻한 「은어」의 이 씨
에게 겹겹이 굴절된 내면을 가진 것으로 나오는 「이름 없는 기수
들」의 기시다 시즈오가 된 최로, 그리고 식민지주의 폭력에 부서
져 원망과 한탄 속에서 분사 憤死하는 「눈 없는 머리」의 이경인으
로 - 함께 놀아준 조선인 연장자 이미지의 변천은, 피식민자에게
있어 식민지란 무엇이었는가 하는 질문을 계속 던졌던 고바야시
마사루의 사고와 사상의 궤적을 나타내고 있다.

사이가 좋다고 믿었던 조선인 청년의, 이해할 수 없을 만큼 갑
자기 싹 바뀐 태도에 의해 한 사람의 마음에 트라우마가 새겨졌다.
그것은 태어나고 자란 땅과 거기에서 살아가는 사람들에게서 거
부됨으로써 소년이 떠안아야만 했던, 세계와 인간에 대한 깊은 불
신과 공포의 감정이었다.

"이경인은 그 죽음 전에, 어린 아이인 사와키의 마음 속 알을 깨
부순 것이었다. 인간에 대해서 아이가 품고 있었던 신뢰와 동경,
그것은 이경인이 사와키의 마음 속에 만들어낸 소박하고 아름다
운 인간 신뢰의 알이었다. 그것을 산산조각으로 부수었고, 어린 아
이인 사와키에게 있어 다 같은 어른은 존재하지 않는다는 것, 일본
인 아이인 그에게는 일본인 어른이 있고 조선인 어른이 있다는 것,
설령 아무리 친절하고 상냥하고 언제나 언제까지나 그러할 것처
럼 보이더라도 결코 마음을 허락해서는 안 된다는 것, 언제 어디서
그 상냥한 어른이 갑자기 조선인이 될지 모를 일이라는 것, 이처럼

2. 혁명의 청춘의 종말―「눈 없는 머리 目なし頭」

아이에게는 너무나 강렬하고 잔혹한 생각을 분명히 보여준 것이 이경인이었던 것이다."(4:178) - '소박하고 아름다운 인간 신뢰의 알'을 일본인 소년의 마음속에 만들어냈으면서 그것을 가루로 깨부순 이경인은 소년에게 있어 식민지 체험의 모순의 상징이었다.*

전후 일본에 잠재하는 식민지

식민지에서 심어지게 된, 인간에 대한 신뢰와 불신의 격한 갈등의 기억은 전후 일본에서의 생활에도 어두운 그림자를 드리웠다. 사와키의 집 근처에, 전후 사할린에서 일본으로 이주해 온 하차효(荷次孝 - 성의 한자가 다르지만 「이름 없는 기수들」의 하차효 何次孝와 같은 이름이다. 다만 조선에는 何씨는 있으나 荷라는 성은 존재하지 않는다)라는 노동자가 살고 있었다. 사와키는 하차효가 조선의 진주(晋州 - 고바야시 마사루의 출생지) 부근의 농촌 출신이라는 것을 알고 '그리움으로 가득 차' 친교를 맺으려고 그를 방문한 적이 있었다. 그런데 예상외로 하차효는 사와키를 집안에 들여보내려고도 하지 않고 무슨 용건인가 하는 투의 차가운 얼굴로 현관에 멀뚱히 서 있기만 해서 사와키는 맥없이 되돌아가는 처지가 되었다.

그런 하차효의 아들 스미오住男는 학령기에 이르렀음에도 아버지의 방침에 따라 소학교에 다니지 않았고 시간이 남아돌아 못된 장난을 계속 반복하는 탓에 근처 어른들을 곤혹스럽게 하고 있었

---

*   박유하 「고바야시 마사루와 조선—「교통」의 가능성에 대해서」『일본문학』57권 11호(日本文学協会, 2008) 52-53쪽 참조.

다. 사와키는 마음이 걸리면서도 소년기에 품고 있었던 이경인의
동생 두식에 대한 미움을 거의 무의식적으로 스미오에게 향하고
만다. 어느 날, 스미오의 도를 넘은 장난에 피해를 입은 사와키는
하차효의 집에 쳐들어가 그 아비에게 항의한다. 그러나 하차효는
제대로 상대하지 않고, 거꾸로 적의를 드러내며 사와키를 내쫓으
려고 한다.

> "일본인 학교에는 절대로 보내지 않아. 참견하지 마!"
>
> 그렇게 말한 하차효는 사와키를 노려보고 입을 다문 채 이제 돌아가라는 식
> 이었다. 하차효의 모습이 부풀어 올라서 사와키를 짓누르는 것처럼 느낀다.
> 그때 사와키는 문득 30년 전 옛날에 이경인이 사와키를 향해 던졌던 말과 목
> 소리를, 소름 돋을 정도로 생생하게 떠올렸다.
>
> "니들이 무슨 소리야!" 그러자 그 쉰 목소리에 하차효의 목소리가 겹쳤다.
>
> "참견하지 마!"   (4:200 - 201)

이렇게 해서 문득 이경인의 기억이 '소름 돋을 정도로 생생하
게' 되살아났고, 그 이미지가 눈앞의 하차효와 겹쳐버린다. 그 후
또 스미오를 둘러싸고 그 부자와 문제를 일으킨 사와키는 짜증스
러움이 가시지 않아 집으로 돌아가서 아내에게 그들을 욕한다. 한
국전쟁 반대나 조선과 일본의 연대를 외쳐 형무소까지 들어갔으
면서도 집 근처 조선인과 사이좋게 지내지 못하는 것은 모순이다,
라고 어이없어 하는 아내에게 사와키는 속내를 토로한다. "그래,
모순이야. 그런것 쯤 알고있어. 나는 못해먹겠어. 그렇지만 일본과

한국의 관계라는 것은 한 껍질만 벗기면 이런 관계가 아닐까? 아름다운 말로 꾸며놔도 한 꺼풀 벗겨낸 밑에 개인은 어쩔 수 없는 것이 있고, 그걸로 고민하고 있는 내가 그걸 보고도 못 본 척 하는 사람보다 솔직한 것 아닐까?"(4:207)

그 후 사와키는 묘한 인연으로 남현남 南玄男 이라는 미스터리한 조선인과 만난다. 남자는 한국전쟁 때 남한에서 빨치산으로 미군과 싸웠다고 사와키에게 신상을 밝힌다. 그가 자주 가는 조선요리집에 같이 가자는 말을 들었을 때, 사와키는 아무렇지 않게 조선에서의 추억을 말하려다가 당황해서 그만두었다. 그가 말하려다가 그만둔 것은, 어렸을 때 시장에서 자주 보았던 이런 일상풍경 이야기였다.

"큰 솥에 통째로 한 마리를 부글부글 끓여서 된장과 고춧가루, 마늘과 파를 들이붓고 마지막에 개 뼈는 작게 썰어내고, 고기는 상어 지느러미 스프같이 실처럼 돼서 김이 자욱이 끼고. 그리고 뭐라 설명할 수 없는 좋은 냄새가 그 작은 가게 안에 가득 차오르죠. 그러면 멀리 마을에서 야채나 대추, 민물고기를 시장으로 날라온 건장한 남자들이 큰 놋쇠 사발에 한가득 담은 탕을 받아 땀을 흘리면서 실컷 먹는거예요. 그걸 저는 서서 보고 있었는데, 그 남자들이 부러워서 견딜 수 없었죠"(4:210) … 그러나, 사와키에게 이러한 식민지의 기억은 결코 조선인과 공유할 수 있는 것이 아니었다. 그는, 전에 자신이 조선에 살았었다는 것을 안 재일조선인이 사상이나 입장의 여부를 떠나 비슷한 반응을 나타낸다는 것을 깨달았다.

식민지 시대 조선에 살았던 경험이 조금이라도 있는 조선인이라면, 관심이 없는가 하는 생각이 들 정도로 애매한 표정이 되어 기쁨이나 그리움이나 분노 같은 표정을 결코 드러내지 않는다. 표면적으로는 일본인의 말에 맞장구를 치는 일까지 있다. 그리고 그 무표정이야말로 사실 가장 두려워해야 할 표정인 것이다. 그 속에는 이야기에 따라 떠오른 식민지 조선에서 살았던 자신의 고통과, 고통의 원인이었던 한 일본인을 눈앞에 두고 도무지 어찌할 수 없는 증오가 부글부글 끓어오르는 것이다. 이야기를 듣는 조선인의 사상이 진보적인가 아닌가 전에, 피의 용솟음이다. 어찌할 수 없는 고통과 증오의 비등沸騰인 것이다.

(4:210 - 211)

사와키는 남현남의 정체를 의심하여 이런저런 망상을 부풀리면서 이렇게 자문한다. "너는 조선에서 태어나, 거기서 자랐기 때문에 조선인을 잘 알고 있다고 조금 과신하고 있지는 않은가. 그들은 우리가 아니다. 그들은 외국인인 것이다. 그리고 외국인 중에서도 가장 그 정체가 보이지 않는 외국인인 것이다."(4:226)

남현남과의 만남은 사와키에게 한국전쟁 반대 운동으로 연이 있었던 어느 조선인을 떠올리게 했다. 그 김金이라는 남자는 사와키와 같은 날에 체포되어 옥사와 법정에서도 함께 지낸 '동지'였다. 몇 년 후 길거리에서 우연히 재회했을 때 김은 사와키에게 한 가지 사실을 고백한다. 그것은 그의 가슴 속에서 남몰래 끓어올랐던 사와키에 대한 미움에 대한 것이었다. 김은 사와키에게 이렇게 고백한다.

"특히 그 일본인은 아직 어린아이였지 않았는가, 그 남자가 나의 조국에서 태어나 거기서 자랐다고 해도 그것은 그 남자가 스스로 선택한 것은 아니지 않은가, 그 남자를 미워하다니, 자신의 사상, 전 세계의 공산주의자 연대정신에 비추어 부끄럽지 않은가 하고 나는 스스로를 설득하려고 했지만 공판에서 너의 얼굴을 보자 이젠 안 되겠다고, 너의 안에 너의 조선이 있고 네가 먹고 자란 쌀과 야채와 된장과 생선과 고기가 조국의 동포가 진땀을 흘려서 만들어낸 것이라면 너의 생명은 우리 조선에서 먹고 만들어진 것이라고 느껴져서 마음 깊은 곳이 떨렸다."(4:227) 동지라고 생각했던 조선인의 입에서 흘러나온 고백에 사와키는 충격을 받았다. 그것은 조선에 대한 부채를 갚고 싶다는 생각에 동기부여 되었던 그의 전후의 발자취를 뿌리째 뒤흔드는 것이었다.

　사와키에게 가장 중요했던 것은 사실, 그 자신 속에서도 어렸을 때 품었던 조선인에 대한 어찌할 수 없는 두려움과 미움의 감정이 아직도 마음속에서 피어오르고 있다는 것이었다. 전후 식민지 문제에 대해 배우고, 조선에 대해 부담을 갖게 되었지만 사와키의 마음속에서부터 이경인이나 두식을 원망하는 마음은 사라지지 않았다. 이 갈등 끝에 그는 '화염병 투쟁'이라는 반 자학적이라고도 할 수 있는 행동으로 내몰려 간 것이다. 그에게 있어 그것은 속죄행위임과 동시에 스스로의 안에 깃든 조선인에의 증오를 싹 지워내려는 양심의 몸부림이기도 했다. 그러나 김의 고백은 국제연대를 표방하는 혁명을 믿고, 청춘들을 모아 함께 싸운 자신들조차도 서로의 가슴속에 불타는 민족적인 '피끓음'을 끝내 극복할 수는 없었다는 현실을 사와키에게 들이밀었다.

제4장　죽은 자들의 잔영

부드러운 눈 속에 돌연 소름이 돋을 것 같은 얼음이 나타나거나, 증오의 빛이 반짝이거나 해서 그 용모까지 전부 바꾸어버리는 외국인들, 많은 이경인이 나 피고 동지 김 같은 이들을 사와키는 보아왔다. (4:227)

이 소설은 사와키가 요양소의 구석에 있는 장기 보관동 안에 우두커니 서 있는 장면에서 막을 내린다. 죽어서 멸망한 것이 아니라 자기 안에 지금도 여전히 침잠하여 살아남기를 바라고 있는 이경인들을 위하여, 그리고 그의 망령에 내몰린 끝에 아무리 절망하더라도 사와키는 같은 길을 걸어야만 한다.

"식민지, 식민지 조선, 조선, 한국전쟁, 아, 한국전쟁, 나의 화염병. 500cc의 일본약국의 병. 잡는 나의 손. 경관의 파란 철모. 곤봉. 내리쳐진다. 머리가 소리를 낸다. 메마른 소리. 꽝, 꽝, 또 곤봉. 내리쳐진다. 꽝, 꽝. 조선인 중학생. 조선인 여자 중학생. 내리쳐진다. 어깨가 소리를 낸다. 둔탁한 소리. 비명. 나의 화염병. 날아라, 나의 화염병. 권총조차 당해내지 못할 화염병. 그러나 그래도 날아라 나의 병"(4:212 - 213) - 소설 「눈 없는 머리」는 많은 희생을 치르면서 전후 혁명과 조선과 일본의 연대를 믿고 달렸던 스스로의 청춘에 대한 고바야시 마사루의 통한의 결산서와도 같다.

3. 수치를 갖고 돌아오다 - 「쪽발이 蹄の割れたもの 」

「쪽발이」의 저주

소설 「쪽발이」(1969)는 전후 일본을 살아가는 식민자 2세의 트라우마적인 식민지 기억이 테마라는 점에서 「눈 없는 머리」와 기본구조가 같다. 이 작품에서는 「눈 없는 머리」의 이경인이 소년인 사와키에게 던졌던 '니들'이라는 말이 '쪽발이'라는 모멸어로까지 발전되어 던져진다. 이 단어의 의미는 발굽이 두 쪽으로 갈라진 동물을 가리키는 말에서 파생되었다. 게타 下駄 나 다비 足袋 등, 발가락이 두 쪽으로 된 일본의 신발을 보고 이상하게 생각한 조선인들이 일본인을 놀리며 소나 돼지에 비유하게 된 것에서 생긴 말이라고 한다. 말하자면 '짐승'이나 '개새끼', '돼지새끼' 같은 뉘앙스를 띤 조선인이 일본인 총체를 비인간화해서 우롱하는 데 사용하는 말이다.

식민지 조선으로부터 인양되어 온 주인공 고노 河野 는 동경의 결핵 요양소에서 근무하는 의사이다. 그는 나시야마 梨山玉烈 라는 재일조선인 입원환자를 담당하고 있었다. 여성 환자의 성생활을 억측하여 음담을 하는가 하면, 갑자기 '소름이 끼칠 정도로 차가운 눈'이 되어 자신의 일본인 아내를 "쪽발이!"라고 욕하거나 때리는 이야기를 자랑이라도 하듯이 득의양양하게 이야기하는 일도 있는 나시야마는, 일본인 의료진들에게는 단순한 골칫거리에 지나지 않았다.(4:20 - 21) 한편, 식민지 조선의 어두운 기억을 계속 끌어온 고노에게 나시야마는 나시야마라는 개인이 아니라 '나시야마에 의해 대표되는 그들'이었으나, 그것은 예전에 자신이 식민지 조선에서 '고노라는 중학생에 의해 대표된 일본인이라는 존재에 지나지 않았다'는 자의식과 표리를 이루고 있었다.(4:17) 그 때문에 그는 의사에게 있어서는 안 될 일인 줄 알면서도 자신과 나시야마는 의사와 환자이기 이전에 일본인과 조선인이다, 라는 감각을 아무래도 떨쳐낼 수 없다.

고노는 조선인에 대한 자신의 감각이 주변 일본인들과는 근본적으로 다르다고 느끼고 있었다. 그는 조선인을 미워하는 일본인뿐만 아니라 구제대상으로서 그들을 동정하고, 차별문제에 관심이 있다고 순진하게 표명하는 일본인과도 감각을 공유할 수 없다. 고노에게는 곤란해하는 조선인이 있으니 돕고 싶다고 말하는 일본인 또한 그들에게 모멸 의식을 가진 일본인과 마찬가지로 역사적 존재인 자기를 조선으로부터 깨끗하게 떼어내 무독화된 전후 일본인이라는 가공의 자기 이미지 위에 안주하는 것처럼 밖에는 보이지 않았다.

고노의 기억은 나시야마를 둘러싼 갈등에서 촉발되어, 전후 일본에서도 자꾸만 끓어오르는 수치심의 원천이 된 식민지 조선에서의 일련의 사건으로 거슬러 올라간다. 1943년 중학교 4학년이었던 고노는 이사 간 집에서 에이코라는 일본 이름을 가진 조선인 하녀와 만난다. 조금 연상이었고, 이미 남편이 있는 에이코는 사춘기 소년의 눈에 때로는 고혹적으로 비치고 어떨 때는 추하게 비치기도 하는 어딘지 종잡을 수 없는 이상한 여자였다. 가면처럼 무표정한 듯한 얼굴을 한 그녀는 소년이 진짜 이름을 물어보아도 굳은

3. 수치를 갖고 돌아오다 ─「쪽발이 蹄の割れたもの」

얼굴로 '에이코야'라고만 대답할 뿐이었다.

"조선 옷을 입고 머리를 죄여 묶은 그녀에게 에이코라고 말할 때, 나는 실존하지 않는 인간을 향해 말을 걸고있는 것처럼 미덥지 못한 느낌이 들어 견딜 수 없었다."(4:34)

소년이 가족과 함께 방문한 새집에, 원래 일본인 집주인을 섬기고 있었던 하녀 에이코와 개 페치카가 남겨져 있었다. 개를 싫어하는 소년의 아버지에게 허락을 얻어 에이코는 페치카를 맡는다. 그런데 그녀는 소년이 이해하기 어려운 잔인함으로 페치카를 집요하게 괴롭히는 것이었다. 에이코가 잘 따르는 뜻을 표하여 드러누운 개의 배를 걷어차고 목줄을 잡아 해머던지기 요령으로 휘두르는 것을 보고 충격에 빠진 소년은 '너는 나쁜 놈이야, 정말 나쁜 놈이야, 너는 잔혹해, 조선인은 이놈이고 저놈이고 다 잔혹해…' 라고, 마음속에서 에이코를 욕한다. 도발적인 태도로 다가오는 에이코가 몸을 만지자 소년은 '조선인 여자 따위가 내몸에 손대지 마'라고 마음속으로 외친다. 그러나 동시에, 익숙하지 않은 그녀의 짙은 체취에 생리적인 혐오감을 가지면서도 매료되고 만다. 에이코는 소년의 나약함을 비웃으면서 그의 몸을 애무하는 것이었다.(4:39 - 41)

그 이후로 소년은 그때 실제로 어떤 일이 있었는지 제대로 기억하지 못하면서도, 다시 한번 그 쾌락을 맛보고 싶다는 욕망을 품게 된다. 그러던 어느 여름날, 소년이 집에 돌아오자 부모님이 안 계신 집 거실에서 보통 때는 조선옷을 입는 에이코가 팔다리를 드러낸 원피스 차림을 하고 무방비로 낮잠을 자고 있다. 소년은 유혹에 굴복해 무심코 그녀의 배에 손과 얼굴을 들이대고 만다. 그런데 바로 그때 집에 찾아온 일본인 급우가 그 현장을 목격한다. 급우가 달아나는 것을 본 소년은 정신을 차리고, 일본인으로 돌아가 맹렬한 수치심에 휩싸인다. 그렇게 해서 불결한 조선인 여자에게 손을 대고 말았다는 혐오감에서 욕실로 뛰쳐 들어가 비누로 몸을 필사적으로 씻는다.

공부방에 들어간 소년에게, 에이코가 아무렇지도 않은 얼굴로 다가온다. 자신은 잠들어있었다는 에이코였지만, '나가'라고 소리지르는 소년을 보고 갑자기 사람이 바뀐 듯 냉혹한 웃음을 띤다.

에이코는 지금까지와는 뭔가가 전혀 달라진 듯이 보였다. 나가기는커녕 그녀는 '큭 큭 큭'하고 입을 다문 채 웃으면서 치켜올라간 가느다란 눈으로 가만히 나를 바라본 채 움직이려고도 하지 않는 것이었다. 내 마음속이 새파랗게 질렸다. '이 자식, 일어나 있었으면서 처음부터 알고 있었어!' 그러자 소리없이 웃으면서 가만히 나를 바라보는 에이코의 얼굴이 점차 무섭게 변했다. 도대체 마음속으로 무슨 생각을 하고있는 건지 짐작도 가지 않는, 다른 생물을 대하고 있는 듯한 두려움이었다.

"나가." 하고 나는 에이코의 무서운 얼굴에 떨면서 말했다. 그러자 에이코는 겨우 일어나 방을 나가려는듯 하다가 뒤돌아서, 들릴까 말까 한 소리로 천천히 말한 것이다.

"도련님, 진짜 나쁜 아이가 되었네, 그렇지만 다들 마찬가지니까." 그리고 또다시 입을 다문 채 웃으면서 참으로 상냥하게 속삭였다.

"정말로 나는 잘 자고 있었어, 아무것도 몰랐어, 쪽발이야…" (4:48)

3. 수치를 갖고 돌아오다— 「쪽발이 蹄の割れたもの」

이때 에이코가 '도대체 마음속으로 무슨 생각을 하고 있는건지 짐작도 가지 않는, 다른 생물'처럼 보인 것은 그저 착각일지도 모른다. 에이코 쪽은 그저 별 뜻 없이 둔한 남자아이를 조금 놀려준 것이었을지도 모른다. 그런데 일본인 소년 쪽은 그녀가 무심하게 중얼거린 '쪽발이'라는 말에 멋대로 깊은 의미를 느끼고 민족적인, 그리고 남성적인 치욕감을 느끼지 않을 수 없었다.

에이코와의 사이에서 그런 일이 있었던 고노가 그녀를 마지막으로 본 것은 일본의 패전 직후였다. 조선인 중학생들이 파출소를 점거하고 있는 것을 보고 공포에 떨었던 8월 15일의 밤이 새자, 거리 곳곳에 손으로 만든 태극기가 걸려 있었다. 그리고 고노 앞에 손에 태극기를 든 조선인 무리가 나타난다. 그 가운데 에이코의 모습이 있었다.

일행과 지나쳐갈 때 갑자기 에이코는 표정을 굳히고 스르륵 내 쪽으로 왔다. 가면처럼 무표정하다, 라고 나는 생각했다. 처음 만났을 때의 그 무표정함이라고 나는 생각했다. '에이코' 하고 무심코 나는 말했다. 그러자 에이코는 강하게 고개를 저었다. 그랬다. 에이코라니, 어차피 가공의 것이고 일본인만이 어리석게 그 실재를 믿었던, 허상에 불과했던 것이다. 에이코라는 여자는 처음부터 어디에도 없었던 것이다.

'나는 옥순이야' 하고 여자가 천천히 말했다. 느닷없이, 들어본 적이 있는 소리 없는 웃음이 나를 떨게 했다. 그녀는 반짝 반짝 빛나는 눈으로 내 얼굴을 가만히 보았다. 그 때 나는 번개처럼 그녀의 눈 속의 말을 읽어냈다. 나는 옥순이, 그리고 너는 쪽발이야, 하고. 그대로 그녀는 나에게서 멀어져갔

제4장 죽은 자들의 잔영

다. 내가 배웅하고 있자 옥순이가 나를 가리켰고, 여자들이 와 하고 웃는 소리가 들렸다.

(4:53 - 54)

우리들이 에이코든 뭐든 좋을대로 불렀던 여자는 원래부터 실재하지 않았다 … 그러기는커녕 '에이코'라는 허상 속에 숨어 이쪽을 가만히 보고 있었던 옥순이가, 우리가 조선인을 깔보는 것보다 훨씬 강렬하게 우리들을 '쪽발이(개, 돼지 새끼)'라고 비웃고 있었다! 식민지 체제라는 거대한 픽션이 붕괴하는 순간에 그것은 식민자들이 피식민자들의 머리 위에 부지런히 쌓아올려 왔던 모멸 의식의 무게가 두려울 정도로 증폭되어 그들에게 되돌아오는 순간이었다.

고노는 그 거대한 픽션 속에서 '일본인만이 어리석게 그 실재를 믿었던 허상'을 향해 뻔뻔스럽게 '에이코'하고 말을 걸고, 하필이면 그 허상에 정욕을 느꼈었다는 바로 그저께까지의 부끄러워해야 할 과거를 맞닥뜨린다. 이 맹렬한 수치와 저주의 감각은 자신들 사이에서만 통용되는 자폐적인 허상으로서의 식민지 조선을 만들어내고 그 위에 안주하고 있었던 일본인들이 패전 끝에 갑자기 나타난 실상으로서의 조선을 눈앞에 두자, 본래 느꼈어야 했음에도 불구하고 끝내 느끼지 못했던 좌절감과 패배감이었다.

3. 수치를 갖고 돌아오다―「쪽발이 蹄の割れたもの」

수치의 기억

일찍이 자신들이 비웃었던 사람들에게 비웃음당한다 - 허구로서의 식민지가 소멸한 순간에 식민자를 찾아온 이러한 수치의 기억은 고토 메이세이의 포스트콜로니얼 소설 『꿈 이야기 夢かたり』에서도 보인다. 패전한 그해 가을, 마을에서 추방된 영흥의 일본인들은 수용소에서부터 역까지의 길을 모두가 걷게 되었다고 한다.

> 길의 양쪽은 조선인들이 메우고 있었다. 포로 쪽이 그나마 나을 것이다. 포로라면 자기 한사람이다. 상대는 적 아니면 내편인 다른 사람뿐인 것이다. 나는 고개를 숙이고 걸었다. 할머니나 형제들과 함께 있는 것이 이루 말할 수 없이 부끄러웠다. 예순 몇 살이었던 할머니도, 한 살이 될까 말까 했던 여동생도, 가족 전체가 조선인들에게 비웃음 당하고 있었다. 고우코쿠신민(황국신민)을 비웃은 고우코쿠신민(황국신민)을, 고우코쿠신민(황국신민)이 비웃고 있었던 것이다.*

옥순이를 포함한 조선 여자들에게 비웃음당하는 것에 무엇보다도 수치감을 느꼈던 소년 고노와 마찬가지로 이 남자 중학생도 남자들끼리의 싸움에서 패한 포로가 아니라 나이든 할머니나 어린 여동생과 같이 여자들에게 가족 전체가 비웃음당하는 것을 창피하게 여겼다. 종종 동양이나 식민지는 여성으로, 그것을 정복하고 개화하는 서양이나 제국은 남성으로서 표상되어왔는데, 문명

---

* 고토 메이세이 『인양소설 삼부작』(つかだま書房, 2018) 47-48쪽, 박유하 『인양문학서설』(人文書院, 2016) 155-156쪽 참조.

적·제국적 마초이즘 환상에 사로잡힌 남성 식민자들에게 자기 쪽의 '여자들(보호의 대상)'과 같은 취급을 받고 상대측 '여자들(정복의 대상)'로부터 비웃음당하는 것은 거세됨과 같은, 결코 있어서는 안되는 최대의 굴욕이었던 것이다.

또 마지막 한 문장에는 어딘가 기묘한 기분 나쁨이 있다. '고우코쿠신민'이란 일본어의 '황국신민'을 조선식으로 표현한 것이지만, 일본인이나 조선인을 억지로 뒤죽박죽 섞어버린 황국신민이라는 관념적이고 알맹이 없는 인간상 그 자체의 그로테스크함을 풍자하는 작자의 의도가 담겨 있는 듯 보이기도 한다.

일본의 패전 다음 날에, 소년 고노가 조선인 하녀와 재회한 장면으로 돌아가보자. 무심코 지금까지처럼 '에이코'하고 부른 소년에 대해, 그녀는 그것을 딱 잘라 거부하고 '나는 옥순이야'하고 되받아친 것이었다. 다만 '나는 옥순이, 그리고 너는 쪽발이야'라고 그녀가 내뱉은 마지막 말은 '그녀의 눈 속의 말을 읽어냈다'라고 되어있듯이 소년의 자의식의 산물에 지나지 않으며 실제로 발화된 것은 아니었다. 그녀는 어디까지나 '나는 옥순이'라고밖에 하지 않았다. 그러나 소년은 그녀가 '옥순이'로 돌아가는 것과 그녀의 '주인'이 아니게 된 지금도 여전히 '너는 쪽발이야'라는 말을 들어야 하는 것 사이에 연결고리를 찾지 않을 수 없다.

일본의 패전을 계기로 조선인 하녀가 얼마든지 대체 가능한 에이코라는 거짓 이름에서, 대체 불가능한 옥순이라는 본명으로 돌아가 자신의 고유성을 회복한 것에 비해 일본인 소년은 여전히 모두 같은 쪽발이들 가운데 남겨진 채라는 비대칭이 발생했다. 이 낙차는 식민지 해방에 의해 조선인이 자신은 이제 피식민자가 아니라고 선언할 수 있었던 것에 비해, 일본인은 패전에 의해서라도 식민자라는 위치에서 쉽사리 내려갈 수 없다는 것을 함의하고 있는 듯 보인다.

식민지 체제 붕괴에 의해 폭로된 것은 일본인 소년과 조선인 하녀의 그때까지의 관계가, '쪽발이와 에이코(식민자와 피식민자)'의 집합적 대치에 지나지 않으며, 고노와 옥순이의 개별적인 교류가 아니었다는 것이다. 식민지 체제에서 식민자는 피식민자로부터 '짐승 畜生'으로 불림으로써, 피식민자는 식민자에게 이름을 빼앗김으로써 서로 함께 인간성을 잃는다. 미성년자라고는 하지만 식민자인 이상 거의 피할 수 없었던 이 피식민자와의 집합적인 관계가 전후에도 여전히 고노를 '쪽발이'의 자의식 속에 묶어놓는다. '나시야마에 의해 대표된 그들'과 '고노라는 중학생에 의해 대표된 일본인'이 집합적으로 대치되어 있다는 감각은 사라지지 않으며, 한 개인 사이의 교류를 방해하는 심리적인 족쇄로 계속 남아있다.

소설 「쪽발이」의 하녀 옥순이는 고바야시 마사루의 식민지 소설에 등장하는 여러 개성적인 조선인 가운데서도 유난히 다른 색을 띠는 인물이다. 그녀는 「포드·1927년」의 일본인 소년에게 엽총이 겨누어져 파랗게 질렸던 순기나, 「이름 없는 기수들」에서 고용주의 아들들에게 누명을 쓰고도 울 수밖에 없었던 옥희의 이미지와는 근본적으로 다르다. 무해하고 과묵할 것을 식민자들에게 강요받았던 약자가 아니다. 일본인들의 전쟁열이 절정에 치달았을 때, 과묵한 순기는 조선의 시골 마을에서 생활에 피폐해져 깜짝 놀랄 정도로 늙어 있었다. 이에 비해 옥순이는 '쪽발이'들의 패배를 지켜보고, '나는 옥순이야'라고 소리 높여 선언했다.

4. '노예'의 보복과 '주인'의 공포

'다른 생물'

에이코가 만드는 조선의 요리나 조선인의 세탁 방법 등에 대해서 생리적인 거부감을 품고 있었던 소년 고노였으나, 그는 같은 세대의 조선인 학생들이 「황국신민의 칙서」를 제창하도록 강요받는 광경에 대해서도 기묘한 인상을 갖지 않을 수 없었다. 그들이 '우리들은 황국신민이다. 충성을 바쳐 군국에 보답한다'라고 외치는 것을 듣고, 소년은 격한 위화감을 느껴 마음속에서 외친다. "아니야, 라고 나는 가르침과 반대로 생각했다. 너희들은 황국신민이 아니야, 너희들은 우리 황국신민과는 달라, 너희들과 우리와는 달라, 생활이 전부 다르듯이 말이야, 너희들은 다른 생물이야…."(4:43)

실제 체험을 통해서 소년 고노는 조선인들을 '생활이 전부 다른', '다른 생물'이라고 느끼고 있었다. 일본인이 아무리 열심히 그들을 황국신민화하려고 하더라도, 원래부터 '다른 생물'이기 때문에 기껏해야 기괴한 '고우코쿠신민(황국신민)'으로밖에 되지 않는 것이 당연한 것이다. 이 위화감에는 단순한 우월의식 한마디로 정리할 수 없는 복잡한 감정이 소용돌이치는 것처럼 보인다. 조선인은 일본인과는 다른 존재라는 사실을 실제로는 모두 알고 있음에도 불구하고, 그리고 사실 누구나 조선인과 같은 취급을 받기 싫다고 생각함에도 불구하고 모두 모른 척 하고 '우리들 황국신민'과 똑같이 되라고 떠들어대는 일본인 측의 자기최면에 가까운 공동의 기만을 소년은 떳떳치 못하게 느끼고 숨막혀 한다.

고바야시 마사루가 본장 서두의 인용문에 쓴 것처럼, 1937년에 제정된 「황국신민의 칙서」 강요는 많은 조선인의 반발과 조소의 표적이 되었다. 여러 다양한 장면에서 조선인 학생들도 이것을 제창하게 되지만, '우리들 황국신민은'을 '걔네들 황국신민은'이라고 하고, '황국신민'을 '망국신민' 혹은 '군국(군코쿠)'을 '한국(칸코쿠)'이라고 바꿔 말하는 등 몰래 반감이나 경멸하는 마음을 표명하는 자가 많이 있었다고 한다.[*] 특히 대전기 大戰期에 식민지 권력은 조선인에게 일본인처럼 생각하고 행동할 것을 강제하고 학교에서의 조선어 사용을 금지하는 등 조선인이 조선인이라는 것 자체를 처벌의 대상으로 하였는데 이러한 면종복배는 여러 장면에서 보였다.

지배자의 '사랑'

그런데 고바야시 마사루가 에이코의 '변신이야기'를 쓴 것은 본심을 숨기고 비굴하게 지내다 해방을 맞이하자마자 노골적으로 정체를 드러낸 비겁한 조선인을 표상하기 위한 것이 결코 아니다. 그런 것이 아니라 이 소설에서 그는 식민지 체제 속에서도 유지되었던

---

[*] 미즈노 나오키 「「황민화정책」의 본질을 생각하다―「황국신민의 칙서」를 둘러싸고」 사사카와 노리카쓰 외 감수 「국제공동연구 한국강제병합 100년 역사와 과제」(明石書店, 2013) 178-181쪽 참조.

피식민자의 존엄에 빛을 비추고, 그것을 계속 짓밟았던 지배자의 감성의 둔감과 퇴폐를 찾아내 폭로하려고 한 것이었다.

그러나 일본 패전기의 조선인들의 표변을 단순히 비겁한 변절이나 배신으로밖에 보지 않았던 일본인은 내지에나 식민지에나 많았다. 그리고 그러한 감각은 때때로 조선인의 민족성에 대한 혐오나 멸시로 이어졌다. 예를 들면 중학생 때 조선 북부 마을에서 일본의 패전을 맞이한 어느 식민자 2세의 회상기에, 다음과 같은 한 구절이 있다.

"우리들은 황국신민이다. 충성을 바쳐 군국에 보답한다"라는 5개안의 칙문을 그들도 학교나 직장에서 우리와 함께 매일 아침 제창하지 않았는가. 그래서 나는 민족은 다를지 몰라도 조선인도 일본 국민이라 생각하고, 같은 일본인으로서 사이좋게 지내온 것이 아닌가. 그런데 그들은 지금 소련군을 환영하려고 하고 있다. 그뿐 아니라 그들은 일본인이 피난한 후 빈 집이 된 그 집을 습격하여 모두 빼앗고, 실어나르고 있다.

'배신자! 비겁자!' 억울하고 한심했다. 세상이 크게 바뀌고 있는 것을 오싹하게 피부로 느꼈다.*

'비겁'이라는 부정적인 속성은 '거짓말쟁이'나 '불결', '나태', '흉폭'과 더불어 동서고금의 식민지 지배자가 피식민자에게 붙이고 싶어하는 진부한 부정적 라벨의 대표격이다. 그때까지 얌전히

*　시미즈 도오루 『망각을 위한 기록』(ハート出版, 2014) 41-42쪽

4. '노예'의 보복과 '주인'의 공포

하는 말을 듣고 있었던 주제에, 입장이 변하자마자 손바닥을 뒤집은 듯이 적의를 드러내는 조선인들에 대한 일본인 소년의 소박한 불신감은 그 자체로서는 자연스러운 반응이었다고 할 수 있을지 모른다. 지배계급에서 전락하여 망국의 백성이 된 식민지 일본인들은 다가오는 폭력의 위험에서 자신이나 가족의 생명을 지키지 않으면 안 되었고, 침착하게 역사를 되돌아볼 여유 따위가 없었던 것은 분명하다. 그러나 어쨌든 '민족은 다를지 몰라도 조선인도 일본 국민이라 생각하고, 같은 일본인으로서 사이좋게 지내온 것이 아닌가'라고 자신의 절대적 우위와 상대의 무조건적인 굴종을 전제로 한 '사이좋게'를 요구하는 이런 독선적인 사고에는, 타자와 만날 가능성은 처음부터 없었다고 말해야 할 것이다.

GHQ의 일원으로 전후 일본 연극계의 '보호자'로서 활동하고, '가부키의 구세주'로 한때 추앙받은 어느 미국인을 비판한 쓰노 가이타로津野海太郎는 이렇게 지적한다.

"그는 분명 가부키를 사랑했을 것이다. 다만 … 그의 사랑은 그의 권력과 딱 붙어 하나가 되어 있었다. 그것은 지배하는 자가 스스로의 권력을 계속 유지하면서 그 범위 안에서 지배되는 자에게 쏟는 사랑이었다." - 바로 조선인도 일본의 국민이라 생각하고, 같은 일본인으로서 고맙게도 사이좋게 대해주었다는 일본인의 '사랑'도 이와 같다.

어떤 의심도 없이 자신을 보호자의 위치에 두는 사람은, 그에 의해 일방적으로 보호된 자가 그에 대해 품는 불쾌한 기분을 눈치채지 못한다. 그의 보호자

제4장 죽은 자들의 잔영

의식을 뒷받침하는 것은 사심 없는 사랑이나 선의가 아니다. 점령하는 자의 보호자 의식은, 반드시 점령된 자에 대한 경멸심에 의해 뒷받침된다. 보호된 자는, 좋든 싫든 간에 그 경멸심을 느끼고 불쾌한 기분이 되는 것이다.*

'스스로의 권력을 계속 유지하면서, 그 범위의 안에서 지배되는 자에게' 아낌없이 사랑을 쏟는 지배자는, 다른 사람들은 어쨌는지 몰라도 자신만은 '사이좋게 지내오지 않았는가'라고 할 자격이 있다고 생각한다. 스스로의 정신에 단단히 뿌리를 내린 '점령된 자에 대한 경멸심'은 모른 체 하고, 후안무치하게도 이렇게 말하는 것이다 - 고맙게 생각하라구, 이것저것 해줬잖아! 너희들처럼 낮은 자를, 우리들 같이 높은 자와 같게 생각해줬잖아!

지배자의식 없는 지배

어쩌면 「눈 없는 머리」나 「쪽발이」 등을 염두에 둔 코멘트라 생각되는데, 김시종은 고바야시 마사루의 소설에 나오는 조선인들을 평하여 "그의 어느 작중인물도 느낌이 좋은 조선인이 아니었으나, 그렇다고 나의 동포의식을 결코 불쾌하게 만들지는 않았다. 그것은 자신과 두텁게 대치하고 있는 '자기'로서의 조선인이었다. '나의 심부 그 자체를 꿰뚫어 보는 듯해서 두렵고, 또 사랑스러운 조선인'이라고 회상하고 있다."** 즉 고바야시 마사루가 조형한 조

* 쓰노 가이타로 『이야기·일본인의 점령』(朝日選書, 1985) 222쪽

** 김시종 「이 괴로운 대화」 『신일본문학』 26권 7호(新日本文学会, 1971) 154쪽

선인은 일본인이 본 타자로서의 조선인이 아닌 자기로서의 조선인이라고 느꼈다는 것이다.

고바야시 마사루가 어디까지나 자신(일본인)의 눈에 비친 조선인을 그리는 것을 고집했다는 점을 생각하면, 이것은 다소 석연치 않은 감상처럼 들리기도 한다. 김시종도 "어느 작중인물도 느낌 좋은 조선인이 아니었다"라고 말하고 있듯이 고바야시 마사루의 후기작품에는 이경인이나 니시야마, 에이코와 같은 일본인 주인공에게 강한 불쾌감이나 공포감을 주는 조선인이 속속 등장한다. 그들의 표정이나 눈빛, 몸짓 등은 종종 무섭게도, 수상쩍게도, 심지어 추악하게 그려지기도 한다. 그럼에도 불구하고 그러한 등장인물들에 대해 김시종이 '사랑스러운 조선인'이라고까지 할 정도로 공감을 불러일으키는 것은 왜일까.

이소가이 지로는 고바야시 마사루를, '일본인과 조선인과의 사이에 메우기 어려운 균열을 그리고자 할 때, 식민자에 대한 피식민자의 눈을 통해서 그리려고 한 희한한 일본인 작가였다'라고 평가한다.* 고바야시 마사루의 어떤 의미에서는 상당히 편향된 조선인 표상에 대해 김시종의 긍정적인 평가는, 쓰는 입장의 고바야시 마사루가 쓰이는 입장의 조선인의 시선을 강하게 의식하고 조선인에게 보이는 존재로서의 일본인의 모습을 진지하게 대상화하려고 했던 자세에 대해 호감이 있는 것처럼 보인다.

* 이소가이 지로 「원풍경으로서의 조선―고바야시 마사루의 전기작품」 『계간 삼천리』 29호(三千里社, 1982) 214쪽

'내선일체', '내선융화' 등의 슬로건이 나타내듯이 일본의 조선 식민지 지배는 조선인을 이질적인 타자로서 따로 떼어놓고 배제하는 것이 아니라, 오히려 그 이질성을 박탈하여 '훌륭한 황국신민'으로 만들어내서 이른바 '내밀한 타자'로서 자신의 내면에 들어감으로써 시야에서 제거하고자 하는 역설적인 '동화 同化의 원리'에 근거했다고 할 수 있다. "일본의 조선지배는 의식의 형태로서 보자면 지배자 의식을 결여한 지배이며, 식민지 의식을 결여한 식민지 지배였다"고 지적하는 미즈노 구니히코 水野邦彦에 의하면, 일본인의 조선 멸시는 "조선과 일본과의 상이함이나 조선의 이질성을 인정하고 멸시했다기보다, 원래부터 조선의 존재를 인정하지 않고 조선을 일본 안에 편입한 다음 일본인이 아닌 조선인에 대해 경시하고 무시했으며, 그리고 수시로 경시와 차별을 거듭 쌓아왔다고 해야 할 것이다"* - 앞서 인용한 "민족은 다를지 몰라도 조선인도 일본의 국민이라 생각하고, 같은 일본인으로서 사이좋게 지내오지 않았는가"라는 식민자 2세의 말은 바로 이 지적에 딱 들어맞는다. 말 그 자체, 혹은 그 말을 낳은 의식 자체의 유화한 표층의 이면에 숨어있는 심한 멸시의 감정을 읽어내야 할 것이다.

지배자의 피지배자에 대한 멸시의 감정은 "너희들은 우리와 같지 않으면 안 되는데, 왜 그렇게 우리와 다른거야"라는 원래대로라면 불합리한(자신이 그 입장이 되면 바로 알 수 있는) 이유로 피지배자

---

* 　미즈노 구니히코 「패전 후 일본사회의 형성—조선과 마주하지 않는 일본」 『홋카이학원대학경제론집』 61권 4호(北海学園大学経済学会, 2014) 95쪽

를 내려다보는 유치한 자민족 중심주의에 근거하고 있다. 식민지 체제에서는 지배자보다 피지배자는 이 점이 뒤떨어진다, 지배자는 이것을 할 수 있는데 피지배자는 할 수 없다, 하는 것들 이전에 지배자에 대하여 이질적인 것 그 자체가 피지배자의 열등성의 기호가 되었다(알기 쉬운 예 중의 하나로, 많은 일본인이 '냄새난다'고 업신여긴, 조선 요리에 빼놓을 수 없는 마늘이 있다. 낫또나 단무지의 냄새는 괜찮고 마늘 냄새는 안 된다는 이유는 단 하나, '일본인이 냄새난다고 느낀다' 그 뿐이었다). 그야말로 프랑스령 튀니지 출신 작가 알베르 멤미 Albert Memmi 가 말한 것처럼 "인종차별은 차이를 강조하고, 차이를 가치매기며, 마지막으로 고발자에게 유리한 형태로 이 가치매김을 이용한다"는 것이다.*

이와 관련하여 창씨개명하고 육군항공사관학교에 들어간 조선인 소년을 주인공으로 한 고바야시 마사루의 소설 속에 다음과 같은 기술이 보인다.

> 일본인 아이들은 조선인이 기묘한 발음으로 일본어를 말하는 것을, 무슨 일이 있을 때마다 조롱의 대상으로 삼는다.
>
> "어이, 여보 오마에와 도시떼 니홍꼬노 하쯔옹가 데키나이까. 오마에, 스꼬시 아다마 빠가쟈나이까! (너는 왜 일본어 발음이 안 돼? 너 좀 머리가 나쁜 거 아니야?)"
>
> 다쓰시로 멘치 達城天池 의 가슴이 부글부글 끓는다. 영어에는 영어 특유의 발음이 있고, 조선어에는 조선어 고유의 발음이 있다. 그것은 즉석에서는 절대

---

*   알베르 카뮈 『인종차별』(기쿠치 마사미 외 역, 法政大学出版局, 1996) 39쪽

발음할 수 없다. 조선인은 조선어를 말하는 것이 당연하며, 일본어를 꼭 말해야 한다는 것이 이상하다. 이 당연한 것이 부정된다. 거기에 쏟아지는 비웃음이란, 얼마나 잔학하고 얼마나 추하게 일그러져있는가. 일본인은 어른이나 아이나, 조선에서 이 웃음을 짓고 있다. 　　　　　　　「첨성」(5:288 - 289)

본장에서 보았듯 고바야시 마사루의 후기 문학에는 조선인의 이질성에 대한 위화감, 더 나아가 공포감이나 혐오감과 같은, 기분 나쁜 감정적 부담을 받아들이고, 이를 견뎌내야 비로소 일본인과의 거리('훌륭한 황국신민'이 되었는지 아닌지)를 우열 판단의 기준으로 하는 식민지주의적인 조선인관(그 집약적 표현에 절대적 복종을 전제로 하는 '불령선인 不逞鮮人'이라는 모멸어가 있다)을 타파할 수 있을 것이다, 라는 메시지가 담겨 있다.

참고로 앞서 기술한 김시종의 긍정적인 평가가 있는 한편, 이회성 李恢成이 일본인 작가가 타민족과의 만남을 그리려고 할 때 자주 보이는 결점에 대해 다음과 같은 지적을 한 것도 주목할 만하다. "일본의 작가들이 타민족과의 접촉을 그린 작품에는 속죄의식에서 벗어나지 못하는 작품이 있는데, 동시에 그 민족의 아이덴티티에 다가가는 인간상을 그린 작품이랄 것도 적습니다"라고 이회성은 지적한다. "가해자로서의 자책을 담은 속죄의식에서 태어난 작품은 그 속죄감에 어울리는 레벨로만 타민족을 표현할 수 있으며, 진실로 그 민족을 파악할 수는 없지 않을까 싶습니다"* - 고바야시

---

　*　　이회성 『이회성 대화집』(講談社, 1974) 153쪽

마사루를 직접 언급한 것은 아니지만, 시기적으로 보아 아마도 그를 염두에 둔 것이 아닌가 한다. 어쨌든 '가해자로서의 자책을 담은 속죄의식'을 강한 원동력으로 한 고바야시 마사루의 한계를 지적한 것으로 이해해볼 수 있을 것이다.

식민지 지배자의 정신분석

그럼 본장을 마무리함에 있어 고바야시 마사루가 조선인의 '변신이야기'에 강한 고집을 보였다는 사실의 의미를 보다 명확히 하기 위하여, 식민지 지배자가 품는 일그러진 피지배자 이미지에 대한 부르스 커밍스 Bruce Cumings 의 탁견을 소개해 두려 한다. 커밍스는 저서 『한국전쟁의 기원』에서 "지배자가 자신의 우위를 유지하는 데 필수 불가결한 것은 피지배자가 본질적으로 자신과 다르다는 생각을 확립하는 일일 것이다"라고 이야기를 시작하면서 식민지 지배자가 왜 이렇게나 집요하게 피지배자의 인간적·민족적 가치를 깎아내리려고 애를 쓰게 되는지, 그리고 그렇게 해서 피지배자의 가치를 훼손하는 것이 반대로 지배자 자신에게 어떠한 영향을 가져다 주게 되는가에 대해 분명하고 확실하게 분석을 덧붙였다.

어째서 지배자는 '피지배자는 본질적으로 자신과는 다르다는 생각' - '즉, 피지배자는 태어나면서부터 열등하고, 거칠며 폭력을 휘두르는 버릇이 있고, 자주적으로 자신의 일을 처리하는 능력이 결여되어 있다'라는 생각에 집착하는가. 커밍스에 의하면 그 최종적인 이유는 사실 단순하며, '이러한 입장에 서지 않는 한 식민지 지배를 정당화하는 것은 불가능'하기 때문이다.

타자를 지배하는 자에게 지배되는 측의 인간성을 부정하는 이러한 가짜 논리는 아무래도 필요한 것이며, 지배 - 피지배의 관계는 보다 높은 목적을 달성하기 위해 정당화할 수 있는 것이라는 사고가 없다면, 사람은 지배가 동반하는 억압을 당연시 할 수 없다.

그러므로 타자를 억압하고 지배하는 의지와 현실이 있는 한 지배자는 그 타자의 인간성을 어떻게 해서든 계속 부정하지 않으면 안 되고 그것을 짓밟는 것을 주저하면 안 되므로 인간성이 부정되어야 마땅한 극단적인 악당이나 열등한 사람으로 계속 깎아내려야만 하는 것이다.

그러나 이야기는 그것으로 끝이 아니다. 어떤 의미에서 가장 중요한 것은 지배되는 측의 인간성을 부정하고, 가짜 논리에 의존하는 것 그 자체에 의해 지배자가 어떤 보복을 받게 되는가 하는 문제이다. 스스로가 박해하고 억압하고, 그 인간성을 부정하는 사람들에 대해 식민지 지배자가 어째서 격심한 증오와 모멸의식, 그리고 공포심을 갖게 되는지 이 다음 인용문 만큼 정연하게 천명한 문장은 별로 없을 것이다.

그러나 아무리 피지배자라고 해서 그에게 인간성이 결여되어 있다는 것이 입증된 적은 없으며, 지배자는 그것을 마음 속에서 잘 알고 있으면서도 어찌 할 수 없다. 그 께름칙함이 반복해서 속삭이는 목소리로 그에게 물어올 것이다 - 인간이 인간인 이상, 어떻게 이러한 관계를 용인할 수 있는 것인가. 만약 입장이 바뀐다면, 어떻게 될 것인가. 노예인 그가 자유의 몸이 된다면, 주인인 나에 대해 어떻게 행동할까. 이러한 물음에 대한 답은 명료하며, 주인의 머릿

4. '노예'의 보복과 '주인'의 공포

속에는 노예에 대한 두가지 이미지가 공존한다. 하나는 명령에 순종하고 자신을 지키기 위해 손가락 하나 움직이지 못하는 수동적인 존재라는 이미지. 또 하나는 정당한 권리로 보복을 바라는 존재로서의 이미지이다. 두 번째 이미지는 공포를 불러온다. 그런 것이야말로 실로 작지만 식민지의 백성이 가질 수 있는 권리의 하나일 것이다. 약간 반항적인 표정을 짓는 것만으로 지배자의 마음속 공포를 부채질할 수 있다. 이때 노예는 아직 남겨진 아주 작은 인간성의 편린을 보여줌으로써 자신의 실제 능력을 훨씬 뛰어넘은 충격적인 위협을 상대에게 줄 수 있는 것이다.*

커밍스에 의한 이 식민지 지배자의 정신분석에 의해서 「눈 없는 머리」나 「쪽발이」 등 고바야시 마사루의 조선인 '변신이야기'가 띠고 있는 메시지가 한층 선명하게 부각되지 않았나 싶다. 지배자가 아무리 짓밟아도 결코 완전하게 패배하지 않을 피지배자의 '인간성의 편린'에 의해 지배자는 뼈아픈 보복을 받는다. 고바야시 마사루의 조선인 '변신이야기'는 조선인을 명령에 순종하고 자신을 지키기 위해 손가락 하나 움직이지 못하는 수동적인 존재에서 정당한 권리로 보복을 바라는 존재로 대담하게 변모시킴으로써, 지배자가 부정한 그 인간성을 회복시키고자 했으며 또 타자의 인간성을 부정하는 것의 범죄성을 지배자가 깨닫도록 하려는 것이었다. 고바야시 마사루가 응시하고, 집념을 가지고 그린 조선인의 '약간 반항적인 표정'에는 그러한 큰 의미가 담겨있었던 것이다.

* 브루스 커밍스 『한국전쟁의 기원』 1권(정경모 외 역, 明石書店, 2012) 93-94쪽

커밍스의 분석이 딱 들어맞는 예는 고바야시 마사루의 소설 속에서 무수하게 볼 수 있지만, 초기 식민지 소설 「일본인 중학교」에 아주 좋은 사례가 나온다.

이 소설의 주인공 고로는 대구로 보이는 식민지 도시의 일본인 중학교에 다니는 중학교 3학년이었는데, 아버지는 경찰서에 근무하는 경부 警部였다. 조선인을 내심 모멸하는 아버지는 그 '만세사건'이 일어났을 때 안동으로 보이는 시골 마을에 있었다. 평온했던 어느 날, 갑자기 소란이 일어난다. 조선어로 '만세'를 외치는 소리가 점차 높아지고 늘어가 조금씩 살기를 띠었고, 이윽고 단호한 분노의 의지를 보이기 시작했다. 평순사였던 고로의 아버지는 어찌된 영문인지 모르는 채 총과 실탄을 지급받고, 경찰서 방위를 맡게 된다.

경찰 앞에서 조선인들은 미친 듯이 계속 만세를 외쳤다. 이제 무장을 마친 고로의 아버지와 그 일행은 그 앞을 가로막았다. 그것은 어제까지만 해도 종잡을 수 없는 무표정한 얼굴로 계란이나 채소, 고기를 팔러 나왔던 조선인들이었다. 아무리 값을 깎아도 생글생글 웃으며 깎아주던 조선인들이었다. 그러던 것이 지금은 핏발이 서서, 날카로운 눈빛으로 만세를 부르고 있었다. 고로의 아버지는 피가 거꾸로 솟는 것을 느꼈다, 그는 생각했다.

"폭동이다…이놈들, 뭐가 부족해서…"

우리들이 있기 때문에, 라고 그는 계속 생각했다. 도둑도 날치기도 없는 평온무사한 마을이 되지 않았는가. 우리들 일본인이 처음으로 학교도 세워주었고, 목욕탕도 만들어 주지 않았는가. 우리들이 목욕탕을 만들어 주지 않았다면 너희들은 여전히 그 더러운 개천에서 몸을 씻어야 했다고….

그는 소총의 방아쇠에 손가락을 걸고 앞으로 나아갔다. 낯익은 친한 노인이 충혈되어 탁해진 눈을 부라리고 제일 앞줄에 있는 것을 본 순간 그의 분노는 정점에 달했다.

"돌아가." 라고 그는 조선어로 말했다. "얌전히 돌아가지 않으면 쏜다."

그리고 그는 총구를 노인의 가슴에 향했다. 노인은 자신의 나라의 언어로 단호히 말했다.

"그래, 일본인아, 쏠 테면 쏴봐라…." (1:107 - 108)

이 직후, 고로의 아버지는 몸싸움 끝에 잘못해서 노인을 사살하고 만다. 이 때, 도대체 누구에게 죄가 있으며 무엇이 문제인가.

그런데 북한의 경제사에서 뛰어난 업적을 올리고 있는 기무라 미쓰히코 木村光彦 의 '이데올로기를 배제하고 실증주의에 투철한 조선론'*에 의하면 '일본통치하의 조선'에 있어서 여러 가지 근대산업은 경이적인 발전을 보였다. "특히 본국에도 존재하지 않는 거대한 수력발전소나, 그에 의거하는 대규모 공장군의 건설은 일본의 조선통치와 구미의 식민지 통치의 차이를 두드러지게 한다"** 라고 한다. … 아시아 최초의 철도를 인도 전역에 부지런히 깔고, '본국에도 존재하지 않는' 거대운하를 이집트에서 열심히 만들었

---

* 　기무라 미쓰히코 『일본 통치하의 조선』(中公新書, 2018) iv쪽

** 　기무라 미쓰히코 『일본 통치하의 조선』 상동, 85쪽

던 영국인이나 프랑스인이 이 주장을 들으면 꽤 화를 내겠지만, 그
것은 여기서 따지지 않기로 한다.

기무라에 의하면 '총독부는 각 지역에 초등학교를 개설하고, 다
수의 조선인 아동(1930년대 말, 대략 100만 명)이 거기에 다니게 되었
다', '정부 서비스 안에서 위생·방역사업은 명백히 생활수준의 향
상요인이다. 일본 통치기에 이 점에서 큰 진보가 있었다.'* - 즉 '학
교도 세워 주었고, 목욕탕도 만들어 주었다'라고 조선인들을 힐난
하는 고로 아버지의 불만에는 그 나름대로의 실증적 뒷받침이 있
었던 것이다. 학교나 목욕탕뿐 아니라 경제성장을 위한 철도나 항
만도, 일본에도 존재하지 않는 거대한 수력발전소나 그에 의거하
는 대규모 공장군도(물론 '치안의 유지'를 위한 경찰서도 감옥도, 신사나 봉
안전 까지도) … 일본이 조선에 만든 것은 수도 없이 많다. "종합적으
로 보면, 일본은 조선을 비교적 저비용으로 능수능란하게 통치했
다고 말할 수 있을 것이다. 능수능란하게, 라는 것은 치안의 유지
에 성공함과 동시에 경제성장(근대화로 바꿔 말해도 좋다)을 촉진했기
때문이다"라는 것이 결론이다.**

소위 '식민지 근대화론('일본의 조선통치와 구미의 식민지 통치의 차이'
등의 말투에서 드러나듯이 거기에는, 원래 '식민지 지배' - 착취나 수탈? - 가 아니
었다는 주장이 담겨있는 것처럼 보이기도 하지만)'의 논의를 전개하는 기무
라는 "오늘날 마르크스주의는 쇠퇴했지만, 정서적인 가해·피해,

* 기무라 미쓰히코 『일본 통치하의 조선』 상동, 95-96쪽
** 기무라 미쓰히코 『일본 통치하의 조선』 상동, 202쪽

4. '노예'의 보복과 '주인'의 공포

속죄론도 더해져 종속론의 영향은 여전히 뿌리깊다"고 지적한다.*
기무라의 주장에 따르면 공산주의자인 고바야시 마사루를 전후
문학사의 쓰레기통 속에서 일부러 끄집어내오는 시대착오적인 이
책도, 정도의 차이는 차치하고 '식민지 종속론'의 영향을 받은 '정
서적인 가해·피해, 속죄론'의 일종이라고나 할까. 분명 객관성과
중립성 논란을 일일이 트집잡는 것은 '정서적' 처신일지도 모른
다. 본서의 주인공 고바야시 마사루는 더욱더 '정서적인 가해·
피해, 속죄론'의 소유자일 것이다.

다만 이데올로기를 배제하고 실증주의로 일관하여 '논점은 경
제로 한정한다'는 논의 쪽은 과연 '정서적'이 아니라고 할 수 있을
까. 실증주의적이라는 것은 반드시 정서적이지 않다는 것을 의미
하지 않는다. 그렇다고는 해도, 고로의 부친처럼 정말 정서적으로
피'통치'자를 힐난만 하는 것이 아니라면, 그것이 정서적이지 않
다고 인정하지 않는 것은 아니다.

그렇지만 학교나 목욕탕을 만들어 조선인들에게 '경제성장'의
은혜를 가져다준 것을 고로의 아버지가 '통계'를 통해 완벽하게
실증해서 보여주었다고 치고, 그래서 왜 '낯익은 친한 노인'이 격
심한 분노를 표했는지 설명할 수 있다고는 도저히 생각되지 않는
다. 그 노인에게 있어서 문제는 전혀 그런 것이 아니기 때문이다.
그의 입장에서는 "그래서 뭐? 고맙게 목욕탕에 들어가겠습니다,
라고 말하라는 거야?"싶을 것이다. 고바야시 마사루는 고로의 부

---

* 기무라 미쓰히코 『일본 통치하의 조선』 상동, 85쪽

친의 실증주의와 조선 노인의 분노와의 절망적인 어긋남을 그려 냄으로써, 눈에 보이고 숫자로 나타낼 수 있는 '사실'만으로 역사를 인식하는 것의 일종의 허무감을 표현한 것이다. 그러나 탈이데 올로기와 실증주의를 표방하는 논의에서는 그런 정서적인 이야기 따위, 하물며 소설 같은 픽션 따위는 참으로 하찮을 것이다. 어쨌건 얼마나 많이, 얼마나 정확하게 이걸 만들었다 저걸 세웠다 하고 사실을 늘어놓는다손 치더라도, 고로의 아버지가 도달하는 진부하고 무의미한 결론은 이러하며, 이뿐이다 - "실제로 조선인만큼 신용할 수 없는 놈은 없어."(1:108)

과연 '사심 없는 사랑이나 선의'로부터 우러나온, 혹은 자연 현상처럼 저절로 그렇게 된 것은 아니겠지만, '일본 통치하의 조선'에 '근대적인' 철도나 항만이나 '거대한 수력발전소'가 만들어진 것은 실증주의적인 관점에서는 명백하다. 문제는 그 다음이다. 사실을 조용히 제시할 뿐이므로, 설마 번지수를 착각하여 공로자인 일본을 아직도 비난하는 '정서적'인 피'통치'자들을 향해 '반일사상에 근거하는 사회소요'*에 조우한 고로의 부친과 같은 말투로 "이놈들, 뭐가 부족해서…" 같은 말을 하고 싶은 것이 아닐 것이다. 더욱이('속죄론'의 반대인 '은혜론'이라고 해야할까) '그러니까 감사해라'라는 등의 무섭도록 정서적인 말을 할 생각도 없을 것이다.

고로의 부친과 같은 생각을 가진 일본인은 고바야시 마사루의 소설에 많이 등장한다. 예를 들면 어느 식민지 소설에서는 3.1운동

---

*   기무라 미쓰히코 『일본 통치하의 조선』 상동, 96쪽

와중에 휘말린 고리대금업자인 일본인 남자가 조선인들을 '은혜를 잊었다'라고 갖은 욕설을 퍼붓는 장면이 있다.

"마을을 정비하고, 치안을 좋게 해 준 것은 누구냐, 응, 누가 그렇게 해줬다고 생각하는 거야? 우리들은 학교를 지어줬어, 제기랄, 친절하게 농업지도도 해줬다구, 공중 목욕탕까지 만들어줬고, 병원도 건설해줬고, 썩을 놈들 은혜도 모르는 놈들이, 병합 당시랑 마을이 완전히 달라졌잖아, 도대체 누구 덕분이라고 생각하는 거야? 젠장할, 젠장할! 조선인들, 얼빠진 놈들, 돼지 새끼들, 도둑놈 사기꾼 새끼들, 이제와서 독립만세라니 무슨 빌어먹을 일이야, 무슨 창피도 모르는 망은이야, 이 무슨 비열하기 짝이 없는 도둑놈 심보야 … 이 李왕조 시대와 비교해 생산도 논밭도 빈약해지고 쇠해버렸다면 또 모르지만, 그래도 말이야 망할 놈들아 생각해 보는 게 좋을거야, 농림, 축산, 수산, 공업 통틀어 생산액이 메이지 43년에는 약 2억 5천만엔이라구, 그런데 거의 10년이 지난 지금 약 16억, 알겠어? 썩을 놈들이, 6배나 된다구, 논밭은 메이지 43년에는 약 250만 정보 町步, 지금은 430만 정보, 1.7배나 늘지 않았어?" …

(「만세·메이지 52년」 5:155 - 156)

여기에 나와 있는 것은 완전한 실증주의적 정신이지만, 그런데 이 일본인 남자나 화를 내던 그 조선인 노인을 눈앞에 마주했을 때 도대체 어떻게 행동하면 좋을까.

그 노인을 진정시키고 사이좋게 지내려면 일본인이 '우리들은 학교를 지어줬고 친절하게 농업지도도 해 줬고, 공중 목욕탕까지 만들어주고, 병원도 건설해줬어'라는 식으로 '사실'을 아무리 나열하더라도, 아무런 효과도 없을 뿐 아니라 불에 기름을 끼얹는 효과가 될 것은 자명하다. 그러나 여기는 일단 학교나 공중목욕탕이나 병원이 만들어졌다(일본이 조선의 치안 유지에 성공함과 동시에 경제성장 '근대화로 바꿔 말해도 좋다'을 촉진했다)라는 엄연한 사실이 있음에도 불구하고 일본인을 미워하는 그 노인에게 죄가 있다, 라고 해두자. 어쨌든, 식민지에서 근대화가 진전되는가 아닌가는 특히 실증적인 문제이며, 사변적思辨的으로 결정되는 것이 아니기 때문이다.*

 그럼 '생산액은 6배나 된다구, 논밭은 1.7배나 늘지 않았어?'라고 통계 데이터를 과시하여 식민지의 근대화를 주장하는 이 확고한 신념의 실증주의자를 눈앞에 마주한다면 어떨까. "당신은 치우친 이데올로기나 공허한 관념론, '정서적인 가해·피해, 속죄론'에 현혹되지 않고 객관적 사실에 근거한 정확한 논의를 하고 있다"라고 칭찬해 주어야 할까. 아니면 더 많은 통계 데이터를 제공하여 그가 한층 더 확신을 가지고 무지한 조선인들에게 사실을 가르쳐주도록 응원해야 할까. 그것도 아니면 "당신은 실증적 관점에서는 (어디까지나, 어디까지나 실증적 관점에서는!) 옳은 말을 하고 있지만, 상대의 기분을 해칠 우려가 있으므로 말하는 방식에 조금 더 신경을 쓰는 편이 좋습니다. 어쨌든 차별용어는 안 돼요"라고 한숨이 나올 정도로 미적지근한 충고라도 해줘야 할까.

---

*   기무라 미쓰히코 『일본 통치하의 조선』 상동, 204쪽

4. '노예'의 보복과 '주인'의 공포

"당신은 빨치산이 어떻게 대단하다는 거예요?"
기타하라는 말했다. 나는 지금 어리석은 짓을 저지르려 한다.
가장 멍청한 짓을 하려고 한다. 술기운을 빌려 뭔가
중요한 말을 입 밖에 내서 말하고자 한다.
"대단하잖아. 영웅이야. 나무 뿌리를 갉아먹으면서…"
기타하라는 웃었다.
"영웅이라고? 그건 영웅이 아니죠. 아주 흔한 조선사람이에요."

고바야시 마사루 『단층지대』

제 5 장

「메이지 100년」의
빛과 그림자

1. '메이지 100년'과 '메이지 52년'

포스트콜로니얼의 명암

1968년, 일본의 국민총생산이 드디어 세계 제2위가 되었다. 1964년의 도쿄올림픽이 끝나고, 다음은 오사카 만국박람회를 2년 앞두고 있었던 시점의 일이었다. '기원 2600년'이 거국체제로 축하받은 1940년에, 둘 다 도쿄에서 개최가 예정되었으나 좌절되었던 올림픽과 만국박람회가 전쟁의 종결과 부흥 후의 경제성장으로 드디어 실현된 셈이다. 이런 전후의 국제적 대 이벤트는 어떤 의미에서 일본제국의 못다 한 꿈이 개화한 것이라고 말할 수 있을 것이다. 도쿄올림픽, 오사카 만국박람회, 그리고 삿포로 올림픽 - 제국 시대의 숙원과 전후 부흥의 꿈이 차례로 성취된 이 축제적인 수년간은 흡사 '부국강병'에 매진한 '메이지 100년'의 집대성인 듯했다.*

한편 눈부신 영광을 칭송하는 전후 일본 수도의 한구석에서, 병으로 쇠약해진 고바야시 마사루는 시대의 그림자를 바라보고 있었다. 1968년 1월 한반도에서는 조선 민주주의 인민공화국의 전투원 약 30명이 박정희 암살을 기획하여 한국 영내로 침입, 서울의 대통령 관저 바로 앞까지 쳐들어갔던 '청와대 습격사건'과, 한반도 동쪽 해상에서 작전 활동 중이었던 미군 함선을 북한 당국이 나포한 '푸에블로호 납북사건'이 잇달아 일어나서 남북의 긴장이 격렬하게 높아졌다. 일본에서는 2월, 금전 문제가 원인이 되어 폭

---

*　　오노　타로 『메이지 백년』(靑草書房, 2012) 190쪽 참조.

력단원 두 명을 사살하고 도주한 재일조선인 남성이 인질을 잡고 여관에서 농성하여, 사회에 만연한 민족차별을 고발한 '김희로 사건'이 일어났다. 게다가 같은 해 가을에서 겨울에 걸쳐, 남북의 군사경계선에 접한 한국의 강원도와 경상북도에서 '울진·삼척 무장 공비 침투 사건'이 일어났다. 백 명 이상의 북한 공작원과 한국 군경이 산속에서 2개월에 걸쳐 대규모의 전투를 펼쳤고, 전부 합해 2백 명에 가까운 사망자가 나는 참사가 되었다. 전후 일본 국민이 '인류의 진보와 조화'의 꿈에 취해있었던 한편, 조선 민족은 여전히 식민지 지배와 남북 분단이 가져온 고난의 한가운데 있었다.

만년의 고바야시 마사루는 이제 사회생활이 불가능할 정도의 상태에 빠져있었다. 사생활에서는 이때 신일본문학회 활동에서 알게 된 20대 여성과 소위 불륜 관계에 있었고, 그로 인해 그의 아내와 외동딸에게 매우 큰 고통을 주고 있었다. 상대 여성이 고바야시 마사루의 사후에 일종의 폭로소설을 발표했으나, 거기서는 남성들의 증언이나 기록에서는 떠오르지 않았던 그의 가정 내에서의 난폭하고 무신경한 모습이 묘사되어 있다.[*]

또 아이자와 가쿠愛沢革가 1969년 여름에 고바야시 마사루의 집을 방문했을 때의 일을 다음과 같이 회상하고 있다.

"고바야시 마사루는 취해있었다. 만취는 아니었지만. 나는 만취 상태의 고바야시 마사루를 본적이 없으나 꽤 술을 마셔서 몸이 무겁다는 듯 다다미에 눕다시피 앉아있었던 것이 내 눈에 강하게 남아

---

[*]　이시다 마사코 『진혼가』(成甲書房, 1977) 참조.

1. '메이지 100년'과 '메이지 52년'

있는 고바야시 마사루이다. 눈의 초점을 맞추기 어려운 상태가 되어 휴우, 휴우 하고 거친 숨을 몰아쉬고 있었다. 그런 걸 술독이 올랐다고 하는지, 조금 검붉은 얼굴로. 눈은 꺼지고 볼은 야위고, 담배를 든 손은 조금 떨리고, 검지와 중지 끝이 황토색이 되어 있었다."*

역사학자 강덕상은 고바야시 마사루의 고등학교 때 친우였던 사이토 다카시에게 고바야시 마사루의 이야기를 전해 들었다고 한다.

"고바야시 마사루는 선생님(사이토 다카시)께 그의 고향인 식민지 조선의 실정을 여럿 이야기했다. 선생님을 매개로 나에게 전해진 것은, 일반적인 일본인들이 상상도 할 수 없는 '계속 빼앗기는 식민지', '식민지는 천국'이라는 일본인의 우월적 지위, 소박하고 아름다운 자연, 인정이나 예능 문화, 거기에 사는 조선인이나 산물에 애정 넘치는 이야기였다. 요절한 친구를 이야기하시는 선생님의 애정은 마음에 사무치는 것이 있었다. 학생운동의 지도자라고만 보았던 고바야시 마사루의 조선을 향한 뜨거운 시선을 전해 들었을 때, 출신을 숨기고 대했기 때문에 직접 그의 조선 체험을 듣지 못한 나 자신을 책망한 적이 있다."** 강덕상은 와세다대학 문학부에서 고바야시 마사루의 몇 년 후배인데, 1952년 6월 25일 신주쿠 데모에 참가하여 고바야시 마사루와 그 무리가 화염병을 던져 역 앞 파출소가 불타는 것을 목격했다고 한다.

---

* 아이자와 가쿠 「고바야시 마사루·서형제·김지하」 『신일본문학』 30권 9호(新日本文学会, 1975) 89쪽

** 강덕상 「깊은 조선에 대한 생각과 '아리랑'에 대한 지원」 야마기와 아키라 외 편 『국제관계론과 역사학의 사이에서』(彩流社, 2012) 377-378쪽

강덕상이 보기에, 고바야시 마사루와 친한 사이였던 사이토 다카시가 이렇게 회상하고 있다. "만년의 그는 무언가에 홀린 것 같았다. 옥중생활 그리고 입원 생활로, 그의 몸은 이미 만신창이가 되어 있었다. 그의 정신을 홀린 것은 조선이었다"* - 이 귀기 鬼気 충만했던 고바야시 마사루는 도대체 무엇과 싸우고 있었던 것일까.

마지막 소설집

고바야시 마사루가 마지막 집필활동에 몰두한 1960년대 후반은, 정부나 지방자치체가 메이지 100주년 기념사업이나 축하 행사를 활발하게 전개하고 있었던 시기에 해당한다. 항간에서는 근대 일본의 발걸음을 되짚어 현창 顕彰하려는 기운이 높아졌다. 고바야시 마사루는 이러한 시대 상황을 강하게 의식하고, '영광스러운 메이지'라는 일면적인 역사 이미지의 무비판적인 유행에 경종을 울렸다.

고바야시 마사루의 임종 직후에 출판된 마지막 소설집 『조선·메이지 52년 - 이른바 '영광스러운 메이지'중에서』(1971)는 메이지의 역사를 노골적으로 예찬하는 풍조를 견제할 목적하에 엮였다. 고바야시 마사루는 후기에서 이러한 풍조에서 "조선·중국을 중심으로 하는 아시아가 완전히 빠져있다"고 비판하였다.(5:318) 책 이름에 있는 '메이지 52년'은 물론 가공의 연도이며, 실제 역사상

* 사이토 다카시 「고바야시 마사루와 조선―하나의 추억」『계간삼천리』 39호 (三千里社, 1984) 14쪽

1. '메이지 100년'과 '메이지 52년'

의 연도로는 다이쇼 8년, 즉 1919년에 해당한다. 조선 전역에서 수 많은 민중이 일본의 식민지 지배에 항의하고 독립만세를 외쳤던 '3.1독립운동(만세사건)'이 발발한 해이다. 소설집의 권두에는 「만세·메이지 52년」(1969)이 수록되어 있는데, 고바야시 마사루는 당초 단행본의 표제도 『조선·메이지 52년』이 아니라 『만세·메이지 52년』으로 정하려고 했다. 그러나 소설 발표 때, 이 '만세'가 의미하는 바를 이해하는 독자가 별로 없었기 때문에, 출판사 측의 의견도 받아들여 '조선'으로 바꾸었다고 한다.

이 책을 출판한 것은 소설 「만세·메이지 52년」을 읽고 감명을 받은 신흥서점 新興書房의 박원준이었다(이 소설에 대해서는 다음 장에서 상술하도록 한다). 그는 출판에 이른 경위를 다음과 같이 회상하였다.

"나는 이 작품을 읽고 흥분하여, 없는 지갑을 털어서라도 꼭 내 손으로 출판하고 싶다고 생각해 고바야시 씨와 교섭했고 승낙을 받았으나, 내가 그 정도로 이 작품에 감동한 것은 우리 조선인에게 있어 잊을 수 없는 '3.1운동'을 다루고 그것을 훌륭하게 묘사할 수 있었던 작가 고바야시의 수완에 매료되어서가 아니다. 그러한 테마의 친근감이나 작가로서의 역량 등에 대해서가 아니라, … 그 타협을 허락하지 않는, 최선을 다해 성실을 관철하는 작가의 자세에 대해서다."*

근대 일본의 내셔널리즘을 견인해온 '영광스러운 메이지'라는

---

* 박원준 「고바야시 마사루씨의 급서를 애도하다」 『조선연구』 104호(日本朝鮮研究所, 1971) 49쪽

역사상은 특히 청일전쟁 및 러일전쟁 승리의 국민적 카타르시스를 원점으로 하여 맥맥이 이어져 현재도 일본인의 자국 이미지를 지탱하는 중심적인 기둥 중 하나로 유지되고 있다(이 이미지의 유력한 자원이 된 시바 료타로의『언덕위의 구름 坂の上の雲』의 신문연재가 시작된 것은 1968년 4월 즈음이다). 제2차 세계대전의 패전에 다다르기까지의 쇼와 昭和 시대 전기는 대체로 어둡고 핍색된 시대라는 일반적인 이미지가 있다. 이 어두운 쇼와와는 대조적인 이미지를 곧잘 환기하는 것이 메이지시기 明治期 다.* 메이지는 영웅 군상으로 장식된 막부 말 幕末·유신기 維新期 의 속편으로서, 또 근대화라는 명쾌한 국가목표를 국민적으로 추구한 변혁과 성장의 시대로서 누차 긍정적인 역사상을 후세 사람들에게 제공해왔다. 파멸적인 쇼와가 있기 때문에야말로 전후가 되어 그 암울한 이미지의 반대편에 있는 메이지의 청신한 반짝임이 한층 더 두드러지고, 어떻게 보면 신화적인 향수를 불러일으키는 이미지가 야기되는 경향이 강해졌다고 할 수 있다.**

메이지 100주년 당시 많은 일본인은 메이지와 쇼와 전기를 주

* 1968년 3월에 실시된 '메이지 백년 기념에 관한 여론조사(明治百年記念に関する世論調査)'에도 이 경향이 분명히 나타나있다. 내각총리대신관방홍보실 편『메이지 43도판 여론조사』(大蔵省印刷局, 1970) 206-207쪽 참조.

** 이러한 구조는 현재도 기본적으로 바뀌지 않은 듯 보인다. 일례로 NHK의 대하드라마에 대한 이런 지적이 있다.「공공방송 NHK의 대하드라마는 전국 시대와 막부 말, 유신에서 많은 소재를 찾아왔다. 특히 메이지 유신에 관해서는 그 후의 아시아·태평양전쟁과는 대조적으로 "청신한 기운이 넘치는 시대"로 그려져 왔다. 그러나 NHK에는 그러한 방송이 '어쩔 수 없는 식민지주의'의 이데올로기를 증폭하고 있다는 자의식은 없다.」(진보 다로「미디어비평 제34회」『세계』809호(岩波書店, 2010) 55쪽)

1. '메이지 100년'과 '메이지 52년'

요 대립 축으로 하여 자국의 근대사를 돌아보았다. 한편 고바야시 마사루는 이 이원적인 국민 사관 史觀으로는 파악할 수 없는 이민족 식민지 지배의 역사에 초점을 맞췄다. '메이지 100년'에 그가 대치시켰던 '메이지 52년' 즉 1919년이란, 일본 국민이 품는 찬란한 자국의 내력 이미지에 포함되는 역사의 어두운 부분을 상징하는 해였다. 그리고 그에게 있어 그 역사는 결코 지나간 것이 아니라, 사실은 현재 그 자체에 깊이 관련되어 있었다. 후기 제1소설집 『쪽발이』의 후기에서는 다음과 같은 생각이 표명되어 있다.

> 나에게 있어 조선이란 무엇인가라는 문제를 생각할 때, 나는 내가 예전에 '식민지 조선'에서 태어나고 군학교에 입학하기까지의 16년간을 거기서 보냈다는 직접 체험을 포함한 '과거'문제로서 그것을 파악하려는 것이 아닙니다. 물론 일본 및 일본인의 역사에 있어 조선과 중국에 대한 그 '과거'는 현재의 일본과 일본인 형상에 대해 생각할 때 빼도 박도 못할 중요한 부분입니다만, 저는 그것을 이미 끝난 것, 완료된 것, 단절된 것이라고 생각할 수 없습니다. 아니 오히려 저는 일본에 있어서의 조선이나 중국이란 그 '과거'에서 현재로, 현재에서 미래로 연속적으로 살아가는 하나의 살아있는 총체라고 생각합니다.
>
> (4:252)

고바야시 마사루의 식민지 소설을 둘러보면 전기는 소년을 주인공으로 한 것이 많고, 그 자신의 실체험과 직결되는 작품이 주류인 것에 비해 후기에서는 고바야시 마사루 개인의 생활사를 넘은 역사에 다가가려고 하는 의욕이 강해지고 있음을 알 수 있다. 물

론 죽음으로써 극히 불완전한 형태로 도중에 끊어졌지만, 이러한
역사적 전망에 대한 의지를 응축한 것이 유작이 된 『조선·메이지
52년』이나 다름없다.

2. 식민지지배와 「임진왜란 壬辰倭亂」
   － 「밤 지나고 바람 부는 밤 夜の次の風の夜」

식민지의 어두운 부분

고바야시 마사루는 만년에 도요토미 히데요시 豊臣秀吉의 침략전
쟁에 맞선 조선 민족의 저항 이야기를 구상하고, 자료를 수집하는
등 준비를 진행하고 있었다. 남겨진 창작 노트를 보면 "이른바 '조
선정벌'을 일본과 조선 쌍방의 민중 측면에서 다루려고 한 작품이
었다"고 한다.* 이 이야기는 결국 쓰이지 못했으나, 폐절제 수술 후
에 복귀하고 처음으로 쓴 단편소설 「밤 지나고 바람 부는 밤」(1967)
가운데 그 원형이 맹아적으로 나타나 있다. 이 소설에서 고바야시
마사루는 20세기 전반의 식민지 지배와 16세기 후반의 임진왜란
을 아울러 각 시대에서 공통되는 조선 민중의 고뇌와 저항을 동시
에 병행적으로 그려냈다.

이야기의 주요 무대는 「영광스러운 메이지 71년」이라는(소설집
수록 때 붙여진) 부제대로 1938년(쇼와13년)의 조선이다. 이 '메이지

---

*　아이자와 가쿠 「후기를 대신해서」 다도코로 이즈미 외 「공개 티칭 고바야시
마사루에게 있어서의 〈표현〉과 〈현실〉」 『신일본문학』 26권 12호(新日本文
学会, 1971) 126쪽

71년'이 있고서야 비로소 베트남전에 가담하는 '메이지 100년'의 오늘이 있다고 고바야시 마사루는 보고 있었다.

이 해, 식민지 조선의 어느 지방 마을에서는 무슨 일이 일어나고 있었는가. 그의 문학적 상상력이 제시한 것은 일본의 관헌에 의해 이루어지는 조선인 청년의 고문이었고, 예전부터 그 지역의 학문의 중심이었으나 지금은 아주 황폐해진 옥천서원玉泉書院 이라는 학당에 몰래 모여서 독서회를 열어, 빼앗긴 민족의 언어와 역사를 되찾으려고 하는 젊은 조선인들의 정열과 분노였다.

그러한 1938년의 광경에, 300년 이상이나 전에 그 마을에 별안간 들이닥친 전쟁의 피해가 겹쳐진다. 경찰서에서의 조선인 청년의 취조, 식민지 지배에 신음하는 민중이 우글거리며 생활하는 빈민굴 같은 마을, 폐가로 변한 옥천서원에 모인 젊은 조선인들의 독서회가 근경으로, 그리고 '임진왜란'의 한가운데에서 아직 기능하고 있었던 옥천서원의 앞 광장에서 화톳불을 피우고 과거를 돌아보며, 미래를 모색하는 조선 민중의 모습이 원경으로 각각 배치된다. 한겨울에 조선인 청년을 발가벗겨 물을 뿌리고 조선인은 불결하니까라며 조롱하며 그의 몸을 수세미로 문지르고 기절할 때까지 죽도로 그 전신을 마구 때리는 식민지 관헌과, 살해한 남자의 숫자를 세기 위해 코에서 윗입술까지 베어낸 왜놈이 오버랩된다.

과거와 현재를 왔다갔다하면서 심한 밤바람이 '왜놈'의 망령처럼 식민지의 거리를 구석구석 기어다닌다. 으스스한 바람이 휘몰아치는 밤, 소년 스나가 가즈유키須永和之가 간밤 최천해崔天海가 경찰서에서 고문을 받고 울부짖는 것을 목격했다고 어른들에게 호소하는 장면에서 이야기는 시작한다. 경찰서에 인접한 가즈유키의 집에서, 농림학교 교사인 가즈유키의 아버지, 가즈유키의 어머니, 그리고 가즈유키가 고문에 참가했다고 주장하는 순사 가노다 加納田 세 명이 두서없는 잡담을 하고 있다. 구타나 물고문 등 고문의 모습을 자세히 말하는 가즈유키의 이야기를 어른들은 진지하게 상대하려 하지 않고, 또 아이가 쓸데없는 이야기에 빠져있다는 식으로 무서운 표정을 지어 입을 다물게 하려 한다.

농림학교에서 심부름을 하는 최천해는 가즈유키의 부모님에게도 성실하고 싹싹한 호청년이었다. 가즈유키는 썰매나 연 등 여러 놀이도구를 만들어 주거나, 귀여워해 준 그를 흠모했다. "최상은 나한테 엄청 긴, 1미터나 되는 포플러나무 피리를 만들어줬어"라고 소년은 말한다.(5:193) 최천해에게는 심술궂고 난폭한 두식 ㅏ ショク이라는 동생이 있다. 농림학교의 심부름꾼, 포플러나무 피리, 난폭한 남동생 두식 … 고바야시 마사루가 반복하는 설정인데, 「눈 없는 머리」의 이경인이 고문을 받아 쇠약사한 것도 같은 쇼와 13년이다.

가즈유키는 벽의 구멍으로 들여다본 무서운 고문의 모습을 어른들에게 어떻게든 전하려고 한다. 그러나 듣고 있는건지 아닌지, 어른들의 화제는 이리저리 옮겨 간다. 안달이 난 가즈유키는 몇 번이나 억지로 이야기에 끼어들려고 한다. 최천해는 물이 끼얹어져서 죽도로 난타당해 기절하고, 가노다가 안아 일으켜 끌고 가는 도중에 갑자기 피를 토했다고 주장한다. 그러나 어른들은 좀처럼 그 목소리에 귀를 기울이려고도 하지 않는다.

2. 식민지지배와 「임진왜란 壬辰倭亂」 - 「밤 지나고 바람 부는 밤 夜の次の風の夜」

가노다 순사가 그때 크게 기지개를 켜고 하품을 했다.

"이 온돌 말이야, 덥네"하고 그가 말했다.

"그리고, 나 봤어"하고 스나가 가즈유키가 말했다.

"이제 그만, 끈질기네" 골똘히 생각에 잠긴 얼굴로 다이고大伍가 가즈유키를 야단쳤다.

"왜냐면 봤단 말이야"

"카즈, 자꾸 그러면 아버지에게 혼나"하고 사토코里子가 말했다.　　(5:202)

　　이렇게 식민지의 어두운 부분을 '나 봤어'라고 호소하는 소년의 목소리는 '이제 그만, 끈질기네', '자꾸 그러면 아버지에게 혼나'하고 흐지부지 지워 버린다. 상냥한 최천해가 어째서 고문을 받는지 이해할 수 없는 가즈유키는 자꾸만 그 이유를 어른들에게 묻는다. 그러나 그들은 대답하지 않고, 소년의 목소리를 들었는지 어떤지도 분명하지 않다. 박유하는 이 장면을 통해 전후 작가로서 고바야시 마사루의 입장을 읽어냈다. 식민지 해방 후에도 어째서 조선 민족이 계속 고난을 받아야 했는지를 제대로 생각하려고도 하지 않는 일본사회에 경종을 울린 고바야시 마사루의 포스트콜로니얼 문학은 "마치 '밤' 중에 어른들에게 무시당하면서도 힘껏, 자신이 본 것을 말하려던 소년의 '목소리' 같기도 하다."*

　　*　박유하 「고바야시 마사루와 조선―「교통」의 가능성에 대해서」 『일본문학』 57권 11호(日本文学協会, 2008) 54쪽

최천해는 나역근 羅力根이라는 남자가 주최한 작은 집회에 가끔 참가하고 있었다. 나역근은 농림학교를 수석으로 졸업하고 내지의 대학을 나온 우수한 지식인이었다. 겉으로는 군청의 하급관리 지위에 만족하면서, 조선의 역사나 일본의 식민지 지배에 대해서 배우는 비밀 독서회를 옥천서원에서 운영하고 가즈유키의 부친의 제자들을 포함한 젊은 조선인 청년들의 계몽에 힘쓰고 있었다. 관헌은 그러한 움직임을 눈치채고 학생들에게 책이나 지식을 제공하는 것이 누구인지를 밝혀내기 위해 최천해를 잡은 것이었다.

식민지의 농림학교나 중학교 등은 그 이상의 고등교육기관에 진학할 기회가 없는 많은 조선 청년들에게 있어 극히 중요한 정치적 의미를 갖는 장소였다. 동맹휴교 등의 항의행동이 획책되는 장으로서, 고바야시 마사루의 식민지 소설에도 빈번히 등장하는 이러한 각종 중등교육기관은 식민지 조선에 있어서 민족 독립운동의 중요한 거점이 되어 있었다. 고바야시 마사루도 소설 속에서 언급했으나, 식민지 조선의 중등학교에는 20대의 만학도도 적지 않았다.* 나역근과 학생들이 독서회라는 형태로 남몰래 추진하는 독립운동은 빼앗긴 민족의 역사와 언어를 되찾기 위한 정신적 싸움이었다. 실제로 1930년대 이후 독서회를 가장한 조선인 비밀결사가 내지와 조선 양쪽에서 활발히 활동하고 있었으나, 그 숫자는 발

---

*   김성식 『항일 한국 학생운동사』(高麗書林, 1974) 2쪽 참조.

2. 식민지지배와 「임진왜란 壬辰倭亂」 — 「밤 지나고 바람 부는 밤 夜の次の風の夜」

각된 것만해도 200개 이상에 달했다고 한다.*

　그런데 '메이지 71년' - 고바야시 마사루의 작품세계에서는 최천해나 이경인이 고문을 받은 해인 1938년은, 식민지 조선인 학생들에게 있어 실제로는 어떤 해였을까. 제국 일본이 중국과의 전면 전쟁에 돌입함에 따라 식민지에서도 전시 동원체제가 구축되어가던 시기였으나, 전년 10월에는 「황국신민의 칙서」의 낭송 강요가 시작됐다. 38년 3월, 신사참배 거부에 의해 숭실전문학교 등이 폐교 처분을 받는다. 4월, 학교 교육에서 조선어가 배제되고, 나아가 육군 특별지원병 제도가 실시된다. 5월에는 국민 총동원령이 실시되었다. 「밤 지나고 바람 부는 밤」의 무대는 식민지에 대한 이러한 압박이 잇따라 일어난 뒤의 겨울이다. 그 후 1940년 2월 11일, 즉 '기원절 紀元節'부터 마침내 '창씨개명'이 시작된다.** 나역근이 "모두가 외치고 싶은 마음은 알겠어. 외치고 싶고, 소리지르고 싶고, 그러니까 조용한 목소리로 차분히 생각하도록 하자"라고 학생들에게 호소한 것은, 이처럼 조선 민족이 언어와 이름을 빼앗겨 갔던 시대였다.(5:218)

　"언어는 민족의 사상이며, 혼이다. 그러므로 빼앗긴 적이 없는 일본인은 언어라는 것에 대해서 실제로 얄팍한 인식밖에 가지고

---

*　조경달 『식민지조선과 일본』(岩波新書, 2013) 226쪽 참조.

**　이 시기 대구의 모습을 모리사키 가즈에가 다음과 같이 회고하고 있다. 「대구의 마을에는 도마 크기의 널빤지에 구노스키 마사시게(楠木正成)라든가 도쿠가와 이에야스(德川家康) 등의 이름을 크게 쓴 문패를 내건 양반집들이 나타났다. 나는 공포를 느꼈다. 분노의 표현이라는 것을 강하게 느낄 수 있었기 때문이다.」(『경주는 어머니가 부르는 소리』(洋泉社, 2006) 169쪽)

있지 않는다. 그러니까 그 녀석들은 조선의 융성에 즉시 도움이 될
것이라는 식으로 교육을 생각했고, 언어를 다루었지" - 나역근의
이러한 비판은 교육이나 언어뿐만 아니라 공리주의적 관점에서
식민지 지배를 정당화하려고 하는 역사관을 향해 있었다.(5:221)

　전전·전후를 통해 반복되어 온 식민지 지배 긍정론은 조선을 근
대화하고, 조선인을 황국신민화 하는 것은 '조선의 융성에 즉시 도
움이 된다(되었다)', 라는 공리주의에 대한 굳건한 신앙 같은 것에
기초하고 있다. 근대화나 문명화라고 하면 듣기에는 좋지만 요컨
대 돈을 베풀어 주었고, 집을 세워 주었고, 돈을 벌게 해 주었으니
까 됐잖아, 라는 것이다. 한편 이런 종류의 논의는 그것이 조선 민
족의 '사상'이나 '혼'에 어떠한 상처나 뒤틀림을 초래했는가에 대
한 성찰에는 관심이 없다. 사상이라던가 혼이라던가 그런 애매모
호한 것은 통계나 데이터로 확인할 수 없으므로 논할 거리가 못 된
다는 '실증주의' 때문인가, 아니면 조선 민족에게는 고려할 만한
'사상'이나 '혼' 등은 존재하지 않는다는 19세기적인 제국주의와
인종주의의 발상이 전제되어 있기 때문인가.

　나역근의 입을 통해 고바야시 마사루가 문제로 삼은 것은 물론
일본인에 의한 '곧 도움이 된다'는 식민지 정책이 실제로 즉시 '조
선의 융성'에 도움이 되었나, 아닌가가 아니다(제3장에서 다루었으나,
당대 최고의 지식인 중 한 사람이었던 윤치호가 풍자하였듯이 '경제성장'을 인정
하는 데 인색하지 않은 조선인은 얼마든지 있었다). 중요한 것은 그 그늘에
서 조선 민족의 사상이나 혼에 대해 어떠한 범죄가 저질러졌는가
였다. 불쌍한 '미개' 민족의 구세주인 양 생색내는 '문명화'론에 대

해서는 프란츠 파농 Frantz Fanon 의 조용한 경고를 떠올려야 한다. "하나의 다리 건설이 거기서 일하는 사람들의 의식을 풍부하게 해주지 못한다면 그 다리는 건설되지 말아야 한다. 시민들은 원래대로 헤엄쳐서 강을 건너거나 나룻배를 타거나 해서 강을 건너면 된다. 다리는 하늘에서 떨어지거나 솟아난 것이어서는 안 되며, 사회 전경에 데우스 엑스 마키나(도움의 신)에 의해 강요되는 것이어서는 안 된다. 그런 것이 아니라 시민의 근육과 두뇌에서 생겨나는 것이어야 한다."*

언어를 빼앗긴다는 것은, 사상과 혼의 장을 타자에게 점령당하고, 타자의 눈으로 자기 자신을 포함한 모든 사물을 볼 것을 강제당하는 것이다. 고바야시 마사루는 이것을 조선인 학생들의 대화를 통해 부각시킨다. 이 마을에 일본인이 만든 것은 무엇인가, 하고 나역근이 묻고 거기에 어느 학생이 대답한다. "한 개 대대大隊의 병사가 넘어왔지요. 그리고 독립 수비대로서 주둔했습니다. 그 본부가 여기예요. 이 옥천서원. 서원의 유생들을 모두 쫓아내고 여기를 점령해 본부로 삼아, 3.1독립운동을 했던 우리 할아버지, 아버지들을 잡아들인 거예요."

이 얘기를 듣고 다른 학생이 입에 올린 '치안이 좋아지더니'라는 말투가 사소한 말다툼의 불씨가 된다. '일제의 말'을 거리낌 없이 쓰지 마, 하고 갑자기 발끈하는 학생을 훈계하고 중재에 선 나

---

* 프란츠 파농 『대지의 저주받은 사람들』(스즈키 미치히코 외역, みすず書房, 1996) 193쪽

역근은 이렇게 설명한다.

"지금도 앞으로도, 이 나라에서 인정된 것은 일본어고 조선어가 아니야. 그럼 마을 사람 누구나가 일제로부터 말을 배워서, 그놈들의 말과 문자로 생각하지. 그게 어떤 것인지는 너희들이 이 독서회에 들어왔을 때 내가 먼저 처음에 가르친 거야. 일본인의 말을 사용하면서 항상 그것과 정반대의 의미를 똑똑히 응시해 가야 한다는 것이야."(5:238 - 239)

조선에서 본 근대 일본

고바야시 마사루는 황국신민화를 강요받은 조선민족의 입장으로 다가가, 그들의 분노에 상상력을 발휘함으로써 식민지 지배의 현실을 그들 편에서 그려내고자 했다. 그것은 또한 조선의 관점에서 일본의 근대사를 재검토하려고 한 그의 사색의 자취를 남기고 있다.

나역근은 구미열강에 의한 식민지화의 위기를 빠져나간 근대 일본이, 반대로 조선의 식민지화에 앞장서는 과정을 이야기한다. 그에 따르면 서양문명에 대한 공포감과 열등감이 아시아의 이웃 나라를 바라보는 일본인의 시선을 현저하게 일그러뜨렸다. 일본 앞에서 위대했던 서양문명이 흉포했기 때문에, 일본은 흉포해짐으로써 서양문명처럼 위대하게 되려고 한 것이었다. 서양식 근대국가의 옷차림을 급하게 가다듬은 일본인은 조선에서 과거의 일본 혹은 그보다 훨씬 무력하고 황폐한 모습을 발견했다. 그들은 근대화의 과정에서 옛날의 전근대적인 자국보다도 더 초라하게 보이게 된 조선을, 거기에 무엇이 있는가가 아니라 무엇이 없는지에 의해서밖에 인식할 수 없는 시선을 내면화해 갔다. 조선에는 교육 문화를 포함하여 근대적인 것은 거의 존재하지 않았다. 그리고 근대화의 강박관념에 홀린 자에게, 근대적인 것이 존재하지 않는다는 것은 아무것도 존재하지 않는다는 것과 같은 뜻이었다. 근대화한 일본인의 조선에 대한 혐오감에는 자기혐오라는 비밀의 측면이 있었다. 이렇게 고바야시 마사루는 급속한 근대화가 조선, 아시아에 대해 공감이 아닌(아시아주의의 산발적인 빛을 남기면서도) 전체적으로는 오히려 극단적인 기피감정이나 공격성으로 발현된 근대일본 정신사의 일그러짐을 조선인의 입을 통해 이야기한다.

그날 밤의 독서회는 나역근의 다음 말로 마무리된다. "설령 지금은 아무리 무력하게 보여도, 옥천서원의 이 모임을 계속해 나가야 한다. 이것이 틀림없이 조선의 진짜 학교다."(5:241) - 그러나 그 후 경찰서에서 고문을 견디지 못한 최천해가 비밀결사 지도자인 나역근의 이름을 밝히고 만다. 긴급소집을 받은 가노다가 스나가 가즈유키의 집을 서둘러 뛰쳐나가는 장면에서 이야기는 끝난다.

'임진왜란'에서부터 최천해에 대한 고문과 나역근 무리의 독서회로, '메이지 52년'부터 메이지 71년, 그리고 메이지 100년으로. 고바야시 마사루는 역사의 연속성을 바라보고 일본에 있어서의 조선을, "그 '과거'에서 현재로 현재에서 미래로 연속해서 살아가는 하나의 살아있는 총체"로서 잡아내려고 했다. 그리하여 먼 '임진왜란'부터 식민지기를 거쳐 뻗어가는 역사의 어둠은, 한국전쟁이나 베트남 전쟁에까지 이어져 있다고 주장했다. 또 그것이 메이지 101년, 102년으로 이어져 간다면, '메이지 52년'은 미래에도 반복될 것이라고 예언했다.

마무리로 두 가지를 부언해두고자 한다. 하나는 제국 일본의 조선 지배도 그 일부를 이루는 근대의 제국주의 전쟁이 국민국가의 건설과 확장, 그리고 자본주의 경제의 형성과 팽창과 불가분의 것이었던 이상 '임진왜란'을 식민지주의의 문맥상에 놓는 것에는 반드시 주의가 필요하다는 점이다. 제국기에 활발히 선전되었던 도요토미 히데요시의 '조선정벌'은 고대의 진구황후 神功皇后의 '삼한정벌'과 나란히 제국 일본의 조선 지배 정당성을 담보할 수 있도록 소급적으로 구성된 '국민역사' 혹은 '국민신화'의 모범적인 소재가 되었다. 고바야시 마사루가 「밤 지나고 바람부는 밤」에서 전개한 것은 이러한 국민화된 이야기로서의 '조선정벌'과 근대 일본의 아시아 침략의 공통성을 강조한 일종의 대항사관 対抗史観 이다. 그러나 이는 식민지 지배의 정당성과 일본 민족의 우수성의 근거로서 '조선정벌'을 위업으로 찬양하는 국가주의 사관과 일견 대립하는 것 같으면서도, 국민이나 민족이라는 개념의 근대성이나 식민지 지배와 자본주의의 관계 등을 충분히 고려하지 않았다는 점에서 표리를 이루는 면이 있음을 부인할 수는 없다.

다만 그렇다고는 해도 「밤 지나고 바람 부는 밤」에 나타나 있듯이 전국시대 일본의 '조선출병'과 근대 일본의 조선 식민지 지배에 어느 정도의 연결을 인정하는 견해는 결코 억지가 아니다. 잘 알려져 있듯이 도요토미 히데요시는 '당(명)', '천축(인도)', '남만(동남아시아)' 등 요컨대 아시아 정복이라는 기우장대한 구상을 품고 있었는데, '조선출병'은 그 기반을 굳힌다는 의미였다. 당시 그는

2. 식민지지배와 「임진왜란 壬辰倭亂 」 - 「밤 지나고 바람 부는 밤 夜の次の風の夜 」

스페인과 포르투갈에 의한 '세계영토분할'을 강하게 의식하고 있어서 '조선출병'과 같은 시기에 포르투갈의 인도 부왕 副王이나 스페인의 필리핀 총독에게 고압적인 서한을 보내기도 했다. 또한 류큐 및 대만에 대해서도 복속을 요구했는데, '조선출병'은 이러한 일련의 대외정책의 일환으로서 실행에 옮겨진 것이었다. 그것은 보는 시각에 따라서는 결국 세계의 식민지화에 나선 서양에 대한 (일본을 맹주로 하는) '동양으로부터의 반항과 도전'의 한 형태가 될 것이다.* 히데요시의 망상에 젖은 초거대 제국건설의 꿈은 그 수백 년 후에 제국 일본이 실현하려고 했던 '대동아공영권'의 원형처럼 보이기도 한다. 이런 점에서 크게 보면 '조선출병'이 일본에 있어서의 근대세계의 식민지주의 역사의 맹아라는 견해에는, 역시 어느 정도의 설득력이 있는 것으로 생각된다. 어쨌건 전국시대 일본의 '조선출병'이나 근대일본의 조선 식민지 지배나, 조선의 지배 그 자체를 최종적이고 궁극적인 목적으로 한 것이 아니라는 것은 짚어두어야 한다.

또 하나는 고바야시 마사루의 조선어에 대한 이해가 낮다는 점이다. 그는 소설 「밤 지나고 바람 부는 밤」 속에서 '倭奴 왜노'라는 한자에 '이놈 이노무'이라는 읽기 발음을 계속 붙이고 있다. 김석범은 이 점을 들어 "고바야시 마사루조차도 '왜놈'을 '이놈'으로밖에 표현할 수 없었다. 즉 그도 스스로 인정하듯이 식민자의 자식인 것이다"라고 비판하였다.(「'그리움 懐かしさ'을 거부하는 것」 5:379) 전후에

---

* 히라카와 아라타 『전국(戦国)일본과 대항해시대』(中公新書, 2018) 119쪽

조선과의 깊은 관계성을 가지고자 한 일본인 문학자 중 한 명인 고바야시 마사루조차, 이러한 기본적인 조선어도 제대로 이해하지 못했다. 그의 식민지 소설에 종종 나타나는 엉터리 조선어가 '일본 전후 문학의 한계를 역력히 드러낸다'는 타카자와 슈지 高澤秀次의 지적은 조선에 대해서 너무나도 감도가 낮은 상태로 남아 있던 전후 일본 사회의 현실을 나타내는 것으로서 무거운 의미를 갖는다.*

3. 100년의 정신사와 식민지주의

증오의 공동체

'메이지 52년'(1919, 다이쇼 8년)이 지나고, '메이지 100년' (1968, 쇼와 43년)이 지났다. 그리고 현재, 그 사이에 무엇이 바뀌었고, 무엇이 바뀌지 않았는가. 크게 개선된 것이 있는 한편 바뀌지 않은 것도 많을 것이고, 한층 악화된 것도 있을 것이다. 그러나 전체적으로 보면, '메이지 100년'의 시점에서 고바야시 마사루가 울린 경종은 지금도 그 현실성을 잃기는커녕 오히려 절실함을 더하고 있는 것처럼 보인다.

'메이지 150년'이 다가오는 21세기의 어느 시점에서, 민간인에 의해 구성된 군중이 큰 길가에 흘러넘치고 일종의 공인된 상황 아래, 백주 대낮에 버젓이 조선인의 제노사이드를 외치는 광경이 빈번하게 벌어지게 되었다. 특정 세대나 직업, 지역 등으로 식별

* 다카자와 슈지 『문학자들의 대역사건과 한국병합』(平凡社新書, 2010) 88쪽

할 수 있는 것도 아니며, 별로 특이할 것도 없어 보이는 일본인 집단이 국가에 해를 끼치는 '불령선인'만이 아니라 선악 없이 모든 조선인을 살해해라, 라고 떠들어대면서 거리를 행진했다. 그 결과 2013년에는 '헤이트 스피치'라는 말이 유행어로 지정되기에 이르렀다.

'조선인을 전부 죽여라'라는 제노사이드 선동이 '표현의 자유'로 인정되어야 하는가 아닌가는 둘째 치고, 그것이 일체의 타협 없는 증오의 표현이라는 것 자체에는 논의의 여지가 없다. 그 주장을 듣건대 소독이나 살균과 같은 말을 섞어가면서 조선인 제노사이드를 선동하는 자들의 목표는(주관적으로 일종의 정의나 도덕, 나아가서 나라든 고향이든 나름의 사랑이나 선행을 설파한다고 생각할지도 모르지만) 일본이라는 나라를 조선인이 존재하지 않고 조선인에 대한 전체적이고 예외 없는 증오와 모멸 의식으로 완전히 가득 차 있는 국가로 변혁하는 것이다.

그들은 자신들처럼 모든 조선인을 일체의 타협 없이 증오하고 모멸할 것을, 모든 일본인에게 요구하고 있다. 그리고 '우리들이 품은 조선인을 향한 증오를 공유하라'라는 그 협박이나 다름없는 요구는, 그것과 쌍을 이루는 '우리들이 품는 일본에의 애정을 공유하라'라는 요구보다도 훨씬 깊은 현실감이 담긴 것처럼 들린다. 만약 그들 가운데 한 사람이 '나는 지금껏처럼 일본을 계속 사랑하겠다. 다만 조선인을 증오하는 것은 그만두겠다'라고 선언한다면 그들이 그 사람을 동료로 계속 인정할 것이라고는 도저히 생각되지 않는다. 그렇다면 거기서 문제가 되는 것은 애국이 아니다. 그것은 증오에 의해 서로 이끌려 결합되고, 증오에 의해 동료의식을 확인하고 높이며 증오를 사회에 퍼트리는 것을 목적으로 한 증오의 공동체이다.

2013년과 1923년

2013년으로부터 딱 90년 전인 1923년 9월, 관동대지진이 가져온 대혼란 속에 관동 각지에서 조선인 무차별 살육이 잇달아 일어났다. 그것은 일본도나 죽창, 도비구치(옮긴이 - 막대 끝에 쇠갈고리가 달린 소방 용구로, 솔개의 부리 같이 생겼다고 해서 '솔개 부리'라고 한다) 등의 전근대적 무기나 도구를 사용한 처참한 인간사냥이었다.

2013년과 1923년 - 그 사이에는 격동의 세월이 가로놓여 있다. 그 사이에 제국 일본은 중국 전토와 동남아시아를 침략하고 태평양 각지에서 연합국군과 싸우며 인류 역사상 처음으로 원자폭탄에 의한 공격을 받아 광대한 식민지를 잃었고, 자국 역사상 처음으로 외국군에게 전토를 점령당했다. 그 후 '현인신 現人神'이 '인간선언'을 했고, 동서냉전체제 속에서 급격한 전후 부흥과 경제성장을 이루었다. 중일전쟁 이후에는 국가예산의 7, 8할이 군사비에 할애된 초 군국주의 국가가 평화와 문화를 사랑하는 자유민주주의 국가로 둔갑했다. 이처럼 정치·경제·법제적인 격변에 연달아 놓이게 됨으로써 사람들의 정신도 변화를 거듭 경험했다.

그럼에도 불구하고 조선인에 대한 증오에 대해서는, 어떤 면에서 1923년 9월이 그대로 멈춰있는 것처럼 보이기도 한다. 조선인을 증오하는 집단을 이끄는 일본인이 '조선인에는 좋은 사람도 나쁜 사람도 따로 없다. 조선인을 전부 죽여라'라고 외쳤고, 그에 많은 자들이 호응했다.[*] 이렇게 하여 관동대지진의 폐허 위에서 울려 퍼졌던 것과 같은 조선인 제노사이드의 절규가 21세기 빌딩 숲에 메아리치고 있다.

관동대지진 2년 후에 제정된 치안유지법은 사회주의자나 무정부주의자뿐만 아니라 민주주의자나 자유주의자 그리고 식민지의 독립운동가들도 강하게 탄압하고, 언론이나 사상 신조의 자유를 때려 부숴나갔다. 이 법률이 처음 적용된 것은 '내지'에서가 아니라 식민지 조선이며, 그때 탄압받은 것은 일본인이 아니라 조선인이었다. 치안유지법 위반으로 일본인에게 사형판결이 내려진 적은 한 차례도 없지만(고문사나 옥사는 다수), 독립운동가를 중심으로 하는 많은 조선인이 사형판결을 받았다.[**] 사회 전체의 자유의 공기가 압살당하기 전에는, 먼저 마이너리티나 소수의견을 가지는 자, 체제를 비판하는 자가 배격된다. 이때 여러가지 이유를 붙여 솔선해서 소수자나 외국인을 박해하는 것은 권력자라기보다 오히려 '선량한 시민'이다.(아쿠타가와 류노스케 「대진잡기 大震雜記」)

그런데 메이지 개원 100주년에 해당하는 1968년은 90년을 사이에 두고, 1923년과 2013년의 딱 중간인 해이다. '메이지 100년'을 둘러싸고 다양한 견해가 나타났지만, 본서의 문제의식에서 보

---

[*]   가토 나오키 『9월, 도쿄의 거리에서』(ころから, 2014) 182쪽

[**]   미즈노 나오키 「일본의 조선지배와 치안유지법」 하타다 다카시 편 『조선의 근대사와 일본』(大和書房, 1987) 128-136쪽 참조.

아 두드러지게 인상 깊은 것은 시인 가네코 미쓰하루 金子光晴 가

241

『절망의 정신사 絶望の精神史』(1965)에서 회상하고 있는 관동대지진 직후의 조선인 학살 모습이다.

유언비어가 어디서부터인가 전해져오면 바로 그것을 믿고 퍼트려 '다마강에서부터 조선인 폭도가 대거 습격해 온다'라거나 '조선인이 우물에 독을 던지며 다니고 있다'거나 '사회주의자가 봉기했다' 등 들을 때마다 일의 사실 여부를 고려할만한 여유 있는 사람은 없고, 청죽을 깎아서 끝을 불로 그을린 죽창을 들거나 허리에 일본도를 차거나 하며 교대로 마을을 지켰다. 그리고 지나다니는 자를 검문하여 머리가 긴 청년은 사회주의자, 말투가 분명하지 않으면 조선인이라 단정하고 도도이쓰(옮긴이 - 7·7·7·5 조의 속요)나, 사노사 부시(옮긴이 - 속요 중 하나로 메이지 30년 즈음부터 유행했다)를 부르게 해서 확인했다.

평소 상냥하고 소심한 이발소 주인이 눈이 벌개지고 성격이 확 바뀌어서 난폭한 말투로 지휘하거나, 머리를 얌전히 올린 여관 주인이 갑자기 미친 사람처럼 '갈겨버려, 죽여라' 등의 과격한 말을 지껄이는 것이었다.

유언비어를 단속하는 전단을 뿌리면서 순사까지도 상궤 常軌를 잃고 '조선인은 메구로 目黒 부근까지 와서 난동부리고 있다. 단단히 해라' 등의 말로 격려하고 갔다. 스나무라(砂村, 옮긴이 - 도쿄도 고토구의 일대)에서 세 명을 죽창으로 찌르고 왔다고, 영웅이라도 된 양 행세하는 공사장 인부 같은 사람도 있었다.*

* 가네코 미쓰하루 『절망의 정신사』(講談社文芸文庫, 1996) 123쪽

3. 100년의 정신사와 식민지주의

대지진 직후의 극한의 무질서 상황은 종주국 신민들이 식민지 이민족에 대한 근원적인 증오와 모멸의식, 그리고 그들의 모습에 대한 숙명적 공포를 부지불식간에 정신 속 깊은 곳에서 널리 공유하게 되었다는 사실을 폭로했다. 가네코가 강조한 것은 '유언비어'를 재빨리 믿어버리고, 또 그 불씨가 되어 용감하게 인간사냥의 선두에 섰던 사람들의 보통성과 평범함이다. 어찌보면 그 보통성과 평범함에는 모종의 선량함까지 있었을지도 모른다. 혼돈 속에서 형체가 없는 위기감과 공포에 사로잡혀 증오를 부추겼던 것은 평소부터 특수한 사상 신조를 갖고 특수한 행동을 했던 특수한 사람들이 아니었다. 그리고 중대하게도 폐허 위에서 그들의 마음속에 충만했던 모든 조선인에 대한 증오는 정의와 도덕의 성질을 띠고 있었다.(가토 나오키 加藤直樹『9월, 도쿄의 거리에서 9月, 東京の路上で』)

1923년 가네코 미쓰하루가 목격한 광경이, 21세기 '선량한 시민'들이 조선인에 대한 증오와 뭔가 관련이 있다고 생각하는 것은 그렇게 비약이 아닐 것이다. 증오와 모멸의 욕설을 듣는 쪽의 눈에는 즐비한 플랜카드나 일장기, 욱일기가 90년 전 인간을 꼬챙이에 꿴 죽창이나 도비구치(쇠갈고리가 달린 용구)처럼 비칠지도 모른다.

일종의 축제적인 분위기를 띠는 증오의 퍼레이드에서 마이크를 잡은 현대의 '선량한 시민'들은, 다이쇼 시대의 '선량한 시민'들과 꼭 닮아있다. 그들은 "눈이 벌개지고 성격이 확 바뀌어 난폭한 말투로 지휘하며 돌아다니거나", "'갈겨버려, 죽여라' 등과 같이 과격한 말을 지껄이거나" 한다. 조선학교에 쳐들어와 온갖 욕설을 내뱉는 동영상을 스스로 세계에 내보이고, 스파이의 자식들을 울려주었다며 영웅이라도 된 양 행세하고 지나간다. 그러나 가네코가 간파했듯이 그러한 현대의 선량한 시민들도, 그 상당수가 퍼레이드가 해산하자마자 아무런 일도 없었다는 듯이 상냥하고 소심한 사람으로 돌아가 예의바르게 각자의 일상생활 속으로 돌아간다. 그런 그들은 비겁하게도 지진이라는 비상사태를 틈타 우물에 독을 넣고 일본인 부녀자를 강간한다는 불령선인들의 환영으로부터 가족과 고향 마을, 국가를 방위하고자 일어섰던 다이쇼의 선량한 시민들과 90년의 세월을 넘어 같은 나라를 사랑하고, 같은 의분에 불타고, 같은 적과 싸우고 있을 것이다.

'문명'을 향한 발판으로서의 '야만'

근대 일본의 내셔널리즘에는 조선을 음수값으로 하여 자국을 이미지하는 뿌리 깊은 정신적 풍습이 보인다. 적지 않은 숫자의 자칭 애국자나 보통 일본인들이 내뱉는 말은 일본이 좋으니까 조선이 미운 것인지, 조선이 미우니까 일본이 좋은 것인지, 어느 쪽인지 모를만큼 조선을 향한 적개심에 가득 차 있다.

근대 일본의 내셔널리스틱한 자국 이미지는 조선을 빼놓고는 거의 성립할 수 없다. 그 중요한 부분이 부정적 표상으로서의 '조선'과 불가분하게 얽히면서('조선'에 없는 것, 심지어는 '조선'에 반하는 형태로 자국을 규정하면서) 형성되어왔기 때문이다.

이에 관해서 김학영 金鶴泳 은 어느 소설 속에서 일본과 조선 사이에 놓인 재일조선인 2세의 콤플렉스를 그리면서 이렇게 썼다. "그에게 일본적이라는 것은 반조선적인 것처럼 생각되었다. 그것은 단순한 이질성이 아니었다. 물과 기름처럼 서로에게 상대를 반발하는 이질성이라고 생각되었다. 일본적인 것은 조선적인 것을 아주 싫어하고, 배척하는 것 같았다. 과거 조선이 일본의 식민지요 노예였듯이, 조선적인 것은 일본적인 것의 하녀요, 하인이요, 대등한 위치에 설 자격이 없는 것 같다. 조선인을 우민시 하는 일본인의 뿌리 깊은 사고관습에 자신도 모르는 사이에 망가지고 말았다고 밖에 할 수 없었다."*

근대 일본 정신사의 어느 중요한 부분에서, 일관되게 '조선인'이 괴물화 되고, 악마화 되고, 열등성이나 잔혹성, 비도덕성이 날조되고 본질화되어 중국인을 포함한 다른 어떤 이민족과도 전혀 다를 정도로 특별하고 지속적인 증오와 모멸을 계속 받아왔던 것은, 그것이 실로 근대 일본의 내셔널리스틱한 자기인식의 핵심에 속하는 사항이기 때문이다. '일본인이라면 너는 조선인을 미워할 것이다. 조선인을 미워하지 않는다면, 너는 일본인이 아니야' - 근대 국민국가의 구성원으로서의 '일본인'상이 '조선인'을, 일본인과 비일본인을 가장 뚜렷이 나누는 일종의 틀로 조형되어 온 면이 있다는 것은 관동대지진의 비상사태 때 결정적으로 폭로되었다. 그때 '주고엔 고짓센(십오엔 오십전)'을 잘 발음하지 못했던 지방 출신의 일본인도 조선인으로 의심받아 살해당했다. 즉 거기에는 일본인이라는 것을 나타내는 그 어떤 자기주장보다도, '조선인이 아니'라는 것이 근본적인 '일본인'의 증명으로 여겨진 것이다. (니시

* 김학영 「유리층」『〈재일〉문학전집』6권(勉誠出版, 2006) 123쪽

　서구화에 대한 반영구적인 목마름과 열등의식이 깃든 근대 일본인들에게(물론 이것 자체는 일본인에게 한정된 것은 아니지만) 비서양의 상징인 '조선적인' 것(근대가 아닌 것, 근대에 반대되는 것)은 결코 자기 안에 존재해서는 안 되었다(이념적으로는 종종 유교가 그 상징으로서 도마에 오른다. 중국인과 조선인은 일본인과 달리 유교에 영구히 속박될 운명에 있기 때문에 일본인과는 본질적으로 다른 민족이라는 식으로. 거기서는 똑같이 붓을 사용하고 쌀을 먹고, 한문 서적을 읽어온 것은 전혀 중요하지 않다). 이성, 규율, 청결, 근면, 발전, 진실, 평화, 공정 등과 같은 근대화의 지표가 될 만한 미덕을 강박적으로 추구하는 근대 일본인의 '조선인' 상은 바로 그것들의 대극에 위치하는 마이너스의 이미지(감정, 혼돈, 불결, 나태, 정체, 허위, 흉폭, 부정)로 가득 채워진다. 어느 일본인은 "조선인은 감정으로 움직인다"고 힐난한다. 마치 자신들은 감정을 완전히 제어하고, 이성으로 모든 일을 결정한다는 듯이. 또 어느 일본인은 "조선은 '정치 情治' 국가다. 조선인은 자신의 국가도 제대로 다스리지 못한다"고 비웃는다. 마치 자신들의 나라가 모범적인 법치국가이며, 모든 것이 '제어' 아래 있다는 듯이. 그림이 하얗다면, 액자는 검은 것이 좋다. 조선인이 열등하면 열등할수록 일본인은 우등하게 된다. 조선인이 비겁하고 거짓말쟁이일수록 일본인은 공명정대해진다.

　이런 지표는 대략 문명과 야만이라는 이항대립으로 집약된다. 문명국을 목표로 하는 근대일본은 다른 무엇보다도 '비문명', '반문명'의 나라인 조선의 대극에 위치하는 국가이지 않으면 안 되었다. 김학영은 전술한 소설의 같은 부분에서 이렇게 썼다.

"조선인 - 이 말은, 일종의 특별한 울림을 내포하는 말이다. 조선인인 그에게조차 그러하니, 일본인에게는 한층 더 특종적인 뉘앙스를 담은 것으로 들림에 틀림없다. 영국인이라고 하면 어딘가 우아한 울림이 있다(라고 그는 느낀다). 그런데 조선인이라고 하면, 반대로 비천한 울림이 있다. '영국 신사'라는 표현은 성립되지만, '조선 신사'라는 표현은 성립되지 않는 것 같다. 조선과 신사는 마치 반대 개념의 단어인 것처럼 말이다."*

애처로운 인종차별주의

내면적인 성향뿐만 아니라 외모의 면에서도, 일본인은 자기가 서양 사람에게 결코 그렇게 보여서는 안 될 부정적 표상(대표적인 것이 일종의 퉁구스계 민족의 특징으로 여겨지는 가느다란 외까풀의 치켜 올라간 눈, 낮게 주저앉은 듯한 코, 높이 튀어나온 광대, 넙데데하게 벌어진 턱과 같이 '아시아적'인 얼굴을 말한다)을 자기한테서 떼어내서 조선인에게 떠넘기고, 전형적인 조선인 얼굴을 상정하여 마치 자기가 그런 동양인이 아닌 것처럼 굴었다.

이와 관련하여 오에 겐자부로 大江健三郎가 고등학교 시절의 추억담을 밝히고 있다. 웃을래야 웃을 수 없는 블랙유머 같은 참으로 상징적인 이야기다.

---

* 김학영 「유리층」, 『〈재일〉문학전집』 6권, 상동, 22쪽

미국 대학에서 여행을 온 여학생들과 우리가 지방 도시의 중앙에 있는 성곽
산에서 만나 아는 사이가 되었다. 그녀들이 만화책을 보여 준다. 안경을 쓰고
앞니가 튀어나오고, 키가 작은 추악한 인물이 그려져 있는 것을 보고, 이것은
조선사람인가? 하고 내 친구 중 하나가 천진하게 묻는다. 아니, 일본인이야
하고 여학생들이 역시 천진하게 대답한다. 이 만화 그림은 너희와 정말 닮았
어, 라며 여학생들은 우리를 손가락으로 가리키고 웃는 것이다. 거기서 나는
내 인생에서 처음으로 일본인이 아닌 다른 사람의 눈으로 나 자신을 보았다.
미국의 눈에 비친 나 자신.*

미국인이 그린 스테레오 타입화 된 추한 일본인을 보고, '이것
은 조선 사람인가?'라고 거의 자기최면에 가까운 착각을 한다 - 일
본인 고등학생의 이러한 도착 倒錯 된 인종차별주의의 첫 번째 표적
이 된 것이 중국인도 몽골인도 아이누도 아닌 바로 조선인이라는
것은, 단순히 조선인이 가장 가까운 외국인이어서가 아니다. 그가
품은 추악한 '조선인' 이미지를 음수값으로 함으로써 성립되는 아
름다운(추악하지 않은) '일본인'이라는 이미지가 식민지주의의 직접
적인 산물이기 때문이며, 근본적으로 식민지주의에 의존함으로써
비로소 성립되고 있기 때문이다.

아무튼 미국인이 자신들에게 향하는 조롱의 눈빛을 조선인에
게 떠넘기려는 일본인 남고생과 그의 외모를 보며 웃는 미국 여학
생들의 인종차별주의는 똑같이 천진하면서도 그 습도에서 얼마나

*   오에 겐자부로『고래가 사멸하는 날』(講談社文芸文庫, 1992) 201쪽

3. 100년의 정신사와 식민지주의

차이가 나는가. 지배자의 자리에 안주해 온 서양 강대국 여자(오에 겐자부로는 명기하지 않았으나 그녀들이 '백인'이었다는 것은 의심할 여지가 없다)의 두려울 정도로 태평하고 건조한 인종차별주의에 비해 일등국과 사등국의 환상 사이를 백년간 헤매온 비 서양국 남자의 인종차별주의는 참으로 구질구질하고 음울하다.

뿐만 아니라 일본인의 조선인에 대한 인종차별주의는 백인의 일본인에 대한 인종차별주의와 나란히 놓이는 순간 그 공허함이 드러난다. 게다가 그 사실을 바로 백인 여자가 들추어내는 것은 인종차별주의와 동행하는 남성중심주의를 더할 나위 없이 비참하게 만든다('내가 보기엔 너나 네가 무시하는 남자나 별로 다를 게 없어').

이러한 교만하면서도 어딘가 우스꽝스럽고, 게다가 꽤 서글픈 일본의 인종차별주의는 지금도 건재하다. '혐한'을 표방하는 만화책에 등장하는 눈동자가 크고 턱이 좁은 일본인과, 치켜 올라간 눈에 넙데데하게 벌어진 턱을 가진 재일조선인 얼굴을 극단적으로 대조시키는 인종 표상이 이런 종류의 야비하면서도 애처로운 인종차별주의에 완벽한 예일 것이다.

그런데 고바야시 마사루의 가장 만년에 해당하는 1970년 즈음에는 도쿄 등에서 재일조선인 고등학생을 상대로 한 일부 일본인 고등학생의 폭행 사건이 자주 일어났는데, 오에 겐자부로는 이 건에 관해서도 언급하였다. "조선인 고등학생 따위는 자기 나라로 돌아가면 된다. 남의 나라에서 잘난 체하지 마라"라고 주장하며 폭행에 관여한 일본인 고등학생이 풍기는 그런 종류의 '천박함'에 대해서 오에는 이와 같은 말을 하였다.

이처럼 어리석기도 하도 비열하고 난폭한 일본인 고등학생들은 실은 그들에게 전제적인 권한을 가진 자에게는 재빨리 복종하려고 하는 치부와 같은 촉각에 의해서, 이 나라의 강권 強權이 행하는 것과 그들의 수치를 모르는 폭행이 은밀하게 상통하고 있음을 알고 있다. 조선인 고등학생을 때리는 패거리들은, 모두에게서 고립되어 그들 속에서부터 치밀어 오르는 증오에 사로잡혀 사는 비행소년들처럼 위험한 하강성 下降性의 삶에 내기를 걸고 있는 것이 아니라, '자기 나라'의 국익에 부합하는 안전한 스포츠처럼 폭력을 즐기고 있는 비열한 놈들이다. 그리고 그 비열함의 정도에 따라서 그들은 평균적인 우리 일본인을 대표한다.*

현대의 선량한 시민들의 증오 퍼레이드도 공권력의 극진한 보호를 받으며, 마음껏 모멸 의식을 뿌릴 수 있는 안전한 스포츠로 보인다. 거기서는 전제적인 권한을 가진 자에게 복종하는 마조히스틱한 오락을 안심하고 즐길 수 있다. 하늘 아래 명백히 드러나는 것은 1970년과(혹은 1923년) 마찬가지로 국익을 타자 멸시의 면죄부로 삼는 것은 평균적인 일본인의 천박함의 정도이다. '때려 눕혀라', '돌아가라', '나가라' … 요컨대 정의와 도덕의 가죽을 쓴 유치한 욕설에 지나지 않는 '스피치'를 듣고 어딘가 부끄러운 생각이 든다면, 그것은 사실 고립무원에서 장렬한 저항도 아무것도 아니고, 이 나라의 강권을 등에 업고 약자 괴롭히기의 어두운 오락에 불과하다는 점을 당사자들 스스로가 느끼는 그 치부와 같은 촉각이 대낮에 망측하게도 버젓이 드러나 있기 때문일 것이다.

---

*　　오에 겐자부로 『고래가 사멸하는 날』 상동, 43쪽

4. 고바야시 마사루의 선행자들

근대 일본문학과 조선

여기서 문학사를 정리해두는 의미로, 식민지 조선을 그린 일본인 작가 중에서 대표적인 몇 명을 간단히 정리해 두고자 한다.

원래 고바야시 마사루는 그가 선택한 주제 때문에 근대 일본 문학사의 주류로 자리매김할 수 없는 특이한 작가였다. 그는 어느 시대정신을 체현하는 작가가 아니라, 그 자신이 "일본 문학 전체로서, 일본인 전체로서, 뭔가 말도 안되는 정신의 결여, 무책임함이 있는 것처럼 생각된다"라고 지적한 대로, 오히려 시대정신의 맹점을 지켜보는 역할을 맡았다.* 여기서 말하는 '뭔가 말도 안되는 정신의 결여'에는 넓게 보면 다케우치 요시미가 문제로 삼은 것 같은 아시아나 동양이 연루될 것이다. 고바야시 마사루가 문제로 삼은 것은 바로 식민지 지배와 남북 분단 그리고 재일조선인 문제를 포함해 조선에 대한 무지와 무관심이었다.

이에 관해 쓰루미 슌스케 鶴見俊輔가 평론 「조선인이 등장하는 소설 朝鮮人の登場する小説」(1967)을 발표한 바 있다. 일본 밖의 각 민족을 그린 메이지 이래의 문학작품을 개관한 다음, 쓰루미는 다음과 같이 지적한다. 근대 일본문학이 내포한 모종의 구조적인 맹점을 찌르는 매우 중요한 지적일 것이다.

* 고바야시 마사루 「일본문학과 조선」 『아시아·아프리카통신』 3호(アジア·アフリカ作家会議日本協議会, 1961) 6쪽

전형적인 양행 洋行소설과 그 정통에서 벗어난 외국풍속 소설 중에서 조선을 무대로 한 소설이 없다는 것은 일본 문학사상의 사실이다. 일본에 가장 가까운 외국이 조선이라는 것을 생각할 때, 조선을 무대로 한 소설이 메이지·다이쇼·쇼와를 거치며 패전까지 나타나지 않은 것은 일본의 근대문학의 성격에 관계되는 하나의 중대한 사건이라고 해도 무방하다.

이 사건의 배후에는 일본인이 조선인에 대해 가지는 편견, 그 편견에 대해 일본의 문학자가 관심을 가지지 않았다는 것 두 가지 사실이 있다.*

후술하듯이, '조선을 무대로 한 소설' 혹은 조선인이 등장하는 소설이 패전까지 전무했던 것은 아니었으나, 전무라고 해도 틀리지 않았다고 할 정도로 그 수가 부족했던 것은 확실하다. 쓰루미에 의하면 전전 戰前 · 전중 戰中과 마찬가지로 '조선을 준거집단으로 하여 일본을 생각하는 방법은, 전후 일본 사상사 속에서도 확대되지 않았'지만, 그렇더라도 이노우에 미쓰하루 井上光晴나 가이코 다케시 開高健, 오에 겐자부로, 마쓰모토 세이초 松本淸張, 이노우에 야스시 井上靖, 고마쓰 사쿄 小松左京 등의 작가들이 조선에 관련한 전후 소설을 탄생시켜 나갔다. 이들 작품은 "메이지 이후 백 년 동안의 소설의 궤적에서 벗어나 전후 문학에 독자적인 계열을 이룬다. 일본의 이웃 사람으로서의 조선인 문제를 생각하는 것뿐만 아니라, 일본 안에서 가장 큰 외국인 집단으로서의 재일조선인 문제를

---

* 쓰루미 슌스케 「조선인이 등장하는 소설」 구와바라 다케오 편 『문학이론의 연구』(岩波書店, 1967) 189쪽

4. 고바야시 마사루의 선행자들

생각하는 것이 일본민족의 미래상을 그리는 것과 불가분의 관계에 있는 것으로 받아들여지고 있다."* - 쓰루미는 고바야시 마사루에게는 언급하지 않았으나, 그도 이러한 전후 문학에 있어서의 '독자적인 계열', 즉 조선 민족의 존재를 통해 '일본민족의 미래상'을 그리려고 한 계열에 잇따른 작품을 쓴 작가였다.

그런데 문학사적으로 고바야시 마사루와 가장 가까운 동시대 문학자로서 우선 동세대 조선 식민자 2세들을 들 수 있다. 후루야마 고마오(古山高麗雄, 「매미의 추억 セミの追憶」), 가지야마 도시유키(梶山季之, 「족보 族譜」), 고토 메이세이(後藤明生, 「한 통의 긴 어머니 편지 一通の長い母親の手紙」), 이쓰키 히로유키(五木寬之, 「사형의 여름 私刑の夏」) 등이 유명하다. 다만 이 작가들은 "'외부의 경력'을 그대로 자기 내부경력과 일체화한 작가"**였던 고바야시 마사루처럼 주제를 조선으로 거의 단일화했던 것이 아니라, 다양한 측면에서 전후 문학사에 이름이 거론될 만하다. 또 소설 이외에 큰 존재감을 드러내는 것이 조선을 둘러싼 평론이나 에세이 종류들이다. 다음 장에서 다룰 이쓰키 외에 특히 무라마쓰 다케시와 모리사키 가즈에가 각각 조선을 주제로 한 시 이외에도 일본의 포스트콜로니얼 식민자 문학의 백미로 들어야 할 탁월한 텍스트군을 남겼다(무라마쓰는 평전 『조선식민자 朝鮮植民者』, 평론집 『머나먼 고향 遥かなる故郷』 등, 모리사키는 『고

---

* 쓰루미 슌스케 「조선인이 등장하는 소설」 상동, 198-199쪽

** 다도코로 이즈미 「「고향」과 작가와의 싸움―아베 고보, 고바야시 마사루, 다카이 유이치의 최근작을 둘러싸고」 『신일본문학』 22권 12호(新日本文学会, 1967) 141쪽

이러한 조선식민자 2세(3세) 작가들 외에도 고바야시 마사루와 가까이에 자리매김할 수 있는 작가들은 많다. 특히 중요한 것은 김석범 金石範 이나 고사명, 이회성, 김학영 등 동세대의 재일조선인 작가들이다. 더욱이 고미카와 준페이 五味川純平 나 아베 고보, 미키 다쿠 등 만주를 시작으로 하는, 조선 이외의 식민지에서 온 인양자 작가의 존재도 시야에 넣어야 한다(이러한 '외지인양파' 전후 문학의 역사적 의의에 대해서는 다음 장에서 검토한다). 만주에서 태어난 인양자로는 아카쓰카 후지오 赤塚不二夫 나 지바 데쓰야 ちばてつや 등 저명한 만화가도 적지 않다.*

이러한 포스트콜로니얼 일본어 문학의 다양한 모습을 확인하고, 이하 근대 일본문학을 조선의 관점에서 조감할 때 어떤 경치가 보일까, 고바야시 마사루가 남긴 평론을 단서로 아주 간단하게 개관해보고자 한다.(여기서는 총망라하여 체계를 세울 수는 없지만, 그 중요한 작품에 대해서는 몇 가지 뛰어난 선행연구가 있다.)** 본서에서는 각각의 소개 정도가 되겠으나 그들의 존재를 확인해 둠으로써 근현대 일본문학사에서의 고바야시 마사루의 위치가 보다 입체적으로 부각될

* 아카쓰카 후지오 외 『나의 만주』(亜紀書房, 1995) 참조.

** 선구적인 것으로 박춘일 『근대 일본문학에 있어서의 조선상』(未来社, 1969) 나 다카사키 류지 『문학 속의 조선인상』(青弓社, 1982) 그 이후로, 보다 망라적인 이소가이 지로 『전후일본문학 속의 조선 한국』(大和書房, 1992)이 있다. 최근에는 남부진 『근대문학의 〈조선〉체험』(勉誠出版, 2001)이나 와타나베 가즈타미 『〈타자〉로서의 조선』(岩波書店, 2003) 나카네 다카유키 『〈조선〉 표상의 문화지』(新曜社, 2004) 등의 뛰어난 성과가 있다.

4. 고바야시 마사루의 선행자들

것이다.

1964년 6월부터 고바야시 마사루는 잡지 『코리아 평론 ユリア評論』에 「일본 문학에 나타난 조선의 면모 日本文学に現れた朝鮮の顔貌」라는 평론을 세 차례 연재했다. 근대 일본문학에서는 조선 및 조선인이 어떻게 그려져 왔는가, 또 거기에 나타나는 일본인과 조선인은 어떤 모습과 마음을 가지고 있는가 하는 주제를 작품비평의 형태로 논하자는 것이었다.

그 해 가을에 폐결핵 때문에 입원 생활을 할 수밖에 없었던 탓인지 연재는 전전기 戰前期를 개관하고 도중에 끊겼으나, 고바야시 마사루가 만약 전후편 戰後編을 썼더라면 당시의 그가 자신의 작품 이외에 뭔가 눈에 띄는 것을 발견할 수 있었을까. 아마도 재일조선인 작가들의 일본어 작품 외에는 이노우에 미쓰하루 등 몇 안되는 일본인 작가의 몇 작품을 간신히 찾아낼 정도였을 것이다. 이론을 세우기에 앞서 고바야시 마사루 자신이, 일본문학에 나타난 조선을 논하는 시도는 '문학사상 거의 미개척의 것'이라고 전제하고 있다.* 그는 스스로의 작업이 문학사상의 미개지 未開地를 개척하려는 것임을, 선구자의 긍지라기보다는 고립감과 초조함과 함께 자각하고 있었다.

* 고바야시 마사루 「일본문학에 나타난 조선의 용모(1)」 『코리아 평론』 6권 2호(ユリア評論社, 1964) 47쪽

이 연재에서 고바야시 마사루가 처음으로 다룬 것은 우치노 겐
지(1899 - 1944. 필명 아라이 데쓰 新井徹 조선 체재 중에는 대체로 본명으로 활
동했기 때문에 본서에서는 본명을 사용한다)이다. 대마도에서 태어난 우치
노는 1921년에 조선으로 건너가 충청남도 대전에서 중학교 교원
이 되었다. 1923년에 첫 번째 시집『흙담에 그리다 土壁に描く』를 발
행하나, 곧 발매금지 처분된다. 1925년, 경성공립중학교로 전근하
여 시 창작을 왕성하게 해나가지만 그게 화근이 되어 1928년에 총
독부에 의해 교사직을 파면당하고 조선에서 추방되었다. 조선을
일본의 한 지방으로 보는 시대적 인식의 제약에서 자유롭지는 못
했지만, 조선의 민중과 풍토에서 제목을 딴 시나, 식민지 지배하의
조선인의 마음으로 다가가고자 하는 시를 써서 남겼다.* 도쿄에서
몇 번인가 경찰에 검거, 구류되면서도 프롤레타리아 시인으로서
창작활동을 이어갔지만 1944년에 병사했다.**

고바야시 마사루는 조선에서 추방된 후에 간행된 우치노 겐지
의 두 번째 시집『까치 カチ』(1930)에 수록된「김치의 계절」(1927)을
다루었다. 시장의 모습을 묘사한 다음과 같은 쾌활한 어조로 시작
되는 시이다.

---

*   임전혜「조선시대의 우치노 겐지」『계간삼천리』 11호 (三千里社, 1977) 164-
      179쪽 참조.

**   우치노 겐지의 경력에 대해서는 임전혜「연보」『아라이 데쓰 전 사업』(新井徹
      著作刊行員会, 1983) 509-526쪽 참조.

4. 고바야시 마사루의 선행자들

들에서 마을로 이어진다

김치의 계절이 이어진다

지게로 이어진다, 차로 이어진다

흙의 전사가 몰려온다

백성들의 진군이다

시장은 산이다

배추의 산이다, 무의 산이다

척척 시장을 점령한다

모두 나와라

준비해라!*

고바야시 마사루는 우치노가 "일종의 밝은 리듬으로 조선 인민의 생명력이라고 해야 할 것을 노래했다"고 평가했다. "오랜 침략 하에 있다고, 식민지로서의 슬픈 풍경 아래 있다고 해서 인간은 어두운 분노에 물든 비통한 얼굴만 하고 사는 것이 아니다."**

우치노가 찾아낸 그러한 조선 민중의 일상생활에 넘치는 약동감은 고바야시 마사루의 작품세계에도 풍부하게 숨쉬고 있다. 조선 민중의 생활을 그려내는 데 있어 고바야시 마사루가 가장 선명하게 써내려간 것 중 하나는 식사 장면이다. 예를 들면 소설 「눈 없는 머리」에 조선인 남자가 호쾌하게 밥을 먹는 모습을 일본인 소

---

*　　『아라이 데쓰 전 사업』 상동, 88쪽

**　　고바야시 마사루 「일본문학에 나타난 조선의 용모(1)」 전게서, 49쪽

년이 멍하게 바라보는 다음과 같은 장면이 있다.

"남자는 고봉으로 쌓은 조밥을 큰 숟가락으로 떠서 입 안 가득 미어지게 넣고 거기에 사발에 수북이 담긴, 둥글게 썬 무김치 국물을 부어 넣고 턱과 목을 격렬하게 움직이며 눈 깜짝할 새에 삼켰다. 왼손으로는 방울져 떨어지는 이마의 땀을 닦고, 그 손으로 안쪽까지 발갛게 익은 두꺼운 무를 잡아, 입안으로 밀어 넣는다. 소리를 내며 그것을 씹어 으깨고, 입술을 할짝할짝 핥는다. 수저로 조밥을 떠서 입에 미어지게 넣는다. 거기에 무를 밀어 넣는다. 때때로 후우, 하고 한숨을 쉰다. 국물을 마신다. 밥을 입에 넣는다. 고추장을 핥는다. 땀을 뚝뚝 떨어뜨린다. 사와키는 입을 떡 벌리고 큰 놋쇠 그릇의 조밥과 무가 순식간에 줄어가는 것을 망연히 바라보고 있었다. 넋을 잃고 있었다고 해도 좋다. 그는 저도 모르게 자기 집의 떠들썩한 식탁과 비교한다. 그의 집에서도 모두 잘 먹는다. 그러나 그것은 작은 밥그릇이다. 눈앞의 남자가 밥을 먹어치우고 있는 모습은, 이건 밥을 먹는 정도가 아니다. 뭔가 다른 굉장한 것이다. 무서워지기까지 한다."(4:166) 고바야시 마사루는 조선에서의 기억을 이것저것 사람들에게 전했으나 조선인이 무언가를 먹는 이야기는 특히 생기가 넘쳐서 듣는 사람은 침이 나올 정도였다고 한다.*

우치노 겐지가 경성중학교 국어교원으로 일했던 시기에, 후에 소설가가 되는 유아사 가쓰에(湯浅克衛, 1910 - 1982)와 나카시마 아

---

*   아이자와 가쿠 「고바야시 마사루·서형제·김지하」 전게서, 89-90쪽 참조.

쓰시(中島敦, 1909 - 1942)가 그의 가르침을 받았다.* 전자는 「간난이 カソナニ」(1935), 후자는 「순사가 있는 풍경 巡査の居る風景」(1929) 등의 식민지 소설을 남겼다. 같은 학교 출신인 무라마쓰 다케시에 따르면 우치노의 영향을 더 깊게 받은 것은 유아사였다.** 이 차이에는 두 사람의 개성 이외에도 조선 체류 시기의 차이가 크게 작용한 것으로 생각된다(나카시마가 거의 중학교 시절만을 조선에서 보낸 것에 비해, 유아사는 유소년기부터 10대 후반까지를 보냈다). 「산월기 山月記」, 「이능 李陵」 등으로 알려진 나카시마 아쓰시지만, 말년에는 한때 남양 팔라우에도 머물러 「마리얀 マリヤン」이라는 식민지 소설을 쓰기도 했으며 콜로니얼 작가로서의 면모를 지녔다는 점이 주목할 만하다.***

마키무라 고 槇村浩 「간도 빨치산의 노래 間島バルチザンの歌」

다음으로 고바야시 마사루는 요절한 반전 反戰 시인 마키무라 고(1912 - 1938, 본명 요시다 도요미치 吉田豊道. 본서에서는 필명으로 통일한다)의 장편 시 「간도 빨치산의 노래」(1932)를 주목하였다. 간도는 대략

---

* 니시무라 마사히로 「한반도의 모더니즘」 니시무라 마사히로 편 『콜렉션·모던 도시문화』 83권(ゆまに書房, 2012) 727-733쪽 참조.

** 마쓰무라 다케시 「우치노 겐지 = 아라이 데쓰의 시」 『아라이 데쓰 전 사업』 전게서, 535쪽 참조.

*** 최준호 「나카지마 아쓰시의 외지체험—식민지 조선과 남양제도를 둘러싸고」 『일본문화학보』 57호(韓国日本文化学会, 2013), 첸 지아민 「나카지마 아쓰시의 조선인식-「순사가 있는 풍경」(1929)을 실마리로」 『우쓰노미야 대학 국제학부연구론집』 41호(宇都宮大学国際学部, 2016) 등 참조.

현재의 중국 연변 조선족 자치주에 해당하는 지역이다. 두만강을 끼고 한반도에 인접해 있다는 지리적 조건도 있어서, 식민지기에는 조선 민족에 의한 항일 독립투쟁의 중요 거점이 되었다. 마키무라가 쓴 이 전설적인 시는 약간 틀에 박힌 부분도 보이기는 하지만 조선인을 그린 일본인 문학자의 작품 가운데서 금자탑으로 꼽을 만한 작품이다.

마키무라 고는 1912년, 고치현 高知県 에서 태어났다. 유소년기부터 학재 学才 가 뛰어났다고 하는데, 중학교를 졸업하고 나서부터 수많은 반전시 反戦詩 를 탄생시켜 나갔다. 1932년 4월, 일본공산당에 입당했으나 곧 조직탄압을 받아 검거되었다. 경찰서 유치장에서 반년 이상에 걸쳐 구류되고, 고문을 받았으나 끝까지 전향하지 않았다. 출옥 후에는 병든 심신을 질타하여 집필활동에 몰두했다. 1936년 12월에 재차 체포되지만, 눈에 띄게 쇠약해져 이듬해 초에 석방되었다. 그러나 그는 1938년 9월 스물여섯의 젊은 나이로 병사했다. 차례로 발표된 마키무라 고의 시는 "전투 속에서 태어나 전투 속에서 애송 愛誦 되었다."*

「간도 빨치산의 노래」는 1932년 3월에 발표되었으나 이 시의 초고는 전년 11월 즈음, 즉 만주사변 직후에 완성되었다고 한다. 당시 겨우 열아홉 살이었던 마키무라는 고치 高知 에 있으면서도 먼 만주에서 높아지는 군사적 긴장을 예민하게 감지하고 있었다.

---

* 마키무라 고의 경력에 대해서는 야마자키 고이토 「마키무라 고의 생애와 그 시대」, 오카모토 마사미쓰 외 편 『마키무라 고 전집』(平凡堂書店 1984) 417-472쪽 참조.

1930년에 간도에서 일어났던 대규모의 조선인 무장봉기에 관해 단편적인 보도에 자극을 받아 시상이 깊어졌다고 한다.

조선 북동부의 마을에서 가난한 생활을 영위하고, 3.1독립운동 때 가족이 학살당한 후 조선에서 간도로 넘어가 그곳에서 항일 빨치산이 된 조선인 청년이 읊는 형식을 취한 「간도 빨치산의 노래」는 다음과 같은 시구로 시작된다.

추억은 나를 고향으로 데려간다
백두의 고개를 넘어 낙엽송의 숲을 넘어
갈대 뿌리가 검게 언 늪의 저편
검붉은 땅에 거무스름한 작은집이 이어지는 곳
고려의 꿩이 골짜기에서 우는 함경의 마을이여*

고바야시 마사루는 "나카노 시게하루의 「비 내리는 시나가와역 雨の降る品川駅」에서는 이 李나 김 金은 이른바 타자이며 타민족이지만, 마키무라는 간도 빨치산 그 자체가 되어 노래했다. 먼저 이 점에서 다른 시와는 다른 특이성이 있다"라고 지적하고, 마키무라가 먼 만주 땅에서 제국의 지배에 저항하는 이름 모를 조선인의 마음을 좇아 그 자체를 그려내고자 한 점에서 큰 의의를 찾았다.

일본인 필자가 조선인, 그것도 그냥 조선인도 아닌 독립운동가가 되어 그 마음을 말하는 시도는, 당시 상황에서 보면 상상하기조

* 『마키무라 고 전집』상동, 22쪽

제5장 「메이지 100년」의 빛과 그림자

차 곤란한 것이었음에 틀림없다.* 「간도 빨치산의 노래」의 주인공
은 제국 측에서 보면 '국가 체제의 변혁'을 계획하는 '공비 共匪' -
가장 혐오해야 할 '불령선인'이었다(1930년대에 만주에서 항일 독립투쟁
을 한 젊은 조선인 빨치산이라는 설정만을 보면, 실재한 인물로서는 식민지 해방
후에 조선민주주의 인민공화국 건국자가 된 김일성이 대표적이다. 그러한 것까지
함께 생각해보면 일본인 작가가 재일조선인이든 북한 공민이든, 조선인의 모습과
마음을 그리는 것의 어려움은 지금이나 옛날이나 그렇게 달라지지 않았다고 할 수
있을지 모른다).

　이 시에 대한 고바야시 마사루의 총평은 이렇다. '당시의 정치
적 발상, 문학적 발상의 틀'에 박혀 있다는 점에서 시대적 제약을
찾아낼 수밖에 없으나, 프롤레타리아 반전문학이 거의 궤멸하고,
만주의 조선인 항일 빨치산 등은 타기해야 할 '비적 匪賊'에 지나지
않았던 시대에 "독립투쟁 전사의 마음을 정면으로 노래해 낸다는
것이 얼마나 대단한 것이었는지, 나는 일본의 시인 가운데서도 그
러한 시인이 있었다는 것을 평가하고 싶다."** 게다가 그는 다음과
같이 주목할 만한 감상을 남겼다.

　나는 마키무라 고가 조선에 간 적이 있는지 어떤지 모른다. 그러나 역시 나는

* 마키무라의 「간도 빨치산의 노래」와 같은 시기에, 다니 조지(谷譲次, 본명은
하세가와 가이타로長谷川海太郎)가 희곡 「안중근」(1931)을 발표했으나 이쪽
도 문학사적으로 상당히 의식 깊은 작품이다. 참고로 다니는 고바야시 마사
루와 친교가 있었던 작가 하세가와 시로의 친형이다.

** 고바야시 마사루 「일본문학에 나타난 조선의 용모(1)」 전게서, 50-51쪽

4. 고바야시 마사루의 선행자들

그가 조선의 풍토를 직접 접했다고 생각할 수밖에 없다. 나아가 비약을 무릅쓰고 말하자면, 이 장편 서사시를 지탱하고 있는 것은 사실 혁명적 정치의식이나, 혁명적 빨치산 의식이 아니라, 혁명적 빨치산을 낳고 그것을 그 밀림 속에 품어 일본 침략자들로부터 지키고 있는 조선의 풍토 그 자체에 대한 깊은 사랑이라고 생각하지 않을 수 없다.*

'조선의 풍토 그 자체에 대한 깊은 사랑'이란 고바야시 마사루가 마키무라의 생각을 유추하여 서술한 이 말에는, 직접 밝힐 수 없는 그 자신의 심정이 겹쳐 있는 것으로도 생각된다. 고바야시 마사루의 문학 또한 혁명적 정치의식 이상으로, 나고 자란 조선의 풍토에의 소박한 애정으로 지탱되었을 것이다.

그것은 그렇다고 치고, 고바야시 마사루는 마키무라에게 보기 좋게 속았다. 그가 「간도 빨치산의 노래」를 다룬 것은 연재 첫 회에서였지만, 두 번째 서두에서 사실 마키무라는 조선에 간 적이 없었다는 것을 어느 사람에게 들었다고 사실오인을 정정하였다. 마키무라는 만주나 조선에 간 적이 없었다. 제국의 주변부에서 '비적' 토벌을 보도하는 일반 신문 등, 아주 제한된 정보에 의지해 「간도 빨치산의 노래」를 썼던 것이다. 그렇지만 속은 것은 고바야시 마사루 뿐만이 아니었다. 간도에 대해서는 거의 아무도 몰랐고 일본인이 이름없는 조선인 항일 빨치산의 마음을 노래하다니 상상도 할 수 없었던 당시에, 시를 읽은 많은 독자가 마키무라를 조

*　고바야시 마사루 「일본문학에 나타난 조선의 용모(1)」 상동, 51쪽

선인으로 오해했다고 한다. 재일조선인 김달수조차 그렇게 믿어 버렸을 정도였다.*

그런데 「간도 빨치산의 노래」에 대해 최근에 사소하지만 매우 흥미로운 사실이 발견되었다. 도다 이쿠코 戸田郁子 에 의하면 1930년대 간도에 살았던 조선인들 가운데 이 시가 몰래 애창되었던 것이었다.** 도다가 중국 연변 조선족 자치주에서 취재를 했던 때, 1930년대 당시 소학생이었던 조선인 남성이 이 시를 떠올리고는 기억의 실마리를 더듬어 가면서 갑자기 시구를 읊기 시작했다. 그 남성에 의하면 소학교 수업 중에, 일본 유학 경험이 있는 조선인 교사가 학생들에게 「간도 빨치산의 노래」를 조선어로 낭송해 들려주었다고 한다. 마키무라 고의 손에 의해 쓰이고 내지에서 바로 발매금지 처분을 받은 이 시가 어떠한 형태로든 만주로 건너가 생명력을 발휘하고 있었다는 얘기다.

나카노 시게하루 「비 내리는 시나가와역」

마키무라 고가 「인민 시인에의 희시 人民詩人への戯詩 」라는 시의 서두에 「나카노 시게하루」라는 장을 만들어 나카노의 「비 내리는 시나가와역」(1929)을 패러디한 바 있다.*** 제국기에 쓰인 일본인의

---

*　　나카자와 게이사쿠 「지난날처럼」 마키무라 고 『간도 빨치산의 노래』(改訂版, 新日本出版, 1968) 190쪽. 도다 이쿠코 『중국 조선족으로 살다』(岩波書店, 2011) 참조.

**　　도다 이쿠코 『중국 조선족으로 살다』 상동, 59-72쪽 참조.

***　　『마키무라 고 전집』 전게서, 106쪽

문학작품 가운데 조선 식민지 지배를 비판한 시로서는 우치노 겐지의 「흙담에 그리다」, 마키무라 고의 「간도 빨치산의 노래」 그리고 나카노 시게하루의 「비 내리는 시나가와역」 세 편은 빼놓을 수 없는 기념비적인 작품이 아닐까 싶다. 특히 나카노의 시는 일본인 작가에 의한 문학작품 가운데 조선인이 등장하는 것으로 유별나게 지명도가 높다.

나카노 시게하루는 1902년 후쿠이현 福井県 에서 태어났다. 아버지는 대만총독부 및 조선총독부에서의 근무 경험이 있으며 형은 조선은행에 취직했고, 한때 경성에 살았다. 그는 1927년에 도쿄제국대학을 졸업한 후 프롤레타리아 문학의 기수로서 활약한다. 1931년에는 공산당에 입당하지만, 이듬해 체포되어 1934년에 전향하고 출옥한다. 일본의 패전 후 일본 공산당에 재입당하여 신일본문학회의 창립에도 관여하였다. 참의원의원 参議院議員 으로서 활약하기도 하는 등 우여곡절 끝에 1964년에 당에서 제명되었다. 1979년, 일흔일곱의 나이로 사망하였다.* 고바야시 마사루와는 특히 신일본문학회에서 연관이 있었으나, 그의 사후에 간행된 『고바야시 마사루 작품집』 전5권의 편집위원을 역임하기도 했다.

　이李여 잘 가거라

　또 다른 이李여 잘 가거라

----

* 　마쓰시타 유타카 『증보·개정 평전 나카노 시게하루』(平凡社ライブラリー, 2011) 584-610쪽 참조.

그대들은 그대들 부모의 나라로 돌아가는구나

그대들 나라의 강은 추운 겨울에 얼고

그대들의 반역하는 마음은 헤어짐의 한순간에 얼어붙는다*

고바야시 마사루는 이 부분을 인용해서 "'나라'라는 말에 주목해 주기 바란다"라고 주의를 촉구하고, 나카노 시게하루가 '그대들 부모의 나라', '그대들 나라'라고 쓴 것은 의식적인 것이며 "여기서 나라는, 고향이나 향리 같은 것이 아닌 국적을 가리키는 나라이다(옮긴이 - 일본어에서 '国구니'는 국적을 말하기도 하지만, 자기 출신 지역을 가리키는 말로도 사용된다)."라고 해석한다. 이 해석의 이면에 식민지 조선에서 살았을 때, 그 자신이 그 땅을 '그대들 나라'라고는 인식하지 않았다는 점이 있다. "당시, 조선이 일본의 식민지였고 정복 민족 대부분이 저지르는 어리석은 인식인 식민지 체제가 그대로 영구불변할 것이라고 보는 착각을 절대다수의 일본인이 품고 있었던 시대이며 '그대들 나라'라고 쓰는 것은 예사롭지 않은 일이었을 것이다. 나는 이 시를 몇 번이나 다시 읽어보고 식민지화된 조국, 잃어버린 나라로 돌아가려고 하는 신辛, 김金, 이李, 그리고 다른 여자 이李를 향해 나가노가 '그대들 나라'라고 단언할 때, 가슴이 저리는 것을 느꼈다."**

* 『나카노 시게하루 전집』 1권(筑摩書房, 1976) 113쪽
** 고바야시 마사루 「일본문학에 나타난 조선의 용모(2)」 『코리아 평론』 6권 3호(コリア評論社, 1964) 47쪽

4. 고바야시 마사루의 선행자들

나카노가 시나가와역에서 조국으로 돌아가는 조선인들을 배웅했던 바로 그때, 바로 그 '그대들 나라'에서 고바야시 마사루의 행복한 유년기가 시작하고 있었다. 그는 낙동강을 사랑했으나 "당연한 것이지만 어렸던 나에게는 그것이 타국의 강이라는 인식은 전혀 없었다. 낙동강뿐만이 아니다. 조선 그 자체가 타국이며 나 자신은 정복민족의 일원으로서 살아서는 안 되는 곳에 불법적으로 살았고, 해서는 안 되는 잘못된 인식을 가졌었다는 것을 알게 된 것은 다른 일본인과 마찬가지로 패전에 의해서였다."*

유아사 가쓰에 湯浅克衛 「간난이 カンナニ」

그밖에도 해야 할 말은 많지만, 마지막으로 유아사 가쓰에를 다루고 걸음을 재촉하려고 한다. 유아사 가쓰에는 1910년에 가가와현 香川県에서 태어난 지 얼마 지나지 않아서 조선으로 건너왔다. 1919년의 3.1독립운동은 소년기에 경기도 수원에서 겪게 되었다. 1923년, 경성중학교에 입학하여 27년에 졸업하고 도쿄로 이주하였다. 일본인 소년과 조선인 소녀의 어린 사랑과 그것을 끊어버리고 마는 3.1운동을 그린 대표작 「간난이」가 발표된 것은 35년의 일이다.**

유아사의 「간난이」는 나카니시 이노스케 中西伊之助 의 「불령선

---

* 고바야시 마사루 「일본문학에 나타난 조선의 용모(2)」 상동, 47쪽

** 양예선 「유아사 가쓰에 연보」 이케다 히로시 편 『간난이』(インパクト出版会, 1995) 551-558쪽 참조. 소설 「간난이」의 성립과 그 배경에 대해서는 같은 책 520-528쪽 참조.

인」(1922)과 나란히 일본인 콜로니얼 작가가 3.1독립운동을 그린 희귀한 예이다(나카니시의 작품은 후일담이다). 고바야시 마사루는 이 작품을 대체로 호의적으로 평가하면서도, 주인공 두 사람의 교류에 약간의 부자연스러움이 느껴진다고 지적했다. "도시에서건 시골에서건, 식민지화되어 있던 조선에서, 37년이라는 오랜 세월에 걸쳐 개인의 차원에서는 일본인과 조선인 사이에 친밀한 관계가 많이 형성되었을 것으로 짐작된다. 그러나 그 친밀함이라 할지라도, 일본인의 집과 조선인의 집 사이에 존재한 깊은 단층을 메우지는 못했다."* - 주인공 류지 竜二 와 같은 입장에 있었던 자신의 체험에서 나온 비판이었을 것이다. 참고로 다음 장에서 다룰 고바야시 마사루의 소설 「만세·메이지 52년」은 일본인 포스트콜로니얼 문학에서 3.1독립운동이 직접적으로 그려진 극히 예외적인 작품이다.

유아사는 「고향에 대해서 故郷について」라는 에세이를 남겼다. 경성중학교를 졸업하고 친구들과 '내지'로 돌아왔을 때의 일이다. 출신학교 때문에 기차에 함께 탄 승객들에게 조선인으로 오해받아 기분이 상한 일행 중 한 명이 원적지 原籍地 나 아버지에 대해 장황하게 설명한다. "중학교 中学 라는 곳은 내지인만 모은 곳이에요. 조선인 학교는 고등보통학교 高等普通学校 라고 불러요" 소년들의 기분은 곧 나아져서 승객의 물음에 답하고 조선의 풍물 風物 에 대

* 고바야시 마사루 「일본문학에 나타난 조선의 용모(3)」 『코리아 평론』 6권 4호(コリア評論社, 1964) 48쪽

4. 고바야시 마사루의 선행자들

한 이야기 꽃을 피웠다. 그러나 유아사의 마음속에서는 '이상한 감
정'이 사라지지 않았다고 한다. 식민자 2세가 서 있는 위치의 미묘
함이 잘 드러난 회상이다.

> 고향이 조선이에요? – 라는 말을 듣고, 왜 모두들 그렇게 갑자기 싫은 얼굴을
> 했을까.
> 어째서 "네, 맞아요"라고 솔직하고 쾌활하게 대답하지 못했던 것일까.
> 그럼 너희들 고향은 어디에 있는 거야.*

"너희들 고향은 어디에 있는거야"라고 유아사 가쓰에가 중얼거
리듯이 던진 물음은 식민자들이 전부 귀환한 뒤에, 고바야시 마사
루 등 전후 세대로 이어졌다. 이에 관해서 이케다 히로시 池田浩士가
다음과 같이 지적하였는데, 이 물음을 전후에 가장 성실하게 이어
받은 고바야시 마사루는 문학사적으로 보아 유아사의 후예라고
볼 수 있을 것이다. "현지 사람들을 사랑하고, 현지 사람들과 함께
살았던 것을 전후에도 여전히 회고하는 일본인들은 … 유아사 가
쓰에처럼 자기를 찢어발기는 '모순'에 연연하지 않았다. 예를 들
면 오히려 자신을 친한파의 위치에 세워놓음으로써 조선인도 일
본인인 자기 스스로도 계속 바라보고, 의식할 필요가 없는 곳에 틀
어박혀 버린 것이다."**

*   이케다 히로시 편 『간난이』 전게서, 457-458쪽

**   이케다 히로시 『『해외진출문학』론·서설』(インパクト出版会, 1997) 53쪽

이상으로 급하게나마 고바야시 마사루의 연재 평론 「일본문학에 나타난 조선의 면모」를 실마리로 우치노 겐지, 마키무라 고, 나카노 시게하루, 유아사 가쓰에를 소개하였다. 평론에서는 다루지 않았지만 「붉은 흙에 싹트는 것 赭土に芽ぐもの」(1922), 「불령선인」, 「너희들의 등 뒤에서 汝等の背後より」(1923) 등 식민지 소설을 남긴 나카니시 이노스케(1887 - 1958)도 이 네 명에게 결코 뒤지지 않는, 식민지 조선에 깊이 관계한 작가이며 근대 일본문학과 조선이라는 테마에서 주요한 작가의 필두로 꼽아야 한다.

덧붙여 구루미자와 겐 榧沢健이 편집한 『명문 선집 프롤레타리아문학 アンソロジ―プロレタリア文学』 제4권(森話社, 2017)에 나카니시의 「불령선인」 외에 본 줄거리에서 소개한 나카노 시게하루의 「비 내리는 시나가와역」과 마키무라 고의 「간도 빨치산의 노래」가 수록되어 있다. 이 책에서는 이 밖에도 관동대지진 때 일어난 조선인 무차별 학살사건을 테마로 한 에마 슈 江馬修의 「기적 奇蹟」이나 아키타 우자쿠 秋田雨雀의 「해골의 춤 骸骨の舞跳」 등 상당히 중요한 작품이 담겨있다. 조선 혹은 식민지라는 관점에서, 근대 일본 문학을 재조명할 수 있는 귀중한 선집이다.

뉴스에서는 반드시 기타하라가 태어나 자랐던
조선의 벗겨진 산이나 포플러나무, 광활한 전원이나
유유히 흐르는 강이 비추어진다. 하지만 잠시 후에는
로켓탄이나 네이팜탄이 작렬하여 연기가 피어오르고,
초가집이 순식간에 모습을 지워버렸는데,
기타하라北原는 그것들을 볼 때마다
고향을 눈앞에 마주하는 듯한 감동과, 그것이 무참히 파괴되어
몸이 찢겨나가는 듯한 고통을 동시에 느꼈다.

고바야시 마사루 『단층지대』

식민지 추방의 말로

1. 『이방인』과 인양자 引揚者

소거되는 식민지

고바야시 마사루의 후기 문학에 대한 논술을 매듭지음에 있어, 본장에서는 시야를 넓혀 일본의 인양자 문학이 전후 세계 문학사에서 어떠한 의의를 가질 수 있는지, 그 가능성을 살펴보고자 한다. 다음은 이쓰키 히로유키가 1969년에 발표한 에세이 「긴 여행의 시작 長い旅の始まり 」이다.

> 알제리의 풍토에 대한 카뮈의 뒤얽힌 감정을, 나는 잘 알 것 같은 기분이 든다. 〈이방인〉이란 단순히 관념상의 문제가 아니라 알제리에서 나고 자란 프랑스인 식민자가 국적상의 조국에 대한 위화감과 나고 자랐던 풍토의 토지에서는 거절당하는 어중간한 인간, 인양자로서의 카뮈의 입장 그 자체가 아닌가.*

이쓰키는 프랑스령 알제리에서 태어나고 자란 알베르 카뮈(Albert Camus, 1913 - 1960)에 대해서 일종의 친근감을 느끼고 있었다. 그에게 있어 카뮈가 그린 '이방인'인 상황이란, 현대인이 안고 있는 어떠한 고민과 같은 일반적 상황을 가리키는 것은 아니었다. 그는

---

* 이쓰키 히로유키 「긴 여행으로의 시작―외지 인양파의 발상」 『심야의 자화상』(文春文庫, 1975) 38쪽. 에세이는 처음 상하(上下)로 나누어 마이니치 신문(每日新聞)에 게재되었다(1969년 1월 21일, 22일). 신문 초출시의 타이틀이 「긴 여행의 시작」이었기 때문에 이하 본서에서는 이 제목으로 통일한다.

소설 『이방인』에 그려졌던 인물상을 조국에서도 출생지에서도 붕 뜬 '어중간한 인간' - 인양자로서의 자기 자신과 겹쳐보았다.

카뮈의 『이방인』이 일본에 처음 소개된 것은, 한창 한국전쟁 중이었던 1951년이었다. 열광적으로 환영받은 이 소설은 실존주의 문학의 명작으로 인기를 얻게 된다. 그러나 이쓰키와 같이 작품세계에서 식민지라는 구체적 상황을 읽고자 하는 논의는 거의 보이지 않았다. 더욱이 알제리가 조선이나 만주와 연결되는 일은 없었다.

오카니와 노보루 岡庭昇에 의하면 카뮈가 식민지의 사실적인 기술을 피한 탓인지, "이야기가 식민지 알제리에서 본국 이민의 '게으른 자제'에 의해 일어난 현지 주민의 살인사건이라는 점이 잊혀지고, 논의가 흡사 일반적인 철학 문제로 바뀌어 버리고 말았다." 오카니와는 또한 소설 『이방인』에 습관처럼 붙는 '부조리'라는 말에 대해, 그 구체성과 다의성을 강조한다. "이 작품은 '부조리'라는 말을 유명하게 만들었는데 마음대로 들이닥쳐서 땅을 빼앗아 비집고 들어온 제국의 처사가 식민지 측에 부조리한 것과 동일하게, 들이닥친 자의 자제로서 어쩔 수 없이 그곳에 살게 되는 쪽도 부조리한 것이다."*

『오리엔탈리즘』으로 알려진 에드워드 사이드 Edward W. Said는 카뮈에 대해 '제국주의의 실제 현실이 있어야 하는데도 그것이 쏙 빠져있는 작품을 쓴 소설가'로 신랄한 평가를 내렸다.** 그 카뮈론에

---

* 　오카니와 노보루 『식민지문학의 성립』(箐柿堂, 2007) 103쪽

** 　에드워드 사이드 『문화와 제국주의』 1권(오하시 요이치 역, みすず書房.

는 면죄부로 전락할지도 모르는 식민자의 고뇌에 대한 일종의 동정을 허용하지 않는 가혹함이 있으며, 사이드는 거기에 이쓰키 히로유키가 제시한 것과 같은 시각을 가져오려 하지 않았다. 또한 사이드는 카뮈의 소설이 읽히는 방식에 대해서 다음과 같이 불만을 표명했다. "인간의 상태에 대한 편견 없는 관찰자이기는커녕, 카뮈는 식민지의 증인입니다. 거슬리는 점은 그가 결코 그런 식으로 읽히지 않는다는 것입니다. 나의 자녀들은 각각 고등학생, 대학생인데 최근에 각자 프랑스어 수업에서 『페스트』와 『이방인』을 읽었습니다. 아들과 딸 둘 다 카뮈를 식민지라는 맥락에서 분리해서 읽도록 유도되었습니다. 카뮈가 가담했던 이 논쟁적인 역사에 대해서는 어떠한 지적도 없었던 것입니다.'"

  그런데 어째서 뫼르소가 살았고 아랍인을 사살하여 사형선고를 받는 마을이, 파리를 비롯한 프랑스 본토 도시가 아니라 식민지 도시 알제였는가 하는 점이 다루어지지 않았다. 굳이 중요하게 생각하지 않았던 것일까. 물론 소설의 성격에 따라서는 시대나 장소 설정이 그다지 중요하지 않은 경우도 있다. 그러나 『이방인』은 그렇다고 할 수 없다. 살인을 저지른 프랑스인이 살인이 아닌 다른 이유로 사형에 처해진다는, 본래 황당무계해야 할 이야기는 식민지 이외 예를 들어 파리에서는 도저히 설득력이 없었을 것이기 때문

1998) 313-314쪽

*   에드워드 사이드 『펜과 검』 (나카노 마키코 역, ちくま学芸文庫, 2005) 108쪽

제6장 식민지 추방의 말로

이다. 미노 히로시 三野博司가 지적한 대로 "『이방인』의 해설자 중

다수가 살인을 저질렀던 뫼르소를 성인화하는 것은, 뫼르소가 죽
인 상대가 하나의 인간이 아닌 것처럼 쓰여 있기 때문이다.'"

　『이방인』이야기가 그럴듯함을 확보하기 위해서는 무대가 식민
지이며, 죽임을 당하는 것은 피식민자여야만 했다. 독자에게 자신
과 같은 인간이 아니며, 그렇다고 사실성이 결여된 이상한 요괴도
아닌 가로수나 우체통처럼 별다른 특징이 없는 어렴풋한 존재여
야만 했다. 거기서는 죽임당하는 자가 무언가를 느끼고, 이야기할
권리가 있다고 독자가 상상해서는 안 되었다. 죽임당하는 자가 '하
나의 인간'이라고 느끼지 않고, 그 부분에 의문을 가지지 않아도
괜찮다는 애매한 암묵의 양해 - 그것이 이 이야기를 근저부터 뒷
받침하는 전제, 즉 식민지라는 무대 설정이었다.

　요컨대 『이방인』의 독자들은 아베 고보가 만주에서 그랬듯이
'그 토지의 인간을 인간으로서 보다도, 식물이나 풍경처럼 보는'
감각을 공유했었던 것이다. 조지 오웰이 마라케시에서 장작을 짊
어진 사람을 보아도 '장작이 지나쳐간다'라고밖에는 느끼지 않았
던 것과 똑같은 감각으로 독자들은 작중의 아랍인들을 인식하고
있었다. 그렇기에 뫼르소가 벌레 죽이듯 죽여버린 '하나의 인간'
에 대해 어떠한 인간적인 감정을 가지지 않았고, 그러한 감정으로
이야기가 방해되는 일은 없었다.

*　　미노 히로시 『증보개정판 카뮈 「이방인」을 읽다』(彩流社, 2011) 242쪽. 카뮈
문학과 식민지 문학을 연관지은 선행연구에 대해서는 같은 책 235-258쪽
참조.

1. 『이방인』과 인양자 引揚者

'외지 인양파'와 식민지 추방의 트라우마

이쓰키 히로유키의 에세이 「긴 여행의 시작」에 강한 반응을 나타낸 것은, 그 자신도 식민지 대만에서 태어나 자란 문예평론가 오자키 호쓰키였다. 오자키는 「외지 인양파의 발언 - 역사의 상흔과 얽힌 작가들 外地引揚派の発言 - 歴史の傷痕とからみあう作家たち」이라는 평론으로 이쓰키의 물음에 조속히 답했다. 이 평론의 마지막에서 오자키는 "일본은 패전 후 20여 년이 지난 오늘까지도, 아직 구 식민지 문제에 대한 정신적 결산서를 정리하지 못했다"고 지적하고, '아시아 가운데서 일본의 위치를 구 식민지라는 프리즘에 통과시켜 다시 파악할 필요'가 있다고 호소했으나, 그는 '외지 인양파'가 이 부분에서 중심적인 역할을 맡을 수 있다고 생각한 것이었다.*

여기서 '외지 인양파'라는 말로 상정되어 있는 것은 식민지에서 자기 형성기를 보냈던 전후 일본인 작가들이다. '외지'에서 나고 자란 '내지인'이었던 그들에게, '내지'에서도 '외지'에서도 거절당한 '어중간한' 상태는 식민지 체제의 소멸과 인양에 의해 결정적인 것이 되었다. 많은 경우에 이러한 상태는 깊은 고독감이나 고뇌를 가져왔지만, 동시에 그것은 근현대 일본의 식민지주의를 예리하게 비판하는 강력한 포스트콜로니얼 문학을 탄생시키는 원동력이 되었다.

그러나 이러한 것들은 당시에 별로 의식되지 못했던 듯하다. 예

---

*　가지무라 히데키 「「외지인양파」의 발언—역사의 상흔과 얽힌 작가들」 『구식민지문학 연구』(勁草書房, 1971) 328쪽

를 들면 전후 일본문학을 대표하는 작가 중 한 사람인 아베 고보의 많은 작품은 만주에서의 생활과 인양체험이 그 기층을 이루고 있음이 분명함에도 불구하고 최근까지 그렇게 읽히는 일은 별로 없었고, 기껏해야 구미에도 받아들여지는 탈지역성이나 무국적성과 같은 것이 강조되는 정도였다.*

아베 고보와 카뮈의 독해 방식에는 공통되는 일종의 치우침이 있는 것으로 보인다. 즉 어느 경우에도 식민지가 지워져 있는 것이다.

오자키 호쓰키는 대표적인 외지 인양파로서 이쓰키 히로유키나 가지야마 도시유키, 아베 고보의 이름을 들고 있다. 이에 대해 "어쩐 일인지 이 외지 인양파 가운데 고바야시 마사루는 완전무결하게 묵살당했다"라고 약간 감정적인 불만의 소리를 낸 것이 그들과 같은 세대에 속한 재일조선인 2세 문학자 오임준 吳林俊 이었다.** 식민지 문제에 제일 초기부터 가장 지속적이며 중심적으로 나선 외지 인양파 문학자는 누구인가, 라는 질문을 한다면 이쓰키나 아베보다 훨씬 이름은 알려지지 않았지만 역시 고바야시 마사루의 이름이 그 답의 필두에 거론되어야만 할지도 모른다.

많은 외지 인양파의 문학에는 식민지 추방에 대한 트라우마의 그림자가 짙게 드리워져 있다. 침략 이민자의 자식이었던 과거를 통한의 마음으로 돌아보는 자, 잃어버린 고향을 애타게 사모하는

---

*   오미정 『아베 고보의 〈전후〉』(クレイン, 2009), 사카 겐타 『아베 고보와 「일본」』(和泉書院, 2016) 참조.

**   오임준 「균열의 탑에서 내려오는 것―고바야시 마사루의 접점과 지속에 대해」『신일본문학』 26권 7호(新日本文学会, 1971) 118쪽

1. 『이방인』 과 인양자 引揚者

자, 원래 고향따위 존재하지 않는다는 인식의 지평을 지향하는 자
… 방향성은 다양하지만, 고향처럼 느끼고 있었던 땅에서 거부당
한 경험은 공통의 트라우마가 되어 각각의 작품세계 속에 스며들
어 흐르고 있다.

본장에서 다룰 소설 「만세·메이지 52년」(1969)은 고바야시 마사
루의 최고 걸작 중 하나이다. 뿐만 아니라 포스트콜로니얼 일본어
문학 가운데 최고봉의 단편소설 중 한편으로 꼽혀야 할 작품이 아
닐까 생각한다.

2. '섬뜩한 외국인'들의 목소리
-「만세·메이지 52년 万歳·明治五十二年」

'만세사건'

소설 「만세·메이지 52년」은 1919년에 조선 전역에서 일어난
'3.1독립운동'의 현장을 박진감 있는 필치로 생생하게 묘사한 작
품이다. 식민지 조선의 시골 마을에서 생활하는 평범한 일본인
청년이 열광적인 데모에 참가했던 조선 민중을 혼란 속에서 몇
명 쏴 죽여버리고 그 죄악감에 고민하고, 보복의 예감으로 겁에
질려 떤다는 이야기이다. 식민자가 그 자리의 분위기에 휩쓸려
현지 주민을 죽이고 만다는 기본적인 줄거리는 카뮈의 『이방인』
과 공통된다.

비좁은 '내지'의 고향마을에 싫증이 난 주인공 오무라 大村 는 자
유로운 삶과 성공을 좇아 조선으로 건너왔다. 그러나 그 기대는 어

굿나고 결국 그는 초라한 시골 마을에 있는 조선인 실업학교의 서기라는 평범한 보직을 맡게 된다. 우연히 흘러들어온 그 마을에서 영원히 살면서 그 발전에 힘쓸 생각은 추호도 없는 오무라는, 미래의 전망이 없고 출세를 못하는 생활에 불우감을 느끼고 있었다.

1919년 3월 3일 아침, 투숙하고 있던 작은 여관에서 신문을 읽고 있는데 이틀 전에 일어난 '조선 경성의 불온'을 전하는 기사가 눈에 들어온다 - "군중 대한문 大漢門 에 모여 대오를 갖추고 거리를 행진하다, 헌병 한결같이 진압에 힘쓰다."(5:145)

어쩐지 불안한 마음으로 학교에 출근한 오무라였으나, 조선인 학생들에게 별다른 점은 없었다. 일이 끝나자 오무라는 조선인 마을에 들어가 익숙한 중국 요리집에서 식사를 한다. 중국인 점주도 평소와 다를 것 없이 따분한 표정이었다. 그러나 식사를 마치고 여관으로 돌아온 오무라는 정체모를 기묘한 피로감을 느낀다.

> 그가 학교를 나서면서부터 계속 긴장해서, 눈에 보이지 않는 무언가에 이따금 감시받고 있는 듯한 기분이 든 것은 그것은 도대체 무엇이었을까, 하고 마음속으로 반복했다. 그것은 내 지나친 생각일까, 그것은 정말 지나친 생각일까. 가끔 섬뜩한 눈알이 찰싹 등에 달라붙은 듯한 그 느낌은.
>
> (5:147)

식민지 주민의 시선에 노출되어있다는 자의식은 많은 식민자들이 가지고 있었던 것 같다. 히노 게이조는 이렇게 회상한다. "예를 들면 내 경우는, 서울에서도 그랬고 남쪽 시골에서도 길을 걷고 있

2. '섬뜩한 외국인'들의 목소리 – 「만세·메이지 52년 万歳·明治五十二年」

으면 항상 조선인이 차가운 시선으로 바라보고 있을 것이라는 의식, 어디선가에서 가만히 노려보고 있을 것이라는 의식이 정말 있었지요."* - 실제로 그들이 보았는지 어떤지 모르며, 설령 보고 있었다고 해도 그것이 악의에서인지 공포에서인지, 아니면 단순한 호기심일지, 그냥 무심히 보고 있었던 것뿐인지도 모른다. 중요한 것은 실제로 그 점이 어떠했는지가 아니라, 잠재적인 공포심 때문인지 꺼림칙한 느낌 때문인지 어쨌건 식민자가 피식민자에게 '차가운 시선으로 바라보고 있을 것이라는 의식'을 가졌다는 것, 그 자체이다.

또한 짧은 기간이나마 조선에서 군대 생활을 경험한 마루야마 마사오 丸山眞男가 시리아에서 프랑스인에 대한 아랍인의 복수를 그린 영화를 둘러싼 대담 가운데 이런 에피소드를 소개하였다. "조선의 평양에 병대로 갔을 때, 짐수레를 끄는 조선인이 행군 앞을 가로막았다. 지휘관이 이봐! 하고 큰 소리로 꾸짖자 예예 하고 비굴하게 머리를 조아리며 당황해서 소를 끌어내 대열을 피했다. 지나치면서 조선인이 이쪽을 흘끗 쳐다봤다. 그때의 눈이 너무나 인상적이어서 견딜 수 없는 기분이었다. 그것을, 그 영화를 보고 떠올렸다."**

---

* 이쓰키 히로유키, 히노 게이조 「이방인 감각과 문학」 『문학계』 29권 4호(文藝春秋, 1975) 190쪽

** 가토 슈이치, 마루야마 마사오 「『눈에는 눈을』의 문제점—아랍 내셔널리즘과 서구 지식인의 주체성」 『마루야마 마사오 좌담』 2권(岩波書店, 1998) 197쪽. 권혁태 『평화없는 '평화주의'』(정영환 역, 法政大学出版局, 2016) 34-35쪽 참조.

제6장 식민지 추방의 말로

차츰 마을에 불온한 공기가 감돌기 시작한 가운데 오무라는, 사
소한 일이 계기가 되어 그에게 고마움을 느끼게 된 김용태 金容泰 라
는 학생을 문득 떠올린다. 작년 여름 방학에 오무라는 김용태와 함
께 낙동강에서 물놀이를 한 적이 있었다. 그는 수영을 즐기면서 갑
갑했던 '내지'의 마을에서, 느긋한 조선으로 탈출할 수 있었다는
만족감에 젖는다. 고향 마을의 작은 강과는 비교도 되지 않을 만큼
크고 넉넉한 낙동강의 흐름에 몸을 맡긴 오무라는, 그때는 아직 조
선이 가능성에 가득 찬 자유로운 땅이라는 식민지 환상에 사로잡
혀 있었던 것이다.

안일했던 자신의 어리석음을 후회할 겨를도 없이, 조선인 군
중의 시위 행동이 드디어 본격화된다. 거리는 이상한 떠들썩함
에 감싸여 파도처럼 '만세, 만세!'하고 외치는 소리로 뒤흔들린
다.*(5:165) 일본인들의 자경단에 합세하게 된 오무라가 경찰서에
뛰쳐들어갔을 때, 멀리서 결국 총성이 울려 퍼졌다. "나는 이런 일
에 휘말리려고 고향을 탈출해서 온 게 아니야. 제기랄. 내가 어째
서 이렇게 된 거야. 나한테 무슨 책임이 있다고 … 나랑은 상관없
어, 이런 산골짜기에 들어와 버린건 정말 우연이었어"라고 마음속

---

* 1919년의 3.1운동은 대한제국의 초대 황제였던 고종의 붕어로 촉발되었다.
그런데 1926년 6월에 고종의 장남 순종의 국장이 거행되었을 때에도 고종 때
처럼의 규모는 아니었으나 3.1운동이 일어났다. 이때 경성에서 조선인 군중을
목격한 우치노 겐지가 「이왕훙거(李王薨去)」라는 시를 써서 남겼고, 민중의
「안타까운 신음소리」의 성난 파도같은 무서운 열기를 그려냈다.(『아라이 데쓰
전 사업』(新井徹著作刊行委員会, 1983) 100쪽) 구스미 기요후미 「식민지기
조선에서의 일본인 이주자 문학―문학 커뮤니티의 형성과 「조선색」 「지방색」」
『아트 리서치』 10호(立命館大学アート·リサーチセンター, 2010) 참조.

2. '섬뜩한 외국인'들의 목소리―「만세·메이지 52년 万歳·明治五十二年」

으로 한탄하면서, 오무라는 떨리는 손으로 총의 안전장치를 풀었다.(5:166)

그러자 갑자기 가까운 골목에서 만세 소리가 높아진다. 태극기를 내건 상복 차림의 조선인들이 물이 넘쳐흐르듯이 뛰쳐나와 눈 깜짝할 새에 큰 거리를 가득 메운다. 군중의 입들은 저마다 독립만세를 외치면서 오무라 무리가 방위하는 경찰서에 다가온다. 승리의 함성이 한층 더 높아졌고, 돌이 날아들어 유리가 차례로 산산이 부서졌다. 총이 불을 뿜고 주변에 초연이 자욱했다. 조선인들이 맥없이 쓰러지고 비명이나 성난 고함 소리가 날아드는 사이 군중은 무너지듯이 후퇴하기 시작한다….

그 혼란의 모습을 현실감 없이 멍하게 바라보던 오무라는 문득 자신이 들고 있는 엽총에서 초연 냄새를 맡고, 게다가 탄피가 발밑에 굴러다니고 있는 것을 알아차린다. 그리고 군중의 선두에 서 있던 것이 자신이 근무하는 학교의 학생들이었다는 것을 생각해 내고 소름이 끼친다. 거리에는 사체가 여기저기 뒹굴고 있으며, 그 가운데 몇 구에 매달린 여자들이 울부짖고 있었다. 망연자실한 오무라의 귀에 마을 어디선가에서 높아지는 아우성과 비명, 총성이 헛되이 들린다.

이처럼 자기도 모르는 사이에 조선인을 쏴 죽이고만 오무라는 맹렬한 죄악감에 시달리게 된다. 그러나 다른 한편으로 일본인들로부터는 본의 아니게 영웅으로 떠받들어지고 만다. 나카무라 유타카 仲村豊가 예리하게 지적한 부분에 의하면 고바야시 마사루는 이 소설을 통해 "평범한 일본인이 식민지에서 어떻게 지배자의 주

형 鑄型에 밀어 넣어지는지를 응축하여 표현했다. 식민지 지배에
무통·무자각하다면, 자유에 대한 소망조차도 식민지 지배로의 통
로가 되는 것을 고바야시 마사루는 극명하게 짚어냈다."*

참고로 작중에서 이 사건은 1919년 3월 중순 즈음으로 설정되
어 있으나, 실제로 안동에서는 23일에 소설의 내용과 아주 비슷한
대규모의 시위가 일어나 다수의 사상자가 나왔다고 한다. 안동의
향토사를 보면 사건에 관한 기술이 보인다. "오후 7시 30분쯤, 데
모가 시작되었다. 삼천 명을 넘는 군중이 '경찰서와 재판소 안동지
소를 파괴하고 구속된 자들을 구출하자'라는 슬로건을 외치며 두
개의 기관에 밀려들었다. 수비대가 공포탄을 쏘고, 실탄을 사격하
는 바람에 삼십여 명이 사망하고 오십여 명이 부상을 입었다. 군중
은 북서부의 산으로 퇴각하여 만세를 부르고 해산했는데 그것이
다음날 미명 4시 즈음이었다."** - 소설의 묘사와 대체로 큰 틀이
부합하는 이 역사기술과 겹쳐 본다면, 경찰서의 '수비대'에 한 민
간인 오무라가 합세해 실탄으로 데모 참가자를 살상했다는 것이
된다. '만세사건'의 생생한 이야기를 부모님 등의 체험자들로부터
들었던 고바야시 마사루가 그 기억을 소설에 반영한 것으로 생각
된다.

*　나카무라 유타카 「계승되어야 할 역사에 대한 시좌―고바야시 마사루 「만세·
메이지 52」」 『사회평론』 23권 4호(小川町企画, 1997) 94쪽

**　안동대학교 안동문화연구소 엮음 『안동근현대사』 2권(도서출판 성심,
2010) 110-111쪽

2. '섬뜩한 외국인'들의 목소리―「만세·메이지 52년 万歳·明治五十二年」

'이해할 수 없는 말'

사건 후 이제는 엽총을 손에서 내려놓을 수 없게 된 오무라는 다시 조선인 마을 가운데 있는 중국 요리집을 방문한다. 이것이 소설 「만세·메이지 52년」의 결말 부분인데, 이 장면에 넘치는 긴장감은 그야말로 고바야시 마사루의 포스트콜로니얼 문학의 진면목이다.

> 중국인 아저씨가 힐끗 날카로운 눈빛으로 오무라의 엽총을 바라보고, 얼른 눈가를 부드럽게 하여 평소와 같이 흐릿하고 무딘 표정이 되었다. 그러나 아저씨의 짧은 순간의 날카로운 눈빛은 오무라에게 충격을 주었다. 그 날카로움은, 칼날이었다. 뭐지 그건, 하고 오무라는 입구에 선 채로 생각했다. 그것이 이 중국인의 진짜 얼굴이야, 평소의 얼간이 같은 얼굴은 분명 이 녀석의 가면이야.
>
> (5:177)

안쪽 자리에는 오무라가 근무하는 실업학교의 학생 세 명이 앉아 있었으나, 그 가운데 김용태가 있었다. 음식점에의 출입은 교칙으로 금지되어 있었기 때문에 오무라는 자신의 말이 뻔히 속보이는 것을 느끼면서도 그들을 나무랐다. 그러나 학생들은 학교에서는 결코 보이지 않는 불손함과 적의를 드러내며 그것을 무시한다. 오무라는 정체 모를 섬뜩함에 기가 죽을 것 같음을 느끼면서도, '너희들도 소동에 합세했던 것이냐'라고 학생들을 추궁한다. 그러자 그들의 얼굴에 냉소라고도 증오라고도 할 수 없는 어두운 그늘이 비친다. 거기에 있는 김용태는 이미 천진하게 오무라를 흠모하여 낙동강에서 함께 수영하고 놀았던 그 김용태가 아니었다.

그때 또다시 두 사람의 조선인이 식당에 더 들어와 입구 근처 자리에 앉는다. 한 사람은 조선옷을 입었고, 또 한 사람은 팔에 붕대를 감고 있었다. "두 사람은 아무런 주문도 하지 않고 침묵한 채 천장을 올려다보고 있었다. 중국인 아저씨는 다름없이 갈피를 잡을 수 없는 무딘 눈빛을 한 채로 냄비 앞에 서서 오무라가 주문한 요리를 만들고 있었다. 오무라는 등줄기가 서늘해져오는 느낌에 사로잡혔다."(5:178 - 179)

오무라는 견디기 힘든 압박감을 견디다 못해 가게를 뛰쳐나가고 싶은 맹렬한 충동에 이끌린다. 그러나 요리에 손도 대지 않고 나가려고 한다면 뭔가 무서운 일이 일어날 것 같은 느낌이 들어 평정을 가장하면서 아무 맛도 느껴지지 않는 요리를 죽을 힘을 다해 먹는다.

갑자기 접시에 몸을 웅크린 그의 등 뒤에서, 두 조선인이 이야기하기 시작했다. 그 익숙치 않은 이국의 언어는 그의 마음을 사납게 흐트러뜨렸다. 그러자 세 명의 학생이 격렬한 어조로 무언가 말하기 시작했다. 그것 또한 조선어였고, 그는 완전히 조선어의 소용돌이 가운데 놓였다. 낙동강의 흐름에 몸을 맡기고 물길을 내려갔을 때 들은 예의 김용태의 짧은 일본어는 온데 간데 없고, 그 날의 김용태의 모습은 자취를 감춰 조선어를 말하는 조선인이 거기에 있었다. 그것은 김용태를 시작으로, 오무라는 자신이 고향에 있을 때와 비교하면 다소 더 구체적, 현실적으로 이해할 수 있을 것이라고 생각했던 그 조선인 학생들이 아니었다. 일체의 이해를 거절한 정체불명의 섬뜩한 외국인들이

2. '섬뜩한 외국인'들의 목소리─「만세·메이지 52년 万歳·明治五十二年」

거기 있고, 그를 둘러싸고 이해할 수 없는 말로 이야기하고 있었다. 공포가 오

무라의 온몸을 덮쳤다. (5:179 - 180)

　이 식당은 오무라가 자주 가는 단골집이었으므로, 거기에서 조
선인에게 둘러싸여 조선어를 듣는 것은 일상다반사였을 것이다.
그러나 그 의미는 조선인을 살해하고 말았다는 사실에 의해 결정
적으로 바뀌어 있었다. 오무라는 일본어로 말을 걸어오는 김용태
무리가 가짜 모습으로 자신을 접하고 있었다는 사실을 겨우 깨닫
는다. 조선인의 피로 자신의 손을 물들인 그의 앞에, 일본인을 향
한 가면을 벗은 조선인이 드디어 모습을 드러낸다. 그것은 식민자
- 식민지 폭력의 행사자가 된 식민지주의자에게 있어 '일체의 이
해를 거절한 정체불명의 섬뜩한 외국인'이었다.
　이렇게 하여 고바야시 마사루의 포스트콜로니얼 문학이 당도
한 하나의 도착점이라고 할 수 있는 「만세·메이지 52년」은 피식민
자들의 분노의 눈빛에 찔려 몸부림치는 식민자의 핍박한 자의식
을 선명하게 그려냈다. 문학사적으로 이 작품은, 식민자의 거북한
마음에 초점을 맞춘 우치노 겐지의 시 외에 '3.1독립운동'의 현장
을 재현하려고 한 유아사 가쓰에의 「간난이」나, 정체 모를 피식민
자와 한 공간을 공유하는 처지에 놓인 식민자의 심리를 정밀하게
그려낸 나카니시 이노스케의 「불령선인」과 같은 콜로니얼 문학의
주제를 계승하는 것으로서 규정할 수 있다. 우치노는 중학교 교원
으로서 대전에서 생활했던 시기에 「눈眼」이라는 흥미깊은 시를
발표했다. 원망과 탄식이나 저주에 반짝이고, 혹은 권태나 침체에

고인 조선인들의 천만의 눈 눈 눈이 얼음의 칼날을 우리 가슴에 찔러넣고, 으스스하게 추운 전율의 그림자를 드리운다… 피식민자들의 무수한 눈빛에 포위되는 그러한 식민자의 압도적인 공포감의 묘사는, 고바야시 마사루의 「만세·메이지 52년」의 모티브를 선점한 것이었다고 할 수 있다.*

3. 이방인들의 경연

미완의 인양

고바야시 마사루가 소설 「만세·메이지 52년」를 발표한 것은 오자키 호쓰키가 평론 「외지 인양파의 발언」을 발표한 것과 같은, 따라서 이쓰키 히로유키가 에세이 「긴 여행의 시작」을 발표한 것과 같은 1969년의 일이었다. 이것을 전후 문학사 가운데에 놓고 보면, 가지야마 도시유키의 식민지 소설을 해설한 와타나베 가즈타미 渡邊一民에 의한 다음 지적이 떠오른다. "1970년 전후는 일본에서 자라고 일본의 식민지 정책 때문에 모국어를 빼앗긴 재일조선인 작가들의 작품이 일제히 꽃을 피웠을 뿐 아니라 패전으로 인양되어 온 식민자 2세 작가가 거의 동시에 작품을 써낸, 근대 일본 문학사상 획기적인 의미를 가지는 시대였다."**

---

* 『아라이 데쓰의 전 사업』 전게서, 43-44쪽

** 와타나베 가즈타미 「해설」 가지야마 도시유키 『족보·이조 잔영』(岩波現代文庫, 2007) 225쪽

　　1972년 이회성의 「다듬이질하는 여인 砧をうつ女」과 히가시 미네오 東峰夫 의 「오키나와 소년 オキナワの少年」이 아쿠타가와상을 동시수상했다. 이회성은 이것으로 일본 국적을 갖지 않는 최초의 아쿠타가와상 수상자가 되었다. 히가시 미네오에 앞서 오시로 다쓰히로 大城立裕 가 오키나와 출신으로는 처음으로 아쿠타가와상을 수상한 것은 1967년의 일이었다(「칵테일 파티 カクテル·パーティー」). 같은 시기에 다양한 출신을 가진 일본어 작가들이 각자의 위치에서 식민지에 관한 주제를 다루고, 때로는 그 내용이 공명하는 요소를 가졌던 것은 주목할 만하다.

　　이회성과의 대담 「우리들에게 있어서의 '조선' - 체험을 어떻게 작품으로 만드는가 ぼくらにとっての'朝鮮'－体験をいかに作品にするか」(1970)에서 이쓰키 히로유키는 '데라시네 déraciné'라는 말로 집약되는 자신의 문학적 전략에 대해 이렇게 말한다. "데라시네란 전쟁이나 정치에 의해 어느 지역에서 멀어진 민중이라고, 저 나름대로 규정하고 있습니다. 난민, 인양자, 포로, 추방자, 귀양자, 전재 戰災고아 등 그러한 사람들 말입니다. 대지에서 거대한 손으로 잡아뜯긴 사람들. 거기에 굴절된 유머나 자조를 가장한 비판의 뉘앙스도 헤아려 주지 않으면 곤란하겠네요. 요컨대 자신에게 노 梶가 없다는 실감을 역으로 이용하여 세계 일류 강국, 황국 일본에 싫은 소리를 하고 있는 것이니까요."*

　　　*　이쓰키 히로유키, 이회성 「우리에게 있어서의 "조선"—체험을 어떻게 작품으로 만들 것인가」『문학계』 24권 11호(文藝春秋, 1970) 215쪽

제6장　식민지 추방의 말로

21세기의 역사와 문학은 이쓰키가 말하는 '데라시네' - 이주나 월경 越境, 혹은 따로 떨어질 수밖에 없게 된 사람을 빼놓고는 말할 수 없을 것이다. 예를 들어 노자키 로쿠스케 野崎六助 는 그 김석범론 속에서 에드워드 사이드의 평론 「고국상실에 대한 성찰」을 인용하면서 '제주도 4.3사건'에 생애를 걸고 씨름한 김석범의 문학을 홀로코스트로 상징되는 '21세기 역사에 특유의 대량학살 〈글로벌적 편재〉'라는 근현대 세계사의 맥락에서 두고 논했다.* 이렇게 재일조선인 문학을 전쟁이나 식민지 지배에 의해 세계 각지에서 탄생한 '디아스포라 문학'의 일부로 파악하는 시점은 의미가 있으며, 또 이미 어느 정도 자명한 단계에까지 진행되어왔다.

이에 비해 외지 인양파의 문학은 재일조선인 문학과 마찬가지로 식민지 문제에 깊이 관계하는 문학임에도 불구하고, 일본의 밖으로 열린 읽기가 이루어져 왔다고 말하기는 어렵다. 물론 식민자의 문학과 피식민자의 문학은 별개의 것이기는 하다. 이쓰키가 말한 '데라시네' 가운데 서로 다른 역사를 짊어지는 재일조선인이나 일본인 인양자, 중국 잔류 일본인, 일본계 브라질 이민 혹은 일본인 시베리아 억류경험자와 같은 월경자들을 얼추 뭉뚱그려서 뭔가를 보았다고 느끼기에는 그야말로 조잡하다. 그렇다고는 해도 실제로 외지 인양파 문학과 재일조선인 문학의 문제의식에 와닿는 부분이 있었던 점은 역시 간과해서는 안 된다.

이회성은 대담의 서두에서 상대인 이쓰키와의 관계성을 이런

---

* 　노자키 로쿠스케 『영혼과 죄책』(インパクト出版会, 2008) 155쪽

식으로 표현하고 있다. "이쓰키 씨는 조선에서 오셔서 인양체험이라는 것을 하신 거죠. 저의 경우도 그 8.15를 기점으로 인양체험을 했는데, 당신과는 다르게 일본에서 조선으로 인양되는 형태였지요. 그러니까 서로 뒤집힌 것 같은 느낌이지요."* 여기서 이회성이 사용한 '뒤집힘'이라는 말에서, 근현대 일본의 식민지주의의 역사를 생각함에 있어 실로 깊은 의미를 추출해 낼 수 있을 것으로 생각된다.

이회성은 또한 만주 출생의 고미카와 준페이와의 대담에서도 흥미 깊은 발언을 했다. 그는 '전후 사할린에서 조선으로 돌아가려고 한 인양자(다만 '아직 인양중'인)'와 스스로를, 일종의 미완의 인양자로 규정한다(이러한 말은 대화의 상대가 인양자인 이쓰키나 고미카와이기 때문에야말로 나온 것일 터이다).

일본령 사할린 樺太에서 이회성이 식민지 해방을 맞이한 것은 10살 때의 일이었으나, 소련령 사할린이 된 그 땅에서 몇 년을 지내고 난 뒤 조선으로 귀환하기 위해 가족이 결사 탈출을 감행했다. 그런데 일본열도를 종단하여 나가사키현 長崎県의 오무라 수용소까지 당도했으나 한반도의 동란으로 '인양 기회를 놓친' 꼴이 되어 결국에 온 길을 되돌아가 삿포로에 머무르게 된 것이었다. 이러한 일련의 경험을 토대로 해서 이회성은 "평소 생각하건대 중국에서 조선을 거쳐 온다거나 혹은 후루다오 コロ島를 거쳐 동중국해로

---

* 이쓰키 히로유키, 이회성 「우리에게 있어서의 "조선"―체험을 어떻게 작품으로 만들 것인가」 전게서, 206쪽

나가 돌아가는, 여러 방향에서 귀국하는 일본인 인양자와 일본에서 조선으로의 인양자의 체험에는 어떤 점이 같고 어디가 다른지, 매우 흥미가 있습니다"라고 말하며 다음과 같은 문제제기를 했다.*

> 식민지 시대의 조선이나, 옛날 만주 등에서 인양되어 온 일본인들은 대체 어떻게 타민족을 보았을까, 또 현재 어떻게 보고 있는가. 격동의 시대를 살아나온 이들 동세대 인양자들이 당시에 무엇을 보고 지금 무엇을 생각하고 있는가를 나는 항상 질문의 형태로 가지고 있는 기분이 듭니다. 그것은 그대로, 일본인 그 자체에 대한 질문과 겹쳐진다고도 생각합니다.**

이회성의 이 질문은 바로 고바야시 마사루가 추구한 문제이다. '일본의 동세대 인양 체험을 가진 작가들과 때로는 지독하게 칼을 맞부딪치며 겨룸'으로써 '조선인과 일본인 쌍방에 잘 보이지 않았던 부분이 언제까지나 그대로 남겨질 위험성'을 뛰어넘어 '외지 체험을 한 친구들과 함께 그 보이지 않는 부분을 밝혀나가는 것'이 가능하지 않을까 라는 이회성의 말은 콜로니얼 시대에서 포스트콜로니얼 시대에 걸친 다양한 월경자들의 각 경험을 하나의 시야에 넣어 공동으로 생각하는 것의 중요성을 제기한 것이기도 하다.***

* 이회성 『이회성 대담집』(講談社, 1974) 134쪽

** 이회성 『이회성 대담집』 상동, 135쪽

*** 이회성 『이회성 대담집』 상동, 135쪽

3. 이방인들의 경연

이것은 물론 외지 인양파나 재일조선인이 낳은 포스트 제국 일본 문학의 안쪽에 머무르는 것은 아니다. 본장의 서두에서 인용한 문장과 같은 내용의 주장인데, 이쓰키 히로유키는 히노 게이조와의 대담 속에서, 카뮈의 『이방인』은 일종의 '인양문학'이라고 지적했다. "그의 경우에 부조리라는 것은 그가 정말로 사랑한 알제의 하늘이나 바다에서는 거절당하고, 즉 지금의 알제리 사람은 '뭐야, 우리들은 알제의 바다나 태양을 사랑할 여유도 없이 살아가고 있는데 그런 것까지 즐길 수 있었던 것은 식민자 자제의 특권이 아닌가'라는 발상이니까 거기서 카뮈는 거절당하고 있지요. 그렇다고 해서 전통적인 프랑스, 일본 못지않게 보수적인 프랑스 안에서는 카뮈가 어떤 위화감 때문에 그곳을 마음의 고향으로는 느끼지 못했을 것이고, 알제리와 프랑스 본토 사이 그 중간에서 양쪽 모두로부터 거절당하고 있다는 느낌이 짙게 있었던것 아닐까. 그 위화감에서 나온 감각이 '이방인'이라는 감각이겠구나. 저는 그것이 인양문학이 아닐까 하는 발상을 갖고 있습니다."*

피에 누아르와 인양자

알베르 카뮈는 프랑스인 알제리 정착민 入植者 4세였다. 그와 같은 프랑스령 알제리 혹은 프랑스령 마그렙의 유럽계 정착민은 '피에 누아르(프랑스어로 '검은 발')'라고 불렸다. 이 호칭은 알제리 독립전쟁(1954 - 1962)과 그에 동반되는 유럽계 정착민들의 프랑스 본토로

---

* 이쓰키 히로유키, 히노 게이조 「이방인 감각과 문학」 전게서, 190-191쪽

인양 과정에서 정착되어갔다고 한다. 어째서 검은 발인가에 대해서는 여러 가지 설이 있지만, 단순하게 식민지의 백인은 반 흑인이라는 본토 프랑스인의 차별 감정이 표현된 것인지도 모른다.*

카뮈의 가계가 나타내듯이 프랑스에 의한 긴 알제리 지배 역사의 축적을 배경으로 한 피에 누아르들이 갖는 식민지 추방에 대한 피해 감정은 일본의 인양자보다 훨씬 강했다. 그들의 피해자 의식은 백년 이상의 세월을 들여 고착되어 간 알제리 소유의식의 반증이라고 할 수 있다.**

고바야시 마사루의 포스트콜로니얼 문학에도 카뮈가 '알제리와 프랑스 본토 사이에 있어 그 중간에서 양쪽으로부터 거절당하고 있다는 느낌' 같은 이중의 외부자 의식이 각인되어 있음은 역력하다. 소설 「만세·메이지 52년」의 오무라는 내지를 뛰쳐나가 식민지로 흘러 들어간 끝에, 거기서 조선인을 살해하고 만다. 이제 내지의 고향 마을에 자신이 있을 곳은 없고, 게다가 폐쇄적인 식민지의 일본인 사회 분위기는 견디기 어렵지만 그렇다고 조선인을 죽인 자신을 현지 사람들이 받아들여 줄 리도 만무하다 - 오무라가 마지막에 내몰리는 사면초가의 상황은 지극히 피에 누아르 적이다.

---

* 마쓰우라 유스케 「프랑스의 식민지 인양자들—알제리의 경우」 『아시아 유학』 85호(勉誠出版, 2006) 구도 아키히토 『지중해 제국의 한쪽 그림자』(東京大学出版会, 2013) 90쪽 참조.

** 프레더릭 포사이스(Frederick Forsyth)의 유명한 서스펜스 소설 『자칼의 날』(1971)은 알제리를 둘러싼 프랑스의 복잡한 포스트콜로니얼 문제를 주제로 한 작품이다. 프랑스의 식민지주의에 대해서는 히라노 지카코 『프랑스 식민지주의의 역사』(人文書院, 2002), 동 『프랑스의 식민지주의와 역사인식』(岩波書店, 2014) 등을 참조하였다.

3. 이방인들의 경연

소설 「만세·메이지 52년」은 오무라가 어디에도 도망갈 장소가 없는 상황에 내몰린 채로 끝난다. 그러나 식민자들이 실제로 나아간 것은 익숙한 식민지에서 쫓겨나 서먹서먹한 조국으로 향하는 인양의 길이었다. 에세이 「긴 여행의 시작」 속에서 이쓰키 히로유키는 이렇게 회상한다.

> 내지에 인양되어 온 나는 거기에서 이방인이었다. 방언을 모르고, 살아야 할 집도 경작해야 할 땅도 없는 우리들은 내지에서 고립되어 있었다. 〈인양자의 자식〉이라 불리며 조소의 대상이 될 때마다 나는 반도를 생각했다. 그러나 거기는 거부당한 땅이었다.*

식민지 제국의 아이가 떠안은 이러한 이중의 소외감은, 구식민지와 구종주국 어느 국민의 역사에도 닿지 않는 말을 머금은 채 무겁게 침전되어 갔다. "나는 작가로서 나 자신의 출발점인 식민지의 생활과 인양 체험에 대해 거의 작품을 쓰지 않았다"고 밝힌 이쓰키는 그 체험들을 "있는 그대로 쓴다면 일종의 체험기거나 피해자 이야기가 될 것 같다"라고 우려했다.** 이쓰키가 이렇게 쓴 것은 1969년의 일이었으나, 그 후 꽤 시간이 경과한 지금도 그는 아직 극히 단편적으로밖에 이야기하지 않는다. 아마도 이제 그가 식민지와 인양 이야기를 쓰는 일은 없을 것이다. 그러나 그것을 작가의

---

* 이쓰키 히로유키 『심야의 자화상』 전게서, 40쪽

** 이쓰키 히로유키 『심야의 자화상』 전게서, 41쪽

나태라고 탓할 수는 없다. 일본에 인양되기 전에 평양에서 어머니를 잃은 이쓰키 히로유키에게는 스스로의 '피해자 이야기'를 거침없이 말하는 편이 계속 침묵하는 것보다 훨씬 쉬운 것이었을지 모른다.

한편 이쓰키가 식민지 체험을 문학화하는 것의 곤란함을 밝혔던 바로 그즈음에, 고바야시 마사루는 「만세·메이지 52년」의 집필을 포함한 마지막 고투에 몰두하고 있었다. 일본의 전후문학사에서 고바야시 마사루처럼 외곬으로 그러한 작업에 임한 일본인 작가는 없다. 그런 의미에서 고바야시 마사루의 이름이 등장하지 않는 것을 가지고 오자키 호쓰키의 평론 「외지 인양파의 발언」을 비난한 오임준의 불만에는 역시 일리가 있다고 말하지 않을 수 없다.

4. 고향을 상실한 후의 피에 누아르

식민지주의 폭력과 총

이바라기 히로후미茨木博史는 『이방인』의 주인공 뫼르소와 「손님」의 다뤼의 묘사방식의 차이에 착목하여 카뮈의 식민자 문학의 질적 변화를 부각시켰다. 그에 따르면 카뮈의 식민지 소설의 무대는 유럽계 주민이 정치·경제상에서뿐만 아니라 인구 구성상에서도 다수파를 점하는 연해도시에서, 지배가 실효적으로 기능하고 있지 않은 내륙부의 사막지대로 이행하고 있다.* 이것은 프랑스에

---

* 이바라키 히로시 「『이방인』에서 「손님」으로―두 식민자의 초상」 일본 카뮈연

의한 알제리 지배 역사의 황혼기를 맞닥뜨린 카뮈의 식민지에서의 고립감의 고조를 시사한다고 한다.

이바라기의 논고에서 특히 흥미로운 것은 시야를 스치는 아랍인들의 그림자를 느끼면서도 프랑스적인 생활을 즐기는 바다의 뫼르소와, 아랍인의 영역 속에서 완전히 고립되어 협박에 노출되는 사막의 다뤼가 공통적으로 소지하고 있는 권총의 비교분석이다. 먼저 그들이 주머니에 넣는 권총이 둘 다 원래는 그들의 소유물이 아니었다는 점은 중요한 포인트이다. 뫼르소는 격분한 친구가 아랍인을 쏘는 것을 예방하기 위해서 그 친구로부터 권총을 맡아두고, 다뤼는 헌병으로부터 반강제적으로 호신용 권총을 받게된다. 즉 식민지에서는 "타인의 것이었을 터인 폭력이 어느새인가 그들의 품 안에 숨어들었다"는 것이다. 이바라기는 "이 두 개의 권총은 식민지라는 상황 속에서는 누구도 아랍인에 대한 폭력과 무관할 수 없다는 것을 비유적으로 나타내고 있다고도 해석할 수 있다"라고 날카롭게 지적한다. 더욱 중요한 것은 권총을 소지한 다음에 두 사람의 길은 결정적으로 나뉜다는 것이다. "뫼르소는 아랍인이 칼을 뺀 순간, 방아쇠를 당긴다. 한편 다뤼는 살인을 저지른 아랍인과 대치하는 섬뜩함과 공포 속에서도 권총을 서랍 속에 넣어두고, 스스로의 안에 싹트는 폭력의 가능성을 필사적으로 멀리하려고 한다."*

구회 편 『카뮈 연구』 6호(青山社, 2004) 35-36쪽

*　이바라기 히로후미 「『이방인』에서 「손님」으로」 상동, 40쪽

제6장　식민지 추방의 말로

「손님」은 알제리 독립전쟁의 그림자가 유난히 짙은 작품이다. 어느 날 알제리 변방의 고원지대에 있는 학교에서 단신으로 더부살이 하는 프랑스인 교사 다뤼에게, 꼬르스 출신의 노헌병이 아랍인을 데리고 찾아온다. 바쁜 헌병은 다뤼에게 자신의 친족을 죽인 혐의를 받고 있는 그 아랍인을, 경찰서가 있는 가장 가까운 마을까지 연행하도록 명령한다. 헌병은 싫어하는 다뤼에게 강제로 권총을 건네고, 아랍인을 남겨둔 채 서둘러 떠나버린다.

프랑스어를 못하는 아랍인을 억지로 떠맡게 된 다뤼는 사람이 없는 학교에서 긴장감에 가득 찬 기묘한 하룻밤을 보내게 된다. 아랍인은 마음만 먹으면 간단히 도망치거나 다뤼에게 위해를 가할 수 있음에도 불구하고 얌전히 밤을 지샌다.

다음날 아침 다뤼는 망설인 끝에 권총을 책상 서랍에 넣는다. 호송 중 그는 아랍인을 풀어주는데, 그 남자는 제 발로 경찰서가 있는 마을로 향한다. 권총이나 용의자 연행을 둘러싸고 갈등하는 다뤼는, 식민지 추방의 위험 가운데 카뮈가 폭력의 유혹에 저항하면서 아랍인과의 공생을 필사적으로 모색하는 모습을 비추고 있다.

「포드·1927년」에서도 이미 보았는데, 흥미롭게도 이러한 총의 표상 분석은 고바야시 마사루의 식민지 소설에도 적용해볼 수 있다. 「만세·메이지 52년」은 조선인을 쏘게 될지도 모른다는 불길한 예감에 두려워 떠는 오무라가, 엽총을 점검하는 장면에서 시작된다. 이 엽총은 카뮈의 주인공들과 마찬가지로 원래는 오무라의 것이 아니며 취미인 사냥을 위해 작중에서 전형적인 식민지주의자로 그려진 고리대금업자 일본인에게서 사둔 것이었다.

4. 고향을 상실한 후의 피에 누아르

'만세소동'에 휘말려 실제로 조선인을 사살하고 만 다음, 보복에 두려워 떠는 오무라는 식민지주의 폭력을 상징하는 그 엽총을, 이제는 한시도 손에서 놓을 수 없게 된다. 이렇게 해서 "나는 관계없어, 이런 산골짜기에 와버린 건 정말로 우연이었어"라고 변명했던 그는 명실공히 폭력으로 피지배민족을 위압하는 식민지주의자가 되어 버린 것이다. 오무라의 주관으로는 어디까지나 호신용이지만, 물론 식민지 사람들 앞에서 그런 논리는 통용되지 않는다. 익숙한 중국 요리집에까지 총을 짊어지고 가는 것은 의도치 않게 위협행위가 되어 버리며, 오무라는 점점 현지 주민의 반감을 산다. "나는 녀석들이 미웠던 게 아니야, 나는 녀석들에 대해서는 별로 아무런 생각이 없었어"라고 독백하는 오무라는 자경단의 일원으로서 방위를 맡은 경찰서에 조선인 군중이 밀려왔을 때의 일을 떠올리고 식민지 사람들에 대한 공포와 폭력의 낙인이 마음에 찍힌 것을 느낀다 - "그 공포는 내 뼛속에 달러붙어 앞으로도 계속 지워지지 않을 것이다. 그리고 나는 아마 일평생, 이 엽총을 몸에서 떼어 놓을 수 없을 것이다…."(5:175)

콜로니얼에서 포스트콜로니얼로

마쓰우라 유스케 松浦雄介는 알베르 카뮈의 만년 단편집 『추방과 왕국』에서 "안주의 장소를 나온 주인공들이 그 바깥에 펼쳐진 사막을 방황하고, 거기서 타자와 만나 고독에 직면하는 이야기는, 알제리의 프랑스인이 마이너리티로 전락하고 거기서 추방되는 미래

의 사태를 예견적으로 나타내고 있다"고 지적한다.* 마쓰우라는
카뮈의 문학을 식민지주의의 맥락에 놓은 에드워드 사이드의 카
뮈론을 주의 깊게 비판적으로 읽으면서 식민자 문학이 가지는 가
능성을 검토한다.

마쓰우라에 의하면 카뮈의 후기 식민지소설은 알제리의 완전
독립이 아니라, 결국에는 식민지주의 비난을 피할 수 없는 다민족
공동체의 건설 가능성에 걸 수밖에 없는 피에 누아르의 숙명적인
괴로운 처지를 응축한 것이었다. 그것들은 물론 사이드가 말하는
것처럼 식민지 지배를 고집하는 '힘을 빼앗긴 식민지적 감성'의
표출이라고 하는 면도 있었겠지만, 동시에 피에 누아르와 아랍인
의 '화해 불가능성'과 그 결과로서 자신들을 덮쳐올 고향 상실에
대한 절박한 위기의식에 뒷받침되는 것이었다.**

카뮈는 1960년, 즉 알제리 독립 2년 전에 죽었다. 한편 일본의
인양자들은 카뮈가 그 도래를 절실하게 예감하면서도 실제로는
살지 못했던, 본국으로의 인양 이후 포스트콜로니얼 시대를 살아
가게 되었다. 그런 의미에서는 고바야시 마사루 등 외지 인양파의
문학은 카뮈가 제시한 고향 상실 후 피에 누아르의 '포스트 식민지
적 감성'을 예견으로가 아니라 동시대적으로 표현한 것이었다고
할 수 있다. 소설 「눈 없는 머리」나 「쪽발이」는 바로 식민지에서부

마쓰우라 유스케 「탈식민지화와 고향 상실─피에 누아르로서의 카뮈」 『Be-
      coming』 18호(BC出版, 2006) 18-19쪽

**   마쓰우라 유스케 「탈식민지화와 고향 상실」 상동, 7-8쪽 참조.

4. 고향을 상실한 후의 피에 누아르

터 본국으로 인양되어 온 일본판 피에 누아르가 식민지 기억에 시
달리는 이야기이다.

고바야시 마사루의 식민자 문학에서 이경인이나 에이코, 김용
태와 같이 일견 고분고분한 조선인이 돌연 모습을 바꾸어 일본인
에게 적의나 멸시의 눈초리를 향하는 이야기가 반복적으로 서술
되는 것은 이미 몇 번 보아 왔다. 이런 조선인의 변모를 그림으로
써 고바야시 마사루는 식민지 지배에 의해 소거되어 있던, 혹은 전
후 일본에서 더욱 소거되고 있는 조선인의 얼굴과 이름을 다시 보
고자 했다고 할 수 있다.

이에 비해 카뮈의 식민자 문학에서 아랍인은 마지막까지 이름
없는 존재로 계속 머물렀다. 아랍어를 모르는 『이방인』의 뫼르소
는 아랍인과의 의사소통의 회로가 전혀 없고 그것을 개의치 않지
만, 아랍어를 조금 할 수 있는 「손님」의 다뤼는 아랍인과 아주 간
단하게나마 말을 나눈다. 아랍어가 땅바닥에서 기어올라오는, 일
종의 저음부로 밖에는 들리지 않는 뫼르소와 비교하면 이는 소소
하지만 주목해야 할 변화라 할 수 있다.* 그래도 카뮈가 아랍인에
게 이름을 주는 일은 끝내 없었다.**

---

    *   알베르 카뮈 『이방인』(구보타 게이사쿠 역, 新潮文庫, 1995) 77쪽

   **   1930년대에 알제리에서 수차례에 걸쳐서 장기간 학술조사를 행한 경험을
가진 민족학자 제르멘 틸리옹(Germaine Tillion)이, 알제리 독립전쟁이 발발
했던 1954년에 현지를 방문했을 때 보고 들은 것에 대해 이런 흥미깊은 증
언을 남겼다.
「콩스탕틴행 열차에는 거의 승객이 없었으나, 그 몇 안되는 승객은 '피에·누아
르'였다(이 표현을 1934년부터 60년까지의 사이에 한 번도 들어본 적이 없었
다). 그들은 여러 가지 이야기를 했으나 특히 즐겨 말한 화제는 자신들의 적수

와타나베 가즈타미는 "1960년에 죽은 카뮈가 알제리에서 유년 시절의 추억을 감미롭게 그린 『최초의 인간』을 유고로 남긴 것에 비해, 「쪽발이」를 쓴 고바야시 마사루는 식민지 이주민의 후예로서 미래를 향해 카뮈보다 크게 한 걸음을 앞서고 있었다"라고 평가한다.* 다만 식민지 추방의 예감을 현재 진행형으로 그린 카뮈의 콜로니얼 문학과, 「만세·메이지 52년」등을 통해 그 예감의 의미를 사후적으로 추구한 고바야시 마사루의 포스트콜로니얼 문학은 문학사적으로 판연히 다른 단계에 있다. 따라서 보다 정확하게는 이와 같이 말해야 할 것이다 - 고바야시 마사루는 마지막 세대의 식민자였던 카뮈의 뒤를 잇는 콜로니얼과 포스트콜로니얼에 걸친 시대를 살았던 인양자로서 카뮈가 죽음으로써 멈출 수밖에 없었던 발걸음을 이어받아 나아갔다, 라고.

인 주민들에 대해서였고, 그 주민들을 그들은 아랍인이라고만 불렀다.─하지만 그 주민들도 그들과 마찬가지였다. 그런 것도, 마그레브 각국의 이슬람교도의 다수는 사실 베르베르인이지만 아랍화된 베르베르인이었고, 다른 한편 알제리의 다른 주민은 왕왕 몰타섬이나 스페인 남부에서 온 유대 교도, 혹은 카톨릭 신자였고 그에 따라서 역시 마그레브 지역 출신의 이슬람 교도에 의해 오랫동안 점령되어 있던 지역에서 왔기 때문이다.」 (츠베탄 토도로프 편 『제르멘 틸리옹』(오노 우시오 역, 法政大学出版局, 2012) 283쪽)

*   와타나베 가즈타미 『〈타자〉로서의 조선』(岩波書店, 2003) 182쪽

4. 고향을 상실한 후의 피에 누아르

5. 목적지 없는 도피행

다양한 독해의 가능성

이쓰키 히로유키는 카뮈의 『이방인』을 '인양문학'으로서 공감하며 읽었다. 한편 한국의 연구자 이연숙은 카뮈의 「손님」을 분석하여, 다뤼가 근무한 학교의 사소한 정경묘사에서 식민지 현실을 읽어낸다. 이연숙이 주목한 것은 알제리 변방에 있는 그 교실의 칠판에 색이 분류된 프랑스 4대강이 그려져 있다는 짧은 기술이다. "식민지의 아이들은 자기 나라의 지리가 아니라, 먼저 종주국 본국의 지리를 배운다. 바로 대만과 조선의 아이들이 일본의 산맥이나 하천 이름을 억지로 외웠던 것처럼. 식민지에 있어서는 자신들의 토지는 그 고유한 것으로서는 존재하지 않는 것으로 간주된다. 그렇다기보다도 종주국의 언어로 이름이 붙음으로써 존재가 사라져버리는 것이다."*

더욱이 카뮈의 '이방인' 감각에 공감을 느낀 이쓰키와 반대로, 그러한 감각의 소유자야말로 자신에게는 '이방인'이다, 라는 비판적 시점도 제시되어 있다. "미국의 식민지나 다름없는 멕시코 사람들을 죽이는 백인 '황야의 무법자'가 그랬듯이 『이방인』의 카뮈는 동시에 나에게 오랫동안 명실공히 '이방인'이었다"라고 말하는 박홍규의 입장에서 보면, 식민지 알제리에서 프랑스인이 아랍인을 쏴 죽인다는 사건은 "일제 말 조선에서 태어나 자란 일본인 청

* 이영숙 『이방의 기억』(晶文社, 2007) 33쪽

년이 뜨거운 부산의 여름 바닷가에서 그 햇빛 때문에 지나가던 조선인을 쏘아 죽인 살인사건"과 같은 것이다. "그런 이야기에 우리가 과연 공감할 수 있을까? 그것을 현대로 끌고 와 한국인 여성을 죽인 미군 살인범의 이야기라고 보아도 마찬가지가 아닐까."*

이것은 에드워드 사이드와 통하는 독해라고 할 수 있다. 더욱이 박홍규는 조선이 알제리처럼 일제와 장기간에 걸친 격심한 민족해방전쟁을 벌였더라면 하고 가정하면서 다음과 같이 말한다.

> 그대로 그 전쟁이 시작되었을 때, 한 일본의 소설가가 휴전을 주장하고, 조선인만의 독립이 아니라 일본인과 조선인이 조선에서 함께 화목하게 살아야 한다고 주장했다고 치자. 그랬다면 조선인 중 누가 그 일본인 소설가를 지지했을까? 또 전쟁 후 수년간 어렵게 살았다고 해서 휴전을 주장한 그 소설가의 비전이 옳았다고 말할 수 있을까?
>
> 더욱이 그 소설가의 할아버지가 조선시대 말에 사실상 일제의 조선 침략과 함께 건너와서 일제가 뺏은 우리 땅에서 농사를 짓다가 아들을 낳았고, 조선에서 태어난 그 아들이 결혼해 조선에 살면서 그 소설가를 낳아 기른 것이라면 어떨까. 민족해방전쟁 전부터 그 가족이 조선에 살아 있었기 때문에 그들이 전쟁으로 살해당할 위험이 있어 그런 소리를 했다면 누가 그 이야기를 곧이곧대로 들을 것인가? 개인적으로 동정할 여지야 없지 않겠지만, 누가 그것을 공인의 말이라고 할 것인가? 카뮈의 경우가 꼭 그랬다.**

* 　박홍규 『카뮈를 위한 변명』 (우물이 있는 집, 2003) 20-21쪽

** 　박홍규 『카뮈를 위한 변명』 상동, 27쪽

5. 목적지 없는 도피행

이처럼 피에 누아르와 식민지기의 '재조일본인'을 비판적으로 겹쳐보는 시각은, 이쓰키 히로유키의 시각과는 또 다른 가능성을 여는 것이었다. 그러나 한편으로 이 두 개의 시각은 단지 대립할 뿐만 아니라 서로 보충하는 면도 있다고 할 수 있다. 박홍규의 가정은 다음과 같은 또 다른 가정을 이끌어낼 수 있다 - 만약 그 소설가가 늦게 온 소설가, 즉 식민지 해방까지의 세월은 아이로 조선에서 지내고, 식민지에서 추방된 다음 본국에서 나중에 소설가가 된 자라고 한다면, 그 소설가는 자신의 콜로니얼 과거와 포스트콜로니얼 현재를 어떻게 포착해야 할까. 그리고 또 구 식민지와 어떤 식으로 마주해야 할 것인가 … 고바야시 마사루나 이쓰키 히로유키의 경우가 바로 그러했던 것이다.

아이들이 본 인양

알베르 카뮈는 알제리 독립전쟁이 일어났을 때 이미 어른이었다. 한편 조선이 해방되었을 때 고바야시 마사루나 이쓰키 히로유키는 아직 10대의 소년이었다. 진학, 입영의 타이밍 등 겨우 몇 살 차이로 전시체험의 내용이 크게 달라지게 되는 시대였던 만큼, 몇 살 때 어디서 일본의 패전을 맞이했는가는 그 후 각자의 포스트콜로니얼 문학이 형성되어 가는 데에 있어서 상당히 큰 요소가 되었다. 그 때 고바야시 마사루는 열일곱 살, 이쓰키 히로유키는 스무살이었고 각자 일본의 사이타마현埼玉県과 조선의 평양에 있었으나 아마 이러한 차이도 양쪽의 전쟁관이나 식민지관에 결코 작지 않은 영향을 주었을 것이다.

제6장 식민지 추방의 말로

이쓰키는 고바야시 마사루가 체험하지 못한(소련점령지구에서의) 가혹한 인양을 몸소 체험했다. 그 체험을 그는 '비영웅적인 영광으로의 탈출'이라 불렀다.

거기에는 비참과 해학이 뒤섞인 집단적인 극한의 상태가 있었다. 사람들은 헛소문과 환상 속에서 〈내지〉로 돌아가는 날을 꿈꾸며, 마치 맹목적으로 일정한 지점을 찾아 직진하는 쥐떼처럼 나아가기도 하고, 쓰러지기도 했다. 〈내지〉는 이미 우리들에게, 아니 정확하게는 어른들에게, 하나의 페티시가 되어 있었다. 그들은 현재의 비참함과 불행의 모든 것이 그 약속된 땅으로 돌아감으로써 해결되리라 굳게 믿고 있는 듯했다.

내지에 도착하기만 하면 – 그런 불평을 우리는 어른들에게 몇 번을 들었던 가. 그러나 식민지에서 자란 우리 세대의 소년들에게 그것은 전혀 실감되지 않는 주문처럼 느껴졌다.*

여기서는 비통하게 내지를 목표로 하는 인양자들을, 불쌍하면서도 어딘지 모르게 우스꽝스러운 느낌이 드는 '맹목적으로 일정한 지점을 찾아 직진하는 쥐떼'와 같다고 보고 삐딱한 자세를 취한 소년의 차가운 눈빛이 있다. 이처럼 매우 심술궂지만 어떤 의미에서 솔직한 감각은 그가 아직 소년이었기 때문에야말로 느낄 수 있었던 것일지 모른다.

소년의 의문은 부풀어간다 – 분명 인양은 비참하고 해학적이지

---

*   이쓰키 히로유키 『바람에 날려』(角川書店, 1970) 123-124쪽

5. 목적지 없는 도피행

만, 그렇다면 식민지에서 추방되기까지의 생활은 어떠했는가? 그 것은 비참하지도, 우습지도 않았다고 단언할 수 있는가? 인양 때 에 식민자들이 곤두박질쳐 떨어진 '비참과 해학이 뒤섞인 집단적 인 극한의 상태'는 타국을 자국처럼 억지로 바꾸고자 한 식민지 지 배 그 자체 가운데, 혹은 식민자들이 놓였던 '가난 때문에 외지로 밀려 나갔고, 그 땅에서 이번에는 타민족에 대해 지배계급의 입장 에 서는 이상한 이중구조' 속에서 이미 싹트고 있지 않았을까….

> 그 당시의 나는 어른들이 밤낮으로 되풀이하는 '왜?'라는 말에, 희미하게 마 음에 걸리는 것을 느꼈다. '왜 이런 꼴을 당해야 하는거야?'라고, 어른들은 반 복하고 있었다.
>
> '내지에 돌아가기만 하면 -' 하지만, 이라고 나는 생각했던 것이다. 그토록 훌 륭한 내지라면, 어째서 부모님들은 그 땅을 떠나 여기에 온 것인가? 그 무수 한 난민들은 어째서 내지에서 온 것일까? 나는 나중에, 러시아 문학 풍의 관 념적인 발상에서 이런 것을 생각한 적이 있었다. 그들이 고난을 당한 것은, 그 들이 식민지에서 행한 어떤 행위 때문이 아니지 않은가. '왜 이런 꼴을?'이라 고 투덜대는 그 정신구조 자체의 벌을 인양자는 치러야 했던 것 아닐까.*

'왜 이런 꼴을' - 난민이나 다름없는 모습으로 전락한 지배자들 의, 자신들을 피해자처럼 느끼는 정신구조에 대해 소년은 어딘지 수상하고 느꼈다. 소년의 눈에 비친 어른들에게는, 애초부터 왜 자

* 이쓰키 히로유키 『바람에 날려』 상동, 126쪽

신들이 식민지에 와서 거기서 어떤 생활을 하고 있었는지를 묻는 역사적인 시각이 결핍되어 있었다. 철수하는 길 도중에 '내지에 돌아가기만 하면'이라고 되풀이해 중얼거리는 어른들은, 그 내지를 나오기 전에는 '외지에 가기만 하면'이라고 계속 중얼거리고 있었던 것은 아니었을까.

유소년기를 다롄에서 보내고, 열 살 때 일본의 패전을 맞이한 미키 다쿠도 어느 자전적 인양 소설에서 이와 아주 비슷한 감상을 토로하였다. "그들은 조국을 마치 천국처럼 말하고, 스스로 나서서 기쁜 마음으로 돌아가는 것처럼 말했다. 그러나 그것은 정말이었을까. 만약 그렇다면 그들 스스로가 본국에 있으면 되는 것이었고, 일부러 식민자가 될 필요는 없었다.", "그러나 조국의 기억이 없는 소년에게는 이 혼돈된 죽음을 잉태한 땅밖에 없었다. 바다 저편에 있는 땅은 그에게서 아무런 구체적 근거를 가진 감상도 이끌어내지 못했다."*

가난 때문에 혹은 운명을 개척하려는 야심 때문에 고향마을을 떠나 식민지로 나온 것, 거기서 일을 하고 가정이나 사회를 만들어 아이들을 낳아 기른 것, 그리고 국가권력의 비호를 받지 못하게 된 지금 모든 것을 버리고 고향 마을로 도망쳐 가는 것은 이러한 것 모두가 어른들의 마땅한, 종종 어쩔 수 없는 사정이었다. 그러나 그 마땅한 도리는, 태어난 땅의 공기를 가슴 가득히 마시며 자신의 영혼을 키웠던 아이들에게는 어차피 부모나 국가의 이기적인 사

---

* 미키 다쿠 『포격 후에』(集英社文庫, 1977) 228-229쪽

정일 뿐이었다. 다른 곳에서 이쓰키는 분노를 띤 어조로 이렇게 썼다. "다만 열 세 살의 중학생이었던 나에게 '내지'라는 관념에 실감은 없었다. 내지로 돌아가면 뭐 어떻게 된다는 것인가, 라는 불온한 생각이 마음속에 있었다. 한번은 그것을 입 밖으로 꺼내는 바람에 맞아서 눈 위에 쓰러져 뒹굴었다. 그때는 상대를 죽여버릴 작정이었다."*

어른의 세계를 움직이는 사정이나 도리는 때로 사고정지를 낳는다. 또 그 '당연함'들을 당연하다고 생각하지 못하는 자들에 대해 '네가 뭘 알아'라는 듯이 권위주의적인 폭력을 휘두르고, 그 그당연함을 억지로 강요하려고 한다. 일본이 실권을 잃은 외지는 위험하니까 안전한 내지로 찾아가는 것은 절대적 급선무다, 라는 것은 소년도 체험을 통해 잘 알고 있었다. 그럼에도 불구하고 그는 반항했다 - '내지로 돌아가면 뭐 어떻게 된다는 것인가.' 그리고 맞아서 눈 위에 쓰러져 입을 다물 수밖에 없었다. 그러나 철수하는 길을 재촉하는 어른들의 너무나 당연하고 맞는 도리에 의해 쉽게 짓뭉개진 이 반감 속에야말로 식민지에서 생을 살았던 제국 소년의 간절한 육성이 담겨 있었다. 소년의 '불온한 생각'은 자신들의 내력과 자국의 역사를 되묻지 않으려는 어른들의 사고 정지를 날카롭게 찌르는 것이었다. 그러나 그것은 인양 후에도, 이번에는 전후 부흥과 경제성장의 길에 매진하겠다는 어른들의 마땅한 도리에 의해 계속 무시되었다.

---

* 『이쓰키 히로유키 에세이 전집』 3권(講談社, 1979) 199쪽

제6장 식민지 추방의 말로

인양은 식민지 제국의 아이들에게, 마땅한 도리에 묶여 사고정지에 빠져있는 어른들의 상식을 뛰어넘어 그 앞을 내다보고자 하는 투철한 시선을 길러주는 계기도 되었다. 이쓰키 히로유키는 앞에서 인용한 인양에 관한 에세이를 리스본에서 쓰기 전날, 마드리드의 코론 광장에서 원기둥 위에 우뚝 선 콜럼버스의 상을 올려다보았다고 한다. 근대의 한 기점이 된 콜럼버스를 바라보는 이쓰키의 눈빛에는 수백년에 걸쳐 전 지구적으로 맹위를 떨치고, 지금도 세계를 근저에서부터 규정하고 있는 식민지주의와의 관련 속에서 인양자로서 스스로의 삶을 파악하려는 의지가 깃들어 있는 것처럼 보인다.

오자키 호쓰키의 목소리에도 한번 귀를 기울여보자. "나는 이쓰키와 마찬가지로, 쇼와 초기에 태어난 외지파다. 대만에서 나고 자라 8월 15일을 거기서 맞이했다. 그런만큼 그의 발상의 밑바탕에 응어리진, 고통이라고도 신음이라고도 할 수 있는 내면의 목소리를 아프도록 이해할 수 있을 것 같다. 특히 '식민지 지배민족으로서의 일본인 가운데에도, 두 개의 계급이 존재했다는 것'을 지적하는 그의 손끝의 떨림을 나는 실감한다. 그러나 그 상처가 깊으면 깊을수록 그것에 대해 생생한 체험고백을 하지 못할 것 같은 망설임이 작용하는 것도 사실이다."* - 식민지에서 식민자와 피식민자는 계급적으로 대립하고 있었으나, 특권자인 식민자들 중에도 계급의 대립은 있었다. 식민지는 하나의 굳건한 집단이 아니라 여러

---

*　　가지무라 히데키 「외지 인양파의 발언」 전게서, 328쪽

겹으로 갈라져 있었다. 그리고 중요하게도 피식민자 사이에는 식민자보다도 더 심각한 계급의 대립, 사상의 대립이 생겨나 있었다. 피식민자들이 던져졌던 식민지 시대의 대립은 해방 후 한반도의 역사가 그랬던 것처럼 포스트콜로니얼 전쟁의 무서운 참화로 이어진 것이다.

'여기서 도대체 어디로'

소설 「만세·메이지 52년」은 다음과 같은 장면으로 끝난다. 조선인 손님들의 차가운 눈빛을 받으면서 중국 요리집을 도망치듯 빠져나온 오무라가 한산한 조선인 마을을 쫓기는 죄인처럼 걸어간다.

머리 위에 푸른 하늘이 있고, 거리에는 사람 그림자가 없었다.

'아직이다', 하고 오무라는 떨면서 생각했다. 아직 안심할 수 없다, 빨리 빠져나가야 한다. 그는 굳어가는 다리를 움직여 천천히 걸었다. 이제 얼마 안 남았다, 얼마 안 남았다. 몸에 땀이 흐르는 것이 느껴졌다. 조금만 더, 걷자, 뒤돌아보지 말자, 걷자. 그때 뒤에서 낮지만 또렷한 일본어가 날아들었다.

"살인자!"

오무라는 그 목소리에, 총이라도 맞은 듯이 기우뚱하고 고꾸라졌다. 바로 지금, 이 거리를 탈출해 어디론가 아무런 속박도, 공포도 없는 어딘가로 도망치고 싶다는 불같이 격렬한 충동이 치밀어 올랐다. 탈출하고 싶다, 나는 도망쳐 가고 싶다, 그러나 어디로, 일본인인 나는 여기에서 도대체 어디로. 그는 충혈된 눈을 똑바로 뜨고, 걸었다.

(5:181 - 182)

오무라의 이 '충혈된 눈'은 도대체 어디를 응시하고 있었는가 -
그러나 이미 손을 피로 물들였던 식민자에게는 '아무런 속박도, 공
포도 없는 어딘가'란 존재할 리가 없었다. 식민지에서 불타는 듯한
탈출 욕구로 몸부림치는 오무라의 모습은 1969년의 도쿄에 사는 고
바야시 마사루 자신의 심상이 투영되어 있는 듯 보인다.

다만 이러한 식민지(문제)로부터의 도피 욕구는 「만세·메이지
52년」과 같은 만년의 작품에서뿐만 아니라 초기 작품에도 그려져
있다. 그런 의미에서 이것은 고바야시 마사루의 포스트콜로니얼
의 삶에 시종일관 따라다닌 감각이었던 것이 아닐까 생각된다.

「라라둔 拉拉屯」(1956)이라는 식민지소설은 가난에서 벗어나기
위해 일본의 'N현'에서 조선으로 건너가 산속 시골 마을에서 잠
시 교사로 일한 뒤, 다시 만주로 흘러간 한 젊은 일본인이 그 땅에
서 일제의 식민지주의의 생생한 현장을 보면서 고뇌하는 이야기
이다. 섬세한 성격의 그 청년이 흘러들어온 만주에는 현지인에게
아편을 팔아 땅을 사들이는 일본인들이 판을 치고, 황폐하고 피폐
해진 마을의 무참한 현실이 있었다. 그는 '내지'의 중학교 시절 선
배가 싼값으로 매수한 라라둔이라는 외진 마을을 함께 방문하고,
거기서 현지 젊은이의 분노에 찬 눈빛에 당황해 혼자 풀이 죽어 자
문한다 - "나는 여기를 떠나지 않으면 안 된다고 생각하고 있었다.
하지만 도대체 어디에? 더더욱 사람이 없는 대륙 오지로 … 그러
나, 하고 다시 생각했다. 거기에 갔다고 한들, 나는 그곳에서 무엇
을 찾아낼 수 있을 것까…."(1:46)

「눈 없는 머리」에서 토로되어 있듯이 만년의 고바야시 마사루

는, 조선 문제의 거대함과 복잡함을 눈앞에 두고 허탈감과 절망감
에 찌들어 있었다. 그래도 스물네 살 때 '화염병 투쟁'으로 수감된
도쿄구치소 독방 벽에 의기양양하게 써넣은 "제2차 세계대전의
고투의 나날을 써내려간 소련 작가 바실리 그로스만의 '절망의 순
간이라는 건 없다. 숨이 붙어있는 한 싸워라'라는 말"(4:236)을 다
시 가슴에 새기고, 그는 소설을 계속 써갔다.

　조선에 대한 애착이나 그리움, 죄악감, 그것들과 대항해 싸우는
증오와 반감과 공포 등이 소용돌이치는 가운데, 소년 시절에 살았
던 그 '낙동강 근원의 깊은 산골짜기'에 묶여서 여전히 아무 곳으
로도 도망가지 못하고 있는 자기 자신의 모습을 고바야시 마사루
는 「만세·메이지 52년」의 마지막 장면에 담아 그려낸 듯하다. 그
자신 또한 어디까지 간들 오무라와 마찬가지로 식민지에서 도망
칠 수 없다. 식민지의 존재따위 잊혀진지 오래된 전후 일본 사회에
살아가면서, 그는 아직 식민지에 묶여 있었다. "탈출하고 싶다, 나
는 도망쳐 가고싶다, 그러나 어디로, 일본인인 나는 여기에서 도대
체 어디로" - 오무라의 마지막 마음의 외침은 고바야시 마사루 자
신의 신음 소리처럼 들리기도 한다.

　오무라는 내지 고향마을의 답답함에서 벗어나, 그저 자유롭게
되고 싶다는 마음 하나로 식민지 조선에 건너갔다. 한편 전후 일본
에 살아가는 고바야시 마사루에게, 자유란 도대체 무엇이었을까.
아마도 성가신 조선 따위는 모두 잊어버리고 싶은 마음도 있었을
것이다. 또 그리운 조선을, 정치나 역사의 복잡한 이야기는 빼고
마음가는대로 그리워하고, 그 문화나 사람들에 대해 마음껏 이야

기하고 싶다는 생각도 있었을 것이다. 그러나 그는 그런 바람이 곧 식민지주의에 이어져 있다는 것을, 20대부터의 정치투쟁과 문학 활동 속에서 알아차리고 있었다. 그것이 "'그립다'고 말해서는 안 된다"라는 마지막 말로 형상화된 것이었다.

1970년 1월 말, 그는 일주일간 입원하고 금주 치료를 받는다. 2월, 친분이 있던 오임준과 공개 왕복 서한의 마무리에서 고바야시 마사루는 이렇게 말을 걸었다. "나 자신에 대해 말하자면, 조선을 빼놓고서는 메이지 100년은 난센스일 수밖에 없으며 조선 및 조선인의 실재實在 그 자체가 일본의 현대사회 및 일본인의 실태를 가장 명확하게 비추고 있는 것 중 하나인 이상, 또 일본의 미래의 이미지가 그것과의 관계를 빼놓고 생각할 수 없는 이상 이미 내딛기 시작한 길을 계속 걸을 수밖에 없다고 생각하고 있습니다."*

이때 고바야시 마사루의 여명은 약 1년 남짓이었다.

---

* 고바야시 마사루 「당신의 「일본」, 나의 「조선」」 『신일본문학』 25권 2호(新日本文学会, 1970) 84쪽

추운 겨울이 지나고 갯버들의 은빛 새싹이 부드럽게 빛나는 때가
되면, 나는 동네 아이들을 데리고 낙동강에 놀러 간다.
바늘 끝으로 쪼아낸 듯 고운 운모雲母가 무수히 섞인 흰 모래가
북에서 남으로 끝없이 이어졌고, 강물도 봄 하늘빛을 녹여
여유롭게 흐르고 있었다. 우리들은 햇빛을 받아 따뜻함을 가득
머금고 있는 둑의 경사면에서 쇠뜨기를 캤다.
우리 일본인 아이들에게 쇠뜨기 캐기는 하나의 놀이에 지나지
않았다. 그것은 충분히 즐거웠다고는 하나, 놀이였다. 그것은
끈적거리는 포플러나무의 푸른 어린 가지를 꺾어 그 속을 뽑아내고
그 껍질로 피리를 만드는 것과 같은 놀이에 지나지 않았던 것이다.
그러나 둑의 경사면에 옹기종기 모여 우리처럼 열심히 쇠뜨기를
캐는 조선인 아이들에게, 그것은 놀이 이상의 것이었다. 그들은
쇠뜨기를 캐서 집에 가지고 돌아간다.
그러면 그들의 어머니나 누나들은 마늘이나 소금, 고춧가루와 함께
그것을 항아리에 넣고 담가서 소중한 반찬으로 만드는 것이었다.
그 따뜻한 낙동강 둑에 모여있었던 아이들 가운데에 두 무리가
있었고, 그리고 그 두 무리가 갖는 의미를 깨닫는 데에 나는 얼마나
긴 세월을 필요로 했던가.

고바야시 마사루 『단층지대』

제 7 장

'그립다'고 해서는 안 된다

1. 최후의 자숙

'식민자의 재생의 길'

이렇게 해서 본서는 1952년에 옥중에서 시작된 소설가 고바야시 마사루의 발자취를 따라와 그가 죽은 해, 1971년에 이르렀다.

식민지기의 '재조일본인' 연구에서 기선을 잡은 가지무라 히데키는 그들의 역사를 연구하는 것이 왜 중요한지를 이렇게 설명했다. 가지무라에 의하면 무엇보다도 먼저 그들은 끊임없이 자기 존재의 근거를 되묻을 수밖에 없는, 식민자라는 자기모순을 살아온 체험을 가지는 사람들이었다. 이것은 적어도 자족과 어리광과 기댈 언덕의 공동체 안에서 한가롭게 살아온 내지의 인간이 즉자적 卽自的으로 체험할 수 있었던 것은 아니었다. 자기 존재의 항상적 위기를 느끼고 이를 극복하고자 한다면, 간편한 정서적 해결의 길은 없다. 그래서 그들은 자기부정의 고뇌에 단련된 강인한 추상 논리가 갖는 보편적인 의의를 획득할 수 있는 입장에 있었던 것이 아닐까?

고바야시 마사루 등 일부의 구 재조일본인이 전후에 걸어가려고 했던 '식민자의 재생의 길'은 "식민자로서 자기 존재를 근원에서부터 되묻는, 길고 괴로운 회로를 필수로 삼는다. 먼저 완전한 자기부정을 한 후에만 자신의 재생을 찾을 수 있다. 그러나 그렇게 자신을 벤 칼끝은 그 연장선상에 식민자를 식민자로 내몬 '내지의 사람'과, 전후 일본인을 총체적으로 관통하는 힘을 가질 것이다."[*]

식민자 2세로서의 경험을 가지무라가 말하는 '전후 일본인을 총체적으로 관통하는 힘'으로 갈고 닦으려고 한 문학자 중 한 사람인 모리사키 가즈에는 식민지 문제에 대한 전후 일본인의 무딘 감각을 이렇게 비판했다. "식민지 체험에 대한 일반적인 일본인들의 죄는 전쟁 전후를 불문하고 정치적으로는 철저한 차별을 행정화하고 있는 국내에서 아직 생활의 차원에서는 차별을 하고 있지 않다고 느낄 수밖에 없는 사회구조, 정신구조를 계속 가지고 있다는 점이다. 그리고 그것과 씨름하지 않는다는 점이다." 이러한 구조는 철저한 '동화의 원리'와 '이종분리 후의 무관심'으로 유지되고 있다. '이종분리 후의 무관심'이란 이종을 적극적으로 배제하기보다는 원래 이종 따위는 존재하지 않는다는 허구의 내면에 동종끼리 틀어박히는 것이다.

모리사키에 의하면 그 구조의 핵심은 "나는 당신과 마찬가지고, 당신도 나와 마찬가지다. 그러니 나도 당신도 똑같고 어디에도 죄는 없다, 라는 식으로 일체의 본질을 무로 귀결할 수 있다는 점에 있다."[**] - 이에 대해서는 언어도 문화도 전혀 다른 사람들에게 포위되어 있던 식민지에서는, 이런 식으로 일본인 사이에서만 통용되는 집안 내 변명은 허용되지 않았다. 왜냐하면 아무리 일체다 융화다 하며 떠든다고 한들, 사실 누가 보더라도 '나는 당신과 마찬

* 『가지무라 히데키 저작집』 1권(明石書店, 1992) 240쪽

** 모리사키 가즈에 『고향환상』(大和書房, 1977) 220쪽

가지고, 당신도 나와 마찬가지'는 아니었기 때문이다.

모리사키의 경우에서 보이듯이 식민자 2세 중에는 자신의 삶이 식민지주의의 산물이나 다름없다고 생각하고 고뇌하는 자가 적지 않았다. 고바야시 마사루도 그중 한사람이었으나 그는 근원적인 자책감을 뛰어넘어서, 거기서부터 긍정적인 '자기 재생(그것은 그에게 '일본의 재생'으로 이어져 있었다)'을 이루어내기 위해 먼저 '완전한 자기부정'의 길로 맹렬히 돌진했다.

그 발자취는 같은 식민자 2세들에게도 일종의 공감을 불러일으켰다. 관동주 関東州에서 태어나고 자란 후지모리 세쓰코 藤森節子의 회상기 『소녀들의 식민지 少女たちの植民地』의 권말 해석에서 린 슈메이 林淑美는 식민자 2세들의 식민지 향수에 대해 다음과 같이 섬세한 분석을 덧붙였다. "식민지 태생이 갖는 향수라는 것은 식민지 이후의 오랜 시간 문화적으로나 심정적으로나 조국과의 삐걱거림을 느끼면서, 고향에 대한 향수만으로도 죄의식을 느끼면서, 고향에의 한없는 그리움에 이를 악물고 살아가는 것이다."* - 이 말에 이끌려 후지모리의 회상기를 읽어보니, 그 안에 고바야시 마사루의 이름이 나온다.

타국 사람들의 그야말로 피와 진땀 위에 만들어진 생활은 사람들 개개인이 중국인을 어떻게 대했는가를 생각하기 이전에, 존재 그 자체가 죄임을 깨달

---

* 임숙미 「해설─「기억의 실」과 「자료 찾기」」 후지모리 세쓰코 『소녀들의 식민지』(平凡社ライブラリー, 2013) 313-314쪽

제7장 '그립다'고 해서는 안 된다

는 것은 나중이 되어서다. 그것을 생각하면 마음이 떨리기 시작하지만, 이제 돌이킬 수 없다.

게다가 내가 그 땅에서 자란 것은 여전히 사실이며, 나의 작은 역사의 시작은 거기에밖에 없다. 조선에서 자란 작가 고바야시 마사루는 '그립다'는 것을 스스로에게 철저히 금함으로써 자신의 몸을 난도질했는데, 그것은 너무나도 애처로운 방법이었다.*

후지모리가 표현한 것 같이, 고바야시 마사루의 포스트콜로니얼 문학의 영위에는 "스스로의 몸을 난도질했다"라고 해야할 정도로 애처롭고, 때로는 그로테스크하게까지 보이는 듯한 이미지가 풍긴다. 그것은 자학적·편집광적으로 받아들여지기도 했고, 성실과 진지로 받아들여지기도 했다. 이러한 애처로움은 그의 문학과 실생활 양쪽에서 만년에 이를수록 고양되어갔다.

'자학'과 '히키코모리'

1970년 7월, 고바야시 마사루는 나고야에서 「우리들에게 조선이란 무엇인가 我々にとって朝鮮とはなにか」라는 제목으로 강연을 했는데(그 강연록은 마르고 핼쑥해진 모습으로 이야기를 하는 그의 사진과 함께 남아있다)** 이 강연을 들은 이소가이 지로는 그때의 일을 이렇게 회상

---

* 후지모리 세쓰코 『소녀들의 식민지』 상동, 49쪽

** 고바야시 마사루 「우리에게 조선이란 무엇인가」 『환상평원』 3호(幻野の会, 1972) 2-17쪽 참조.

1. 최후의 자숙

한다. "지금 생각해보면, 그때의 강연이 아주 강렬한 인상을 남겼던 것으로 기억합니다. 당시 도쿄도내의 일본인 우익 학생들에 의한 조선인 학생 폭행 사건이 빈발하고 있었습니다. 고바야시 씨는 그 사례를 집요하게 다루면서 일본 사회의 정치 상황과 조선인에 대한 차별관差別觀의 관련성을 호소하고 있었습니다. 일본인으로서 짊어져야 할 책임에 몸부림치는 듯한 격렬한 모습의 강연이었습니다."*

8월 요쓰야 공회당四谷公会堂에서 신일본문학회 주최의 강연회 '일본과 조선 日本と朝鮮'이 열려, 고바야시 마사루도 '일본인에게 있어서의 조선 및 조선인 日本人にとっての朝鮮および朝鮮人'이라는 강연으로 등단했다. 이하는 관계자의 증언이다.

또 모습을 드러내지 않아 안절부절하며, 집으로 전화를 해본다. 오전 중에 집을 나갔다는 대답에 짜증이 나서 더 이상 안 되겠다 싶었을 때, 뒷계단을 비틀거리며 올라왔다. 내 얼굴을 보자 "나 왔어!"라고 말하고는 히죽 웃었다. 무대 뒤쪽으로 오자 주위는 온통 알콜 냄새가 진동했다. 스크랩을 펼치면서 강단에서 조선인 고등학생에 대한 폭행사건을 설명하는 그는 옛날에 일본 제국주의가 많은 조선인을 죽였다, 까지 얘기하고 말문이 막혔다. 눈물을 흘리고 있다. 술과 강연 주제의 무게에 못견뎌서. 그날 강연회가 끝나고 찾았지만 보이지 않았다. 혼자 어디론가 사라졌다. 오임준이 말

* 이소가이 지로 「조선체험의 빛과 그림자—고바야시 마사루 문학을 둘러싸고」 『신일본문학』 36권 10호(新日本文学会, 1981) 60쪽

하기를 "그 사람은 지쳤어. 잘 대해줘야해."라고.*

요즘 '자학'이라는 말을 자주 듣는다. 자학이라면 고바야시 마사루의 문학은 필경 '자학' 문학의 으뜸이며, 그것을 지탱하는 역사관은 전형적인 '자학사관'이라는 것이 된다. 그러나 말할 필요도 없이 그의 문학과 생애가 어떤 사람의 눈에 아무리 자학적으로 비춰진다고 해도 그러한 것 자체는 그의 목적도, 아무것도 아니었다. 그는 조선인 앞에서 스스로를 난도질해 보이는 것으로 용서를 구걸하려고 하는 짓궂은 퍼포머가 아니었다.

고바야시 마사루의 문학은 울고 참회하고, 자기 한 사람만 괴롭혀 끝날 만큼 간단한 것이 아니다. 또 그것은 "우리들은 나쁘지 않아, 나쁜 건 저 녀석들이야(GHQ가 나쁘다, 코민테른이 나쁘다, 중국이 나쁘다, 한국이 나쁘다, 북한이 나쁘다, 재일조선인이 나쁘다…)"라는 피해자 의식에 푹 젖어, 온갖 죄악과 잘못을 외부의 적 탓으로 돌리고 적당히 넘기려고 하는 미적지근한 역사관 따위는 상대도 하지 않는다. "자신을 벤 칼끝은 그 연장선상에 식민자를 식민자가 되게 한 '내지의 사람'과, 전후의 일본인을 총체적으로 관통하는 힘을 가진다"라고 가지무라 히데키가 말했듯이, 그의 문학은 "나는 당신과 마찬가지고, 당신도 나와 마찬가지다. 그러니 나도 당신도 똑같고 어디에도 죄는 없다"하며 미온적인 위무慰撫나 속임수로 외부를 차단하여 긍지, 명예라는 이름의 자기만족에 빠지는 '국민의 역

---

* 야마모토 요시오 「마사루 형 69~70년」 『신일본문학』 26권 7호(新日本文學會, 1971) 79-80쪽

1. 최후의 자숙

사'를 물어뜯고 찢어발기려고 하는 사나운 칼날이다.

스기와라 가쓰미는 다음과 같은 증언을 남겼다. 그 기억이 맞는다면 죽음을 수개월 앞둔 1970년의 가을 즈음이 된다. "도쿠도메 도쿠 德留德 군과 고바야시 마사루를 방문했을 때, 그는 갑자기 이런 말을 했다. 내가 죽으면 당신이 장례위원장이 되어 주게…. 무슨 말인가, 내가 나이가 많으니 먼저일세, 하고 웃으며 말했으나 그는 자신의 폐 근처를 손가락으로 가리키며, 나는 내 몸을 잘 알아. 꼭 부탁하세, 라고 여느 때의 매우 진지한 얼굴로 말했다. 혈청 간염의 상태이면서 그 무렵은 뭔가 마음을 달래려는 듯 늘 과음을 했고 안색도 좋지 않았다."(「기억나는 대로」 3:350)

마지막 장인 본장에서 다룰 에세이 「'그립다'고 해서는 안 된다」(1971)는 고바야시 마사루가 그리 멀지 않은 자신의 죽음을 예감하고 있을 무렵에 쓴 것이다. 그 속에서 그는 자신의 단편소설 「일본인 중학교」(1957)를 되돌아보면서 왜 자신이 식민지 향수를 거부하지 않으면 안 되는지에 대해 설명했다. 분량은 적으나, 그 내용으로 볼 때 그가 남겼던 모든 텍스트들 가운데 가장 중요한 것 중 하나로 꼽아야 한다. 고바야시 마사루는 '최근에, 내가 쓴 이 소설 자체가 형언할 수 없는 충격으로 내 마음을 울리는 어떤 사건'을 무거운 필체로 고백한다.*

'그립다'고 해서는 안된다 - 고바야시 마사루는 어째서 죽음을

---

* 고바야시 마사루 「'그립다'고 해서는 안된다」 『조선문학』 11호(新興書房, 1971) 22쪽

앞두고 이 말을 남겼던 것일까. 가지무라 히데키로 하여금 "식민자의 역사적 체험의 재생 회로는 이 말속에만 포함되어있다"라고까지 증언하게 한 말이다.*

다만 식민지 향수를 둘러싼 고바야시 마사루의 모종의 원리주의적 자세에는 '관념론적 사고'에 지나치게 집착했다는 비판도 제기되었고, 이를테면 인양자를 식민지주의적인 '향수파'와 양심적인 '참회파'라는 식으로 거칠게 이분화하는 걸로 만족해서는 안된다.** 본장의 목적은 고바야시 마사루의 포스트콜로니얼 문학의 결정체라고 할 수 있는 이 말의 의미를 정확하게 파악하는 것이다.

2. 식민자 아들들의 어둠 -「일본인 중학교 日本人中学校」

식민지의 일본인 중학교

고바야시 마사루는 에세이의 첫머리에서 자신의 소설이 식민지 조선에서의 실제 체험에 직접적으로 입각해 쓰였다고 생각하는 독자가 있는데 그것은 오해이며 대부분의 등장인물이나 설정은 상상력의 산물이라고 밝히고, 약간의 예외 중 하나로 「일본인 중학교」를 들었다. 이 작품은 자신의 체험과 견문을 직접적인 소재로 삼은, 즉 실화를 바탕으로 쓴 것이었다고 한다.

---

* 『가지무라 히데키 저작집』 1권 전게서, 242쪽

** 신호 「식민지향수의 역설 :「나쓰카시이 조선」 담론을 통한 "식민자 의식"의 부정」『한일민족문제연구』 30집 (한일민족문제학회, 2016) 218쪽 참조.

　　이야기의 무대는 1940년대 대구의 일본인 중학교, 대구중학
교 大邱中学校이다.* 고바야시 마사루가 재적했을 때의 학생수는 대
략 육백 명, 그중 조선인은 스무 명 정도였다.** 창씨개명이 시작된
직후인 1940년 봄에 입학한 고바야시 마사루는 "우리 중학교의
동급생 중에 세 명의 조선인이 있었는데, 그 세 명이 원래 어떤 이
름을 갖고 있었는지 지금의 나는 모른다"고 회상했다.***

　　경상북도의 대구는 경성과 부산을 잇는 경부철도의 중계지점에
위치한 교통의 요충지였다. 다른 주요도시와 마찬가지로, 대다수
의 일본인은 행정이나 경제활동의 중심지에 모여 살았고, 일본인
마을을 형성했다. 당시 인구는 대략 17만 명으로 그 가운데 5만 명
이 일본인이었다.

　　대구는 보병 제80연대가 주둔하는 군사도시이기도 해서 대구
중학교에도 군인의 자제가 다수 다니고 있었다. 연대의 '군기배수
기념일 軍旗拜受記念日'로 정해진 4월 18일에는 매년 많은 시민이 참
가하는 '군기제 軍旗祭'가 열려 군대와 함께 각 중학교 학생들이 대
오를 지어 행진하는 분열식 등이 거행되었다.**** 대구에서 태어난 모

---

*　대구중학교에 대해서는 이나바 쓰기오의 「대구중학교에 대해서」 『규슈대학
　대학원교육학연구기요』 10호(九州大学大学院人間環境研究院教育学部門,
　2007)을 전면적으로 참조했다.

**　후루카와 아키라 『대구의 일본인』 (ふるかわ海自事務所, 2007) 128쪽 참조.

***　고바야시 마사루 「일본문학과 조선」 『아시아·아프리카 통신』 3호(アジア·ア
　フリカ作家会議日本協議会, 1961) 6쪽

****　『대구독본』(大邱府教育會, 1937) 56-59쪽 참조.

제7장 '그립다'고 해서는 안 된다

리사키 가즈에는 이렇게 회상한다.

"연대는 일종의 성역이었다. 일본인 남자가 성인이 된 날, 징병검사에서 선발되어 병사가 돼야 비로소 문을 통과할 수 있다. 당시의 감정으로는 이 문을 통과하는 것은 자랑스러운 성인의 의식이었고 특권이었다."* 군인이 되는 길을 선택한 중학생 시절의 고바야시 마사루에게도, 이러한 감정이 있었을 것이라 생각된다.

대구중학교의 부지는 연대주둔지와 철조망을 사이에 두고 인접해 있어, 1921년 중학교 창립 당초부터 군사교련이나 야외훈련 때 지도를 받는 등 연대의 강한 영향력에 놓여 있었다. 일본의 패전 후 일본군 주둔지 터에는 미군이 주둔하고, 같은 구역에 있었던 중학교도 한국전쟁 때 미군에 접수되었다. 한국전쟁 발발 직후인 1950년 7월에는 당시 일본점령을 담당한 미군 제8군의 사령부가 요코하마 세관 청사에서 대구중학교로 일시적으로 옮겨졌다. 공교롭게도 그가 다녔던 대구중학교와 사이타마현의 육군항공사관학교는 미군에 접수되어, 한국전쟁 때 중요거점으로 이용되었던 것이다. 대구중학교의 교사는 도로의 반대편으로 이설되어, 정문이 광대한 미군기지와 마주보는 형태로 오늘날에 이르고 있다.

대구중학교는, 학교 군사교련에서는 조선 전체 중학교 가운데 으뜸으로 정평이 나 있어 군사적인 기풍이 상당히 강했다고 한다.** 고바야시 마사루는 어느 소설 속에서 당시 교내의 모습을 이렇게

* 모리사키 가즈에 『경주는 어머니의 부르는 소리』(洋泉社, 2006) 88쪽

** 이나바 쓰기오 「대구중학교에 대해서」 전게서, 13쪽 참조.

묘사하고 있다. "경상북도에 단 하나 있는 일본인 중학교는 거칠고 난폭한 학풍으로, 완력이 학생들 간의 도의였다. 학교는 하급생에 대한 상급생의 폭력사태를 묵인하고 있었다. 그것은 같은 반 안에서도 마찬가지였다. 성적이 좋은 학생이라도 완력에 자신이 없는 자는 조마조마하게 지내고, 사나운 패거리들이 야쿠자나 다름없는 껄렁한 자세로 휘젓고 다녔다."(「첨성」 5:268) 참고로 히노 게이조는 고바야시 마사루의 두 학년 밑으로 대구중학교의 기숙사에 잠시 기거한 적이 있으나 거기서의 생활을 '군대의 병영생활의 우스꽝스러운 축소판'이라고 표현하며 '2주마다 토요일 밤중에는 소등 후 사감실에서 가장 먼 2층의 구석방에 하급생 전원이 집합 당했고, 불이 꺼진 어둠 속에서 제멋대로 구실이 붙어 하급생 거의 모두가 구타당한다'라고 당시의 모습을 회상하였다.*

　군과의 밀접한 관계는 전쟁 말기에 한층 더 강해져, 군 관련 학교에 진학하는 것이 장려되었다. 고바야시 마사루는 제21회생(40년 4월 입학, 45년 3월 졸업)에 해당하는데, 이때 입학자 대비 졸업자 수의 비율이 역대 가장 낮고, 5년의 정규과정을 수료한 자는 4할에 못미쳤다. 많은 학생이 4년 조기 수료로 군 관련 학교에 전출되어 갔는데, 고바야시 마사루도 그중 하나였다. 소설 「일본인 중학교」의 무대는, 위와 같은 배경을 가진 대구중학교이다.

　이야기는 식민지 조선의 일본인 중학교에 한 젊은 영어 교사가 부임해 오는 것에서 시작된다. 3학년인 고로 五郎의 눈에 용모단정

---

*　　히노 게이조 『태풍의 눈』(講談社文芸文庫, 2009) 56-57쪽

하고 잘 차려입은, 청년다운 생기가 가득 찬 그 남자는 국민복에 짧은 머리로 하나같이 지친 얼굴을 한 다른 교사들 사이에서 유난히 산뜻하게 비친다.

"나는 올봄에 도쿄고등사범학교를 졸업한 우메하라 겐타 梅原健太입니다…"하고 강당에서 자기소개를 한 부임교사의 성을 말했을 때의 혀를 굴리는 발음에, 식민지에서 태어난 고로는 민감하게 반응한다.(1:105) 영어에 능통하고 수업도 잘하는 우메하라 겐타는 곧 학생들의 인기를 끌게 된다. 도쿄에서 보낸 학생시절 이야기가 식민지의 일본인 학생들을 매료시켰다. 엄격하기는 했지만, 다른 교사들과는 달리 결코 학생을 때리지 않았다. 또 배구를 잘해서, 한번 밖에 나가면 형처럼 학생들과 함께 공을 쫓아 땀을 흘렸다.

그렇게 발랄하게 새로운 생활을 시작한 우메하라 겐타였으나, 언제부터인가 어떤 의혹이 학생들 사이에 퍼지게 된다.

> "우메하라 선생님은… 조선인이라고 하는 말이 있던데…."
>
> 이 말을 들었을 때, 고로는 차가운 쇳주먹이 그의 여린 심장을 때리는 것을 느꼈다. 그는 어안이 벙벙했지만 가까스로 상대에게 되물었다.
>
> "누가 얘기했어, 그런 심한 말…(심한 말, 고로에게는 진실로 그랬다)." (1:110)

이것을 계기로 일본인 학생들이 학생이기 이전에 지배 민족의 일원이라는 것이 드러난다. 여름 방학이 다가오던 어느 날, 결국 학생 한 명이 '증거'를 손에 넣는다. 소나무 숲속에서 스모를 하고 있던 우메하라 겐타가 벗어놓은 양복을 뒤져보니, '최 崔'라는 글

2. 식민자 아들들의 어둠—「일본인 중학교 日本人中学校」

자가 쓰여 있었다는 것이다. 이 이야기로 학생들의 우메하라에 대한 동경이나 존경은 실망과 분노 그리고 조소로 돌아섰다.

어느 피식민자의 발자취

식민지기를 살았던 많은 피식민자의 과거는, 해방 후의 한반도를 휩쓸고 간 어려운 정치상황 속에서 침묵의 구렁텅이에 잠겨 은밀히 묻혀갔다. 동서 냉전의 최전선에 놓여 분단국가가 되었을 뿐 아니라 긴 세월에 걸친 군사독재정권 아래 '친일파'에 대한 금기의식이 사회를 속박하게 된 한국에게, 그것은 일본보다도 훨씬 강고한 침묵이었다.

1957년 일본에서 발표된 고바야시 마사루의 소설 「일본인 중학교」는 작자의 의도를 넘어 한 피식민자의 과거에 은은한 빛을 비추는 증언이 되었다. 그 남자, 즉 작중의 신임 영어교사 우메하라 겐타의 모델이 된 것은 그로부터 약 40여 년 후에 대한민국의 대통령이 되는 최규하였다. 당시 그는 우메하라 게이이치 梅原圭一라는 이름을 쓰고 있었다.

여기서 짧게 그의 약력을 소개하면 최규하는 3.1독립운동이 일어난 1919년, 강원도 원주의 몰락한 양반의 집에 태어났다. 보통학교 때부터 쉬는 시간에도 거의 놀지 않고 열심히 책을 읽어 '공부벌레'라고 불리는 아이였다고 한다.* 경기 제1 공립고등 보통학

---

* 원형상 「최 대통령의 유년시절과 나」 원주국민학교 개교80년 연사편찬위원회 엮음 『개교80년사』 (原州國民學校同窓会, 1987) 162쪽 참조.

교에 입학한 이후에도 근면함은 한결같아서, 얌전한 모범생이었으나 특히 영어에 특출난 재능을 발휘했다.[*] 경성제국대학에 합격하였으나 가세가 기울었던 때라 경제적으로 문턱이 낮은 동경고등사범학교 東京高等師範学校를 선택하여 1937년 영문과에 입학한다. 최규하가 재학 중이었을 당시 학생 약 1,200명 가운데 조선인은 그를 포함하여 2명뿐이었다. 부친이 사망한 후 경제 사정이 더욱 악화되나, 모친이 밭을 경작하거나 가축을 팔거나 해서 돈을 보내주었다. 본인도 민족차별을 받거나 하는 와중에 번역이나 가정교사 일을 하여 입에 풀칠하면서 고학했다고 한다.[**]

1941년 3월, 동경고등사범학교를 졸업. 동경고사 출신자는 조선의 중학교 교육에서 큰 비중을 차지하고 있었는데, 최규하 역시 그런 경위로 즉시 대구중학교에 교사 자리를 얻었다.[***] 당시 식민지의 일본인 중학교 교사는 거의 모두 일본인이 점하고 있었기 때문에 조선총독부는 최규하의 부임에 난색을 표했으나 동경고사와 중학교측이 강하게 요청한 결과 그의 취직이 실현되었다고 한다. 그러나 교원 생활은 오래 지속되지 못했고, 겨우 일년 남짓으로 사직한다. 최규하는 이 시점에서 대구를 떠났을 뿐 아니라, 교직 자체를 포기하고 진로를 크게 바꾸었다. 1942년 10월, 만주로 건너

---

[*]   김명규 「사심 없는 행정가」 현석최규하대통령팔순기념문헌집발간위원회 엮음 『현석편모(玄石片貌)』(최규하전직대통령 비서실, 1998) 376쪽 참조.

[**] 최흥순 「평생 정당에 가입한 적 없는 직업 공무원」 『현석편모』 상동, 392-393쪽 참조.

[***] 이나바 쓰기오 『구한국~조선의 일본인교사』(九州大学出版会, 2001) 191쪽 참조.

2. 식민자 아들들의 어둠— 「일본인 중학교 日本人中学校」

가 대동학원 大同学院에 입학하여 이번에는 정치행정학을 전공했다. 1943년 7월에 졸업하고 조선이 해방될 때까지 2년 동안은 만주국의 관리로서 근무했던 것으로 보인다.*

조선의 해방 후에는 서울 사범대학에서 잠시 교편을 잡고 있었으나, 1946년 4월부터 미군정 중앙식량행정청으로 직장을 옮긴다. 탁월한 영어 실력을 평가받아 1951년에는 외무부 통상국장에 발탁되었다. 이후 오랜 기간 외무부에서 활약하고, 1967년에 외무부 장관으로까지 승진했다. 견실한 행정 수완과 함께 정치적 야심이 없다는 점이 높이 평가되었는지, 1975년에는 국무총리로 취임했다. 이렇게 최규하는 박정희의 강권적 독재정권을 내부에서 뒷받침하는 역할을 착실히 담당해갔다.

그런데 1979년 10월 26일, 20년 가까이 정권을 운영해온 박정희가 측근에게 암살당하는 사건이 벌어진다. 이것으로 최규하는 대통령 대행을 거쳐 동년 12월 6일, 다음 순위로 올라 대통령으로 추대되었다. 그러나 그 직후 12월 12일 전두환을 수뇌로 하는 '신군부' 세력이 쿠데타를 일으켰다. 최규하는 권력의 중핵에서 축출되어 불과 8개월로 퇴위를 피할 수 없게 되었다.

박정희의 암살과 이에 뒤따른 전두환 등의 쿠데타, 그리고 1980년의 광주사태 등 현대 한국사의 중대 국면에 맞닥뜨리지만 마땅한 책무를 다하지 못했던 것으로 평가된다.

"최 대통령은 관리로서 꼼꼼하고 신중하며 온후한 능리 能吏였

---

* 강준식 『대통령 이야기』(예스위캔, 2011) 210-211쪽 참조.

다. 그러나 너무 세심하고 결단력이 없으며 지나치게 소심하여 현실을 추종하는 타입이라는 비판도 있었다"는 평가가 일반적일까.*

성실하고 근면하며 소박한 생활은 한결같아서 외무부 장관이나 국무총리를 지냈던 시기에도 가정부를 고용하지 않았고, 식탁은 항상 검소했다고 한다.** 대통령이 되어서도 태도에는 아무런 변화가 없어 비서관이 놀랄 만큼 검소한 생활을 유지했을 뿐만 아니라 사저도 특별한 장식조차 없는 평범하고 조그만 집이었다.*** 비상시기에 대통령이 된 최규하였으나, "나 같은 사람에게 누가 총을 겨누겠는가"라며 경호를 귀찮아했다고 한다.**** 착실한 공무원 타입이었던 그가, 전제군주에 비유되었던 대한민국의 대통령이 된 것은 운명의 장난이었다고 해도 좋을지 모른다.

그는 1917년생인 박정희와 같은 세대이다. 두 사람 모두 식민지기에 사범학교에서 경력을 쌓기 시작했고, 얼마간의 교원 생활 후에 만주에서 활로를 찾았다. 이것은 식민지 제국의 계층 질서 속에서 뜻을 이루고자 하는 당시 조선의 젊은이들이 이르렀던 하나의 전형적인 길이었다.***** 만주에서 군관학교에 입학해 군인이 되는 길을 선택한 박정희는 61살로 비운의 죽음을 맞았지만, 최규하는 장

*   지동욱 『한국대통령열전』(中公新書, 2002) 136쪽

**   김명규 「사심 없는 행정가」 『현석편모』 전게서, 378쪽 참조.

***   권영민 『자네 출세했네』(현문미디어, 2008) 29-30쪽 참조.

****   권영민 『자네 출세했네』 상동, 102쪽

***** 강상중 외 『대일본·만주제국의 유산』(講談社, 2010) 56-58쪽 참조.

2. 식민자 아들들의 어둠－「일본인 중학교 日本人中學校 」

수를 누려 2006년까지 살았다. 소설 「일본인 중학교」의 우메하라 겐타의 모델이 된 것은 후에 이러한 인생을 걷게 되는 최규하였다.

이나바 쓰기오 稲葉継雄 는 대구중학교의 동창회지를 분석하면서 우메하라 게이이치라는 이름을 썼던 당시 최규하에 대해 다음과 같이 서술하였는데, 고바야시 마사루의 소설에 나타나는 우메하라 겐타의 인물상과 완전히 부합된다.

최규하(우메하라 게이이치)는 "동경고사를 갓 졸업한 아주 젊은 영어 교사로 피부는 희고 키가 크며 재학 중에 고등 문관시험까지 패스하였고, 또 스포츠에서는 배구, 승마를 하더라도 순식간에 학생들의 신망을 모았다." 그러나 역시 민족 간의 벽은 두꺼워서, 1942년 2학기가 시작하자마자 교단을 떠나게 되었다. 10월 22일, 학생들의 배웅을 받아 대구에서 신징 新京 으로 향해 만주국 관리가 되었던 것이다.*

'내가, 너희들에게, 무슨 짓이라도 했니…'

그러면 소설의 결말을 보도록 하자. 우메하라 겐타는 사실 조선인이었다는 소문이 퍼지고, 학생들 사이에서 실망이나, 광희 狂 喜 라고도 하기 힘든 이상한 흥분이 폭발한다. 우메하라의 수업을 기다리는 동안 누군가가 창문의 커튼을 찢어 테이블보 대신으로 교탁에 걸치고, 또 다른 누군가가 어디선가 주워온 흙으로 된 약탕기와 주발 등 잡동사니를 그 위에 두었다. 누군가는 칠판에 '講談

---

* 이나바 쓰기오 「대구중학교에 대해서」 전게서, 10-11쪽

新·鴨緑江節 一龍崔貞山'라고 크게 쓰고, '최崔'라는 글자에 겹동그라미를 그렸다(옮긴이: '講談'은 사람을 모아 돈을 받고 만담·야담 등을 들려주는 이야기꾼을 의미하는데 이는 선생을 우롱한 것이며 '신·압록강절'이라고 써 조선 사람임을 비꼬았고, 또 '일룡최정산'이라는 한자의 '일룡 一龍'이 '일류 一流'를 뜻하는 발음 '이치류'와 같다는 점과 우메하라의 원래 성인 '최'를 쓴 것으로 보아 구구절절 모욕의 의미가 담겨있다). 잔인한 열기가 맴도는 교실에 언제나처럼 경쾌한 발걸음으로 우메하라 겐타가 들어온다. 그는 교실의 이변을 바로 알아차리고 안색이 변한다.

이후 몇 초 안 되는 짧은 순간, 평소라면 명랑하고 평온한 우메하라 겐타가 격분하는 것을 학생들은 목격한다. 교사는 주전자와 주발을 집어 들어 창문 밖으로 내던지고, 커튼이 덮인 교탁을 난폭하게 차서 넘어트렸으며, 미친 것처럼 양손으로 칠판의 글씨를 지웠다. 고바야시 마사루는 에세이에 이렇게 썼다. "목격자(이렇게 적기에는 정말 괴로운 일이지만 전사한 나의 형이다)가 말한 바에 따르면, 최씨는 칠판을 향한 채 그대로 계속 서 있었다고 한다."*

앞서 서술한 대로 최규하는 내지의 사범학교를 졸업하고, 식민지 조선에서 일본인 중학교의 영어 교사, 그리고 만주국에서 관리로 근무한 당대 최고의 식민지 엘리트 중 한 사람이었다. 그는 제국 일본을 위해 일하는 친일파로서 조선민족을 황국신민화 하고, 그 정치적 독립을 억압하는 입장에 있었다. 제국의 지배기구와 결부되는 가운데 배양된 식민지 엘리트들의 정치권력이, 해방 이후

---

* 고바야시 마사루 「'그립다'고 해서는 안된다」 전게서, 23쪽

2. 식민자 아들들의 어둠— 「일본인 중학교 日本人中学校」

에도 어떻게 온전히 보존되어 증식해 왔는가 하는 친일파 문제는 현재에 이르기까지 대한민국의 가장 근원적인 정치적 문제 중 하나로 자리매김하고 있다. 이러한 점을 근거로 해서 고바야시 마사루는 "처음부터 스스로를 '일본인'으로 밀어낸 인간에 대한 비판은 물론 있을 수 있다"고 전제한 다음, "하지만 그러한 삶의 방식을 동포인 조선인은 부정하고 비판할 수 있어도 이국인, 침략자인 우리가 어떤 얼굴과 목소리로 비판할 수 있겠는가'"라고 말했다.

어쨌거나 소설에서 그 이후 우메하라 겐타의 모습은 다음과 같이 묘사되어 있다.

> 그대로 어느 정도의 시간이 흘렀을까, 그는, 천천히, 모두를 향하여 돌아섰다. 그의 머리카락은 이마에 늘어뜨려져 있었다. 그리고 머리카락도 얼굴도, 파란 양복도, 빨간 넥타이도, 분필 가루와 먼지로 매우 더러워져 있었다. 넥타이는 비뚤어져 있었다. 그의 얼굴은 파랬다. 입술에도 혈기가 없었다. 눈은 넋이 나간 것처럼 크게 떠져 있었고, 양손은 축 늘어뜨린 채였다. 가까스로 그는 낮고 떨리는 소리로, 이렇게 말했다.
>
> "내가, 너희들에게, 무슨 짓이라도 했니…" (1:116)

잠시 학생들을 바라보던 우메하라는 이윽고 제정신을 되찾은 것처럼 입가를 굳게 다물고, 분필가루 투성이인 양손과 양복에 묻은 가루를 털어냈다. 비뚤어진 넥타이를 바로한 뒤 그는 의연하게

***

＊　　　고바야시 마사루 「'그립다'고 해서는 안된다」 상동, 24쪽

얼굴을 들고 조용해진 교실을 나갔다. 지배 민족의 무서운 오만과 잔인함 뿐 아니라 피식민자에게 자신의 민족성 그 자체에 대한 치욕감을 느끼도록 강요하는 식민지 체제의 이중적인 역겨움이 그려진 장면이다.

후일담은 허무하다. 여름 방학이 끝나고 교정에서의 조례시간에 낯선 노인을 뒤에 데리고 온 교장이 사무적인 태도로 '일신상의 이유로' 우메하라 선생님이 그만뒀음을 알리고, 그 노인을 후임으로 소개한다. 학생들 사이에서는 우메하라가 만주에 갔다더라는 소문이 퍼지기 시작했다. 이렇게 해서 냉랭한 공기에 휩싸인 채 이야기는 끝난다. 이 소설은 우메하라 겐타의 모델이 된 우메하라 게이이치이자 최규하가, 1942년 가을에 대구를 떠난 후 어떤 운명을 밟아나갔는지 고바야시 마사루가 아직 알지 못했던 1957년에 발표되었다.

3. 30년 후의 충격

식민지 조선, 만주, 대한민국

지동욱은 최규하가 걸어온 식민지 시대의 자취에 대해 다음과 같이 간결하게 정리하고 있다. "귀국 후, 한때 교편을 잡았으나 바로 사직하고 1943년 만주관리 양성기관인 대동학원에 입학하였다. 동경고등사범학교를 졸업한 그가 왜 교단을 떠나 만주까지 갔는가는 명확하지 않다."*

지금까지 고바야시 마사루의 소설을 실마리로 삼아 이 명확하지 않은 부분을 조명하였다. 최규하 본인이 입을 열었던 적은 없으며 상세한 인물 연구나 평전이 없는 현재 상황에서는 그가 만주로 간 것을 결정한 것이 고바야시 마사루가 소설에서 쓴 일본인 학생들에 의한 모욕 사건 때문이라고 단정할 수는 없다. 다만 설령 그것이 가장 큰 요인이 아니었다고 하더라도, 최규하가 대구를 떠나고 교직을 버리는 큰 계기가 되었던 것은 틀림없을 것이다.**

최규하가 학생들의 배웅을 받아 만주로 떠난 것은 1942년 가을의 일이었다. 자신의 민족적 존엄에 대한 식민자 아들들의 모독행위로 이미 대구중학교에서의 기억에 상처를 입었던 그때, 학생들에게 환송받는 광경은 그에게 얼마나 쓸쓸한 것이었을까. 피식민자들을 둘러싼 이러한 기억은 고바야시 마사루가 문학 활동을 전개해 나가는데 일종의 규범이 되었던 것이다. "나는 소설이나 에세이를 쓸 때마다, 결코 안이하게 '그립다'고 써서는 안 될, 그 시절의 사람들을 생각한다. 그 뒤로 대구중학교에서 모습을 감춘 최 씨를 떠올린다."***

그러나 그 남자는 대구중학교를 떠난 채 역사의 파도 속으로 사

---

* 지동욱 『한국대통령열전』 전게서, 135쪽

** 최규하의 친척 중 한 명에게 탐문조사를 한 미즈노 나오키(水野直樹)에 따르면 실제로 친척 사이에서는 최규하가 소설 일본인 중학교에 그려진 사건 때문에 만주로 건너갔다고 전해진다.

*** 고바야시 마사루 「'그립다'고 해서는 안된다」 전게서, 24쪽

라져간 것은 아니었다. 그는 만주에서 조선의 해방을 맞이하고, 그 후 격동의 포스트콜로니얼 시대를 살았다. 그리고 식민지 시대의 교육이나 실무경험, 인맥을 이용해 대한민국 권력의 핵심을 잠식해 들어갔다. 만약 그 남자가 대구중학교에서 사라지고 끝이었다면, 고바야시 마사루가 생애의 마지막에 이 에세이를 남기는 일은 없었을 것이다.

에세이 「'그립다'고 해서는 안 된다」는 핵심부분에 들어간다. 소설가라는 직업상 이름을 들어도 누군지 잘 생각나지 않는 동창생으로부터 뜻밖의 전화가 걸려 오는 일이 있다는 고바야시 마사루는 전화를 받는 속마음을 이렇게 털어놓았다.

> 소학교, 중학교는 식민지에 있었다. 나에게는 고통스러운 일이다.
>
> 그러나 상대는 '그립다'며 전화를 걸어온다. 정말 그렇게 느끼고 있기에 전화하는 것이겠거니와, 나는 '그립다'는 감정의, 결코 '그리워'서는 안 되는 그 대극점에서 그 '그리움'을 때려 부수어 완전히 새롭게 손을 맞잡을 수 있는 그런 길을 찾아가며 소설을 쓰고 있으므로, 전화를 받는 기분은 복잡하다.
>
> "자네는 무슨 소설을 쓰고 있는가." 라고 상대가 물었다.
>
> "여러 가지네." 내가 말했다.
>
> "우메하라 선생님을 쫓아내 버리고 말았던 이야기도 썼다네."
>
> 상대는 "우메하라 선생님?"하고 말하고는 이어서 태연하게 이렇게 말했다.
>
> "아, 그 외무대신, 한국의 최 외무부장관 말인가."

3. 30년 후의 충격

이 말은 정확히 나의 심장을 쏘았다.*

이렇게, 식민지의 일본인 중학교에서 쓸쓸히 모습을 감추었던 영어교사 우메하라 게이이치는 30년의 세월을 지나 대한민국 외무부 장관 최규하로서 고바야시 마사루의 앞에 갑자기 나타났다. 그것은 그에게 있어 식민지 지배와 남북 분단에 의해 크게 뒤틀리고, 갈기갈기 찢겨진 나라 사람과의 너무나 쓰라린 간접적 재회였다.

최규하는 물론 대구중학교에서의 사건에 대해서는 아무런 말도 하지 않았다. 대신 이제는 한국의 외무부 장관이 된 그는 구 종주국의 각료를 향해 다음과 같은 의례적인 말을 건넸다. "한일간의 국교가 정상화된 지 5년도 못 되는 기간 동안에 양국 정부와 국민간의 상호이해 및 협력관계가 많은 발전을 거듭하고 있음을 기쁘게 생각하는 바입니다."**

그러나 고바야시 마사루는 과거 우메하라 게이이치의 마음을 짓밟았던 식민지 지배 민족의 한 사람으로서, 그 내면 깊숙한 곳에 시선을 향하지 않을 수 없었다. 뿐만 아니라 그는 반공을 국시로 하는 대한민국과 원리적으로 엄중하게 대립하는 공산주의자이기도 했다. 다음과 같은 말로 에세이는 마무리된다.

---

*   고바야시 마사루 「'그립다'고 해서는 안된다」 상동, 24쪽

**   「최규하 외무부장관의 양국관계 일반 및 국제정세에 관한 발언(1970년 7월 23일, 서울)」 한영구, 윤덕민 엮음 『현대 한일관계 자료집』 1권(도서출판 오름, 2003) 258쪽

내가 직접 이 소설에 쓴 사건과 관련이 있었던 것은 아니다. 그러나 일찍이 '식민지' 조선에서 그런 사건이 무수하게 되풀이되고 있었고, 그 한가지 사건으로 마음이 두 동강이 나버렸을 사람이 있는데, 그 사람이 아마도 현재의 일본 정부를 친구로 삼는 외교사령 外交辭令과는 전혀 다른 일본인관을 마음속에 가지고 있을 외무부장관이다. 그리고 그 사람은 일본의 전후 25년을 살아온 나와는 현재 정면으로 대립하는 이데올로기를 가지고 있으리라. 이처럼 복잡하게 몇겹이나 굴절된 사실을 '일본과 일본인에게 있어서 조선 및 조선인은 무엇인가'를 생각해 나가는 그 페이지 위에 지금 나는 무거운 펜으로 덧붙여나가야만 한다.*

그러나 고바야시 마사루가 이렇게 쓴 시점에서, 그의 죽음은 눈앞으로 다가왔고, '일본과 일본인에게 있어서 조선 및 조선인은 무엇인가'를 깊이 연구하는 그 포스트콜로니얼 문학의 기록은 너무나 많은 미완의 부분을 남긴 채 이미 마지막 페이지에 다다랐다.

대통령 시절까지 10년 이상을 모셨던 비서관이 격앙된 모습을 거의 본 적이 없었다고 증언하리만큼 온후한 성격을 가진 최규하가, 교단을 차서 넘어뜨리면서까지 표출했던 젊은 날의 그 분노에는 어떤 심정이 반영되어 있었을까. 흡사 조그만 동물을 조금씩 몰아붙이는 듯한 일본인 학생들의 조소의 시선을 한 몸에 받은 우메하라 게이이치는, 조선에 들이닥친 식민자 아들들의 사고방식을 보며 끝 모를 음습함에 전율했을 것이다.

*　　고바야시 마사루 「'그립다'고 해서는 안된다」 전게서, 25쪽

3. 30년 후의 충격

최규하로서는 가족의 도움으로 차별을 견디며 어렵게 손에 넣은 명예로운 일본인 중학교 교직이었다. 겨우 1년 남짓으로 그만두게 되리라고는 생각도 못했을 것이다. 영어 능력을 가진 인재가 절대적으로 부족했던 미군정하의 한국에서, 대학의 영문과 교원으로 잠시 근무한 후 군정청에서 관리직에 있던 최규하는 스카웃의 형식으로 외무부에 들어가게 되었다. 그런 의미에서 외교관의 길을 걷게 된 것에도 사회변동기에 일종의 우연이 강하게 작용했다. 대통령까지 된 것은 운명의 장난이었다고 하더라도 외무부 장관이나 국무총리를 역임한 이상 그가 사회적으로 상당한 성공을 거두었다는 것은 확실하다. 또 군사독재정권의 중요한 구성원으로서 최규하는 역사의 심판으로부터 자유로울 수 없을 것이다. 다만 식민지 해방 후에 걷게 되었던 영달의 꿈은, 그가 젊은 시절에 마음에 그렸던 것이라고는 할 수 없다. 어디까지나 추측에 지나지 않지만, 견실한 성격을 가진 그이기에 아이들에게 영어를 가르치면서 살아가자고 생각했었을지도 모른다.

에세이에서 "나는 떠올리고 만다. 지금도 살아 있을까? 왜냐하면 그동안의 사이에 1950년에 시작된 한국전쟁이 있었기 때문에."라고 쓴 고바야시 마사루도 소설 「일본인 중학교」를 발표한 1957년의 시점에서는 대륙으로 사라졌던 우메하라 게이이치의 미래상을 막연하게 그런 식으로 상상하고 있었을지도 모른다.* 그러나 사실은 이 소설이 발표되었던 바로 그 해, 최규하는 주일한국대

*   고바야시 마사루 「'그립다'고 해서는 안된다」 상동, 23쪽

표부 참사관으로 도쿄에 부임해 있었던 것이다. 당시의 고바야시 마사루는 만주로 사라진 '우메하라 선생님'이 설마 같은 도시에 있으리라고는 상상도 하지 못했을 것이다.

최규하가 대구중학교에서 받았던 정도의 모욕 행위는 헤아릴 수 없을 만큼 많은 피식민자가 매일같이 받고 있었을 것이다. 고바야시 마사루는 소설 「일본인 중학교」를 통해 식민지 지배에 의해 피식민자의 마음에 새겨진 무수한 상흔 가운데 하나를 바라보았다. 그것은 한국병합이 합법이었는가 불법이었는가 하는 법률론이나, 일본의 조선통치는 조선을 근대화했는가 수탈했는가 하는 경제론, 혹은 영국이나 프랑스의 이민족 지배와 비교해서 가혹했는가 온건했는가 하는 비교론처럼 실증주의적인 큰 논의에서는 보이지 않는, 그 시대를 실제로 살았던 인간들의 존엄성에 대한 경의의 눈빛이었다.

4. 역사의 냉혹함과 무게

인간 역사의 이중성

그의 생전에 출판되지 못했던 소설집 『조선·메이지52년』의 후기에서 고바야시 마사루는 다음과 같이 서술하였다. 그가 죽은 것은 이 소설집의 마지막 교정이 끝난 직후였다고 한다. "이 소설집 속에는 조선에 오래 살면서, 조선인에게 직접 폭력적인 유형 有形의 해를 가하지 않았으며, 친한 조선인 친구가 많았고, 평화롭고 평범한 가정생활을 영위한 혹은 영위하려 한 일본인이 등장한다.

342

일찍이 출세하지 못했던 평범한 일본인 다수가 그랬을 것이다. 그런 사람들 혹은 지금 중년에 도달한 그 아이들의 다수가 이십 수년이 지나간 지금 조선을 그리워하고 있다는 것도 알고 있다."

이렇게 서론하고 나서, 고바야시 마사루는 다음과 같이 엄숙하게 선언했다. 이 말에는 그의 포스트콜로니얼 문학의 의지가 가장 응축적으로 표현되어 있는 것으로 보인다.

> 그러나 나는 나 자신에 관해서는 내 마음의 그리움을 거부한다. 평범하고 평화롭고 무해한 존재였던 것처럼 보이는 '외견'을, 그 존재의 근원으로 거슬러 올라가서 거부한다. 이것은 결코 과거로서 지나가 버린 일이 아니다. 패전으로 인해 역사와 생활이 단절된 것도 결코 아니다. (5:319)

이렇게 고바야시 마사루가 '내 마음의 그리움을 거부한다'고 선언했을 때, 그가 그것에 '나 자신에 관해서는'이라고 덧붙인 한정에는 중요한 의미가 있다. 그는 가족이나 친구를 포함한 자신과 같은 역사적 입장에 있는 일본인들에게, 그것을 결코 강요하려고는 하지 않았다. '조선인에게 직접 폭력적인 유형 有形의 해를 가하지 않았으며, 친한 조선인 친구가 많았고, 평화롭고 평범한 가정생활을 영위한', '출세하지 못했던 평범한 일본인들' 한 사람, 한 사람의 역사를 국가의 역사 속에 한데 묶어 한꺼번에 단죄할 수 있을 정도로 인간의 역사는 관념적이고 단순한 것이 아니었다.

그러나 그와 동시에 고바야시 마사루에게 있어 인간의 역사란, 그 스스로가 자신의 개인 역사를 통해 깨달았듯이 민족이나 국가의 역사로부터 벗어난 곳에서는 존재할 수 없는 것이기도 했다. 거기에는 인간의 역사란 개인적인 것임과 동시에 공동적인 것이며, 아무리 어렵고 괴롭더라도 인간의 역사 그 자체가 가지는 그러한 이중성의 근본적인 갈등을 피해서는 안 된다는 그의 강한 의지가 나타나 있다. 그리고 그 인간 역사의 공동성이란, 민족이나 국가의 내부에서만 완결되는 것은 아니었다. 고바야시 마사루는 한 사람의 식민자 2세로서의 그 개인의 역사를, 일본의 역사를 넘어서 그 역사에 의해 크게 상처받고 그 역사를 미워하는 조선인과도 공유해야 한다고 생각했던 것이다.

아이를 포함해서 평범, 평화롭고 무해한 식민자란 있을 수 없다는 신념은, 1959년 7월의 하옥 직전에 발표된 「몸 깊은 곳의 이미지 体の底のイメージ」라는 에세이에서도 이미 표명되어 있었다. 거기 등장한 다음 말에는 고바야시 마사루가 개인적이고 공동적인 인간의 역사와 어떻게 마주보려고 했는지 집약적으로 드러나 있다.

내가 조선에서 태어난 것은 나의 책임이 아니다. 그러나 나는 15년 동안 조선에 일본인으로서 있었다. 식민자로서 거기에 있었다. 나는 아이였다고 해보아도 변명이 되지 않는다. 아마 나는 조선인들에게 무해하였을 것이다, 라는 주장 역시 아무런 변명이 되지 않는다. 미국의 군인 가운데에 좋은 사람이 있다손 치더라도, 그가 미국의 군대를 구성하는 일원임이 틀림없고 일본에 존재한다는 사실 앞에서는 아무런 의미를 지닐 수 없는 것과 동일하다. 역사란 이를테면 이와 같은 것으로, 내가 아이였으며 무해했을지언정, 나 한 사람만 일본 제국주의와 식민지의 역사로부터 제외될 수는 없는 것이다. 역사란 이

4. 역사의 냉혹함과 무게

렇게 냉혹한 것이요, 그 정도로 무거운 것이다. 그리고 나를 포함하여 모든 일본인은 이 역사를 몸의 가장 깊은 곳에서 짊어 나가야만 한다.[*]

문학자로서 고바야시 마사루의 전후의 삶이란 결국 무엇이었는가 - 그것은 이렇게 냉혹하고 무거운 역사를 '몸의 가장 깊은 곳에서' 헐떡이면서 짊어진 채 '일본 제국주의와 식민지의 역사'를 넘어선 새로운 시대의 지평을 열기 위해 고민에 고민을 거듭하고, 발악하고 몸부림치며 아픔에 이리저리 뒹군, 한 일본인의 이야기였다. 그는 개인적으로 조선을 사랑했다. 그러나 그 개인적인 사랑은 냉혹하고 무거운 공동적인 역사에서 떼어놓고는 존재할 수 없는 것이었다. 그래서 그는 그 공동적인 역사를 통째로 짊어짐으로써 그 사랑에 책임을 지려고 했다. 그것은 조선에 태어나, 그 땅을 죽을 때까지 사랑한 그의 숙명이었다.

'히키코모리 국민주의'

그런데 2015년 8월 14일에 발표된 아베 신조 安倍晋三 수상에 의한 「내각총리대신 담화(전후 70년 담화)」가운데 다음과 같은 문구가 보였다. "일본에서는 전후에 태어난 세대가 바야흐로 인구의 8할을 넘었습니다. 그 전쟁에는 아무런 관계도 없는, 우리의 자손 그리고 그 미래 세대의 아이들에게 계속 사죄할 숙명을 짊어지게 해

***

[*] 고바야시 마사루 「몸 깊은 곳의 이미지」 『신일본문학회』 14권 6호(新日本文学会, 1959) 80-81쪽

서는 안 됩니다."* - 식민지 조선에서 소년 시절을 보냈다는 단지 그 이유만으로, 그리고 한낱 개인에 지나지 않는데도, 냉혹하고 무거운 '일본제국주의와 식민지의 역사'를 통째로 떠맡으려 할 정도로 기를 쓰고 분투한 고바야시 마사루가 볼 때, 한 나라 수상의 이 역사관은 무섭도록 가볍다.

조선민주주의 인민공화국의 3대째 최고지도자인 김정은 국무위원장은 수많은 범죄적 일본인 납치사건이 일어났을 때 아직 태어나지조차 않았다. 그러니 자신은 그 건에 대해서 계속 사죄할 숙명을 짊어질 이유는 없다고 그가 배짱을 부리고 버틴다면, 일본 국민 중 어느 누가 납득하겠는가. 이 논리로 가면 원폭투하도 시베리아 억류도, 홀로코스트도 노예무역도, 세계 각지에서 일어났던 제노사이드도 그 모든 것이 시효 내지는 남의 일이라는 한마디로 정리된다. 물론 북한 공민의 대다수가 일본인 납치사건 이후에 태어난 세대가 되면, 우리들과는 '아무런 관계도 없다'고 일축하면 끝이다.

이런 모순을 돌파하는 방법은 하나뿐이다. 즉 논의의 구조로서 "당신들이야 어찌됐건, 우리로서는 사죄해야 할 이유 따위는 하나도 없다"라는 '최종적이고 불가역적'인 적반하장을 향해 돌진하는 것밖에는 방법이 없는 것이다. 그리고 실제로 '국민의 역사'는 그러한 방향으로 점점 나아가고 있다. 식민지 지배는 없었다, 관동대지진 때의 조선인 학살도 없었다, 대륙 침략도 없었다, 난징 대학

---

*   수상관저 「헤이세이 27년 8월 14일, 내각총리대신담화」
    (https://www.kantei.go.jp/jp/97_abe/discource/20150814danwa.html)

살도 없었다, 종군 위안부도 없었다, 없었다, 없었다….

　전쟁터로 나가지 않았으니까, 그 시대에 태어나지 않았으니까 '그 전쟁에는 아무런 관련이 없다' 등의 말은 그 정도로 경박하고 무책임한 것이며, 역사를 배우고 역사와 마주보는 것 자체를 조롱한 적반하장이다. 인간이 다양한 타자(때로는 자신을 격렬하게 증오하는 타자)와 세계를 공유하며 살아가는 것의 엄혹함과 무게, 그리고 소중함을 모독적으로 얕잡아 보는 것이며, 인간 역사의 공동성으로부터의 겁먹은 도피일 뿐이다. 도망의 끝에 있는 것은 이해할 수 없는 타인과 불편한 이물질을 모조리 제거해 기분 좋게 폐쇄된 '히키코모리 국민주의'다.* '나는 당신과 마찬가지고, 당신도 나와 마찬가지다. 그러니 나도 당신도 똑같고, 어디에도 죄는 없다….'

　그렇다고 하더라도 우리의 자손 그리고 그 미래 세대의 아이들은 태어나기 전의 일이므로 그 전쟁과는 무관하다고 단언한 사람이, 같은 담화의 첫머리에서 "아시아에서 처음으로 입헌정치를 수립하고, 독립을 지켜냈습니다. 러일전쟁은 식민지 지배 아래 있던 많은 아시아와 아프리카 사람들에게 용기를 주었습니다"라는 논리로 가자면 아무런 관계도 없을 터인 옛날 옛적의 남얘기를 마치 자신(들)의 공로인 양 득의양양하게 생색을 내며 말하는 것은 실로 이해할 수 없다. 그 전쟁에는 아무런 관계가 없는 자손에게 계속 사죄해야 할 운명을 짊어지게 할 수 없다, 라고 용기있게 결의표명을 하는 것은 좋다손 치더라도 만일 그 자손 중 누군가가 '그 전쟁

---

* 　사카이 나오키 『히키코모리의 국민주의』(岩波書店, 2017) 참조.

제7장　'그립다'고 해서는 안 된다

은 위대한 성전 聖戰 이었다'라고 자랑한다면, 과연 너희들은 '아무런 관계가 없는' 일이라고 제대로 충고를 할 것인가?

고바야시 마사루의 꿈

1957년 3월, 이미 일본에 있었던 최규하는 주일한국대표부 공사로 승진했다. 한편 에세이 「몸 깊은 곳의 이미지」에서 역사의 냉혹함과 무게에 대해 이야기한 고바야시 마사루는 같은 해 7월 한국전쟁 때의 '화염병 사건'으로 실형판결을 받고 하옥된다. 그가 나카노 형무소에서 징역형을 복역하고 있던 9월에, 최규하는 외무부차관이 되기 위해 한국으로 돌아갔다. 이 해인 1959년은 재일조선인을 조선민주주의 인민공화국으로 돌려보내는 '귀환사업'이 시작한 해였는데, 고바야시 마사루는 우쓰노미야 형무소 안에서 그 열광적인 모습을 전하는 라디오 방송에 귀를 기울이고 있었다.*

고바야시 마사루가 출옥한 1960년 연초, 일본에서는 미일안전보장조약의 갱신에 대한 대규모 반대운동이 전개되었으나, 한국에서는 시민에 의한 '4.19혁명'이 일어나 초대대통령인 이승만이 오랫동안 쥐고 있던 권력의 자리에서 내려오게 되었다. 그러나 이듬해 박정희를 주모자로 하는 군부세력에 의해 쿠데타가 일어났고, 한국정치사는 다시 격동기에 돌입하게 되었다.

에세이 「몸 깊은 곳의 이미지」에서 31살의 고바야시 마사루는 다소 망설임이 뒤섞인 어조로 자신의 희망을 이렇게 이야기했다.

---

*   고바야시 마사루 『옥중기억』(至誠堂, 1960) 131쪽 참조.

나는 지금의 조선으로 나가 이 눈으로 관찰하고, 이 발로 걷고, 이 입으로 음식을 먹고 – 즉 전신으로 현재의 조선을 앎으로써 나의 오래된 이미지를 깨부수어주고 싶은 것이다. 그러나 그럴 수가 없다. 조선은 일본에 가장 가깝지만, 사실은 세계 어느 곳보다도 멀다. 그러나 언젠가 나는 찾아가겠지.*

그러나 그때는 결국 오지 않았다. 고바야시 마사루가, 해방되었으나 분단되어버리고 만 조선을 방문하고, 자기 안에 숨쉬는 그 땅의 기억을 '깨부수고' 갱신하는 날은 끝끝내 오지 않았던 것이다.

그가 전후에 살았던 도쿄와 그 '낙동강 수원의 산골짜기 마을' 안동은, 직선거리로는 거의 천 킬로미터 떨어져 있다. 식민지가 소멸된 후, 그 천 킬로미터의 거리는 그에게 있어 끝없이 멀어졌다. 그리고 '조선은 일본에 가장 가깝지만, 사실은 세계 어느 곳보다도 멀다'고 고바야시 마사루가 중얼거린 지 반세기가 넘는 세월이 흘렀다. 지금 그의 발이 닿을 정도로 그 거리는 좁혀졌는가.

1959년에 귀국한 최규하는 순조롭게 출세를 거듭해 1967년 드디어 외무부 장관이 되었다. 한편 고바야시 마사루는 1971년 3월 23일, 방황하다시피 자택을 나서 자취를 감추었다. 그리고 25일 저녁, 어떤 장소에서 아무도 모르게 쓰러져, 이송된 병원에서 죽었다. 향년 43세. 벚꽃은 아직 필 것 같지 않은 추운 밤이었다고 한다.

신일본문학회의 어느 관계자가, 이날의 일을 다음과 같이 증언했다. 전년 봄부터 고바야시 마사루는 신일본문학회의 부의장을

---

* 고바야시 마사루 「몸 깊은 곳의 이미지」 전게서, 80쪽

맡고 있었고, 문학회가 운영하는 일본문학학교에서 강사도 하고
있었다.

> 3월 24일 밤, 고바야시의 집에 문학 학교의 일로 전화. 사모님의 불안한, 체념
> 하는 목소리. '벌써 열흘이나 계속 마시더니, 어젯밤에는 끝내 돌아오지 않았
> 어요.' 어처구니 없이 멀리 가버린 느낌. '마사루 그놈 어딜 간 거야.' 나는 혀를
> 차며 한숨.
> 3월 25일, 나는 고바야시 마사루의 4월 본과강의 예정을 포기하고, 그것을 본
> 과생에게 알렸다. 그날 강사인 에가와 다쿠江川卓가 '러시아 혁명과 문학'에
> 대해 이야기를 시작했을 때, 6시 35분쯤, 고바야시 마사루는 바로 그때쯤에
> 홀로 죽었다.*

직접적인 사인은 장폐색이었다. 중도의 알콜 중독에 빠져있었
을 뿐 아니라 폐절제 수술 때의 수혈로 혈청 간염에도 걸려있었다.
그러나 그를 죽음으로 내몬 것은, 역시 폐결핵 병마의 힘이 크지
않았을까 생각된다. 그런데 폐결핵이 발병한 것은 1964년이었으
나, 그는 언제 어디서 결핵균에 감염된것일까. 유족에 의하면 고바
야시 마사루가 투베르쿨린 반응 검사를 받고 처음으로 양성 판정
이 나온 것은 한국전쟁 반대투쟁의 결과, 유죄판결을 받고 형무소
에서 복역했던 1959년이었다.

죽기 일 년전, 고바야시 마사루는 자신의 꿈을 이야기했다. 그것

* 야마모토 요시오 「마사루 형 69~70년」 전게서, 80쪽

은 식민지 조선에서 태어난 한 일본인의 가슴에, 조선의 해방 후에 깃든 꿈이었다.

> 나의 저 멀리 앞에는 미래의 한 이미지가 자리 잡고 있습니다. 그것은 일본인
> 과 조선인이 스스로를 완전히 내려놓고, 더하고 말고 할 것도 없이 진정으로
> 평등·대등한 국가를 조국으로 둔 일본인 조선인으로서 서로의 나라를 자유
> 롭게 오가는 모습입니다. 그 모습을 상상할 때, 내 피는 정말 뜨거워지고 공상
> 은 하염없이 펼쳐지며 마치 나는 취한 것처럼 됩니다.*

고바야시 마사루는 죽고 이 꿈은 일단 깨어졌다. 그리고 그 꿈이 성취되는 날은 다음 시대로 미루어져 오늘날에 이르렀다. 지금 그 것을 일본과 조선에서 혁명을 이루려는 시대착오적인 미몽迷夢에 지나지 않는다고 작게 축소하는 것은 아무런 의미가 없다. 고바야 시 마사루의 저 멀리 앞에 펼쳐져 있었던 것은 식민지주의와 분단 의 시대를 넘어선 끝에 있는 일본과 조선의 미래였다. 그의 조국 일본에서 조선인이 조선인이라는 것만으로도 모욕을 받는 일은 있을 리 없고, 또 그렇게 조선인을 모욕함으로써 일본인이 스스로 를 더럽히는 일은 없는, 그러한 미래였다. 그 미래가 지금 여기 존 재하는가 - 바로 그 질문이 던져지고 있다.

"결코 '그리워'서는 안되는 그 대극점에서 그 '그리움'을 때려

* 　고바야시 마사루 「당신의 「일본」 나의 「조선」」 『신일본문학』 25권 2호(新日 本文学会, 1970) 82쪽

제7장 '그립다'고 해서는 안 된다

부수고 완전히 새롭게 손을 맞잡아야 한다" - 새로운 일본인으로 다시 태어나, 새로운 조선인과 '완전히 새로운 악수'를 나누기를 꿈꾸며 살았던 고바야시 마사루의 전후는 출생지인 조선으로 돌아가는 길이 막혔던 1945년 여름에 시작되어 1971년의 봄에 그의 죽음으로 끝났다.

고바야시 마사루가 눈을 감은 해의 6월, 최규하는 외무부 장관을 그만두고 대통령 외교 담당 특별보좌관이 되었다. 조선이 해방된 후 두 사람이 서로 마주치는 일은 없었다.

조선에는 꽃이 적었지. 벚꽃, 살구, 사과, 진달래…그리고?
어떻게 된 일일까, 생각해낼 수 없다. 이렇게 사랑하는
조선의 땅 위에 한가득 피는 꽃을. 개나리, 싸리, 선인장. 아니
선인장은 아니지. 그건 조선에 살았던 일본인이,
일본인만이 피워 즐겼던 꽃이다. 작은 화분에서.
밤에만 태양 빛이 없는 때만, 희고 보랏빛에 살며시 피는 꽃.
일주일도 가지 않는 꽃.

고바야시 마사루 『단층지대』

종 장

향수의 져편으로

1. '열린 곳으로, 진정한 자유로'

'단절하자'

본서에서는 각 장의 첫머리에 고바야시 마사루의 장편소설 『단층지대』의 문장을 인용했다. 종장에서 인용한 것은 주인공의 옥중수기에 나타나는 회상의 말이다. 이 중얼거림에는 고바야시 마사루와 식민지 조선의 관계가 너무나 잘 응축되어 있다고 생각된다.

여기에 나온 선인장 꽃은 식민지의 일본인 마을에서 나고자란 주인공 자신을 비유한 것처럼 읽히기도 한다. 그것은 '조선의 땅 위에'가 아니라, '작은 화분'에 '일본인만 피워 즐겼던 꽃'과 같았다고 청년은 회상한다. '밤에만, 태양 빛이 없는 때만' 핀, 화분에 심은 선인장 꽃은 벚꽃이나 살구, 사과, 진달래처럼 조선의 들에 피는 일은 없었다.(2:48) '도둑처럼' 찾아온 8월 15일을 식민지의 사람들은 '광복절'이라고 불렀다. 그 땅을 비추는 아침 햇살의 도래는, 동시에 화분의 선인장 꽃이 피어있었던 밤의 끝을 의미했다. 고바야시 마사루의 포스트콜로니얼 문학의 발자취는 그렇게 태어나고 피고 시든 선인장 꽃의, 예전과는 다른 모습으로의 재생의 노정이었다.

결국 고바야시 마사루에게 고향이란 무엇이었을까 - 본서의 마지막에 다시 한 번 던지는 이 물음을, 그 자신은 전후 일본에서 만난 재일조선인들과의 관계 속에서 항상 생각하려고 했다.

그 테마의 성격상 고바야시 마사루의 독자 중에는 많은 재일조선인이 포함되어 있었다. 그의 임종에 즈음하여 쓰인 몇 명의 재일조선인에 의한 추도문을 거론하면서 아이자와 가쿠는 이렇게 되돌아본다. "재일조선인의 고바야시 마사루에 대한 이러한 추도라기보다는 마치 한 사람의 동지를 잃은 듯한 통한의 말을 볼 때, 이 작가의 괴로움이나 즐거움·비극, 희극을 가장 깊은 곳에서 이해하고 흡수했던 독자는 그들이 아니었는가, 하고 나는 지금 생각하기 시작했다."* 또 "고바야시 마사루야말로 다른 누구보다도 오늘날의 재일조선인 문학의 시대를 그 마음과 귀로 담아냄으로써 그 자신의 문학적 뿌리와 조선인 문학의 뿌리에 공통되는 근원성을 충분히 지켜봐야 했고, 철저하게 알아야 했다"고 고바야시 마사루의 죽음을 안타까워했던 것은 그의 선배 작가였던 노마 히로시였다. (「쪽발이」 4:365)

고향을 잃은, 혹은 이미 빼앗겼던 제국과 식민지 아이들의 기억이나 심정이 서로 부딪히고, 삐걱이고, 때로는 공명하면서 여러 형태로 포스트콜로니얼 문학 안에 결정結晶화된 흔적을, 다시금 볼 수 있다. 예를 들면 김석범은 1인칭 소설 「허무담 虛無譚」(1969) 속에서 재일조선인과 구 재조일본인의 대담을 통해 양자의 '고향'을 둘러싼 인식이 엇갈리고 있음을 부각시켰다.

소년기를 식민지 조선에서 보냈던 일본인 F는 조선에 대한 생각을 그만둘 수 없어 인양 후에도 조선의 언어나 문화를 즐겨 접하는 '심정파 心情派'였다. 그러나 오히려 김석범의 분신인 화자 재일조선

* 아이자와 가쿠 「상상력의 기점으로서의 〈조선〉」 『신일본문학』 28권 11호(新日本文学会, 1973) 42쪽

1. '열린 곳으로, 진정한 자유로'

인에게는 잃어버린 '고향'생각을 하는 F의 '그 끈질김이 걸린다.'

"일단 저는 고향이 없잖아요. 알겠나요, 일본은 내 고향이 아니에요"라고 탄식하는 F의 설명은 이렇게 되어있다. "지금 내 안에 살고있는 청소년 시절의 F를 편히 쉬게 해줄 곳이 일본에는 없죠. 내가 소학교나 중학교를 다녔던 언덕길이나 붉은 흙으로 된 숲속길이 있는 서울이 고향이 아니라면 나는 어떻게 해야 할까. 그것이 부정된다면 나는 과거를 가질 수 없는 인간이나 마찬가지예요." 이에 대해서 조선인인 화자는 거의 입 밖에 낼뻔한 다음 말을 단념하고 삼킨다 - "그러나 조선은 F나, 식민자 아들의 과거를 위해서 존재하는 것은 아니야."

그 대신 그는 "알지, 그건 누구라도 부정할 수 없지. 옛날 지배자들이 그리워하는 척하는 게 아닌 한 말이야"라고 강렬한 비아냥을 감추면서도, F의 시점에 조선인이 쏙 빠져있다는 사실을 깨닫게 하기 위해 "하지만 그럼 내 경우는 어떻게 되는 건가. F씨와는 대조적이야"라고 재일조선인의 존재에 대한 주의를 환기시키고 온당하게 대답한다. "F씨에게 과거가 없다면, 그런 의미에서 일본에서 자란 나와 같은 재일조선인에게도 과거가 없다는 것이 되지, 그 말인즉슨, F씨는 조선에 고향이 있다고 느끼고, 나는 일본에 고향이 있다고 느낄 수 없으니까. 나는 내 안에 가득 차 있을 일본에 정 붙이지 못 해. F씨는 조선을 사랑한다고 하고 조선은 나의 영혼(소울)이라고 부르고, 나는 일본을 사랑한다고 확신을 갖고 말하지 못하는 이 굴절된 심정을 어떻게 설명하면 좋을지…"

"그럼 서로의 의사소통은 어떻게 되는 겁니까? 거기에는 단절의 의식밖에는 없지 않습니까?"라고 항의하는 F를 향해 화자는 자기 뜻대로 되었다는 듯이 이렇게 즉답한다 - "그래요, 소통은 나중에 생길 거예요. 그 단절을 서로 더 의식하라는 거지요. 더 단절하라고, 아니 단절하자, 라고 나는 말하고 싶어요."*

'단절하자' - 화자인 조선인은 고향 조선에, 심정의 차원에서 정 붙이려는 일본인을 향해 살며시 제안한다. 그러나 이 무난한 말투 밑바닥에는 F같은 식민자 2세가 품는 소박한 향수에서, '국제법상 당시의 조선은 일본이었다'라는 제국주의 예찬 사관에 이르기까지 공통되는 일본인의 무감각하고 무섭도록 오만한 조선 소유의 식에 대한 격렬한 노여움이 이글이글 타오르고 있었다.

고바야시 마사루도 나고 자란 조선에 애착을 품고, 전후에도 그것을 계속 유지했던 점은 같았다. 그러나 그는 절대로 재일조선인 앞에서 건방지게 '조선은 나의 영혼'이라 읊을 수 없었을 것이다.

여기서 떠오르는 것은, 고바야시 마사루가 계속 조선에 집착했던 것은 "조선인에 의해 거부당하는 형태로 보여지는 존재로서의 일본인이란 무엇인가를 생각하기 위해서였다"는 이소가이 지로의 지적이다. (본서 제4장) 잃어버린 고향을 그리워하는 자기 이야기 - 자아도취, 혹은 일종의 자기연민에 가까운 감정에 잠겨, 먼 조선에 대해 생각하는 F에게는 그런 자신을 바라보며 단호히 거부하는, 눈앞의 조선인의 모습은 전혀 보이지 않았다. 화자인 조선인이 화가 난 것은, F에게 구 피식민자의 눈에 구식민자인 자신이 어떻

* 김석범 「허무담」 『까마귀의 죽음』(講談社文庫, 1973) 305-308쪽

1. '열린 곳으로, 진정한 자유로'

게 비춰지고 있는가, 라는 것에 대한 상상력이 결여되어 있다는 사실에서 식민지주의의 냄새를 맡았기 때문이었다.

방법으로서의 '거부'

김석범은 고바야시 마사루의 사후 '나는 지금 고바야시 마사루의 몇 작품을 읽고 울적한 감동으로 마음이 무겁다'라고 감상을 이야기했다.(「'그리움'을 거부하는 것」 5:371) 정서나 노스탤지어로 도배하지도, 국제연대를 표방하는 정치이론이나 이데올로기로 미화하지도, 미래지향이라는 말을 방편으로 시효를 주장하지도 않고, 일본과 조선 사이에 가로놓여있는 거대한 단절을 서로에 대한 불신감이나 공포감으로부터 도망치지 않고 직시하려고 하는 그러한 자세에 양자의 문학이 공명할 여지가 있었다. 고바야시 마사루의 포스트콜로니얼 문학은 바로 일본인과 조선인 사이에 깊이 가로놓인 단절을 응시하는 작업이었고, 김석범은 그것을 감지하고 있었다.

그런데 그 김석범이 고바야시 마사루 문학의 의의를 정리함에 있어 '나는 나 자신에 관해서는 내 마음의 그리움을 거부한다'는 그의 태도가 드러난 문장에 주목하여, 다음과 같이 지적하고 있는 것을 볼 필요가 있다. "고바야시 마사루는 여기서 '향수'라던지, '노스탤지어'라고 하지 않고, '그리움'이라고 하고 있는데 그것은 말을 고른 결과라고 생각된다. 작중에서는 등장인물이 조선을 고향이라고 말하는 구절이 꽤 나오므로 고향이라고 해도 좋았을 것 같지만 '이십 수 년을 지나온 지금' 고바야시 마사루는 일부러 그러한 말을 쓰지 않았다" - 이렇게 김석범은 아주 작은 부분이지만

고바야시 마사루의 테마의 근간에 관계되는 부분에 큰 반응을 보이고 있다.(5:372)

　김석범은, 어째서 고바야시 마사루는 '심정으로서는 일종의 노스탤지어 이외의 아무것도 아닌' 조선을 향한 애정을 표현하는 데에, 향수가 아니라 그리움이라는 말을 골랐는가 하고 묻는다. 그리고 이 물음은 김석범 자신의 '고향'에 대한 생각과 맞닿아 있다. 다른 곳에서 그는 복잡한 심경을 담아 자신의 고향 제주도를 '원풍경 原風景'이라고 부른다.

> 결론적으로 말하면 '나의 원풍경은 고향'이지만, 그것은 '향수'와도 비슷해 상당히 음울하고 게다가 진부한 기분이 든다. 그러나 실제 내 안의 '고향'은 그렇게 정서적인 것이 아니다. 그것은 푸르게 빛나는 한라산의 눈 같은 칼을 나에게 들이대는 것이며, 현실의 제주도와의 연결고리가 없는 채로 이데아 같은 것이 되어버린 것이다. 나의 '제주도'는 이제 어딘가 다른 공간에 서식하는 가공의 '고향'일 것이다. '고향'은 나의 존재와 작품 이미지의 핵을 이루는 것이면서, 현실적으로는 나는 고향 상실자이다.*

　이 '고향 상실자'라는 말에는 로맨틱한 울림 따위는 조금도 섞여있지 않다. 식민지 해방 후에 고향 제주도를 덮친 처참한 폭력이, 그 땅을 정서적으로 상기할 가능성을 김석범으로부터 모두 빼앗아버렸다. 제주도는 지금도 여전히 선혈을 계속 흘림으로써 평

---

　*　김석범 「나의 원풍경」 『신편 「재일」의 사상』(講談社文芸文庫, 2001) 228쪽

1. '열린 곳으로, 진정한 자유로'

온한 향수와 함께 회상되는 것을 엄정하게 거절하고 있다. 그것은 남북으로 찢겨 나가는 한반도, 그리고 일본 국내에서 좀처럼 그치지 않는 음습한 조선인 박해의 현실을 앞에 둔 고바야시 마사루가 자기 안에 살아 숨쉬는 고향 조선의 향수를 어떻게 해서든지 봉쇄해야 했던 것과 일맥상통한다. 김석범은 이렇게 밝혔다. "만약 내가 제주도에서 태어나, 거기서 오랜시간 살고 행복한 생활의 나날을 보냈다면, 고향이 나에게 보증된 것이었다면, 아마 나는 제주도에 이렇게 집착하지 않았을지도 모르고, 내 작품은 태어나지 않았을지도 모른다."*

한편 고바야시 마사루에게도 고향은 결코 보증된 것이 아니었다. 소설 「포드·1927년」에 등장하는 터키인의 딸처럼, 그가 단순히 이주민의 자식으로서 잠시 조선에 살다가 떠났다면, 때로는 얼마간의 아픔이 수반된다고 해도 그 땅은 평온한 향수와 함께 회상되는 고향일 수도 있었다. 조선이 고향이라는 것이 특권적으로 보증되어 있었던 식민자 2세로서의 고바야시 마사루의 삶은, 일단 일본의 패전으로써 끝을 고했다. 그러나 식민지가 소멸했다고 해서 그가 그냥 식민자(그 개인에게 있어서 그것은 식민지주의자인 것과 같은 뜻이었다)의 위치에서 내려온 것은 아니었다. 고바야시 마사루에게 스스로의 식민지 향수와의 싸움은 그 자신이 식민지주의자임을 벗어나기 위한 투쟁이었던 것이다.

김석범은 고바야시 마사루론의 결론 부분에서 이렇게 말한다.

* 　김석범 「나의 원풍경」 상동, 229-230쪽

고바야시 마사루가 완수하려고 했던 것의 의미를, 가장 깊은 곳에
서 짚어낸 말이 아닌가 싶다.

> '조선'이라는 굴레에 묶여 그런 자기 안쪽으로 계속 하강해가는 그가 어찌 '고
> 향'에 대한 '향수'를 가질 수 있으랴. 그의 거부, 그러나 그것은 그를 속박함과
> 동시에 또 그를 열린 장소로, 진정한 자유로 인도하는 것과 다름없다. 그 '조
> 선'으로부터 스스로를 해방하는 과정이 고바야시 마사루의 자유였다. 그것은
> 단순한 '속죄'가 아니다. '속죄'를 꿰뚫고 나아간 곳에 있는 펼쳐짐을 조선인과
> 공유하는 길이며, 그 방법으로서의 '내적인 그리움을 거부한다'는 의지가 독
> 자를, 그리고 조선인인 나까지도 비춘다.   (5:378)

김석범에 의하면 고바야시 마사루가 자기 내면의 식민지 향수
를 거부하는 것은 그를 속박함과 동시에 그를 식민지주의에서 해
방하고, '열린 장소로, 진정한 자유로 인도하기' 위한 역설적인 수
단이 되어 있었던 것이다. 고바야시 마사루 문학의 진수는, 이 '속
박'을 오히려 '진정한 자유'를 손에 넣기 위한 힘으로 바꾸려고 하
는 곡예와 같은 긴장과 모순 그 자체에 있었다. 김석범이 느끼고
있었던 것처럼 고바야시 마사루의 '자기 내면의 그리움을 거부한
다'는 선언은, 단순히 눈물겨운 참회 같은 것이 아니었다. 그런 것
이 아니라 그것은 "'속죄'를 꿰뚫고 나아간 곳에 있는 펼쳐짐을 조
선인과 공유하는 길"을 힘차게 열어나가기 위한 상당히 의지적이
며 지적인 방법이었다.
　이렇게 고바야시 마사루의 "방법으로서의 '내면의 그리움을 거

1. '열린 곳으로, 진정한 자유로'

부한다'는 의지"에 비추어진 조선인은 김석범 한 사람만이 아니었
다. 고바야시 마사루가 세상을 떠나고 수년 뒤에 고사명은 자신과
고바야시 마사루가 각자 청춘을 내던진 한국전쟁 때의 무장투쟁
을 근본적으로 잘못되었다고 하면서도, 다음과 같이 회고한다.

> 그 시절에 고바야시 마사루처럼 조선을 생각해 준 작가가, 도대체 몇 명 있었
> 을까. 나는 이 고바야시 마사루의 모습을 떠올린다. 그리고 이 고바야시 마사
> 루가 조선의 산야를 조선인과 함께 뛰어다니는 모습을 생각한다. 고바야시
> 마사루의 그 모습은 만신창이다. 하지만 거기에서 열린 일본인의 모습을 보
> 는 생각이 든다.
> 고바야시 마사루는 조선의 산야에 선다면, 늠름한 꿩처럼 날아오를 것이다.
> 그러기 위해 그가 어두운 광경 속에서 만신창이가 된 채로 계속 뿌렸던 씨앗
> 이 지금 나에게도 보이는 듯하다. 그 무참하다고밖에 할 수 없는 광경 속에,
> 스스로도 잘못을 저지르고 자신의 나약함에 신음소리를 내면서 뿌렸던 씨앗
> 이다.*

김석범은 '열린 장소로'라고 했고, 고사명은 '열린 일본인'이라
고 했다. 고바야시 마사루는 조선인에 대해 굳게 닫힌 일본인의 마
음을, 아마도 일본인을 미워하고 또 두려워하는 조선인을 향해 먼
저 열어가고자 했다. 그 때문에 상처받고, 동시에 그렇게 함으로써
일본인과 조선인이 함께 새롭게 나아갈 길을 모색하고 개척하고

* 고사명 「고바야시 마사루를 생각하다」 『계간삼천리』 5호(三千里社, 1976) 74쪽

자 했다. 그것은 마치 식민자인 스스로 몸을 갈라내고 도려내어 열어낸 그 끝, 거기밖에는 길이 없다고 말하는 듯했다.

어느 재일조선인 2세의 통곡

이렇게 하여 고바야시 마사루가 수많은 패배와 과오 속에서 뿌린 씨앗은 재일조선인들의 마음속에서 싹을 틔우고 있었다. 하세가와 시로가 엄숙히 증언하고 있다 - "지금은 유명을 달리한 오임준 군이 고바야시 마사루의 마지막 얼굴을 보고 통곡한 것을 나는 잊지 않을 것이다." (「고바야시 마사루」1:356)

오임준(1926 - 1973)은 아마 가장 열렬한 고바야시 마사루의 독자 중 한 사람이었다고 생각된다. 공교롭게도 고바야시 마사루와 생몰년도가 가깝다. 게다가 그가 태어난 곳은 고바야시 마사루의 출생지이기도 했던 경상남도 진주였다.

일제가 격동의 쇼와기 昭和期 에 돌입한 바로 그때 즈음에, 조선의 진주에 살았던 두 사람이 걸은 그 후의 길은, 민족의 차이 때문에 너무나도 불평등하면서도 같은 황국 소년으로 여겨졌기 때문에 기묘하게 유사하기도 했다. 전쟁 말기, 고바야시 마사루는 육군항공사관학교에 진학해서 특공대원이 되는 길을 선택했다. 한편 유소년기에 내지로 건너간 오임준은 자원해서 육군 2등병이 되었다. 오임준은 전후에도 일본에 남았고, 전후 일본의 식민지주의와 '반쪽발이'라는 자의식으로 고민하면서 뛰어난 포스트콜로니얼·텍스트를 다수 남겼다(『기록 없는 죄수 記録なき囚人』, 『조선인의 빛과 그림자 朝鮮人の光と影』 등). 사이타마현에서 일본의 패전을 맞이한 고바야

시 마사루의 경우 조선에 '돌아가지 못하고' 일본에 '남았다'고 해
야 좋을는지.

이렇게 두 사람은 전후 일본에서 만나, 탈식민지주의라는 테마
를 공유하게 된다. 오임준은 고바야시 마사루의 고별식에서 조사 弔
辭를 다음과 같은 말로 마무리하고 있다 - "좋은 이웃, 좋은 일본인
그리고 항상 변함없는 연대의 길을 맨손으로 개척해 온 고바야시 마
사루. 나는 지금 그대의 손에 조선인의 손을 포갭니다."*

그 후 얼마 지나지 않아 개최된 고바야시 마사루의 문학을 둘러
싼 토론회에서 오임준은 그의 문학을 '관념적'이라 보는 일본인들
의 논의를 표면적이라고 느끼고, 날이 선 것으로 보인다. "향수가
있어서 뭐가 나쁜가. 고바야시에게도 향수와, 가해자 의식에 찌든
(조선에 대한) 혐오감이 서로 대립하는 점이 있지 않았는가, 그러한
점을 구체적으로 봐야 한다고 생각한다. 도대체가 이렇다 저렇다
하면서, 관념적이라느니 어쩌니 해도 수많은 일본 문학 가운데 고
바야시 마사루만큼 진지하게 조선을 알려고, 알았고, 또 그렇게 하
도록 스스로 과제 삼은 사람이나 작품은 달리 없지 않은가."**

다른 곳에서도 스가와라 가쓰미가 고바야시 마사루는 "조선도
일본도 없는 한 마리의 작가로서 생각하면, 역시 대의명분 같은 것
이 있어서 그걸로 쨍강쨍강하고 부딪히는…"이라고 문학자로서

---

*   오임준 「조사」 『신일본문학』 26권 7호(新日本文学会, 1971) 76-77쪽

**   다도코로 이즈미 외 「공개 티칭 고바야시 마사루에게 있어서의 〈표현〉과
〈현실〉」 『신일본문학』 26권 12호(新日本文学会, 1971) 119쪽

의 본연의 자세를 비판한 것에 대해 오임준은 답답하다는 듯 이렇게 반론한다. "그런 뻣뻣한 융통성 없는 부분, 알죠. 혼자서 일본과 한국의 문제를 짊어질 필요는 없는데, 괴로워하면서, 그런 걸 저는 알죠."*

'조선도 일본도 없는 한 마리의 작가'와 같은, 그야말로 관념적이고 공허한 인간상을 상정했을 때, 고바야시 마사루가 자신의 좋은 이해자 중 한 사람으로 꼽았던 스가와라 가쓰미조차 그의 문학의 가장 중요한 부분을 더이상 이해할 수 없었던 것은 아닐까 싶다. 고바야시 마사루에게 '조선도 일본도 없는' 장소 따위는 지상 어디에도 존재하지 않았으며, 그 자신은 일본인이기 이전에 한낱 무색 無色의 인간일 수 없었다. 그리고 그것이야말로 그의 문제였다. 어쩌면 '조선도 일본도 없는'이라고 생각할 수 없는 것이, 역사와 정치에 속박된 문학자로서 그의 한계였을지 모른다. 그러나 설령 그렇다 하더라도, 그러한 쨍강쨍강하고 부딪히는, 뻣뻣한 자세야말로 그의 포스트콜로니얼 문학을 고고한 경지로 끌어올리는 최대의 추진력이었음에 틀림없다.

식민자 3세였던 무라마쓰 다케시는 고바야시 마사루의 친한 선배 격이었던 하세가와 시로와의 어느 대화에 대해 회상하고 있다. 고바야시 마사루의 사후, 어느 술자리에서 하세가와가 한국 시인 김지하 원작의 연극 '구리 이순신'을 '고바야시 마사루에게 보여

* 다도코로 이즈미 외 「공개 티칭 고바야시 마사루에게 있어서의 〈표현〉과 〈현실〉」상동, 119쪽

1. '열린 곳으로, 진정한 자유로'

주고 싶네'라고 한 뒤, '아니, 고바야시가 없는 곳에서 이것은 시
작되는 거야'라고 다시 말했다고 한다. 술기운이 올랐을 때, 하세
가와는 이렇게 덧붙였다. "고바야시와 나는 달라. 그는 '북 北'이잖
아? 우리가 이 희곡을 하려고 하는 건 어디까지나 남 南, '남'에서
싸우고 있는 이 현실이 소중하기 때문이야." 이 하세가와의 일련
의 발언에 대해서 무라마쓰는 이렇게 회상한다.

> 나는 부정하지 않았다. 고바야시 마사루가 '북'이라고 하는 것을 빼면, 동감한
> 다. 그러나 고바야시와 하세가와라는 이 오랜 친구관계, 작가의 문학적 연결
> 에 있어서조차 "고바야시는 '북'이야"라는 말이 섣불리 나온다. 하세가와 시로
> 는 고바야시의 가장 안쪽의 부분, 그가 가장 많이 싸웠고 가장 많이 다친 곳
> 을 이해하지 못했던 것은 아닐까.
> 이 의문은 하세가와 시로를 넘어서, 나아가 일본 문학 전체에 하염없이 확대
> 되는 듯한 기분이 든다.*

　오임준은 무라마쓰가 말하는 고바야시의 가장 안쪽의 부분, 그
가 가장 많이 싸웠고 가장 많이 다친 곳을 하세가와나 스가와라보
다 훨씬 깊이 이해하고 있던 듯하다. 죽기 1년 전에 잡지 『신일본
문학』에 게재된 공개 왕복 서한 속에서 고바야시 마사루는 오임준
에게 이렇게 호소하고 있다. "나에게 있어 '조선 및 조선인은 무엇

---

*　마쓰무라 다케시 「식민자 작가의 죽음」 『조선연구』 113호(日本朝鮮研究所,
　1972) 41-42쪽

인가'를 계속 묻는 것은 당신에게 있어 '일본 및 일본인은 무엇인가'를 계속 묻는 것과 서로 겹치는 것이겠지요. 우리들은 견디기 어려운 무거운 짐을 짊어지고서, 양 극단의 지점에서 서서히 손을 뻗고 있는 게 아닐까요."[*]

오임준을 향해 던져진 고바야시 마사루의 이 호소는 그의 포스트콜로니얼 문학이 시작된 1952년 가을, 고스게의 도쿄구치소 안에서 허술하게 짚으로 갱지를 엮은 수첩에 꼼꼼한 글씨로 쓰인 이런 메모를 떠오르게 한다.

> 경시청의 유치장에 있을 때의 일.
>
> 미군의 달러 군표를 위조해 잡혀 온 로군 ㅁ君. 조선어를 자주 가르쳐주었다.
>
> ─ 나눈·당시눌···차무·사랑·하무니다.
>
> ─ 당시눈·배쿠도라지 카치·차무·코푸시미니다.
>
> 일본에서 태어나 일본에서 자란 로군. 조선에서 태어나 조선에서 자란 나.[**]

그때 고바야시 마사루는 우연히 같은 방에 있었던 모르는 조선인 청년과 망설임과 불편함과 꺼림칙함, 그리고 신기한 친밀함 속에서 조용히 대면하고 있었다. 고바야시 마사루가 적었던 히라가나 표기에서 추측하건대, 그가 그 청년에게 배웠던 조선어 두 문장

---

[*]   고바야시 마사루 「당신의 「일본」 나의 「조선」」 『신일본문학』 25권 2호(新日本文学会, 1970) 84쪽

[**]   유족제공의 고바야시 마사루 메모

1. '열린 곳으로, 진정한 자유로'

은 '나는 당신을…정말로 사랑합니다', '당신은 백도라지 꽃처럼 참 곱습니다'일 것이다. 농담을 던지면서 조선인 여성을 꾀는 법이라도 배웠던 것일까.

2. 낙동강은 멀고

잊을 수 없는 낙양

소년이었던 고바야시 마사루가 태백산맥에서의 바람이 내리 부는 조선의 안동에서, 까치밥나무 열매를 소금에 찍어 입안 가득히 넣거나, 낙동강 둑의 쇠뜨기를 정신없이 캐고 다니던 때의 일이다. 소설가 호리 다쓰오는 나가노현 후지미 고원의 요양소에서 임종이 가까워진 연인과 둘이 조용한 요양생활을 보내고 있었다. 아름답고도 준엄한 신슈信州의 자연 속에서 담담하게 영위한 그 생활은 이윽고 소설「바람이 분다 風立ちぬ」(1938)로 결실을 맺는다. 그 소설에서 호리 다쓰오는 만감을 담아 후지미 고원의 정경을 다음과 같이 노래했다.

> 그러던 어느 해질녘, 나는 발코니에서 그리고 세쓰코는 침대 위에서, 맞은편 산등성이에 비쳐 들어오기 시작한 석양을 받으며 그 주변 산이니 언덕이니 소나무 숲이니 산전이니 하는 것들이 반쯤은 선명한 붉은빛을 띠고 반쯤은 아직 불확실한 듯한 회색으로 서서히 물들어가는 것을 넋을 잃고 바라보고 있었다. 이따금 생각 난 듯이 그 숲 위로 작은 새들이 포물선을 그리며 날아올랐다. — 나는, 이런 초여름의 황혼이 잠시나마 만들어내고 있는 일대의 경

치는 언제나 전부 정해진 순서 같아서, 아마 지금이 아니면 이토록 넘칠듯한 행복감을 우리 자신조차도 더는 느낄 수 없으리라 생각했다. 그리고 훨씬 나중에 언젠가 이 아름다운 황혼이 내 마음에 되살아나는 때가 있다면, 나는 이것에서 우리의 행복 그 자체의 완전한 그림을 찾아낼 것이라 꿈꾸었다.*

그때 두 사람이 삶으로의 가슴 먹먹한 동경을 품고 바라본 저녁 하늘은 고바야시 마사루의 가족들이 살고 있었던 마을까지도 감싸고 있었을 것이다. 후지미 고원은 동서를 산맥에 끼고 있지만, 「바람이 분다」의 무대가 된 요양소는 고원의 동쪽에 완만하게 펼쳐진 야쓰가타케 산의 기슭에 있었다. 한편 거기서 두 사람이 바라본 초여름의 저녁 하늘은 야쓰가타케산의 바로 반대편 서쪽에 자리잡고 있는 뉴가사 산 너머로 펼쳐져 있었으리라. 유족에 의하면 고바야시 마사루는 매년 여름에 식구와 함께 도쿄에서 후지미로 귀성해, 그 뉴가사 산 기슭의 구류粟生라는 마을에 있는 부모님 집에서 지내곤 했다고 한다.

그러나 호리 다쓰오가 사랑한 '우리의 행복 그 자체의 완전한 그림'의 일부였을지도 모르는 그 땅에 대해 고바야시 마사루는 거의 아무것도 써서 남기지 않았다. 그 대신 그가 소설 속에서 계속 그려낸 것은 소년 때에 조선에서 본 광경이었다. 그러나 그것은 호리 다쓰오가 그린 것 같은 '흘러넘치는 듯한 행복'의 그림은 아니었다. 왜냐하면 고바야시 마사루는 전후 자신이 이전에 식민지에

*　호리 다쓰오 『바람이 분다·아름다운 마을』(新潮文庫, 1951) 124쪽

2. 낙동강은 멀고

서 향유한 행복이, 단지 있는 그대로 자신에게 주어진 것이 아니라 누군가의 행복을 빼앗은 다음에 주어진 것일지도 모른다는 생각과 마주해야 했기 때문이었다.

그러한 그의 마음에 남겨진 해질녘의 광경은 호리 다쓰오가 본 것 같은 붉은 색으로 부드럽게 물드는 차분한 숲이 아니라, 북풍이 휘몰아치는 적막한 벌판이었다. ─ "고향을 상실한 인간. 나는 상실한 것은 다시 돌아오지 않는다는 사실을 알고 비할 데 없는 적막감에 휩싸여갔다. 그것은 그 겨울 앙상한 포플러나무의 뼈대가 짖어대는 황량한 조선의 벌판에 찾아오는 낙양의 광경 그대로였다."(『단층지대』 2:173)

그 뼈가 묻힐 장소

앞서 서술했듯이 고바야시 마사루가 힘이 다한 것은 소설집 『조선·메이지 52년』의 마지막 교정이 끝난 직후였으나, 그 책의 후기 말미에 그는 이런 말을 남겼다.

> 내가 쏜 화전火箭은, 먼저 나 자신의 영혼과 감성에 계속 박히고, 아픔 그 자체를 무기로 바꾸어 우리의 막강한 대립물을 향해 준비되어갈 것이다.
> 나의 화황火簧은 너무나도 작다. 작지만 그것은 어쩔 수 없다.　　　(5:319)

본서는 고바야시 마사루가 먼저 자기 자신의 '영혼과 감성'을 향해 계속 쏘아댄 불화살과, 그로 인해 고통스러워하고 또 무기로 바꾸고자 했던 아픔의 의미를 묻고자 하는 것이었다. 남겨둔 이야기와 못다 한 이야기가 아직 많은 듯 하다. 그러나 마지막으로 두 세가지를 더 다루고 본서를 마무리하고자 한다.

저널리스트 혼다 야스하루 本田靖春 는 1933년에 경성에서 태어났다. 그의 부친은 조선총독부의 관리로 경력을 시작하여, 거대한 국책기업에 종사한 후 패전과 인양으로 재산을 잃었으나 한국전쟁 특수로 살아났다고 한다. 그 부친이 '내가 죽으면 뼈의 반은 경성에 묻어달라'고 유언을 남기고 세상을 떠난다. 후에 한국을 방문하게 되었을 때 아들은 고민한 끝에 아버지의 유지를 저버리기로 결단을 내린다.

어떻게 생각하든 간에, 아버지는 조선 영토를 짓밟는 입장에 있었다. 가해자의 '사랑'을 한 조각의 뼈로 건네받는다고 한들, 피해자의 국토가 그것을 어떻게 받아들인단 말인가.

한 사람의 인간으로서, 나는 돌아가신 아버지를 싫어하지 않는다. 그러나 아버지의 유지를 저버리는 것은 식민자 2세로서의 절도라고 여겼던 것이다.*

'한 조각의 뼈' - 그것은 어디까지나 한낱 감상적인 형식에 지나지 않는다 하더라도 식민지에 어떤 형태로든 추억을 가진 일본인이 과거의 식민지에 내미는, 주관적으로는 성실한 사랑의 형태이며 소박한 향수의 최종적인 표현수단일지도 모른다. 혼다 야스하루의 부친이 조선에 대해 어떠한 생각을 가지고 있었는가, 본인 이

* 혼다 야스하루 『내 안의 조선인』(文春文庫, 1984) 175-176쪽

2. 낙동강은 멀고

외의 사람에게는 헤아릴 수 없는 부분이 있고 그 유지를 거스른 아들의 판단에 대해서도 다양한 의견이 있을 수 있다. 다만 본서가 끝나려고 하는 지금, 단언해두어도 좋은 것이 있다. 바로 고바야시 마사루라면 유해를 낙동강에 뿌려달라고 만큼은 절대 하지 않았을 것이라는 점이다.

고바야시 마사루가 바람대로 전후에 조선 땅을 다시 찾았다면, 그것은 큰 괴로움이나 분노를 동반하는 여행이 되었을 것이다. 그 일본인 중학교 옆에 있었던 일본군 보병 제80연대 주둔지가 미군 기지로 변해있는 것을 보았다면, 그는 큰 충격을 받았을 것이다. 그래도 그가 지금은 한국 아이들이 다니는 '모교'를 한번 더 찾아가 보고 싶지 않았을까. 차가운 가을 바람이 불어 내리는 태백산맥을 한번 더 바라보고 싶다고, 붉은 흙 암벽의 밑을 유유히 흐르는 낙동강변에 다시 한번 서고 싶다고 소원하지 않았을까. 그러나 고바야시 마사루는 조선인과는 공유할 수 없는 닫힌 식민지 향수를 뛰어넘어 '열린 장소'로 가는 길을 찾아 나섰다.

그 길 가운데서 죽음으로써 고바야시 마사루의 걸음은 많은 미완성의 부분을 남기고 끊어졌다. 어쩌면 그것은 임종이 더 늦었다고 해도 시대의 흐름이나 그의 능력 한계 등으로 인해 고갈되거나 진부화되거나 교조敎条화되었을지도 모르고, 그랬을 가능성이 크다. 그렇지만 지금 되돌아보건대 "'그립다'고 해서는 안 된다"라는 간소한 한마디는 고바야시 마사루의 포스트콜로니얼 문학이 그 절정을 이루었음을 말해 주고 있었다.

가지무라 히데키는 식민지의 풍경이나 문화를 사랑하고 그리워하는 인양자의 심정은 "살아 있는 조선인의 고통을 감히 건드리려 하지 않는" 추상적 사랑이며, 그것은 "본질적으로 모멸과 타협할 수 있는 '사랑'"이라고 엄격하게 갈파했다.* 인간에 대한 배려가 없는 식민지의 사랑은 그 본질에 있어서 모멸과 공존할 수 있다. 가지무라의 냉철한 지적은 식민지를 사모하고 그리워하는 당사자들에게 모독일지도 모르지만, 그래도 역시 지당하다고 생각한다.

고바야시 마사루가 스스로의 식민지 향수를 다시 바라보는 와중에 깨달은 것은, 그 감정에는 조선이 과거 자신들의 것이었다는 소유의식과 그에 동반하는 조선인에 대한 우월의식이 분리가 어려운 채로 이어져 있다는 사실이었다. 그의 안에 조선인에 대한 증오나 모멸 의식이 없었는가 하면, 역시 있었다. 그 스스로가 "내가 일본의 역사의 울타리 밖에 있을 수 있을 리가 없고, 오랜 역사와 함께 일본인 속에 만들어진 민족적 멸시, 차별관으로부터 나 혼자만 완전히 자유롭고 해방되어 있을 수는 없다"고 밝혔듯이 그 혼자만이 근대 일본의 제국 의식의 정신사적인 속박에서 자유로웠던 것은 아니었다.**

고바야시 마사루는 조선인을 미워하고 업신여기는 감정이 스스로의 안에 어둡게 꿈틀거리고 있음을 분명히 깨닫고 있었으며, 그 감정에 인간적인 자유를 속박당하고 있었다. 그의 포스트콜로니얼 문학은 무엇보다도 먼저 그 자신의 인간적 자유를 속박하는 것

*　『가지무라 히데키 저작집』 1권(明石書店, 1992) 237-238쪽

**　고바야시 마사루 「당신의 「일본」 나의 「조선」」 전게서, 84쪽

2. 낙동강은 멀고

에 대한 저항이었다. 그가 생애의 마지막에 외친 "나는 나 자신에 관해서는 내 안의 그리움을 거부한다"는 선언은 그 저항의 결정체였다. 그리고 그것은 저항인 동시에 그의 고향에 대한 역설적인 사랑의 표현이기도 했다. '그립다'고 해서는 안 된다 - '한 조각의 뼈'를 예전 식민지에 묻고 싶다던 인양자의 향수와는 다른 방향으로 치닫던 고바야시 마사루의 조선에 대한 사랑은, 그가 마지막으로 외친 이 말로써 절정에 달했다.

아득히 먼 강

고바야시 마사루의 자전적 소설에 「고향이 아니다, 그러나… 故鄕ではない, しかし…」(1965)라는 깊이 있는 단편소설이 있다. 그가 주관적으로는 고향이라고 느끼는 조선을 왜 그렇게 부르지 않는지 그 이유를, 실제 경험이라 생각되는 한국전쟁기의 몇 에피소드를 섞어 이야기한 작품이다. 그 가운데 화자인 주인공은 '화염병 사건'으로 공안의 형사에게 잡혀 경시청 유치장에 던져졌던 1952년의 여름의 일을 회상한다. 감방의 벽을 멍하니 바라보다 '나고 자란 땅, 그러나 결코, 조국도 고향도 아니었던 땅, 흘러넘치는 그리움을 품고 고향이라고 부르고 싶으나, 결코 부르는 것이 허락되지 땅'을 생각하는 나날이었다.[*]

어느 때, 취조실에 조선옷을 입은 젊은 여자가 들어온다. 주인공

---

[*] 고바야시 마사루 「고향이 아니다, 그러나…」 『코리아 평론』 8권 63호(コリア 評論社, 1965) 62쪽

과 같은 죄명으로 투옥된 남편과 면회하기 위해서였다. 갓난아기 이야기 등을 하는 그 조선인 부부의 대화에, 같이 취조를 받고 있었던 주인공은 어쩐지 귀를 기울인다. 그러자 형사가 주인공을 가리키며 그 여자에게, 이 녀석은 그날 밤의 피고이며, 당신과 같은 나라 사람이야, 라고 말하고 차입으로 가져온 도시락을 나누어주는 것이 어떻겠냐고 농담조의 말을 건넨다. 큰 반응을 보인 남편의 재촉으로 아내는 기꺼이 도시락의 내용물을 반으로 나누어 주인공에게 내민다.

투옥 후 줄곧 아무 말도 하지 않고 성명·국적 불명 상태로 있었던 주인공은 형사의 앞에서, 자신은 조선인이 아니라고 말하지도 못하고 우물쭈물한다. 그를 동포라고 굳게 믿은 부부에게 강하게 권유받아 어쩔 수 없었던 그는 조심스럽게, 그러나 배고픈 나머지 고마움과 미안함이 뒤섞인 무어라 말할 수 없는 마음으로 '고추가루로 빨갛게 물든 생선이나 고기, 장아찌'가 든 도시락을 허겁지겁 먹는다. 그에게 있어서는 가슴에 사무치도록 낯익은 맛이었다.

감방으로 돌아간 주인공은 가슴 속에서 절실히 '정말로 고마워'라고 말하지만, 한편으로 자신이 조선에서 태어나 자란 일본인이라는 것을 그들이 알게 된다면, 겨울에 꽁꽁 얼어붙는 그 조선의 강처럼, 어찌할 수 없을 정도로 매서운 눈으로 나를 바라보겠지, 하고 느껴졌다. - '그것이 민족의 역사라는 것이구나. 거기서부터 출발하는 것 이외에, 우리 일본인들에게는 어떤 출발점도 없는 것

2. 낙동강은 멀고

이다.'* 이야기는 주인공이 간직한 마음의 독백으로 마무리된다.

> 그곳은 결코 나의 고향이 아니다. 고향이라고 부르는 것은 허락되지 않는다. 그것은 잘 알고 있다. 그럼에도 불구하고 나는 그 큰 자연을 사랑하지 않을 수 없는 것이다.
>
> 낙동강, 하얀 모래, 푸른 하늘, 하늘을 찌르는 큰 포플러나무** -.

능숙하든 아니든 조선에 대한 애달픈 향수를 고백한 고바야시 마사루의 서정은, 시의 한 구절처럼 잔잔히 울려 퍼진다. 하지만 아무리 식민지를 사랑하더라도, 점령자나 식민자들이 민중과 땅의 오랜 역사의 품이 자아내는 고향의 노래를 부르는 일은 없다.

> 봄마다 봄마다
> 불어 내리는 낙동강물
> 구포벌에 이르러
> 넘쳐 넘쳐흐르네
> 흐르네 - 에 - 헤 - 야***

---

* 고바야시 마사루 「고향이 아니다, 그러나…」 상동, 64쪽
** 고바야시 마사루 「고향이 아니다, 그러나…」 상동, 65쪽
*** 조명희 「낙동강」 오무라 마스오 외 편역 『조선단편소설선』 상권(岩波文庫, 1984) 215쪽

종 장 향수의 저편으로

식민지기에 활동한 프롤레타리아 문학자 조명희의 작품에 「낙동강」이라는 단편소설이 있다. 그 서두에 3.1독립운동의 탄압과 빈궁 때문에 경상도의 고향을 버리고 만주의 간도로 유랑해 떠나는 젊은 사회주의자 박성운이 유랑민들과 함께 낙동강을 건너는 배 위에서 구슬프게 노래를 부른다. 뱃짐을 나르는 노역자들이 불렀다는 고대 가요 古謠이다. 이 청년은 '낙동강의 농민의 아들'이며, 농업학교를 나온 뒤 군청에서 농업조수를 지내고 3.1독립운동에 참가하여 투옥된다. 고바야시 마사루의 식민지 소설의 등장인물을 방불케 한다.

낙동강의 품을 떠난 박성운은 간도에 도착하여, 대륙을 헤맨다. "내가 해외에서 5년간 떠돌았던 사이에도 강을 보면 언제나 낙동강을 떠올렸다. 낙동강을 잊은 적은 없었다. 낙동강을 떠올릴 때마다 나는 낙동강의 어부의 손자이며, 농민의 아들이라는 것을 잊지 않았다. 그리고 조선의 땅도 - "*

그 후 그는 조선으로 귀환하여 독립운동에 몸을 바치지만, 체포되어 대구 감옥에서 수개월에 걸쳐 고문을 받는다. 고바야시 마사루의 집 바로 근처에 있었던 형무소이다. 박성운은 병상에 누워 보석으로 풀려나지만, 얼마 못가서 쇠약사한다 - 마치 소설 「눈 없는 머리」에 등장하는 이경인처럼. 박성운의 이야기 「낙동강」이 조선에서 발표된 것은 고바야시 마사루가 낙동강 지류인 남강 부근에서 태어났을 때와 같은 1927년이었다.

---

　*　　조명희 「낙동강」 상동, 224쪽

대구 감옥에서 보석으로 풀려나 고향으로 돌아오는 도중, 밤에 낙동강을 건너는 배 위에서 박성운은 병든 몸으로 얼굴에 빨갛게 열을 올리고 숨을 헐떡이며 다시 그 노래를 절창한다. 그것은 그가 그의 고향으로 밀어닥친 식민자들에게는 부르기를 허락할 리 없는 노래일 것이다.

천 년을 살고 만 년을 산
낙동강! 낙동강!
하늘가에 간들
꿈에나 잊을 소냐 - -
잊힐소냐 - 아 - 하 - 야*

고바야시 마사루는 '마음의 그리움'을 굳게 품은 채 죽었다. 그 것은 긴 여행의 끝을 의미했다. 그의 부모가 1914년에 고향 마을을 떠나 조선으로 건너오고 나서 흘러간 57년의 세월이 이렇게 한 시절의 막을 내렸다. 고바야시 마사루는 후지미 고원의 동쪽 야쓰가타케산 봉우리들이 보이는 가문의 작은 묘지의 오른쪽 구석에 묻혔다. 그곳은 그 '낙동강 수원의 산골짜기 마을'에서 850km 떨어진 고바야시 마사루의 조상 땅이자 출생지 조선에서 끝내 사랑을 옮겨오지 않았던 곳이었다.

*　　조명희 「낙동강」 상동, 223-224쪽

종 장　향수의 저편으로

'제국의 상실'과 마주하다 - 후기를 대신하여

이 책은 리쓰메이칸 대학원 첨단종합학술연구과에 제출한 박사 논문(2012)을 대폭 수정한 것이다. 먼저 지도를 맡아주신 니시 마사 히코西成彦 선생님과 양질의 연구환경을 제공해주신 연구과의 모든 분들께 진심으로 감사를 전한다.

니시 선생님께는 많은 것을 배웠다. 어느 날 문학연구자는 어떻게 텍스트를 대해야 하는가, 마음가짐 같은 이야기를 해 주신 적이 있다. 좋고 나쁨을 이것저것 가리기 전에, 옛날 사람이 쓴 글이 시대를 넘어서 우리들에게 전해지고, 그것을 읽을 수 있다는 기본적인 사실에 먼저 경의를 표한다. 거기서부터 시작해야 한다 - 선생님의 말씀대로, 예를 들면 1952년 가을, 고스게 도쿄구치소 안에서 분노에 불타는 무명의 청년이 짚으로 엮은 갱지에 써 내려간 소설을 지금도 읽을 수 있다는 것 자체가, 지금 우리가 그의 힘을 빌려 생각하고 살아가는 전제가 되었다.

가쓰무라 마코토勝村誠 선생님을 시작으로 리쓰메이칸 대학 코리아연구센터의 모든 분들에게는 오랜 기간에 걸쳐 다대한 지원을 받아왔다. 또한 도시샤대학 코리아연구센터의 오오타 오사무太田修 선생님과 이타가키 류타板垣竜太 선생님을 통해 한국의 고려대학교에서 1년간 재외연구를 할 수 있었던 다시없을 기회를 얻었다. 평소에 신세를 지고 있는 코리아학 관계자분들에게 이 자리를 빌려 깊은 감사를 전한다. 학우인 심희찬, 허지향 두 분에게도 감사를 전하고 싶다. 고바야시 마사루가 유년기를 보낸 그 '낙동강 기슭의 산골짜기 마을'에 나를 데려가 준 것은 이 두 사람이었다.

와세다대학대학원 아시아태평양연구과에서 기회를 주신 시노하라 하쓰에 篠原初技 선생님과 석사논문 심사를 통해 문예비평의 깊이를 알려주셨던 가토 노리히로 加藤典洋 선생님께도 학문적으로 큰 은혜를 입었음을 여기에 밝혀둔다.

이 책은 재일조선인문학연구 제1인자인 이소가이 지로 선생님과 신칸사의 고이삼 사장님의 헌신적인 지원이 없었으면 도저히 출판되지 못했을 것이다. 어느 날 정말 생각지도 못하게 이소가이 선생님으로부터 출판을 추진하기 위해 경제적으로 지원을 하고 싶다는 제안을 받았다. 사비를 내주시면서까지 이 책의 얼마 안 되는 가능성에 기대를 걸어주신 이소가이 선생님께 진심으로 감사의 말씀을 드린다. 고바야시 마사루 연구의 선도자이면서 그와 같이 조선 그리고 아시아로 열린 일본사회를 전 생애에 걸쳐 추구해 오신 선생님의 '지금이야말로 고바야시 마사루 르네상스를 일으키고 싶다'는 뜨거운 말씀에 몸이 움츠러드는 기분이었다. 또한 요즘 어려운 출판상황 속에서 이 책과 같이 인기가 없는 영역의 책 출판에 나서주신 고이삼 사장님께도 감사를 전한다. 온화한 미소로 정말 즐겁게 본인의 앞으로의 꿈에 대해서 말씀하시는 고사장님의 모습에 몇 번이나 용기를 얻었다.

나는 국민 국가론으로 알려진 니시카와 나가오(西川長夫, 1934 - 2013) 선생님 아래에서 공부하는 행운이 따랐다. 선생님의 저

지은이의 말

작 著作을 아는 독자라면 이 책이 좋든 나쁘든 그 영향아래 있다는 것을 바로 느낄 수 있을 것이다. 선생님 댁에 모여서 독서회 등을 가졌을 때가 떠오른다. 만년의 선생님 주변에는 중국이나 대만, 한국에서 온 학생이 많이 모였었는데 선생님은 그들을 아주 소중히 대하셨다.

생각해보면 니시카와 선생님 당신께서 식민지 조선에서 태어나고 자라, 만주에서 일본의 패전을 맞이하고 조선북부에서 억류와 인양을 체험한 식민자 2세이고, 그 생애는 시작부터 마지막까지 식민지주의라는 무거운 단어와 함께 있었다. 선생님이 마지막 힘을 짜내어 병상에서 세상으로 내보내신 것은 『식민지주의의 시대를 살며』(平凡社, 2013)라는 두꺼운 책이었다. 어떻게 이 책의 출판까지 이르렀고, 몇 달 후에 선생님은 눈을 감으셨다.

나는 니시카와 선생님께 배운 제자 중 한 사람인 나 자신이 장차 책을 쓴다면, 그 책은 「식민지주의의 시대를 넘어서」라는 전망을 가진 것이어야 한다고 생각했다. 선생님께서 살아계실 때 책이 출판되지 못한 것이 마음에 걸리지만, 지금은 이 책이 조금이나마 유지를 계승하고 있기를 바랄 뿐이다.

내가 처음으로 출판하는 책을 니시카와 선생님께 보내드리러 오는 날을 나는 종종 상상했다. 그것이 실현되었더라면 자전거로 선생님 댁에 향하는 20~30분 동안의 길이 내 작은 연구생활 가운데 가장 행복한 시간이 되었을 것이다.

니시카와 선생님이 돌아가신 후, 그 업적을 재검토하는 문장이 몇 발표되었다. 개인적으로 특히 인상적이었던 것이 사카이 나오키 씨의 「팍스 아메리카나의 종말과 히키코모리 국민주의 - 니시 카와 나가오의 '신' 식민지주의론을 둘러싸고」라는 논고이다(『사 상 思想』 2015년 7월호, 후에 사카이 나오키 『히키코모리 국민주의』(岩波書店, 2017) 수록. 이하 괄호 안의 쪽수는 같은 책).

그 안에서 사카이 씨는 '제국의 상실과 수치의 체험'에 대해 논 했다. 사카이 씨에 따르면 포스트콜로니얼 시대에는 "구식민지 종 주국의 주민이, 식민지 체제의 붕괴 현실에 직면하지 못하고 과거 식민지 통치의 계층서열에 집착한다"라는 표상이 보인다.

과거 식민지체제는 '어쩌다 권력관계에서 우위의 입장에 놓였 던 것임에 지나지 않는' 종주국 사람들의 '과대한 자존심'과 식민 지 사람들에 대한 '우월감'을 정치·경제적으로 강고하게 지지하 고 있었다(208쪽). 어리석게도 종주국 사람들은 사실 단순히 압도 적으로 유리한 정치·경제적 조건에 의한 것에 지나지 않는 자기들 과 식민지 사람들과의 거대한 격차를 어떠한 인간적 자질이나 민 족적 우월성, 문화적 전통의 본질적인 차이라고 착각하고 있었다.

'제국의 상실' 후, 실제는 이렇다 할 근거가 없는 '과대한 자존 심'이나 '우월감'과 결별하는 것이 너무나도 고통스러웠던 탓에 그들은 구식민지의 원주민을 계속 멸시하여 자신들이 우위에 있 다는 것을 스스로에게 되새기려고 발버둥쳤다 - "흡사 구식민지 의 주민을 내려다보는 것이 자신들의 입장을 끌어올려주기라도 한 것처럼."

그런데 그들의 압도적인 우위를 지탱하는 객관적 조건은 더 이 상 존재하지 않는다(아시아 사람을 앞에 두고 '어느 민족이 제일 부자인가'하고 위세를 떠는 백년지기 정공법으로는 이제 그러한 '자존심'이나 '우월감'은 보장되지 않는 것이 그 누구의 눈에도 확실해졌다). "거기서 일어나는 것이 현실 거부이며, 제국의 환상을 부숴버리는 듯한 바깥의 인간을 피해 낡은 환상을 고집하는 동료들로만 이루어진 세계에 틀어박히려고 하는" 현상이다(210쪽).

> 영토주권이나 경제적인 이권의 역군을 위한 제도로서의 제국이 하룻밤에 붕괴했다고 하더라도, 제국을 지탱하고 있었던 집단적인 공상으로서의 '패권'은 간단하게 바뀔 수 없는 것입니다. 집단적인 공상이 바뀌기 위해서는, 즉 구종주국의 국민이 자기변혁을 하기 위해서는 격렬한, 거의 외상(트라우마)이라 부를 수 있는 체험을 거치지 않으면 안 됩니다.(209쪽)

구종주국의 인간이 '자기변혁'을 이루어내는 즉, '제국의 상실'이라는 현실과 마주하고, 그 후에 식민지주의의 시대를 넘은 새로운 인간상을 발견하는 데에는 과거 지독하게 무시했던 구식민지 사람들에게 항의 받고, 보복을 받을지도 모른다는 공포와 굴욕의 길을 걸어야만 했다. 고바야시 마사루는 그것을 문학의 영역에서 이루어내고자 한 대표적인 구종주국 인간이다.

그렇다고는 하나 뚜껑을 열어보면 그것은 결국 종주국 인간은 식민지의 인간과 같다, 그 이상도 이하도 아니고 특별히 크거나 작지도 않은 단지 인간인 것이다, 라는 평범한 사실을 인정하는 것에 지나지 않는다. 그러나 수천만의 피식민자와 광대한 점령지를 발판으로 한 과대한 자존심에 의해 자기 이미지가 하늘을 찌를 듯한 높이까지 비대화되었던 구종주국의 인간에게, 자신이 구식민지의 인간과(그 '조센징'과! 그 '중국인'과!) 그 무엇 하나 다르지 않은 존재라고 인정하는 것은, 자기의 왜소함과 마주하지 않으면 안되는 너무나도 바로 보기 힘든 비참한 현실이었다.

그것은 즉 스스로가 타자를 내려다본 그 깊이만큼 자신이 왜소한 존재가 되는, 인과응보를 말하는 불교설화 같은 악몽적인 사태를 의미했다. 그러므로 그 수치의 체험을 회피하기 위해 제국의 상실이라는 현실을 어떻게 해서든지 부인하고(벌써 옛날에 빼앗긴 자국의 '패권'이 지금도 여전히 존속하고 있다는 '집단적인 공상'에 사로잡혀 구식민지 사람들을 '이등국민'적인 존재로서 계속 내려다보고), 그 부인을 입회조건으로 하는 일종의 회원제 서클 같은 환상의 공동체(히키코모리 국민주의)가 태어난 것이다.

사카이 씨가 지적한대로 일본 같은 구식민지 종주국에 있어서의 포스트콜로니얼 연구의 가장 핵심적이고 현실적인 과제는 구식민지 사람들이 거짓말쟁이인가, 비겁한가, 양심을 품고있는가 혹은 정신병인가 하고 타자의 결함을 외부에서부터 이것저것 왈가왈부할 문제가 아니며 반대로 그들이 받은 상처에 충격을 받아 눈물을 흘리고 공감이니 동정이니 죄악감이니 하는 것을 품고 외부에서 그들에게 다가갈 일도 아니다. 문제는 '그들'이 아니라 '우리' 자신이다.

상대가 사과하라고 하니까 사과한다, 아니 사과하지 않는다, 아니 결코 사과는커녕 감사받아야 마땅하다, 라며 옥신각신하기 전에 해야 할 일이 있다. 그것은 땅 밑바닥이 갈라지듯이 피식민

지은이의 말

자의 인간성과 민족성을 깎아내린 식민지 지배자가 바로 그 타자멸시에 의해 인간적·민족적인 품위가 치명적으로 훼손되어버린 스스로의 정신의 황폐와 부패를 크게 부끄러워하면서 반성하는 일이다.

이 '수치의 체험'이야말로 타국을 식민지화한 나라의 인간이 지불하게 되는 포스트콜로니얼의 청구서이다. 지금도 여전히 '하청 제국'으로서 어째서인지 계속 고압적인 태도로 구식민지 사람들을 내려다보는 '히키코모리 국민주의'가 그 지불을 미루고 "당시의 국제적 규정으로는…", "증언에 모순성이…", "통계에 의하면…", "따지고 보면 전승국도…"이라 불평하면서 말을 돌리고 필사적으로 떼어먹으려고 하는 대가다.

사카이 나오키 씨의 '제국의 상실과 수치의 체험'의 이야기에서 내가 떠올렸던 것은 니시가와 선생님의 『식민지주의의 시대를 살며』에 수록된 「식민지주의의 재발견」이라는 에세이였다(이하 괄호 안의 쪽수는 동서).

이 에세이 가운데 니시가와 선생님은 '문명화의 사명'이라는 미망에 사로잡힌 식민지 지배자에 대한 통렬한 경귀로서 카리브해의 시인 에메 세제르의 다음과 같은 말을 인용했다. "식민지화가 얼마나 식민지 지배자를 비문명화하고 백치화·야수화하고, 그 품성을 추락시켜 온갖 숨겨진 본능을, 탐욕을, 폭력을, 인종적 증오를, 윤리적 이면화를 일깨우는지 먼저 그것부터 검토하지 않으면 안 된다" - 그러나 이 인용 후에 바로 선생님은 "그런데 반 세기 이상이나 전에 나온 이 말이 구종주국 사람들의 귀에 도달한 흔적을 거의 찾아볼 수 없습니다"하고 지적했다(225쪽).

고바야시 마사루는 아마 세제르를 몰랐을 것이다. 그럼에도 불구하고 그의 귀에 전 세계에 존재하는 피식민자 중 한 사람인 세제르의 말은 분명 닿아있었다. '문명화의 사명'이라는 어쩐지 수상쩍은 미사여구에 취해 터무니없는 규모의 폭력, 그리고 타자나 그 문화에 대한 모독적인 멸시를 정당화하는 도착적인 '비문명화'의 수렁에 빠져버린 전 세계의 구 종주국의 한 사람으로서, 그 '온갖 숨겨진 본능을, 탐욕을, 폭력을, 인종적 증오를, 윤리적 이면화를' 가차없이 응시한 사람이 고바야시 마사루였다.

에세이의 맺음 부분에 있는 "식민지를 가지는 것, 타국 사람을 식민지화하는 것이 얼마나 그 종주국 인간을 망가뜨리고 추락시켰는가, 그것의 심각성을 일본의 지식인도 국민도 충분히 이해하지 못하고 있으며, 이해하려고 하지 않는다"는 선생님의 말은 이 책을 써나가는 데 있어 항상 내 마음속에 있었다(231쪽). 왜냐하면 그것이야말로 바로 고바야시 마사루가 죽을 때까지 외쳤던 것이었기 때문이다. 나는 니시카와 나가오 선생님의 식민지주의 비판의 열과 빛을 횃불로 삼아 역사와 문학의 미로를 헤매는 가운데 전후 역사의 어수선한 세월의 퇴적 깊숙이 묻히고 잊혔던 고바야시 마사루를 찾아내어 그의 소설을 처음으로 손에 쥐었다.

끝으로 작가의 유족에게 마음 깊이 감사드림과 함께 삼가 경의를 표한다. 히사코 부인께서는 귀중한 말씀을 많이 들려주셨는데, 그것들은 어떤 텍스트보다도 작가를 아는 데 있어 뜻깊은

지은이의 말

것이었다. 매운 음식을 좋아했다는 작가를 위해 부인이 직접 재료를 구해 김치를 만들어 드렸다는 것 등 본인 외에 그 누가 알 수 있을 것인가.

부인께서 생생하게 말씀하시는 작가는 씩씩한 모습이었다. '특공정신'이라고 해도 좋을지, 어쨌든 외골수의 돌진형. 애초에 생활이나 장래설계 같은 관념이 없어서 고생도 많이 하셨지만, 정이 깊고 동심이 풍부해 꿈에 매진하여 좇아가는 실로 매력적인 남자였다고 한다.

두 사람은 한국전쟁 때, 아직 소설가가 되기 전인 그가 반전운동으로 맹렬히 뛰어다녔던 무렵에 만났다. 그러나 얼마 지나지 않아 그는 화염병 투척으로 체포되어 버렸다. 고스게의 도쿄구치소에 면회를 다녔고, 그가 보석된 해에 결혼했다.

'극좌모험주의', '육전협' 그리고 긴 재판 - 미래는 보이지 않았다. 신주쿠의 변두리에서 미싱을 돌리며 정신없이 매일을 살았다. 그 즈음 자주 둘이서 목욕탕에 갔다고 한다. 이제 슬슬 나갈까 싶을 때면(일본 대중목욕탕은 위가 뚫려 있는 벽으로 남·여탕을 구분해놓았다) 작가는 그 사인으로 남탕에서 러시아 민요를 낭랑하게 불렀다. 그렇게 목욕탕에서 돌아오는 길에 '어쨌든 이 사람에게 매달려 살아가자'하고 몇 번이나 생각했다고 한다.

마흔 살 남짓하여 사별하고 반세기의 시간이 흘렀으나 '그 사람과 함께할 수 있어서 행복했다'고 분명하게 말씀하시는 부인의 미소는 마음에 사무쳤다. 그 미소 속에는 당신밖에 알지 못하는 작가와의 무수히 많은 행복한 추억이 있음에 틀림없다. 내가 할 수 있는 것은, 예를 들면 작가의 사후에 그의 지인에 의해 쓰인 추도문 등을 통해서 그 편린을 상상하는 것 정도일 것이다.

> 그러고 보니 한번 아라이야쿠시新井藥師 근처의 집을 방문한 적이 있는데, 그 때의 일도 자세한 것은 완전히 잊어버리고 말았다. 단지 넓은 개척지같은 풍경 속을 걸어갔던 것. 근처에 강이 있었던 것. 가구다운 가구는 미싱 뿐이어서 부인이 일한 흔적이 역력했던 것. 그 전날 밤에 고바야시 군이 많이 취해서 강에 굴러떨어진 덕분에 더럽다느니 냄새난다느니 '너무 화가 나서 걸레로 얼굴을 닦아 주었어요'하고 부인이 이야기를 시작해 다 함께 크게 웃었던 일. 그것이 조금도 음산하게 느껴지지 않고 오히려 젊은 부부가 곤란한 상황임에도 굴하지 않고 씩씩하게 고군분투하고 있구나 … 하며 밤길을 더듬어갔던 일만은 작년의 일이었던 것처럼 분명히 기억하고 있다.
>
> (真鍋吳夫 「すぐり」の世界)

부인께는 무리한 부탁을 드려 나가노현의 후지미까지 일부러 가주셔서 뉴가사산 기슭에 있는 작가의 '고향마을'을 안내받은 적이 있다. 2014년 10월의 일이다. 우리들은 후지미역에서 만나 거기서 택시로 향했으나, 예전에는 도쿄에서 귀성할 때마다 가족이 먼길을 걷고 고개를 넘어 작가의 본가가 있는 동네로 향했다고 한다.

작가의 양친이 전쟁 후 생활했던 집은 지금도 남아있다. 다른 사람 손에 넘어간 지 오래된 그 집 문 앞에서 부인은 감회가 깊은 듯 오래도록 서 계셨다. 그 후 거기서 그렇게 멀지 않은 곳에 있는 작

지은이의 말

가의 묘에 함께 다녀왔다.

도쿄로 돌아가는 부인을 후지미역에서 배웅한 후 나는 잠시 현지에 남아 있기로 했다. 텅 빈 역 앞의 벤치에서 귀여운 흰 고양이를 만나 그 옆에 앉았다. 그리고 뉴가사산에 올라 정상에서 아름다운 고원을 바라보았다.

「메이지 150년」, 한반도 분단 70주년
2018년 12월 6일
하라 유스케

'제국의 상실'과 마주하다—후기를 대신하여

고바야시 마사루 연보

- 『고바야시 마사루 작품집』 5권(白川書院, 1976년) 권말의 후지이 도오루 藤井徹에 의한 「고바야시 마사루 약 연보」를 바탕으로 작성했다.

- 연대별 초출 텍스트 목록은 『고바야시 마사루 작품집』 5권의 약 연보에 기재되어 있으나 이 책의 저자가 직접 확인하지 못한 것도 포함한다. 또한 전체 텍스트를 담지 못했을 가능성이 있다.

- [ ] 표시는 해당연도 1월 1일 시점의 만 연령이다.

1910년
(메이지 43년)
한일병합

1914년
고바야시 도키히로와 고마쓰 다마에 결혼 후 바로 나가노현 후지미에서 조선으로 건너옴

1919년
(다이쇼8년/
메이지52년)
조선에서 3.1독립운동이 일어남

1927년
(쇼와2년)
11월 7일, 고바야시 마사루 경상남도 진주에서 태어남
(4형제 중 3남. 장남과 차남 사이에 누나)

1931년[3살]
만주사변이 일어남

1937년[9살]
중일 전면전쟁 시작됨

1940년[12살]
대구 동운 심상소학교를 졸업, 대구중학교에 입학

1941년[13살]
태평양전쟁 발발(장남과 차남이 군대에 소집되어 장남은 44년 2월에 동부 뉴기니아에서, 차남은 45년 10월 중국에서 사망)

1944년[16살]
대구중학교를 4년 조기수료하고 사이타마현 육군예과 사관학교에 입학

1945년[17살]
3월, 육군항공사관학교에 진학
8월, 일본의 패전에 의해 병역해제

1946년[18살]
구제 도립(당시 부립) 고등학교 문과 영어계에 입학

1948년[20살]
일본공산당 입당. 신일본문학회에 관련을 갖기 시작.
8월 15일 대한민국 정부 성립.
9월 9일 조선민주주의 인민공화국 정부성립

1949년[21살] 와세다대학 문학부 러시아문학과에 전입학

1950년[22살] 코민포름(국제공산당정보기관)에 의한 비판을 계기로 일본공산당이 분열상태에 빠진다. 고바야시 마사루는 「주류파」에 속해 분파투쟁을 체험.
6월 25일 한국전쟁발발. 대학에서의 레드퍼지 반대운동에 참가하여 정학처분을 받음

1951년[23살] 와세다대학 퇴학

1952년[24살] 한국전쟁 개전 2주년이 되는 6월 25일, 한국전쟁 및 파괴 활동 방지법 반대 데모에 참가, 「화염병 사건」의 현행범으로 체포된다. 2개월간 경시청의 유치장에 구류된 후 고스게의 도쿄구치소에 이송된다. 옥중에서 많은 초고를 쓴다.

「어느 조선인의 이야기ある朝鮮人の話」

1953년[25살] 1월, 보석. 직후에 급성폐렴을 일으킨다. 도쿄 스기나미의 진료소에서 근무하고 일본공산당원으로서 지역활동을 하는 한편, 소설 공부를 한다.
7월, 한국전쟁이 휴전상태에 이른다.
9월, 결혼

「이삿날 메밀국수引っ越しそば」, 「옥중에서獄中から」, 「'신일본문학'을 읽고'新日本文学'を読んで」, 「해질녘 노래夕暮れのうた」, 「의사의 집에서医者の家で」, 「와세다의 은행나무에 바치는 노래早稲田の銀杏の木に捧げる歌」, 「한 친구를 노래하다一人の友を歌う」

1954년[26살] 『인민문학人民文学』의 후계지 『문학의 벗文学の友』의 편집에 관여한다 - 편집장은 노마 히로시. 아베 고보나 시마오 도시오 등과 함께 '현재의 회現在の会'의 편집위원이 된다. 제1심에서 1년의 실형판결 후 항소한다.

「조사弔辞」, (좌담회)일하는 것과 쓰는 것(座談会)働くことと書くこと」, 「니노치카의 상ニノチカの像」, (좌담회)나의 창작상의 괴로움(座談会)私の創作上の苦しみ」, 「방사능放射能」

1955년[27살] 5월, 신일본문학회에 입회. 하세가와 시로나 스기와라 가쓰미 등과 함께 『생활과 문학』의 편집에 관여한다. 동지 해산까지 약 1년 반, 신일본문학회 사무국원으로서 활동

「노래うた」, 「십년十年」, 『일본의 증언5 형무소日本の証言5 刑務所』

1956년[28살] 8월, 장녀탄생

「포드·1927년フォード·一九二七年」, 「(좌담회)'신인'의 저항(座談会)'新人'の抵抗」, 「얼룩고양이 칭키斑猫チンキ」, 「깊은 골짜기에서深い淵から」, 「(서평)재판과 리얼리즘(書評)裁判とリアリズム―」, 「안개 속 밤의 기억(1)霧の夜の記憶(一)」, 「안개 속 밤의 기억(2)霧の夜の記憶(二)」, 「안개 속 밤의 기억(3)霧の夜の記憶(三)」, 「라라둔拉拉屯」, 「소牛」, 「안개 속 밤의 기억(4)霧の夜の記憶(四)」, 「은어鮎」, 「만년 가이타로万年海太郎」, 「안개 속 밤의 기억(5)霧の夜の記憶(五)」, 「군용 러시아어 교과서軍用露語教程」

1957년[29살] 「안개 속 밤의 기억(6)霧の夜の記憶(六)」, 「안개 속 밤의 기억(7)霧の夜の記憶(七)」, 「일본인 중학교日本人中学校」, 「안개 속 밤의 기억(8)霧の夜の記憶(八)」, 「안개 속 밤의 기억(9)霧の夜の記憶(九)」, 「태백산맥太白山脈」, 「골짜기의 부락谷間の部落」, 「붉은 민둥산赤いはげ山」, 「문예시평·나태한 시인文芸時評·怠惰な詩人」, 「우리 속檻の中」, 『포드·1927년フォード·一九二七年』

1958년[30살] 「붉은 벽 저편赤い壁の彼方」, 「제4의 죽음第四の死」, 「불타는 가시燃える棘」, 「방문자訪問者」, 「전쟁의 상흔과 13년戦争の傷痕と十三年」, 「도망자逃亡者」, 「체험과 픽션体験とフィクション」, 『단층지대断層地帯』

1959년[31살] 7월, 최고재판소에서 상고심 결정. 공무집행방해에 의해 유죄, 징역 1년의 실형(미결통산 120일은 공제됨). 스가모의 도쿄구치소에 수감.
8월, 나카노 형무소에 이송. 투베르쿨린 검사에서 양전판명.
10월, 우쓰노미야 형무소로 이송. 「기록예술의 회」에 관여한다. 옥중에서 「희곡·감방檻」을 집필

「개犬」, 「하나사토 마을·마을역사 보유花里町·町史補遺」, 「불안한 나날不安な日々」, 「사실과 책임의 소재 – 화염병 사건 즈음事実と責任の所在―火炎壜事件の頃」, 「하나사토 마을·마을역사 보유 중에서'花里町·町史補遺'のうち」, 「몸 깊은 곳의 이미지体の底のイメージ」, 「초여름 태양 아래에初夏の陽の下に」, 『저격자의 영광狙撃者の光栄』

1960년[32살] 1월, 가석방
4월, 한국에서 '4.19혁명'이 일어나 이승만이 하야

고바야시 마사루 연보

「형무소 신사록刑務所紳士録」, 「독방 노트独居房ノート」, 「희극 우리喜劇 檻」, 「가교架橋」, 「신슈의 겐타로信州の源太郎」, 「그 자리가 없다その席がない」, 『옥중 기록檻の中の記録』

1961년[33살] 5월, 한국에서 박정희에 의해 '5.16쿠데타'가 일어남.

7월, 아베 고보나 오니시 교진 등의 연락으로 일본공산당에 의견서를 제출

「(좌담회)문학운동의 과제와 전망(座談会)文学運動の課題と展望」, 「그물網」, 「탈주생각脱走考」, 「짐승의 길けもの道」, 「관람석さじきっぱら」, 「(서평)괴멸(書評)壊滅」, 「스스로의 전달기관과 글을 쓰는 기본적 태도みずからの伝達機関とものを書く基本的態度」, 「(좌담회)신극의 현상과 과제 - 작가의 입장에서(座談会)新劇の現状と課題ー作家の立場から」, 「여행도 좋다…旅もまたよし…」, 「(서평)존 스타인벡 '개척자 - 내가 좋아하는 작품'(書評)ジョン·スタインベック'開拓者 - 私の好きな作品'」, 「일본문학과 조선日本文学と朝鮮」

1962년[34살] 「종이의 뒷면紙背」, 「사소한 여파ささやかな余波」, 「인물스케치·스기와라 가쓰미じんぶつすけっち·菅原克己」, 「무명의 기수들無名の旗手たち」, 「파도의 밑바닥에波濤の底に」, 「아기가 밤이 되었다赤ん坊が栗になった」, 「카피탄:상관장カピタン:商館長」, 「당·1961년党·一九六一年」, 「모래알과 바람과砂粒と風と」, 「희망하는 것, 먼저 두 가지望むこと,まず,二つ」, 『강제초대여행強制招待旅行』

1963년[35살] 「문학풍토기1 - 무사시노의 웃음文学風土記1ー武蔵野の笑い」, 「등사판이라도 전부 읽다 - 동인잡지평ガリ版刷りでも全部読むー同人雑誌評」, 「그라운드 제로零地点」, 「눈의 돌眼の石」, 「기록의 생생함 - 동인잡지평記録の生々しさー同人雑誌評」, 「동인지 편집부에 주문하다 - 동인잡지평同人誌編集部に注文するー同人雑誌評」, 「검은 여름黒い夏」, 「작품합평作品合評」, 「'코'를 둘러싸고'鼻'をめぐって」

1964년[36살] 10월, 폐결핵의 공동(空洞)이 발견되어 도쿄 백십자병원에 입원

「다카라초 시인宝町詩人」, 「두개의 감상二つの感想」, 「일본문학에 나타난 조선의 용모1 - 3日本文学に現われた朝鮮の顔貌1 - 3」, 「빈사의 도쿄도 행정瀕死の東京都政」, 「자기와의 대화自己との対話」, 「『나의 대학』의 막심 고리키『私の大学』のペシコフ」

1965년[37살] 1월, 퇴원하여 자택요양에 힘쓰다. 이즈음 일본공산당을 떠난다.

6월, 한일기본조약 체결

「첨성瞻星」, 「선평選評」, 「'일요일에는 쥐를 죽여라' 속의 "조국"·日曜日には鼠を殺せ'の中の"祖国"」, 「비오는 날에 너희들雨の日に君ら」, 「고향이 아니다, 그러나…故郷ではない, しかし…」, 「11월 7일의 내력十一月七日のいわれ」

1966년[38살] 2월, 기요세의 결핵연구소 부속 요양소에 입원.

3월부터 4월에 걸쳐 폐 절제 수술을 두 번 받는다.

9월 퇴원

「소용돌이치는 짜증 - 동인잡지평渦巻くいらだち一同人雑誌評」, 「소설에 대한 생각의 차이 - 동인잡지평小説への思いちがい一同人雑誌評」

1967년[39살] 2월부터 1971년까지 삼성당 『학생통신』의 투고란 「독자의 광장」 선평을 이어간다.

「암컷과 늑대メスと狼」, 「밤 지나고 바람부는 밤夜の次の風の夜」, 「책을 읽을 자유와 책임本を読む自由と責任」, 「재일조선인의 민족교육在日朝鮮人の民族教育」, 「다큐멘터리의 오늘날 방법ドキュメンタリーの今日的方法」, 「우리 전우わが戦友」, 「눈 없는 머리目なし頭」, 「(서평)현대남조선 소설선 박계역편 『세월』(書評)現代南朝鮮小説選 朴啓訳編『歳月』」

1968년[40살] 10월, 정부주최의 '메이지백년 기념식전' 거행

「파장을 바꾸다波長をかえる」, 「어느 날 비약이あある日飛躍が」, 「(서평)『일식』(書評)『日蝕』」, 「외부로부터의 조사外部からの照射」

1969년[41살] 5월, 활동가집단 '사상운동'에 참가

고바야시 마사루 연보

「쪽발이蹄の割れたもの」, 『『생명의 대륙』에 대해서『生命の大陸』について」, 「(좌담회)『신성희극』을 둘러싸고 - 현대문학의 과제(座談会)『神聖喜劇』をめぐって ー現代文学の課題」, 「만세·메이지 52년万歳·明治五十二年」, 「(서평)이중의 고발 상 - 볼포니『메모리얼』, 파베세『달과 화톳불』을 둘러싸고(書評)二重の告発 像ーヴォルポーニ『メモリアル』, パヴェーゼ『月とかがり火』をめぐって」, 「칼날은 누구에게 들이대어졌는가刃は誰につきつけられているか」, 「한일양국인민의 계급적·국제적 연대를 요구하며日韓両国人民の階級的·国際的連帯を求めて」, 「우리의 벗·공산주의 시인わが友·コムニスト詩人」, 「소식 10년音信十年」, 「소설을 쓰려고 하는 사람에게小説を書こうとする人に」, 『생명의 대륙 - 생과 죽음의 문학적 고찰生命の大陸ー生と死の文学的考察』

1970년[42살] 1월, 술을 끊기 위해 산케이병원에 입원.

4월, 신일본문학회 부의장이 된다.

7월, 「사상운동」의 나고야 심포지엄에서 강연

('우리들에게 있어 조선이란 무엇인가').

8월, 신일본문학회 주최의 심포지엄 「일본과 조선」에서 강연

「(서평)천국놀이(書評)天国遊び」, 「당신의 '일본' 나의 '조선'あなたの'日本' わたしの'朝鮮'」, 「전원증발全員蒸発」, 「(좌담회)70년대에 있어서의 예술운동(座談会)七〇年代における芸術運動」, 「'피의 메이데이' 소란사건'血のメーデー'騒乱事件」, 「(연극평)하늘은 밝았는가 - 극단 산쥬닌카이 공연 '보라 도카이의'(演劇評)空は明けたかー劇団三十人会公演 '見よ東海の'」, 「한일양국민의 공투를日朝両国民の共闘を」, 「(서평)'조선인이 된다'는 것의 의미(書評)'朝鮮人になる'ことの意味」, 「(좌담회)'경계선'의 문학 - 재일조선인 작가의 의미(座談会)'境界線'の文学ー在日朝鮮人作家の意味」, 「오후 여덟시午後八時」, 「우리들에게 있어서 조선이란 무엇인가我々にとって朝鮮とはなにか」, 「해설解説」, 『쪽발이チョッパリ』

1971년[43살] 3월 25일 급성 간경변 및 장폐색으로 영면

「'그립다'고 해서는 안된다'懐しい'と言ってはならぬ」, 「일본광인일기日本狂人日記」, 『예고의 날予告の日』, 『조선·메이지 52년朝鮮·明治五十二年』

고바야시 마사루 연보

주요 참고문헌

일본어

愛沢革「想像力の起点としての〈朝鮮〉」『新日本文学』28巻 11号(新日本文学会, 1973年)

青山学院大学文学部日本文学科編『異郷の日本語』(社会評論社, 2009年)

新井徹『新井徹の全仕事ー内野健児時代を含む抵抗の評論』(新井徹著作刊行委員会, 1983年)

安宇植「小林勝と朝鮮」日本アジア・アフリカ作家会議編『戦後文学とアジア』(毎日新聞社, 1978年)

イ・ヨンスク『異邦の記憶ー故郷・国家・自由』(晶文社, 2007年)

池田浩士『[海外進出文学]論・序説』(インパクト出版会, 1997年)

池田浩士編『カンナニー湯浅克衛植民地小説集』(インパクト出版会, 1995年)

磯貝治良「朝鮮体験の光と影ー小林勝の文学をめぐって」『新日本文学』36巻 10号(新日本文学会,
　　　　1981年)

────「原風景としての朝鮮ー小林勝の前期作品」『季刊三千里』29号(三千里社, 1982年)

────「照射するもの, されるものー小林勝も後期作品」『季刊三千里』30号(三千里社, 1982年)

────『戦後日本文学のなかの朝鮮韓国』(大和書房, 1992年)

稲葉継雄「大邱中学校について」『九州大学大学院教育学研究紀要』10号(九州大学大学院人間環境
　　　　研究院教育学部門, 2007年)

井上健「異郷の幻影と表現の革新ー昭和作家の朝鮮と満洲」『日本研究』50호(한국외국어대학교
　　　　일본연구소, 2011년)

茨木博史「『異邦人』から「客」へー二人の植民者の肖像」『カミュ研究』6号(青山社, 2004年)

伊豫谷登士翁ほか編『「帰郷」の物語 /「移動」の語りー戦後日本におけるポストコロニアルの想像力』
　　　　(平凡社, 2014年)

岩崎稔ほか編者『戦後日本スタディーズ』1巻(紀伊國屋書店, 2009年)

内海愛子ほか『戦後責任ーアジアのまなざしに応えて』(岩波書店, 2014年)

呉美姃『安部公房の〈戦後〉ー植民地経験と初期テクストをめぐって』(クレイン, 2009年)

大沼久夫編『朝鮮戦争と日本』(新幹社, 2006年)

岡庭昇『植民地文学の成立』(箐柿堂, 2007年)

岡本正光ほか編『槇村浩全集』(平凡堂書店, 1984年)

小此木政夫『朝鮮分断の起源ー独立と統一の相克』(慶応義塾大学出版会, 2018年)

尾崎秀樹『旧植民地文学の研究』(勁草書房, 1971年)

音谷健郎『文学の力ー戦争の傷痕を追って』(人文書院, 2004年)

梶村秀樹『梶村秀樹著作集』1巻(明石書店, 1992年)

梶山季之『族譜·李朝残影』(岩波現代文庫, 2007年)

加藤直樹『九月, 東京の路上でー1923年関東大震災ジェノサイドの残響』(ころから, 2014年)

鎌田慧『やさしさの共和国ー格差のない社会にむけて』(花伝社, 2006年)

カミングス, ブルース『朝鮮戦争論ー忘れられたジェノサイド』(栗原泉ほか訳, 明石書店, 2014年)

川村湊『満州崩壊』(文藝春秋, 1996年)

金石範『新編「在日」の思想』(講談社文芸文庫, 2001年)

金東椿『朝鮮戦争の社会史ー避難·占領·虐殺』(金美恵ほか訳, 平凡社, 2008年)

清岡卓行『海の瞳ー原口統三を求めて』(文藝春秋, 1971年)

高史明『小林勝を思う』『季刊三千里』5号 (三千里社, 1976年)

高榮蘭『「戦後」というイデオロギーー歴史/記憶/文化』(藤原書店, 2010年)

後藤明生『引揚小説三部作ー「夢かたり」「行き帰り」「嘘のような日常」』(つかだま書房, 2018年)

斉藤孝『小林勝と朝鮮ーー一つの思い出』『季刊三千里』39号(三千里社, 1984年)

サイド·エドワード『文化と帝国主義』1巻(大橋洋一訳, みすず書房, 1998年)

坂堅太『安部公房と「日本」ー植民地/占領経済とナショナリズム』(和泉書院, 2016年)

酒井直樹『ひきこもりの公民主義』(岩波書店, 2017年)

笹川紀勝監修『国際共同研究 韓国強制併合一〇〇年 歴史と課題』(明石書店, 2013年)

高崎宗司『植民地朝鮮の日本人』(岩波書店, 2002年)

高崎隆治『文学の中の朝鮮人像』(青弓社, 1982年)

高澤秀次『文学者たちの大逆事件と韓国併合』(平凡社新書, 2010年)

舘野晳編著『韓国·朝鮮と向き合った36人の日本人』(明石書店, 2002年)

田所泉ほか「小林勝における〈表現〉と〈現実〉」『新日本文学』26巻 12号(新日本文学会, 1971年)

崔俊鎬「植民地表象への新たな視座ー小林勝の再評価」『北海道大学大学院文学研究科研究論集』
　　　　8号(北海道大学大学院文学研究科, 2008年)

趙景達『植民地朝鮮と日本』(岩波新書, 2013年)

鶴見俊輔「朝鮮人の登場する小説」桑原武夫編『文学理論の研究』(岩波書店, 1967年)

中根隆行『〈朝鮮〉表象の文化誌ー近代日本と他者をめぐる知の植民地化』(新曜社, 2004年)

仲村豊「受け継がれるべき歴史への視座ー小林勝「万歳·明治五十二年」『社会評論』23巻 4号(小川
　　　　町企画, 1997年)

南富鎮『近代文学の〈朝鮮〉体験』(勉誠出版, 2001年)

成田龍一『「戦争経験」の戦後史ー語られた体験/証言/記憶』(岩波書店, 2010年)

西成彦『バイリンガルな憂鬱』(人文書院, 2014年)

西崎雅夫『証言集 関東大震災の直後 朝鮮人と日本人』(ちくま文庫, 2018年)

朴春日『近代日本文学における朝鮮像』(未来社, 1969年)

朴裕河「小林勝と朝鮮ー「交通」の可能性について」『日本文学』57巻11号(日本文学協会, 2008年)

──────『引揚げ文学論序説ー新たなポストコロニアルへ』(人文書院, 2016年)

藤森節子『少女たちの植民地』(平凡社ライブラリー, 2013年)

藤原彰『飢死した英霊たち』(ちくま学芸文庫, 2018年)

古川昭『大邱の日本人』(ふるかわ海自事務所, 2007年)

本田靖春『私のなかの朝鮮人』(文春文庫, 1984年)

松浦雄介「フランスの植民地引揚者たちーアルジェリアの場合」『アジア遊学』85号(勉誠出版,
　　　　2006年)

──────「脱植民地化と故郷喪失ーピエ·ノワールとしてのカミュ」『Becoming』18号(BC出版,
　　　　2006年)

丸川哲史『冷戦文化論ー忘れられた曖昧な戦争の現在性』(双風舎, 2005年)

水野邦彦「敗戦後日本社会の形成ー朝鮮と向き合わない日本」『北海学園大学経済論集』61巻4号(北
　　　　海学園大学経済学会, 2014年)

道場親信『下丸子文化集団とその時代ーー九五〇年代サークル文化運動の光芒』(みすず書房, 2016
　　　　年)

道場親信ほか「証言と資料 文学雑誌『人民文学』の時代ー元発行責任者·柴崎公三郎氏へのインタビ
　　　　ュー」『和光大学現代人間学部紀要』3号(和光大学現代人間学部, 2010年)

村松武司『海のタリョン』(皓星社, 1994年)

文京洙『在日朝鮮人問題の起源』(クレイン, 2007年)

メンミ, アルベール『人種差別』(菊地昌実ほか訳, 法政大学出版局, 1996年)

森崎和江『ふるさと幻想』(大和書房, 1977年)

和田春樹『朝鮮戦争全史』(岩波書店, 2002年)

渡邊一民『〈他者〉としての朝鮮ー文学的考察』(岩波書店, 2003年)

『新日本文学』26巻7号(新日本文学会, 1971年)

한국어

김경연「해방/패전 이후 한일(韓日) 귀환자의 서사와 기억의 정치학」『우리문학연구』38호(우리
　　　　문학회, 2013년)

김원길 책임편집『사진으로 보는 20세기 안동의 모습』(안동시, 한국예총 안동지부, 2000년)

김태우『폭격』(창비, 2013년)

주요 참고문헌

박광현 『현해탄 트라우마』(어문학사, 2015년)

박홍규 『카뮈를 위한 변명』(우물이있는집, 2003년)

신승모 「식민자 2세의 문학과 "조선" : 고바야시 마사루와 고토 메이세이의 문학을 중심으로」 『일
　　　본학』 37호(동국대학교 일본학연구소, 2013년)

신호 「식민지향수의 역설 : 「나쓰카시이 조선」 담론을 통한 "식민자 의식"의 부정」 『한일민족문제
　　　연구』 30집(한일민족문제학회, 2016년)

안동대학교 안동문화연구소 엮음 『안동근현대사』 1권(도서출판 성심, 2010년)

이원희 「고바야시 마사루 문학에 나타난 식민지 조선」 『일어일문학연구』 38호(한국일어일문학
　　　회, 2001년)

장세진 「트랜스내셔널리즘, (불)가능 그리고 재일조선인이라는 예외상태 : 재일조선인의 한국전
　　　쟁 관련 텍스트를 중심으로」 『동방학지』 157집(연세대학교 국학연구원, 2013년)

정병욱 「일본인이 겪은 한국전쟁 : 참전에서 반전까지」 『역사비평』 91호(역사비평사, 2010년)

최범순 「일본의 전후기억과 송환의 망각 : 고바야시 마사루 「어느 조선인 이야기」 시론」 『일본어
　　　문학』 82호(일본어문학회, 2018년)

금지된 향수

고바야시 마사루의 전후 문학과 조선

초판 1쇄 발행일 2022년 07월 29일
지은이 하라 유스케
옮긴이 이정화
펴낸이 박영희
편집 문혜수
디자인 어진이
마케팅 김유미
인쇄·제본 제삼인쇄
펴낸곳 도서출판 어문학사
　　　　서울특별시 도봉구 해등로 357 나너울카운티 1층
　　　　대표전화: 02-998-0094 / 편집부1: 02-998-2267, 편집부2: 02-998-2269
　　　　홈페이지: www.amhbook.com
　　　　트위터: @with_amhbook
　　　　페이스북: www.facebook.com/amhbook
　　　　블로그: 네이버 http://blog.naver.com/amhbook
　　　　다음 http://blog.daum.net/amhbook
　　　　e-mail: am@amhbook.com
　　　　등록: 2004년 7월 26일 제2009-2호

ISBN 979-11-6905-006-7 (93830)
정가 20,000원